고려시대 역사문학 연구

고려시대 역사문학 연구

손 정 인

도서출판 역락

　문학과 역사는 '문학의 역사인식'과 '역사의 문학성'이라는 점에서 관계 맺어진다.

　역사에 대한 관심은 급격한 변혁의 시대, 즉 시대의 커다란 전환이라는 위기의 사태에 직면하여 고조된다. 투철한 역사·현실의식을 지닌 작가들은 역사를 통해 당대의 현실을 바라보는 한편으로 역사를 문학화한다. 그러므로 역사를 소재로 한 문학 작품에 투영된 작가의 역사·현실의식과 함께, 역사의 문학적 형상성을 살피는 것은 의미 있다.

　역사의 본질은 '이야기(story)'에 있다. 이러한 기능 때문에 역사는 문학적 성격을 띠게 된다. 역사가 문학성을 지니지 못하면 죽은 역사나 다름이 없다. 아무리 중요한 사실이라도 독자에게 효과적으로 전달되지 못하면 역사로서의 기능을 발휘할 수 없다. 그러므로 역사와 문학이 결합된 산물인 열전의 문학성을 살피는 것도 의미 있다.

　이 책에서는 고려시대 역사문학의 전반을 다루지는 않았다. 그 대신 문학사적으로 큰 의의를 지닌 몇몇 작품에 한정하여, 기왕의 연구에서 미처 살펴보지 못했거나, 여러 시각에서 다양하게 논의되어 온 점을 중점적으로 살펴 해당 작품의 실상을 밝혀보고자 하였다.

이 책은 2부로 구성되어 있다. 1부 '영사시의 인식세계와 형상성'에서
는 고려 후기의 대표적인 영사시를 다루었다. 이 시기는 연속된 내우외
환에 따라 국내질서는 극도로 어지러워지고 민족정신은 쇠미해진 혼란
한 시대였다. 이러한 시기에 민족의식을 고취시키는 한편, 혼란한 시대
를 극복하기 위해 〈동명왕편〉·〈제왕운기〉 등이 지어졌고, 시대 현실을
비판하기 위해 〈개원천보영사시〉 등이 지어졌다. 1부에서는 이들 작품
의 구성원리를 해명하고, 작품에 투영된 작가의 인식세계와 문학적 형상
성을 살펴 작품의 실상을 밝혀보고자 하였다.

　2부 '『삼국사기』 열전의 성격과 문학성'에서는, 〈온달전〉·〈설씨녀전〉·
〈도미전〉 등을 주로 다루었다. 이 작품들은 여타의 열전에 비해 그 문학
적 형상성이 뛰어남으로 해서 각별히 주목을 받아왔다. 특히 90년대에
들어오면서, 이 작품들을 어느 정도 소설성을 갖추고 있는 것으로 이해
하던 단계를 넘어 그 자체를 '傳奇'로 보기에 이르렀다. 이에 따라 이 세
작품은 "羅末麗初 傳奇發生論"과 밀접히 관련되어 거론되는 형편이다.
우리 소설사의 시원을 소급해가려는 자세는 의미 있다 하더라도, 의욕이
앞선 나머지 작품에 대한 구체적인 점검을 소홀히 할 수는 없을 것이다.
2부에서는 이 작품들의 장르적 성격을 면밀히 따져보고, 인물의 형상화
의 방법 및 서술방법 등을 살펴 그 문학성을 해명하고자 하였다.

　오늘날 옛 것에 대한 관심이 소홀함에도 불구하고 이 책을 만들어 주
신 도서출판 역락의 이대현 사장님과 이태곤 본부장님을 비롯한 관계자
여러분께 감사드린다.

2009년 8월
삼성산 아래 연구실에서 저자 씀

제 2부 『삼국사기』 열전의 성격과 문학성

제1부　영사시의 인식세계와 형상성

제 1 장

이규보의 〈東明王篇〉의 구성원리와 작품의 성격

1. 머리말

〈동명왕편〉은 고려 중엽 대표적 문인인 李奎報(의종 22년, 1168~고종 28년, 1241)가 문학적으로 왕성한 의욕과 함께 현실에 대한 투철한 비판정신을 보여주던 26세 때 창출한 것으로, 幷序와 아울러 五言의 282구의 本詩와 2,210자에 달하는 註로 구성된 우리 민족 최초의 長篇敍事詩이다.

지금까지 본 작품에 대한 연구는 크게 보아 두 가지 방향에서 전개되어 왔는데, 서사문학적 측면에서의 연구와 역사·사회적 측면에서의 연구가 그것이다.

서사문학적 측면에서의 연구는 작품의 구조적 분석연구와 유형적 연구에 집중되어 있다. 동명왕설화의 분석과 외국설화와의 대조,1) 「東明王本紀」의 復元과 동명왕설화의 성격 고찰2) 및 본 작품의 민족서사시

1) 장덕순, 「영웅 서사시 〈동명왕〉」, 『국문학통론』(신구문화사, 1960), pp.325~350.
2) 박두포, 「민족영웅 동명왕설화고」, 『국문학연구』 제1집(효성여대 국어국문학연구실,

로서의 조건 검토와 후대 계승상의 살핌,3) 민족서사시를 읊은 大雄篇敍
事的 史詩로서의 주목,4) 작품의 형식과 내용의 전개를 통한 작품분
석,5)『삼국유사』등에 수록된 동명왕설화와의 내용 비교와 창작동기를
통한 작품의 성격 고찰,6) 통과의례와의 상관성7) 및 三代記性에 대한
고찰,8) 본 작품을 한국서사문학의 한 원형으로 보고자 하는 작업9) 등
일련의 논문들은 상당한 성과를 거두고 있다.

그러나 이러한 성과에도 불구하고 이들 논문들은 주로 동명왕설화에
치중한 나머지 작품의 전체적 실상을 제대로 규명하지 못하였으며, 특
히 '역사의 문학화'란 관점에서 접근하지 않음으로 해서 그 문학적 형상
성의 실체를 제대로 해명하지 못하고 있다는 점에서 그 한계가 지적될
수 있을 것이다.

그리고 역사·사회적 측면에서의 연구는 당시의 시대적 배경을 고려
하면서 幷序에 나타난 창작동기의 해명을 통해 작가의식을 추출하고자
하였다. 이 점에 대해 몇몇 역사학자들이 단편적으로 언급한 것까지를
고려하면, 민족자주의식의 발로,10) 민족적 자부심과 그에 대한 욕구,11)
민족적 전통에 대한 새로운 평가,12) 민족적 역사의식,13) 자국의 역사

1968), pp.5~47.
3) ＿＿＿＿,「민족서사시의 전통」,『도남 조윤제박사 고희기념논총』(동간행위원회, 1976),
pp.53~85.
4) 서수생,「영웅서사시의 웅작 동명왕편」,『고려조한문학연구』(형설출판사, 1971),
pp.132~135.
5) 신용호,「이규보의 동명왕편 연구」,『어문논집』제21집(고려대학교 국어국문학연구
회), pp.55~60.
6) 이금희,「이규보의 서사문학의 성격」(숙명여자대학교 대학원 석사논문, 1980)
7) 김열규,「시련의 三代記(1)」,『한국문학사』(탐구당, 1983), pp.75~85.
8) ＿＿＿＿,「〈동명왕편〉의 三代記的 문제」, 김열규·신동욱 편,『이규보연구』(새문사,
1986), pp.Ⅲ.39~Ⅲ.48.
9) 주종연,「한국서사문학의 한 원형, 〈동명왕편〉」, 같은 책, pp.Ⅲ.49~Ⅲ.70.
10) 이우성,「고려중기의 민족서사시」,『논문집』제7집(성균관대학교, 1962), p.100.
11) 김진영,『이규보문학연구』(집문당, 1984), p.99.

전통에 대한 강렬한 자부의식,14) 고구려의 계승자라는 역사계승의
식,15) 국가의식의 표출,16) 고려 창업의 聖化17) 등 몇 갈래의 상이한
견해들이 제기되었다. 그러나 이러한 연구 또한 작품 자체에 대한 객관
적 인식이 결여된 채 어느 한쪽만을 살피는 데 그치고 말았다는 점에서
그 일차적 한계가 지적될 수 있을 것이다.

이에 비하면, "문명의식에 의한 민족정신의 발양이나 국가의식에서
나온 국내의 위태로운 상황극복"18)이라는 박성규 교수의 견해는 이제껏
어느 한쪽에 경도되어 온 상이한 견해들을 수렴하고 있다는 점에서 주
목할 만한 것이라고 본다. 그러나 이 견해도 역시 작품 자체에 대한 철
저한 분석을 기초로 하지 않고, 역사의식이라는 측면에서 도출해 낸 것
이기에 입론의 타당성을 명확히 제시하지 못하고 있다는 점이 아쉬운
점이라고 하겠다.

이와 같은 한계점들을 극복하고 〈동명왕편〉의 작품적 실상을 올바르
게 규명하기 위해서는 일차적으로 본 작품이 어디까지나 역사적인 소재
를 詩化한 詠史詩라는 점을 인식해야 할 것이다. 그리하여 작가의 현실
인식과 역사의식의 투영양상과 함께 역사의 문학적 형상성의 문제가 논
의되어야 할 것이다. 이러한 목적을 달성하기 위해서는 접근방법을 새
롭게 모색하면서 분석을 심화해 나가야 할 것이며, 작가의식이라는 것

---

12) 조동일, 『한국문학통사 2』(지식산업사, 1983), p.86.
13) 김철준, 『한국문화사론』(지식산업사, 1976), p.146.
14) 김태영, 「삼국유사에 보이는 일연의 역사의식에 대하여」, 이우성·강만길 편, 『한국
    의 역사의식(上)』(창작과 비평사, 1985), p.135.
15) 하현강, 「고려시대의 역사계승의식」, 같은 책, p.211.
16) 박창희, 「이규보의 〈동명왕편〉시」, 『역사교육』 제11·12합집(역사교육연구회, 1969,
    p.62)
17) 탁봉심, 「〈동명왕편〉에 나타난 이규보의 역사의식」, 『한국사연구』 제44집(한국사연
    구회, 1984), p.93.
18) 박성규, 『이규보연구』(계명대학교 출판부), p.62.

도 작품을 떠나서는 무의미한 것이기에 작품 자체에 대한 객관적 인식을 통해 접근해 나가야 하리라고 생각한다.

그러므로 본 연구에서는 이러한 사정을 고려하여, 하나의 유기체로서의 작품의 구성원리를 살핀 다음, 그 결과를 토대로 본 작품의 여러 요소들이 서로 관계를 맺고 짜여서 산출하는 의미를 추출해 봄으로써 작품의 성격을 해명해 보고자 한다. 그리고 사실의 표현양상을 살펴 이해의 폭을 넓히고자 한다.

2. 〈동명왕편〉의 구성원리와 그 의미

〈동명왕편〉의 실상을 온당하게 이해하기 위해서는 작품 자체에 관심을 기울일 필요가 있다. 작품 자체가 지닌 실상을 파악하기 위한 일차적인 작업은 우선 작품의 전체 구성양상을 검토하여 그 구성이 지닌 내적 질서를 발견하는 일이 선행되어야 할 것이다.

이규보가 동명왕의 神異한 일을 단지 후세에 전하려고만 했다면, 굳이 詩라는 형식을 고집하지 않아도 되었을 것이다. 그러나 천하 사람들로 하여금 우리나라가 본래 聖人의 나라임을 알도록 하기19) 위해서는 단순히 사실을 기록하여 전달하는 것만으로는 어렵기에, 그 자신이 不信→信으로 의식을 전환20)한 것처럼 천하의 의식도 不信→信의 상태로 전환시키고자 하였을 것이다. 그러면서 사실의 믿음에서 나아가, 믿음에 따른 사실의 이해와 재해석을 통해 천하의 의식을 無知→知, 不覺→覺

---

19) "是用作詩以記之, 欲使夫天下, 知我國本聖人之都耳.", 〈동명왕편〉 并序.
20) "然亦初不能信之, 意以爲鬼幻. 及三復耽味, 漸涉其源, 非幻也, 乃神也, 非鬼也, 乃神也.", 같은 글.

의 상태로까지 끌어올리고자 한다. 문학의 서술이 역사기술과는 엄연히 다른 점이, 역사적 사실을 재현하는 듯하면서도 실제로는 그 이상의 것이 되게 하는 작자의 관념적 맥락의 작용에 있다21)면, 이규보는 이 점을 인식하였을 것이다. 그렇다면 〈동명왕편〉의 구성원리는 이러한 의도와 무관하지는 않으리라고 본다.

기존의 논저 중에서 본 작품의 구성과 관련하여 언급한 부분을 제시하여 논의의 실마리로 삼고자 한다.

1 장덕순 : 이것은 영웅 동명왕의 탄생 이전의 계보를 밝히는 序章과, 동명의 출생으로부터 그의 입국·종말까지를 묘사한 本章과 그리고 그의 사업을 계승한 유리왕의 즉위까지의 경로 및 작자의 소감을 부연한 終章의 三部로 구성된 敍事詩이다.22)

2 이금희 : 緖頭部-중국 上古 諸帝王들의 신이한 탄생 및 치적, 작자의 辭, 해모수의 강림~동명왕의 출생. 行蹟部-동명왕의 유년시의 神迹~동명왕의 입국, 승천, 유리의 왕위계승. 評結部-작자의 논평.23)

3 전형대 : <동명왕편>은 동명왕 탄생 이전의 계보를 노래한 서장과, 동명왕의 출생으로부터 나라를 세우고 동명왕이 죽기까지의 이야기와 유리왕의 계승을 묘사한 본장, 끝으로 작자의 소감을 부연한 에필로그로 되어 있다.24)

4 조동일 : 전체적인 구성은 먼저 해모수를 주인공으로 삼아 동명왕 탄생 이전에 있었던 일을 노래하고, 다음 순서로 동명왕의 출생, 시련, 투쟁, 승리를 영웅의 일생에 맞게 다루고,

---

21) 황패강, 『조선왕조소설연구』(단국대학교 출판부, 1981), p.56.
22) 장덕순, 앞의 논문, p.325.
23) 이금희, 앞의 논문, pp.11~29.
24) 전형대, 『이규보의 삶과 문학』(홍성사, 1983), p.66.

> 끝으로 유리를 등장시켜 삼대에 걸친 행적을 두루 다 보
> 여주었다.25)

이처럼 〈동명왕편〉의 구성에 대한 견해는 구구하다. 각 견해의 문제점을 간략히 지적해 보기로 한다.

①은 장덕순 교수에 의해 이른 시기에 제시된 이후, 이우성,26) 신용호,27) 김진영,28) 김경수29) 교수 등에 의해 답습되고 있다는 점에서 주목되는 견해이기는 하다. 그러나 작품의 끝에 있는 非敍事的 부분을 敍事部分인 유리의 繼位談과 함께 終章에 넣어 파악하면서도, 작품의 머리에 있는 비서사적 부분에 대해서는 달리 언급하지 않고 있음을 볼 수 있다. 이 점은 종장에 서사부분과 비서사적 부분이 혼융되어 있다는 점과 함께 자체 내의 일관성과 타당성을 잃게 하는 문제점으로 지적될 수 있을 것이다.

②는 동명왕의 일생을 '출생'을 경계로 하여 '서두부'와 '행적부'로 나누어 파악하고 있다는 점에서 처음·중간·끝이라는 유기적 통일성이 문제될 수 있다. 그리고 작품 끝에 있는 비서사적 부분은 '평결부'로 독립시켜 놓으면서도, 작품 머리에 있는 비서사적 부분은 서사부분과 구분함이 없이 함께 '서두부'로 파악하고 있다는 점도 문제점으로 지적될 수 있다.

③은 동명왕 일가의 三代記를 해모수/동명왕·유리로 양분하고 있는데, 이것 역시 유기적 통일성이라는 면에서 볼 때, 分章의 객관성을 지

---

25) 조동일, 앞의 책, p.86.
26) 이우성, 앞의 논문, p.101.
27) 신용호, 앞의 논문, pp.56~57.
28) 김진영, 앞의 책, pp.100~101.
29) 김경수, 『이규보시문학연구』(아세아문화사, 1986), p.124.

니기 어렵다. 또 작품 끝의 비서사적 부분은 '에필로그'로 구분하여 파악하면서도 작품 머리의 비서사적 부분에 대해서는 달리 언급하지 않고 있는 점도 그 한계로 지적될 수 있다.

④는 동명왕설화만을 대상으로 한 것이 아님에도 불구하고 비서사적 부분에 대해서는 언급하지 않음으로 해서, 사실상 〈동명왕편〉의 전체적인 구성에 대한 견해로 보기는 어렵다.

이처럼 기왕의 연구자들이 본 작품의 구성양상을 살핌에 있어, 서사와 비서사가 뒤섞여 있으면서 비서사적 부분이 잡박함을 보이고 있다고 생각하여 그것에 대해서는 별달리 주목하지 않거나, 서사부분과 비서사적 부분을 함께 묶어 파악함으로 해서 구성원리를 제대로 밝히지 못했다.

필자는 이상과 같은 점을 반성하면서, 이제껏 별달리 주목받지 못했던 비서사적 부분부터 관심을 기울이고자 한다.

먼저 작품의 머리에 있는 비서사적 부분부터 검토해 보기로 한다.

	元氣判沌渾	원기가 혼돈을 없애니
	天皇地皇氏	천황씨 지황씨가 되었다.
	十三十一頭	머리가 열 셋 혹은 열 하나
	體貌多奇異	그 모습 기이함이 많았다.
	其餘聖帝王	그 나머지 성스러운 제왕들도
	亦備載經史	또한 경서와 사기에 실려 있다.
	女節感大星	여절은 큰 별에 감응되어
	乃生大昊摯	소호지를 낳았고
B	女樞生顓頊	여추는 전욱을 낳았는데
	亦感瑤光暐	역시 북두성의 광채에 감응되었다.
	伏羲制牲犧	복희씨는 희생제도를 마련하였고
	燧人始鑽燧	수인씨는 비로소 나무를 비벼 불을 만들어냈다.

生莫高帝祥　명협이 난 것은 요임금의 상서요
雨粟神農瑞　조〔粟〕에 비가 내린 것은 신농씨의 상서다.
青天女媧補　푸른 하늘은 여와씨가 기웠고
洪水大禹理　홍수는 우임금이 다스렸다.
黃帝將升天　황제가 하늘에 오르려 할 때
胡髥龍自至　턱에 수염 난 용이 스스로 이르렀다.
太古淳朴時　태고 적 순박할 때는
靈聖難備記　신령하고 성스러운 것 이루 다 기록할 수 없었는데,
C　後世漸澆漓　후세에 인정이 점점 경박해지고
風俗例汰侈　풍속이 지나치게 사치해졌다.
聖人間或生　성인이 간혹 나기는 하였으나
神迹少所示　신령한 자취 보인 것이 적다.

　이상에서 제시된 내용은 B와 C로 양분될 수 있다. B는 처음·중간·끝이라는 유기적 통일성에 의해 구성되어 있지 않다. 또 서사시는 한 개인의 단면 제시가 아닌 인생의 총체적 모습을 조명해야 한다[30]면, B는 중국 신화시대 여러 제왕들의 개인의 단면을 제시하고 있을 뿐으로 서사성을 지니고 있는 부분은 아니다. 동명왕의 신성성에 대한 '믿음의 당위성을 제시'하기 위한 유도의 기능을 가진 비서사적 부분인 것이다.

　C는 작자의 소감을 피력한 부분으로서, 이것은 다시 점선을 경계로 하여 양분될 수 있다. 전자는 과거의 긍정적 상황에 대한 것이고, 후자는 과거의 부정적 상황에 대한 것인데, 시제상으로 보아 전자는 후자보다 앞선 大過去이다.

　이번에는 해모수→동명왕→유리의 삼대기로 된 서사부분에 이어 작품 끝에 나오는 비서사적 부분을 검토해 보기로 한다.

---

30) 성기옥, 「〈龍飛御天歌〉의 서사적 짜임」, 백영 정병욱선생 환갑기념논총 Ⅱ, 『한국시가문학연구』(신구문화사, 1983), p.156.

A′	我性本質木	㉠	내 성품 본래 질박하여
	性不喜奇詭		기이하고 괴상한 것 좋아하지 않았다.
	初看東明事	㉡	처음에 동명왕의 일을 보고
	疑幻又疑鬼		요술인가 귀신인가 의심하였다.
	徐徐漸相涉	㉢	서서히 점점 파고들어가 보니
	變化難擬議		변화를 헤아려 의논하기 어려웠다.
	況是直筆文	㉣	하물며 이것은 사실을 있는 그대로 적은 글이라
	一字無虛字		한 글자도 헛된 글자가 없다.
	神哉又神哉	㉤	신이하고도 신이하여
	萬世之所韙		만세에 아름다운 일이다.
	因思草創君	㉥	그래서 생각해보니 창업하는 임금이
	非聖卽何以		성신이 아니면 어찌 이루랴.

劉媼息大澤　유온이 큰 못에서 쉬다가
遇神於夢寐　꿈꾸는 사이에 신을 만났네.
雷電塞晦暝　우레 번개에 천지가 캄캄한데
蛟龍盤怪傀　교룡이 괴이하게 서리었다.
因之卽有娠　그로 인해 곧 임신하여
乃生聖劉季　성신한 유계를 낳았다.
B′　是惟赤帝子　이 분이 적제의 아들인데
其興多殊祚　일어남에 특이한 복조가 많았다.
世祖始生時　세조가 처음 태어날 때에
滿室光炳煒　광명한 빛이 집안에 가득하였다.
自應赤伏符　절로 적복부에 응하여
掃除黃巾僞　황건적을 소탕하였다.

自古帝王興　예부터 제왕이 일어남에
C′　徵瑞紛蔚蔚　많은 징조와 상서가 있었으나,
末嗣多怠荒　끝 자손은 게으르고 거칠음이 많아
共絶先王祀　모두 선왕의 제사를 끊어지게 하였다.

乃知守成君　이제야 알겠다 수성하는 임금은
集蓼戒小毖　신고한 땅에서 작은 일에 조심하여

E   守位以寬仁   너그럽고 어짊으로써 왕위를 지키고
     化民由禮義   예와 의로 백성을 교화하여,
     永永傳子孫   길이길이 자손에게 전하여
     御國多年紀   오래도록 나라를 통치하는 것임을.

이상에서 제시된 내용은 그 의미상으로 봐서 A´ B´ C´ E로 4분될 수 있다. A´는 幷序의 내용을 詩化한 것에 다름 아니라는 점에서 주목된다. 병서는 다음과 같다.

세상에서 동명왕의 신이한 일을 많이 얘기하고 있다. 비록 어리석은 남자와 어리석은 여자라도 자못 그 일을 얘기한다. 내가 일찍이 그 얘기를 듣고 웃으면서 말하기를, "옛스승이신 공자께서는 怪力亂神을 말씀하지 않았는데, 이 동명왕의 일은 실로 황당하고 기괴한 일이니 우리들이 얘기할 것이 못된다."라고 하였다. 뒤에 『위서』와 『통전』을 읽어 보니 역시 그 일을 실었으나 간략하여 상세하지 못하였으니, 국내의 것은 상세히 하고 외국의 것은 소략히 하려는 뜻인지도 모르겠다. 지난 계축년 4월에 『구삼국사』를 얻어 「동명왕본기」를 보니 그 신이한 사적이 세상에서 얘기한 것보다 더했다. 그러나 역시 처음에는 믿지 못하고 鬼나 幻으로만 생각하였는데, 세 번 반복하여 탐독하고 완미하여 점점 그 근원에 들어가니 幻이 아니고 聖이며, 鬼가 아니고 神이었다. 하물며 국사는 사실 그대로 쓴 글이니 어찌 허탄한 것을 전하였으랴. 김부식이 국사를 중찬할 때에 자못 그 일을 생략하였으니, 생각컨대 公은 국사는 세상을 바로 잡는 글이니 크게 이상한 일은 후세에 보일 것이 아니라고 생각하여 생략한 것이 아닐까.
「당현종본기」와 「양귀비전」에는 두 군데 모두 方士가 하늘에 오르고 땅에 들어갔다는 일이 없는데, 오직 시인 백락천만이 그 일이 인멸될 것을 두려워하여 노래를 지어 기록하였다. 저것은 실로 황당하고 음란하고 기괴하고 허탄한 일인데도 오히려 읊어서 후세에 보였

거늘, 하물며 동명왕의 일은 변화의 신이한 것으로 여러 사람의 눈을 현혹한 것이 아니고 실로 나라를 창건한 신이한 사적이니 이것을 기술하지 않으면 후세 사람들이 장차 어떻게 볼 것인가? 그러므로 시를 지어 기록하여 천하로 하여금 우리나라가 본래 聖人의 나라라는 것을 알리고자 할 뿐이다.31)

앞의 A′의 ㉠에서 ㉕까지는 병서와 대응관계에 있는 바, 병서 중에서 대응되는 내용을 뽑아보면 다음과 같다. 논의의 편의상 다음을 A라고 칭한다.

㉠ 僕嘗聞之 笑曰 先師仲尼 不語怪力亂神 此實荒唐奇詭之事 非吾曹所說

㉡ 然亦初不能信之 意以爲鬼幻

A ㉢ 及三復耽味 漸涉其源 非幻也 乃聖也 非鬼也 乃神也

㉣ 況國史直筆之書 豈妄傳之哉

㉤ 矧東明之事 非以變化神異 眩惑衆目 乃實創國之神迹 則此而不述 後將何觀

㉥ 是用作詩以記之 欲使夫天下 知我國本聖人之都耳

B′는 중국 漢代 高祖와 光武帝의 신이한 일을 말하고 있다는 점에

---

31) "世多說東明王神異之事. 雖愚夫騃婦, 亦頗能說其事. 僕嘗聞之笑曰, 先師仲尼, 不語怪力亂神, 此實荒唐奇詭之事, 非吾曹所說. 及讀魏書通典, 亦載其事, 然略而未詳, 豈詳內略外之意耶. 越癸丑四月, 得舊三國史, 見東明王本紀, 其神異之迹, 踰世之所說者. 然亦初不能信之, 意以爲鬼幻. 及三復耽味, 漸涉其源, 非幻也, 乃聖也, 非鬼也, 乃神也. 況國史直筆之書, 豈妄傳之哉. 金公富軾, 重撰國史, 頗略其事, 意者公以爲國史, 矯世之書, 不可以大異之事, 爲示於後世, 而略之耶. 按唐玄宗本紀, 楊貴妃傳, 並無方士升天入地之事, 唯詩人白樂天, 恐其事淪沒, 作歌以志之. 彼實荒淫奇誕之事, 猶且詠之, 以示于後, 矧東明之事, 非以變化神異, 眩惑衆目, 乃實創國之神迹, 則此而不述, 後將何觀. 是用作詩以記之, 欲使夫天下, 知我國本聖人之都耳.", 〈동명왕편〉 幷序.

서 작품 머리에 있는 B(중국 상고 신화시대 여러 제왕들의 신이한 일)와 대응
관계에 있다.

　C′와 E는 작자의 소감을 피력하고 있는 것이라는 점에서 함께 파악
할 수도 있을 것이다. 그러나 C′는 과거의 상황에 대한 것이고, E는 미
래의 기대되는 상황에 대한 것이라는 점과, A와 A′, B와 B′가 대응관
계에 있는데다가, C와 C′도 대응관계에 있다는 점에서 구분하였다. C′
도 C와 마찬가지로 점선을 경계로 하여 과거의 긍정적인 상황에 대한
것과 과거의 부정적 상황에 대한 것으로 양분될 수 있다. 이 때에도 시
제상으로 전자는 大過去이다.

　E는 작자가 기대하는 미래의 바람직한 상황에 대하여 읊은 것으로
서, 이 부분과 대응관계로 볼 수 있는 것이 없다는 점이 주목된다.

　이상에서 분석·검토한 결과를 토대로 〈동명왕편〉의 각 부분들을 순
차적 배열순서에 따라 정리하면 다음과 같다.

　　　A : 聖人으로서의 동명왕의 신이한 일에 대한 믿음의 고백과 믿음
　　　　　에로 이끔
　　　B : 중국 상고 신화시대 여러 제왕의 신이한 일
　　　C : 과거상황에 대한 이해
　　　D : 해모수→동명왕→유리의 三代記[32]
　　　A′ : 草創君으로서의 동명왕의 신이한 일에 대한 믿음의 고백
　　　B′ : 중국 한대 여러 제왕의 신이한 일
　　　C′ : 과거상황에 대한 이해
　　　E : 미래상황에 대한 이해

---

32) 〈동명왕편〉의 서사내용인 D의 구조는 「3. 〈동명왕편〉의 의미분석과 작품의 성격」에
　　서 도입부·전개부·종결부로 분석되어질 것이다.

이상의 분석·검토를 통해서, 비서사적 부분은 잡박함을 보이고 있는 것이 아니라 그것들대로 상호 대응관계에 있다는 사실을 새롭게 알게 되었다. 우리는 이러한 사실에서, 이규보가 비서사적 부분에 일정한 의미를 부여하면서 그것을 의도적으로 배열하였을 것이라는 인상을 받게 된다.

문학연구는 작품이 무엇을 표현하고 있느냐에 주의를 좁혀야 하고, 의미의 표현을 위해 어떤 방식을 취하고 있는가를 고려해야 한다[33]면, 창작의도나 목적성이 어느 작품보다 강한 본 작품의 구성원리에 대한 검토는 더욱 심화되어야 할 것이다. 그렇게 해서 얻어진 결과는 작품의 실상을 온전히 이해하는 데 결정적인 역할을 할 수 있을 것이다.

이러한 작업을 수행하기 위해 앞에서 파악한 본 작품의 부분들을 도식화하면 다음과 같다.

A	B	C	D	A′	B′	C′	E

〈표 1〉

이상의 도식에서 하나의 의문을 제기할 수 있을 것이다. 즉 序와 詩는 그 성격이 다를 뿐 아니라, 산문으로 된 序는 운문으로 된 詩가 아님에도 불구하고 본 연구에서는 幷序를 A라 칭하고, 그것을 本文과 하나의 구조로 파악하고자 하는 것이 과연 타당한 것인가 하는 점이다. 그러나 이규보가 본 작품의 제목을 〈東明王詩〉라고 하지 않고, 제목에 특이하게 '篇'자를 사용한 의도를 짐작해 본다면, 본 연구의 분석태도는 그렇게 무리한 것은 아니라고 본다. 이규보가 幷序와 東明王詩를 묶고, 시

---

33) 윌프레드 L·궤린 외 공저, 정재완·김성곤 공역, 『문학의 이해와 비평』(청록출판사, 1978), p.59.

에서도 각 부분을 일정한 순서에 따라 篇次하여 〈東明王篇〉이라고 제목을 붙였다면, 본 작품의 실상을 제대로 이해하기 위해서는 詩만을 다룰 것이 아니라, 병서와 시를 함께 묶어 파악하는 것이 필요할 것이라고 본다.

그런데 작품이 한번 성립한 뒤에는, 작품의 '모든' 부분에 있어서 '동시적'으로 존재하며, 작품의 부분의 어떤 것도 〈먼저〉 내지는 〈뒤의〉 것일 수가 없기 때문에, 작품 부분들의 질서의 도치를 수행함으로써 '새로운' 현상을 얻을 수 있다.34) 그렇다면 위의 도식은 순차적 질서이면서 작품의 외적 질서를 말해 주는 것이라고 할 수 있는 바, 작품의 내적 질서는 부분들을 도치시킴으로써 찾아질 수 있다. 그것을 도식화하면 다음과 같다.

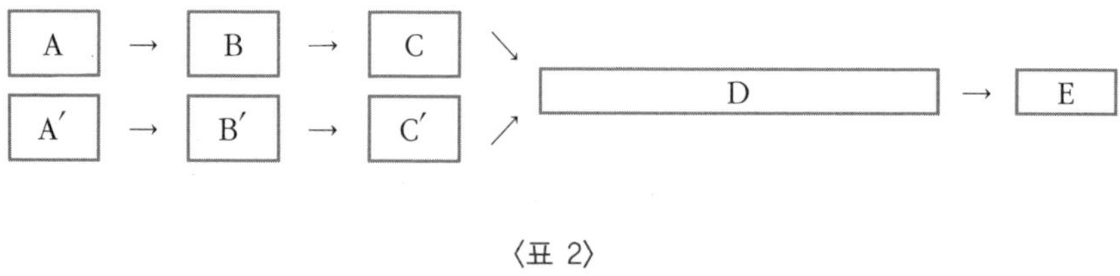

〈표 2〉

우리는 이규보가 본 작품에서 '무엇'을 표현하기 위해 '어떤' 구성원리를 취하고 있는가 하는 점에 관심을 집중시키면서 작품 자체를 검토한 결과, 그 구성양상을 〈표 2〉와 같이 밝혀볼 수 있었다. 그런데 문제는 이규보가 표현하고자 했던 그 '무엇'이라는 것이 어떤 것이냐 하는 점에 대해서도 논자에 따라서 '국가의식', '민족의식', '국가의식과 민족의식' 등으로 파악하는 등 일치하지 않는다는 점이다. 우리는 〈표 2〉가 지니는 의미를 밝혀봄으로써 이규보가 나타내고자 했던 그 '무엇'의 정체

---

34) 로만 인가르덴 저·이동승 역, 『언어예술작품』(민음사, 1985), pp.344~345.

를 밝혀낼 수 있을 것이며, 그 결과를 통해 본 작품의 성격을 규명할 수 있을 것이다.

그러면 위의 구성양상이 지니는 의미를 생각해 보기로 한다.

본 작품은 A→B→C→D→A′→B′→C′→E로 진행되는 순차적·외적 질서에 의하지 않고, A→B→C→D→E와 A′→B′→C′→D→E의 두 갈래로 진행되는 이중적·내적 질서에 의하고 있다. 이럴 때 각 갈래는 선후·주종관계에 있지 않고 대등한 관계에 있게 되므로 자립적이다. 결국 본 작품이 두 갈래로 진행된다는 것은 이규보가 표현하고자 했던 그 '무엇'이라는 것도 하나가 아니라 둘일 수 있다는 점을 시사해 준다.

이번에는 본 작품의 각 부분들이 수행하고 있는 기능에 대해서 생각해 보기로 한다.

작품 끝의 비서사적 부분에 대해서 "끝으로 총괄하는 대목을 두어서 작품 창작을 하기까지의 경위를 다시 밝히고 다룬 내용의 진실성을 다짐"35)하는 기능을 수행하고 있다는 견해도 있으나, 작품의 구성양상에 주목할 때 그 기능에 대해서는 다시 생각해 볼 필요가 있다.

이규보는 A·A′를 통해 동명왕의 신이한 일에 대한 믿음을 고백하면서 천하의 사람들로 하여금 그와 같은 믿음에로 나아가게끔 이끌고자 하며, B·B′를 통해 동명왕의 신이한 일에 대한 믿음의 당위성을 제시하고, C·C′를 통해 믿음에 따라 과거의 상황을 이해한 바를 기술하고, D를 통해 믿음의 당위성을 증명하고, 끝으로 E를 통해 믿음에 따른 미래지향적 이해를 기술하고 있다. 뒤에서 보다 구체적으로 논의하겠지만, E는 미래의 기대되는 상황에 대하여 말하고 있으나, 결국은 현재의 상황에 대하여 궁극적으로 이해한 바를 말한 것에 다름 아니다. 이를 정리하면 다음과 같다.

---

35) 조동일, 앞의 책, p.87.

A·A′ : 믿음의 고백과 믿음에로 이끔
B·B′ : 믿음의 당위성 제시
C·C′ : 믿음에 따른 과거상황의 이해
　　　　(현재상황에 대한 이해)
D　 : 믿음의 당위성 증명
E　 : 믿음에 따른 미래지향적 이해
　　　　(현재상황에 대한 궁극적 이해)

우리는 이상의 분석·검토를 통해서 〈동명왕편〉의 구성원리와 그 의미를 살피고, 나아가 서사와 비서사의 각 부분들이 수행하고 있는 기능에 대해서도 살펴보았다.

3. 〈동명왕편〉의 의미분석과 작품의 성격

〈동명왕편〉의 내적 질서를 떠받치고 있는 핵심적인 의미는 '믿음'과 '이해'이다. 지금부터는 앞의 「〈동명왕편〉의 구성원리와 그 의미」에서 얻어진 결과를 토대로 여러 요소들이 서로 관계를 맺고 짜여서 산출하는 의미를 추출해 봄으로써 본 작품의 성격을 해명하고자 한다.

3.1. 믿음의 내용과 의미

이규보가 A에서 믿음을 고백하고 천하로 하여금 믿도록 이끌고자 한 대상은 동명왕이 신성성을 지닌 '聖人'이라는 점이다.

그런데 이규보는 '천하'로 하여금 그러한 사실을 믿도록 하자면, 자신의 고백만으로는 미흡하기에 믿음의 당위성을 제시할 필요성을 느꼈을 것이다. B는 그와 같은 기능을 수행하고 있다.

총 18행인 B를 의미상으로 파악하면 4개의 단락으로 나누어 볼 수 있다. 1행~6행은 天·地·人 三皇을 위시한 제왕들의 탄생 전의 '신이한 징표'를 나타낸 부분이고, 7행~10행은 여절과 여추가 별에 감응되어 소호와 전욱을 낳는 '신이한 탄생'을 나타낸 부분이고, 11행~16행은 복희·수인·신농·우임금 등이 이룩한 '신이한 행적'을 나타낸 부분이고, 17행~18행은 황제가 용을 타고 오르는 '신이한 승천'을 나타낸 부분이다.

B의 총 18행은 개인의 단면을 모아 놓은 집합체에 지나지 않는다고 보기 쉽다. 그러나 의미상으로 4개의 단락으로 파악할 때, 각 단락은 ① 신이한 징표→② 신이한 탄생→③ 신이한 행적→④ 신이한 승천의 네 단계의 연쇄체로 정리된다는 사실이 주목된다. 이 ①→④로의 연쇄는, 이규보가 중국과 우리나라의 신화시대 聖人의 삶과 그들 傳記의 典型性을 어떻게 이해하고 있는지를 말해 준다. 이규보는 개인의 삶의 집합을 하나의 연쇄체로 받아들여 그가 이해한 '聖人의 一生'의 전형을 제시하고 있는 셈이다.

그러므로 이규보가 병서인 A에서 "漸涉其源, 非幻也, 乃聖也, 非鬼也, 乃神也"임을 알게 되었다고 고백하게 된 것은, 먼저 성인의 일생의 전형성을 생각하고 동명왕의 일생이 성인의 일생과 부합한다는 사실을 알게 되었음을 말하는 것이 아닐까? 그렇다면 B는 "漸涉其源"이라고 했을 때의 근원에 해당되는 것일 수 있다.

이처럼 B에서 제시된 믿음의 당위성은 동명왕 일가의 三代記인 D를 통하여 그 당위성이 증명된다. 즉 ① '신이한 징표'는 해모수를 통해, ② '신이한 탄생'은 유화가 해를 품고 주몽을 낳는 것을 통해, ③ '신이한 행적'은 동명왕의 신이한 여러 행적을 통해, ④ '신이한 승천'은 동명왕이 "在位十九年, 升天不下莅"했다는 본 작품의 표현을 통해 증명된다. 결국 동명왕의 일생은 성인의 전형적인 일생과 부합하는 것이기에 성인으로서의 동명왕의 신성성에 대한 믿음의 근거를 마련할 수 있게 된 셈이다.

이번에는 A′로부터 진행되는 것을 살펴보자. A′에서 이규보가 믿음을 고백하고 천하로 하여금 믿도록 이끌고자 한 대상은 '草創君'으로서의 동명왕이 신성하다는 점이다. 이 점은 A′의 마지막 2구인 "因思草創君, 非聖卽何以"라는 표현과, 이어서 나오는 B′의 내용을 통해서 알 수 있다.

이규보는 여기에서도 역시 B′를 통해 믿음의 당위성을 제시하고 있다. B′는 B와 마찬가지로 한 개인의 총체적인 모습을 보여주는 것이 아니라, 중국 한대 고조·광무제의 개인적인 단면을 보여주고 있다. 총 12행인 B′를 의미상으로 파악하면 ① 1행~2행, ② 3행~6행, ③ 7행~10행, ④ 11행~12행의 4단락으로 나누어 볼 수 있다. 이 ①~④는 ① 신이한 징표→② 신이한 탄생→③ 비범한 성장→④ 투쟁에서의 승리라는 네 단계의 연쇄체로 정리될 수 있다. 그런데 11행~12행에는 구체적으로 나타나 있는 것은 아니지만, 그 속에는 '立國'까지 내포되어 있다고 본다면, ⑤ '입국'을 보태어 다섯 단계의 연쇄체로 재정리할 수 있겠다.

①→⑤의 연쇄체는 이규보가 이해한 신성스런 草創君의 일생의 전형성을 보여주는 것이다. B′도 B와 마찬가지로 이규보가 "漸涉其源"이라고 했을 때의 근원에 해당되는 것일 것이다.

이처럼 B′에서 제시된 믿음의 당위성은 D를 통해 그 당위성이 증명된다. 증명의 내용은 상술하지 않아도 무방할 듯하여 생략하기로 한다.

그렇다면 이와 같은 '믿음'이 의미하는 것은 무엇인가? 동명왕이 성

인임을 믿고, 따라서 천하로 하여금 "我國本聖人之都"임을 믿도록 하고
자 했다는 점에서, 고려가 고구려의 건국정신과 진취적 기상을 이어받
은 계승자라는 역사계승 의식과 함께, 외방민족과의 관계에서 사대주의
를 배격하고 민족주의 의식을 배양하고자 하는 작가의식을 추출할 수도
있을 것이다.

그러나 한편으로 이규보가 살다간 무신란을 전후한 시기는 고려사
전반을 통해서 볼 때 혼란이 연속된 암흑기였다는 점을 생각해 보면,
〈동명왕편〉의 '믿음'의 내용은 시각을 달리하여 해석할 수 있다. 엘리아
데(M. Eliade)의 생각대로, 사람들의 한 시기의 정체와 오염이 말썽이
되고 그리하여 쇄신이 필요할 때마다 신화적 원형이 반복된다[36]는 사
실과, 혼돈과 불안, 무질서와 어둠이 다시 또 한번 文化英雄을 부른
다[37]는 사실을 생각할 때, 〈동명왕편〉은 어둡고 혼란한 당대의 현실을
극복하기 위해 민족의식을 소생시키고 발양시키려는 의도에서 창작되었
다고 볼 수 있다.

〈동명왕편〉의 서사부분인 D를 B의 ① 신이한 징표→② 신이한 탄생
→③ 신이한 행적→④ 신이한 승천이나, B′의 ① 신이한 징표→② 신이
한 탄생→③ 비범한 성장→④ 투쟁에서의 승리→⑤ 입국이라는 연쇄체
에 의해 그 서사단계를 이해할 때, 類利의 繼位談은 아무런 의미를 지
니지 못한다. 그럼에도 불구하고 동명왕→유리로 서술되어 있는 이유는
무엇인가? 〈동명왕편〉 전체의 서사적 기능의 비중으로 보아 유리는 상
대적으로 단역의 자리에 있게[38] 되므로 詩化과정에서 그것이 대폭 삭
제되고 있는 것이지만, 동명왕→유리로 서술됨으로 해서 그것은 의미를

---

36) 김열규, 앞의 책(1983), p.365에서 재인용.
37) ＿＿＿, 같은 책, 같은 곳.
38) ＿＿＿, 앞의 논문(1986), p.Ⅲ.44.

지닌다. 유리의 계위담을 동명왕설화 내에서만 파악하여 동명왕→유리의 경우를 서술구조상의 문제점으로 파악[39]하기도 하지만, 인과관계를 내포하는 연대기적 전후로 기준을 삼으면, 당연히 동명왕→유리로 서술되어야 한다.[40] 그렇게 서술되었을 때, 유리의 계위담은 '믿음에 따른 이해'의 면에서 본질적인 기능을 수행할 수 있게 된다.

3.2. 이해의 내용과 의미

본 작품이 A→B→C→D→E와 A′→B′→C′→D→E의 두 갈래로 진행되는 과정에서, '믿음의 당위성 제시'(B·B′)와 '믿음의 당위성 증명'(D)과는 별다른 관련이 없는 듯이 보이는 C·C′가 그들 사이에 삽입되어 있는 점은 어떻게 해석할 수 있는가? C·C′를 B·B′와 D 사이에 둔 사실은, 본 작품이 동명왕의 신성성에 관하여 '믿음'을 이야기하고 있는 것에 머무르지 않고 당대의 현실에 관하여 '이해'한 것까지를 나타내고 있는 것으로 확장될 수 있는 근거를 마련해 준다는 점에서 중요한 의의를 지닌다. 즉 그와 같은 배치는 독자들이 C·C′를 의식하면서 D를 받아들여 작자가 이해한 E의 내용을 충실히 이해할 수 있도록 하려는 의도에서 나온 것이라고 할 수 있다.

이 점에 대해 살펴보기 위해 '이해'의 부분인 C·C′와 E를 따로 떼어 놓고 접근해 나아가기로 한다.

---

39) 박두포, 앞의 논문(1968), p.28.
40) 김열규, 앞의 논문(1986), p.III.44.

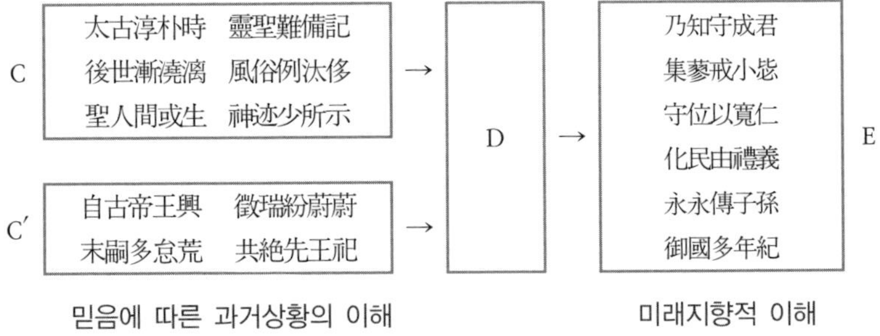

(1) C→D→E의 이해의 내용과 의미

C·C′는 과거상황에 대해서, E는 미래상황에 대해서 언급하고 있지만, 그것은 표면상의 것일 수 있다. "혀가 있어도 말 못하고, 눈이 있어도 눈물 내지 못하는"[41] 당대의 현실하에서 정치·사회적 문제를 거론하여 비판하자면 과거의 역사적 사실을 빌려 오는 간접적인 방법을 사용하거나,[42] C·C′·E처럼 과거와 미래상황으로 돌려 이야기할 수밖에 없을 것이다.

C·D·E를 당대의 상황으로 바꾸어 도식화하면 다음과 같다.

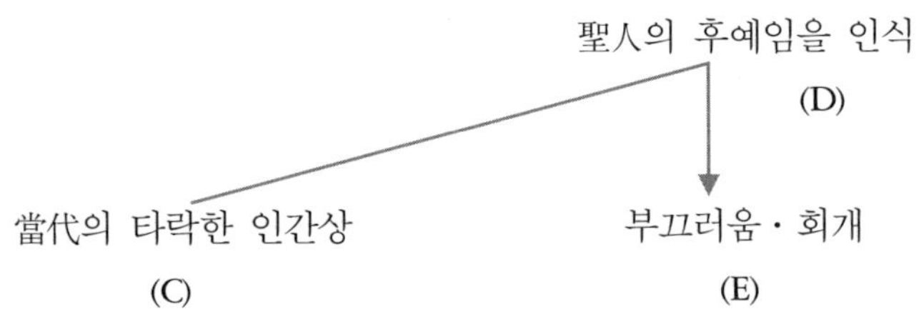

C는 인정이 경박해지고 풍속이 지나치게 사치해진 당대의 타락한

---

41) "有舌不可掉, 有眼不可泣", 이규보, 〈感興〉 1·2구, 『東國李相國集』 全集 권8.
42) 이규보는 『東國李相國集』 全集 권4에 수록된 〈開元天寶詠史詩〉에서 이러한 방법을 사용하고 있다.

풍조를 개탄하면서, 그와 같이 타락한 인간상을 비판한 것으로 보아야 할 것이다. 사실 이규보는 본 작품을 짓고 난 이듬해에 지은 七絶 43首의 總集으로 된 〈開元天寶詠史詩〉에서 警戒類 28수 중 '군왕의 사치와 퇴폐행위', '고관 및 부호의 사치와 퇴폐행위'에 대하여 9수나 할애할 정도로 타락한 사회를 심각하게 받아들이고 있다. 이규보는 C→D→E에서 독자들로 하여금 C를 통해 당대의 타락상을 직시하고, D를 통해 성인의 후예임을 인식하게 한 다음, E를 통해 성인의 후손으로서 부끄러움을 느끼고 회개해야 된다는 사실을 이해하도록 하고 있다.

그러면 그와 같은 당대의 타락성은 어디에서 연유하는가? 이규보는 "그 당시의 善惡이 다 임금의 영도에 점염된 것"[43]이라는 입장에서 그 모든 책임을 군왕에게 돌리고 있다. 그렇다면 守成君은 너그럽고 어짐으로써 왕위를 지키고 禮와 義로써 백성을 교화해야 한다는 E의 언급은, 사실은 그렇지 못한 당대의 군왕에 대하여 간접적으로 비판한 것이라고 할 수 있다.

이러한 사실을 통하여 볼 때, 〈동명왕편〉과 〈개원천보영사시〉는 취재된 사실과 형식이 서로 다름에도 불구하고 그 창작의도는 무관하지 않음을 알 수 있다. 이규보는 본 작품에서 당대의 타락상을 포괄적으로 지적하면서 군왕을 경계하고자 하였지만 미흡함을 느끼고서, 이듬해에 구체적인 사실을 들어서 보다 정확하게 당대의 문제를 진단하고자 〈개원천보영사시〉를 지었다고 본다. 이 점에서 두 작품은 상호 관련성을 지니고 있다.

---

43) "其時善惡, 皆上化之漸染", 〈開元天寶詠史詩〉 幷序, 『東國李相國集』 全集 권4.

(2) C′→D→E의 이해의 내용과 의미

이규보는 E의 첫머리에서 "이제야 알겠다"라고 말하고 있는데, 이와 같이 '무엇'을 이해할 수 있게 된 것은 동명왕의 신성성을 믿었기 때문에 가능한 것이다. "너희는 믿지 않으면 이해하지 못한다."44)는 말이 있듯이 이해의 전제조건은 믿음이다. 그렇다면 동명왕의 신이한 일을 믿지 않는 자들은 믿지 않음으로 해서 이규보가 이해한 그 '무엇'을 이해할 수 없었을 것이다. 그러므로 이규보가 그것을 온전히 믿고 받아들임으로써 이해하게 된 그 '무엇'의 정체를 밝혀내기 위해서는 그것에 대한 信과 不信의 내용상의 차이를 고려해 보는 방법도 도움이 될 것이다.

이런 점에서, 이규보가 믿었던 동명왕의 신이한 일을 수록하고 있는 『구삼국사』의 「동명왕본기」45)와, 김부식이 크게 이상한 일이라고 하여 믿지 않고 크게 생략한 『삼국사기』의 고구려 본기 제1, 「시조 동명성왕」의 기록을 ① 결핍의 상황→② 결핍의 극복→③ 결핍의 해소·지양이라는 민간전승적 서사담의 기본단위46)에 따라 살펴보기로 한다.

먼저 『구삼국사』에서는 해모수·동명왕·유리의 삼대가 각기 ①→②→③의 과정을 거친다.

해모수의 경우에 결핍의 대상은, 해모수가 유화를 보자 좌우의 신하에게 "얻어서 왕비를 삼으면 후사를 둘 수 있다.(得而爲妃, 可有後胤)"라고 한 말을 통해서 알 수 있듯이, 後嗣이다. 해모수는 하백과의 신통술 시

---

44) 舊約聖書 희랍어 번역본 所載. 요셉 랕씽어 저·장익 역, 『그리스도 신앙』(분도출판사, 1974), p.45에서 재인용.
45) 현재 『舊三國史』가 전해오지 않는 관계로 「東明王本紀」의 완전한 모습을 알 수 없지만, 박두포 교수가 〈동명왕편〉의 分註들을 輯錄하여, 그 이음이 잘 안되는 대목을 보완해 「東明王本紀」의 復原을 시도한 바 있다. 박두포, 앞의 논문(1968), pp.8~13.
46) 김열규, 앞의 논문(1983), p.78.

험을 통해 결핍을 극복하고, 하백으로부터 천제의 아들로서 인정을 받고 유화와 결혼함으로써 결핍을 해소·지양하게 된다.

동명왕의 경우에 결핍의 대상은, 주몽이 그 어미에게 "저는 천제의 자손인데 남을 위하여 말을 기르니 사는 것이 죽는 것만 못합니다. 남쪽 땅에 가서 나라를 세우려고 합니다.(我是天帝之孫, 爲人牧馬, 生不如死, 欲往南土造國家)"라고 한 말을 통해 알 수 있듯이, 國家이다. 동명왕은 금와왕의 왕자들의 핍박을 극복하고, 나라를 세운 뒤에 비류왕과의 투쟁을 거쳐 나라의 기틀을 튼튼히 함으로써 결핍을 해소·지양하게 된다.

유리의 경우에 결핍의 대상은, 유리가 그 어미에게 "아버지가 임금이 되어 있는데도 자식은 남의 신하가 되어 있으니, 제가 비록 재간이 없사오나 어찌 부끄러운 일이 아니겠습니까?(父爲人君, 子爲人臣, 吾雖不才, 豈不愧乎)라고 한 말을 통해서 알 수 있듯이, 王位이다. 유리는 부왕의 유물인 칼의 탐색과 부왕의 神聖시험을 통해 결핍을 극복하고, 왕위를 계승함으로써 결핍을 해소·지양하게 된다.

이에 비해 『삼국사기』에서는, 해모수의 경우 ①·②·③이 나타나 있지 않으며,[47] 동명왕의 경우는 ①이 모호함[48]으로 해서 ②·③이 유기성을 지니지 못하며, 유리의 경우는 ①·②·③이 나타나 있으나 弱化되어 있다.

살펴본 대로, 『구삼국사』의 경우는 三代가 각기 ①→②→③의 과정을 거치는 데 비해, 『삼국사기』는 그렇지 못함으로 해서 이렇다 하게 이해할 만한 것이 없다.

---

47) 『삼국사기』에 수록된 해모수에 관한 기록은 "其舊都有人, 不知所從來. 自稱天帝子解慕漱, 來都焉……時有一男子, 自言天帝子解慕漱, 誘我(柳花)於能心山下, 鴨淥邊室中私之, 卽往不返." 정도에 그치고 있다.

48) 金蛙王의 왕자들이 朱蒙을 謀殺하려고 하자, 주몽의 어미가 "國人將害汝, 以汝才略, 何往而不可, 與其遲留而受辱, 不躍遠適以有爲."라고 말하고 있으나, 결핍의 상황이 구체적으로 나타나 있지 않다.

이제부터 『구삼국사』의 경우를 분석하기로 한다. 각 세대는 독립성을 갖추고 있으면서, 주몽을 정점으로 하여 '단서→성취→보완'의 통합적인 서사구조를 지니고 있다[49]는 견해는 타당성을 지닌 듯해도 문제가 없지 않다. 각 세대가 '결핍→극복→해소'든 '문제(과제)→해결(성취)'이든 독립성을 지닌 것이긴 해도 '단서→보완→성취'의 서사구조에서 해모수를 '단서'로 파악하는 것은 무리라고 본다. 해모수의 경우, 결핍의 대상은 어디까지나 後嗣이다. 동명왕과 유리의 경우, 결핍의 대상은 국가와 왕위로서 모두 國家와 관련된 것이다. 후사를 보는 것이 곧 국가건설을 의미하고 있지는 않다. 따라서 후사 그 자체는 '성취→보완'으로 이어지는 탐색의 객체가 아닌 것이다. 그렇다면 '단서'도 국가와 관련된 것이어야 한다.

그레마스(Greimas)의 『구조의미론』[50]에 따라 『구삼국사』의 「동명왕본기」를 초장의 상황(도입부) · 변형의 생성(전개부) · 종장의 상황(종결부)으로 나누어 분석하면서 위에서 제기된 문제를 검토하고자 한다.

▌초장의 상황(도입부)

초장에는 모종의 '결핍'이 나타나는데, 이야기의 발동을 거는 결핍의 상황은 무엇인가? 누구에게 무엇이 결핍되어 있는가? 등의 물음이 제기될 수 있다.

『구삼국사』의 「동명왕본기」에서 이야기의 발동을 걸고 있는 것은 天帝이다. 천제의 경우 결핍의 대상은, 부여의 정승 아란불에게 "장차 내 자손으로 하여금 여기에 나라를 세울까 하니 너희들은 여기를 피하라.

---

49) 김열규, 앞의 논문(1986), pp.Ⅲ.42~Ⅲ.43.
50) 이 점에 대해서는 주로 서인석, 『성서와 언어과학』(성바오로출판사, 1984), pp.256~268을 참고하였음.

(將使我子孫, 立國於此, 汝其避之)"라고 말한 대목을 통해서 알 수 있듯이, 국가이다. 그렇다면 그 결핍은 '천제의 일'이 국가건설을 통해 顯示되는 것이라고 할 수 있다.

이런 의미에서 본다면, 앞에서 말한 '단서'는 해모수가 아니라 천제라고 봐야 옳을 것이다. 그러므로 이야기의 발동을 거는 결핍의 상황이 제시된 '天帝'에 관한 부분이 초장(도입부)이 된다. 따라서 해모수는 작품 속에서 독자성을 지닌 인물이라기보다 주인공인 동명왕의 신성성을 부각시키기 위해 동원된, 일종의 배경적 인물이라고 할 수 있다.

▌변형의 생성(전개부)

a) 자격시련 : 영웅은 첫 시련을 겪게 되는데, 이 시련을 성공리에 끝마치게 되면 영웅〔主體〕으로서의 자격을 인정받게 된다. 동명왕의 경우도 장차 거기에서 태어날 알이 버려지는 첫 시련을 겪게 되지만, 모든 짐승들에 의해 보호받음으로써 천제의 자손임을 인정받게[51] 된다. 그런 다음, 동명왕은 자라서 결핍의 대상을 찾아 길을 떠난다.

b) 본격시련 : 영웅은 본격적이요 결정적인 투쟁의 주역과 목숨을 건 투쟁을 하게 된다. 동명왕도 부여 왕자들의 핍박으로 남쪽으로 가다가 엄체수에서 물고기·거북 등의 도움으로 적의 추적을 피해 물을 건넘으로써 본격시련을 무사히 끝마친다.

c) 영광시련 : 영웅은 마지막으로 영광시련을 치러야 하는데, 이 시련을 성공리에 끝마치게 되면 사람들로부터 인정받게 된다. 동명왕도

---

51) 朱蒙이란 아이를 버린 이유에 대해, 그가 天神의 아들이라는 증거를 얻기 위해서였다고도 하며, (出石誠彦, 『支那上代 上古史 硏究』, pp.94~95. 이옥, 『고구려민족 형성과 사회』(교보문고, 1984), p.159에서 재인용.) 아버지가 아들이 하늘에서 내려왔다는 것을 인정하기 위해서는 이 아이는 시련을 받아야 했었기 때문이라고도 한다. 이재수, 「주몽설화고」 『논문집』 인문사회과학편 제8집(경북대학교, 1960), p. 74.

비류왕 송양과의 무술적·주술적 투쟁을 통해 천제의 자손임을 인정받게 된다. 이를 통해 동명왕은 국가의 기틀을 튼튼히 할 수 있었다는 점에서 영광시련이라 할 수 있다.

▌종장의 상황(종결부)

여기에서는 초장의 결핍이 메워지고 새로운 질서가 회복된다. 동명왕은 천제의 결핍대상인 국가를 세운 뒤, 칼의 탐색과 하늘의 비상을 통해 지적 능력과 신성성을 보여준 유리에게 왕위를 물려주는 새로운 전기를 마련한다.

이상에서 분석한 결과를 도식화하면 다음과 같다. 이것이 〈동명왕편〉 서사부의 구조이다.

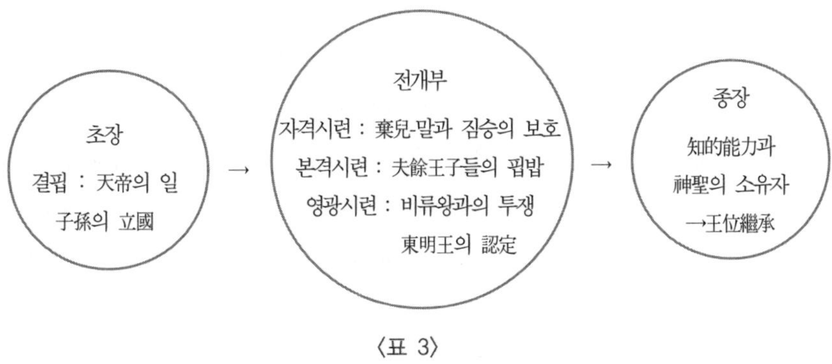

〈표 3〉

〈표 3〉의 내용과 거기에서 제시된 세 가지 형태의 시련은 다음의 〈표 4〉와 같은 방식으로 그레마스(Greimas)의 행역자적 도식 안에 배치될 수 있을 것이다.

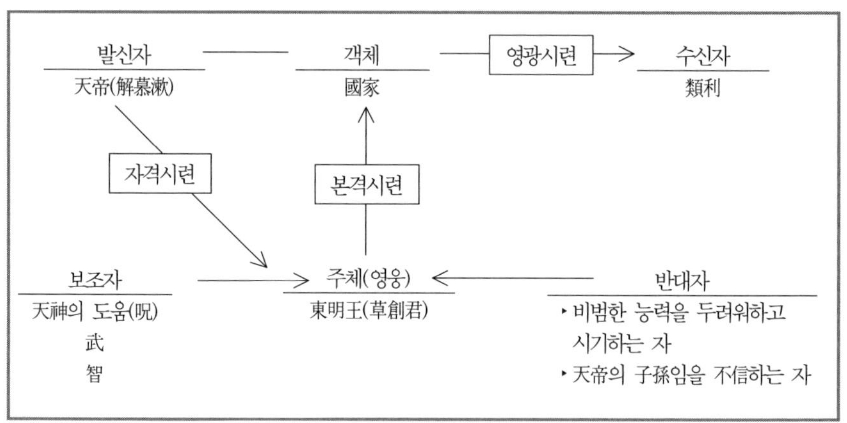

〈표 4〉

자격·본격·영광이라는 세 가지 시련들은 典範的인 설화의 도식 안에서 결과를 통해 현시된 의미론적 가능성의 부여 때문에 서로 구별된다. 즉 자격시련은 능력의 취득에, 본격시련은 실행(performance)에, 영광시련은 인정에 각각 해당된다. 인정은 실행을 전제로 하고 있고, 실행은 그에 해당하는 능력과 자격을 전제하고 있다.[52]

발신자는 설화에 발동을 거는 행역자로서, 그는 탐색의 객체(결핍되어 있는 대상)를 규명한다. 객체는 찾아와야 할 대상을 지적한다. 주체는 발신자의 호소에 응답하여 결핍된 객체를 찾아오겠다고 나서는 자이다. 반대자는 탐색의 행위에 방해를 놓는 자이다. 보조자는 탐색을 쉽게 하도록 도와주는 자이다. 수신자는 이야기의 끝에 가서 탐색의 객체를 선물 받는 자이다.

앞에서 C′를 D 다음에 두지 않고 그 앞에 둔 것은, 독자들이 C′를 의식하면서 D를 받아들여 작자가 이해한 E의 내용을 충실히 이해할 수 있도록 하려는 의도에서 나온 것이라고 말했다.

---

52) 서인석, 앞의 책, p.259.

이규보가 〈동명왕편〉의 서사 내용인 D의 구조를 〈표 3〉과 같이 받아들여서 〈표 4〉의 내용을 이해할 수 있었다면, 그가 C′→D→E를 통해 이해한 내용은 결국 무엇일까? 그것을 그레마스(Greimas)의 행역자적 도식에 배치하여 보면 다음과 같을 것이다.

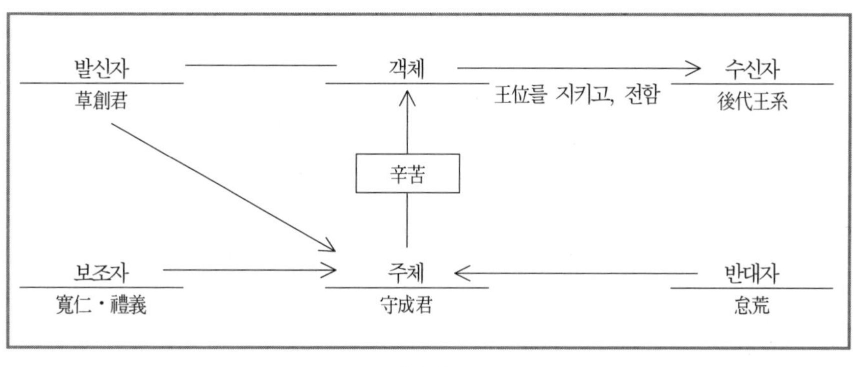

〈표 5〉

이규보가 E에서 "이제야 알겠다"라고 했을 때의 이해하게 된 것은 결국 〈표 5〉가 의미하는 내용이다.

그렇다면 〈표 5〉는 결국 무엇을 의미하는 것인가? 〈표 5〉는 일반적이며 보편적인 진실을 말하고 있는 것이지만, 이규보는 이것을 통해 구체적인 문제, 즉 당대의 정치현실을 말하고자 한 것이다.

고려 무신란은 귀족사회의 모순이 심화되고 毅宗이 실정을 저지름을 계기로 하여 1170년에 일어났다. 무신들을 무신란 이후 각자의 사욕으로 인해 20여 년간 서로간의 정권쟁탈전을 벌인다. 이러한 정권쟁탈전은 이규보가 29세 되던 1196년(명종 26년)에 가서야 최충헌에 의해 종지부를 찍게 된다.

그러므로 이규보가 〈동명왕편〉을 창출한 1193년까지만 하더라도 국가사회는 무신란의 와중에서 중앙정치의 혼탁, 지방관리의 가렴주구, 계속되는 민란 등으로 극도의 혼란상을 보여주고 있었다.

누구보다 투철한 작가의식을 지녔던 이규보는 그와 같은 당대의 현실을 외면하지 않고 직시하면서 혼란한 시대를 극복하고자 하였으니, 〈동명왕편〉에 있어서 '이해'가 의미하는 것은 그와 같은 각도에서 찾아질 수 있다.

이규보는 〈표 5〉를 통해서, 천제의 자손인 동명성왕이 세운 고구려를 계승한 고려의 군왕들은 怠荒을 멀리하고 寬仁·禮義로써 왕위를 지켜 후대 왕손에게 왕위를 전해야 할 守成君의 임무를 지녔음에도 불구하고, 게으르고 방탕하여 실정을 저지름으로써 왕위를 수호하지 못하고 왕조마저 위태로운 지경에 이르게 한 것에 대하여 비판하고 있는 것이다. 그것은 결국 국내질서를 회복하고 왕조를 수호함으로써 혼란한 시대를 극복할 수 있음을 말하는 것에 다름 아니다.

그러므로 앞에서 살펴본 '믿음'의 의미와 여기에서 살펴본 '이해'의 의미를 아우를 때 〈동명왕편〉의 성격은 밝혀지게 된다. 〈동명왕편〉은 민족의식이나 국가의식의 어느 한쪽에 경도되어 나온 작품이 아니라, 국내의 위태로운 상황을 극복하기 위해 민족정신을 발양하고 국가의식을 더욱 공고히 하고자 하는, 두 가지 측면을 수렴하는 데에서 나온 작품이라고 보는 것이 온당할 것이다.

4. 〈동명왕편〉의 사실의 표현양상

〈동명왕편〉의 서사부분53)의 내용 자체는, 그 병서에 나타나 있듯이

---

53) 〈동명왕편〉의 서사부분은 해모수-동명왕-유리의 3대기에 국한될 뿐, 그것의 앞뒤에 있는 각 부분은 서사성을 지니지 않는 비서사적 부분이다.

창작성보다는 『구삼국사』의 「동명왕본기」의 기록에 의거한 기록성이 중심이 된다. 그러나 그렇다고 해서 〈동명왕편〉이 산문으로 된 동명왕신화를 五言古律의 형식으로 바꾸어 놓은 것에 지나지 않으며, 시로 표현하기 적합하지 않거나 곤란한 부분은 註로 처리했다는 해석54)은 수긍하기 어렵다. 이규보가 병서에서 "시를 지어 기록하여 천하로 하여금 우리나라가 본래 성인의 나라라는 것을 알리고자 할 뿐이다.(是用作詩以記之, 欲使夫天下, 知我國本聖人之都耳)"라고 했을 때는 산문을 단순히 시화하거나, 표현상의 어려움 때문에 註로 처리하지는 않았으리라고 생각한다. 독자들로 하여금 우리나라가 본래 성인의 나라라는 사실을 믿도록 하자면, 그들의 의식을 전환시킬 수 있는 배려를 해야 할 것이다. 그렇게 하자면 일정한 구성원리에 의해 작품의 여러 요소들을 관계 맺어 짜는 외에, 서사부분에 있어서도 어느 정도의 主觀을 가미하지 않을 수 없었을 것이다. 이러한 점에서 본 작품의 표현면에 있어서도 작가의 주관이 투영되어 있으리라고 본다.

여기에서는 이규보가 史觀의 측면에서 다르게 파악한 『구삼국사』의 「동명왕본기」55)와 『삼국사기』 고구려본기 제1, 「시조 동명성왕」의 기록을 본 작품의 서사부분과 대비해 봄으로써 본 작품에 나타난 사실의 표현양상을 살펴보고자 한다.

4.1. 주관의 첨가

이규보는 〈동명왕편〉의 서사부분 전체를 통해 3인칭 시점을 유지하면서 객관적 입장에서 사실의 전달에 충실하고자 하면서도, 몇 대목에

---

54) 신용호, 앞의 논문, p.60.
55) 박두포 교수가 「東明王本紀」의 復原을 시도한 바도 있으나(註 45) 참조), 여기에서는 우선 分註들을 輯錄하여 그 대상으로 삼았다.

서는 1인칭 시점을 통해 자신의 주관적 입장을 첨가하고 있다.

　① 『구삼국사』: 한나라 신작 3년인 임술년에 천제가 태자를 보내어 부여왕의 옛도읍에 내려와 놀았는데 이름은 해모수였다. 하늘에서 내려오는데 오룡거를 타고 따르는 사람 1백여 인은 모두 흰 고니를 탔다. 채색 구름은 위에 뜨고 음악 소리는 구름 속에서 울렸다. 웅심산에 머물렀다가 10여 일이 지나서 내려오는데 머리에는 오우관을 쓰고 허리에는 용광검을 찼다. 아침에는 정사를 듣고 저물면 곧 하늘로 올라가니 세상에서 천왕랑이라 일컬었다. (漢神雀三年壬戌歲, 天帝遣太子, 降遊扶餘王古都, 號解慕漱, 從天而下, 乘五龍車, 從者百餘人, 皆騎白鵠, 彩雲浮於上, 音樂動雲中, 止熊心山, 經十餘日始下, 首戴烏羽之冠, 腰帶龍光之劍, 朝則聽事, 暮卽升天, 世謂之天王郞.)

　② 『삼국사기』: 그 옛도읍에는 어디에서 왔는지 알지 못하는 사람이 자칭 천제의 아들 해모수라고 하고 와서 도읍하였다. (其舊都, 有人不知所從來, 自稱天帝子解慕漱, 來都焉.)

　③ <동명왕편> : 한나라 신작 삼년 / 첫여름에 두성이 巳方을 가리킬 때 / 바다 동쪽의 해모수는 / 참으로 하느님의 아들이었다 / 처음 공중에서 내려오는데 / 오룡거에 몸을 싣고 / 따르는 사람 백여 인은 / 고니를 타고 털 깃 옷을 화려하게 입었다 / 맑은 풍악 소리 쟁쟁하게 울리고 / 채색 구름은 뭉게뭉게 떴다 / <u>옛날부터 천명을 받은 임금이 / 어느 것이 하늘에서 준 것이 아닌가 / 대낮 푸른 하늘에서 내려 온 것은 / 옛적부터 보지 못한 일이다</u> / 아침에는 인간 세상에서 살고 / 저녁에는 천궁으로 돌아간다 / <u>내 옛사람에게 들으니 / 하늘에서 땅까지의 거리가 / 이억만 팔천 / 칠백 팔십 리란다 / 사다리로도 오르기 어렵고 / 날개로 날아도 쉽게 지친다 / 아침 저녁 마음대로 오르니 / 이 이치가 또 어째서 그러한가</u>. (漢神雀三年, 孟夏斗立巳. 海東解慕漱, 眞是天之子. 初從空中下, 身乘五龍軌. 從者白餘人, 騎鵠紛襂襹. 淸樂動鏘洋, 彩雲浮旖旎. <u>自古受命君, 何是非天賜. 白日下靑冥, 從昔所未視</u>. 朝居人世中, 暮反天宮裡. <u>吾聞於古人, 蒼穹之去地. 二億萬八千, 七百</u>

八十里. 梯栈躡難升, 羽翮飛易瘁, 朝夕恣升降, 此理復何爾.)

이상은 해모수가 하강하는 대목이다. ①에서는 해모수가 천제의 아들이며 하늘에서 내려왔다고 하여 해모수의 신성성을 믿으면서 그의 출처를 분명히 밝히고 있다. 이에 비해 ②에서는 "有人不知所從來"라고 하여 그 출처에 대해서 의문을 제기하고 있을 뿐만 아니라, "自稱天帝子"라고 하여 해모수의 신성성을 객관적으로 인정하려 들지 않는다. 이러한 사실은 해모수의 하강 부분을 대폭 생략하고 있다는 점에서 詳과 略[56]의 문제일 수도 있으나, 해모수를 일개 떠돌이 정도로 묘사함으로써 그의 신성성을 아예 무시하고 있다는 점에서는 信과 不信의 문제로 귀착된다. 그러므로 해모수의 신성성을 믿고 있는 이규보로서는 그것을 믿고 있는 ①만이 아니라 不信하고 있는 ②까지를 접했기 때문에, 단지 ①을 詩化하는 데 그칠 수만은 없었을 것이다. ②의 불신의 태도를 불식시키면서 ①의 태도를 드러내자면, ① 이상의 그 무엇이 필요했을 것이다. ③의 밑줄 친 부분만큼 작자의 주관적인 입장을 첨가하고 있는 것이다.

앞에서 해모수는 작품 속에서 독자성을 지닌 인물이라기보다 주인공인 동명왕의 신성성을 부각시키기 위해 동원된, 일종의 배경적 인물이라고 한 바 있다. 그러므로 해모수의 신성성이 확보될 때 동명왕의 신성성도 그만큼 확고해질 수 있는 것이니, 이러한 첨가된 표현도 결국은 동명왕의 신성성에 대한 믿음의 표현인 것이다. 〈동명왕편〉의 내적 질서를 떠받치고 있는 핵심적인 의미를 '믿음'과 '이해'로 보았을 때, 이와 같이 주관이 첨가된 현상은 '믿음'의 의미를 강화시키는 기능을 수행하고 있는 셈이다.

---

56) "金公富軾……意者公以爲國史, 矯世之書, 不可以大異之事, 爲示於後世, 而略之耶.", 〈동명왕편〉 幷序.

4.2. 설명의 부연

이규보는 『구삼국사』의 「동명왕본기」를 詩化하면서, 몇 대목에 대해서는 사실에 대한 설명을 부연하기도 한다.

> ① 『구삼국사』 : 왕이 좌우의 신하에게 "얻어서 왕비를 삼으면 후사를 둘 수 있다."라고 하였다. (王謂左右曰, 得而爲妃, 可有後胤.)
>
> ② 『삼국사기』 : 한 남자가 나타나, 제 말로 천제의 아들 해모수라 하고, 나를 웅심산 밑 압록 가의 집 속으로 유인하여 사욕을 채운 후 곧 가서 돌아오지 않았다. (時有一男子, 自言天帝子解慕漱, 誘我於熊心山下, 鴨綠邊, 室中私之, 卽往不返.)
>
> ③ <동명왕편> : 왕이 나가 사냥하다 보고 / 눈짓을 보내어 마음 두었다 / 곱고 아름다움 것을 좋아함이 아니라 / 참으로 뒤 이를 아들 낳기 급함이었다. (王因出獵見, 目送頗留意. 玆非悅紛華, 誠急生繼嗣.)

이상은 해모수가 웅심연 가에서 놀고 있는 하백의 장녀 유화를 만나는 대목이다. ①은 해모수가 유화를 보자 곁에 있던 신하에게 말한 부분이고, ②는 해부루왕 금와가 유화를 만나 내력을 묻자 유화가 대답한 것 중의 일부분인데, ①과 ②는 판이하다. ①에서의 해모수는 유화를 왕비로 삼아 후사를 얻고자 하는 天王郞의 모습으로 묘사되어 있음에 비해, ②에서의 해모수는 유화를 유인하여 단지 사욕을 채우기에 급급한 치한 정도로 묘사되어 있다. 사욕을 채운 뒤에는 여자를 버리고 어디론가 가서는 돌아오지 않는 ②의 해모수에게서는 윤리·도덕의식이라고는 찾아볼 수 없다.

이처럼 ①에서는 해모수의 신성성이 인정되고 있음에 비해, ②에서는 "自言天帝子"로서 신성성이 여지없이 부정되고 있다. ②에서처럼 해모수의 신성성이 훼손되는 것은 결과적으로 동명왕의 신성성이 훼손되는 것이니, ②를 읽어 본 이규보로서는 ①을 시화하는 데 그칠 수는 없었을 것이다. ①을 시화하되, ②의 내용을 부정할 필요성을 느꼈을 것이니, ③에서 "곱고 아름다운 것을 좋아함이 아니라, 참으로 뒤 이을 아들 낳기에 급함이었다."라고 부연함으로써 해모수의 신성성이 훼손되는 것을 막고자 했을 것이다. 이것은 동명왕의 탄생과 직접 관련된 것이기에, ③에서의 부연은 동명왕의 신성성을 애초부터 확실히 하고자 하는 '믿음'의 표현인 것이다.

4.3. 사실의 변개

이규보는 〈동명왕편〉의 몇 대목에서는 사실의 내용을 변개시켜 표현하기도 한다.

　①『구삼국사』: 그 여자들이 왕을 보자 곧 물로 들어갔다. 좌우가 "대왕은 왜 궁전을 지어서 여자들이 방에 들어가기를 기다렸다가 못 나가게 문을 가로막지 않으십니까?"라고 하였다. 왕이 그렇게 여겨 말채찍으로 땅을 그으니 구리집이 이루어져 장엄하고 화려하였다. (其女見王卽入水, 左右曰, 大王何不作宮殿, 俟女入室, 當戶遮之, 王以爲然, 以馬鞭畫地, 銅室俄成壯麗.)
　②『삼국사기』: 해당 기록 없음.
　③ 〈동명왕편〉: 세 여자들이 왕이 오는 것을 보고 / 물에 들어가 서로 피하였다 / 장차 궁전을 지어 / 함께 와서 노는 것 엿보려 하여 / 말채찍으로 한 번 땅을 그으니 / 구리집이 갑자기 세워졌다. (三女見君來, 入水尋相避. 擬將作宮殿, 潛候同來戲. 馬撾一畫地, 銅室欻然峙.)

이상은 앞의 '설명의 부연'에서 제시한 대목에 이어지는 것으로서,

유화가 해모수를 보고 물에 들어가니 해모수가 말채찍으로 땅을 그어 궁전을 짓는 대목이다. 그런데 ①과 ③에서는 궁전을 짓게 되는 이유가 다르게 되어 있음이 주목된다. ①에서는 유화가 해모수를 보고 물에 들어가니 해모수는 그녀를 왕비로 삼아 후사를 두고자 했지만 달리 대책이 없던 차에, 신하들이 "대왕은 왜 궁전을 지어서 여자들이 방에 들어가기를 기다렸다가 못 나가게 문을 가로막지 않으십니까?"라고 하자, 그렇게 여겨 말채찍으로 땅을 그어 궁전을 만든 것으로 되어 있다. 이에 비해, ③에서는 "장차 궁전을 지어 함께 와서 노는 것을 엿보려 하여" 궁전을 만든 것으로 되어 있다.

이러한 차이는 무엇을 의미하는가? ①에서의 해모수는 유화가 물 속으로 사라지는 것을 보고도 달리 대책이 없다가 신하의 조언을 듣고서야 행동했다는 점에서 천제의 아들로서의 全能에 손상을 입게 된다. 더욱이 유화가 못나가게 문을 가로 막기 위해 궁전을 지었다는 점에서, 수단 방법을 가리지 않는 이기적이며 私慾에 찬 인간적인 냄새가 난다. 그러므로 이규보는 ①을 그냥 시화하지 않고 변개시켜 시화한 것이리라. 이러한 변개의 표현도 해모수의 신성성, 나아가 동명왕의 신성성을 훼손시키지 않으려는 의도에서 나온 것이라고 본다.

4.4. 사실의 삭제

이규보가 〈동명왕편〉에서 사실을 충실히 시화하고자 한 것은 사실이다. 그러나 이 말은 〈동명왕편〉 서사부분 전체에 두루 적용할 수 있는 것은 아니다. 대목에 따라서는 사실을 삭제하기도 한다.

① 『구삼국사』 : 왕이 말하기를, "국가의 업이 새로 창조되었기 때

문에 고각의 威儀가 없어서 비류의 사신이 왕래할 때에 내가 왕의 예로 맞고 보내지 못하니 그 때문에 나를 가볍게 여기는 것이다.”라고 하였다.

시종하던 신하인 부분노가 앞에 와서 말하기를, “신이 대왕을 위하여 비류국의 고각을 가져오겠습니다.”라고 하니, 왕이 “다른 나라의 감추어 둔 물건을 네가 어떻게 가져오겠느냐?”라고 하였다.

대답하기를, “이것은 하늘이 준 물건이니 어찌하여 가져오지 못하겠습니까? 대왕이 부여에서 곤욕을 당할 때에 어느 누가 대왕이 여기에 오시리라고 생각하였겠습니까? 지금 대왕이 만 번 죽음을 당할 위태한 땅에서 몸을 빼 나와 요좌에서 이름을 날리니 이것은 천제가 명령하여 하는 것이라 무슨 일인들 이루지 못하겠습니까?”라고 하였다. 이에 부분노 등 세 사람이 비류국에 가서 고각을 가져오니 비류왕이 사신을 보내어 아뢰기를 “무어라 무어라”라고 하였다.

왕이 비류국에서 와서 고각을 볼까 두려워하여 빛깔을 오래된 것처럼 검게 만들어 놓으니 송양이 감히 다투지 못하고 돌아갔다. (王曰, 以國業新造, 未有鼓角威儀, 沸流使者往來, 我不能以王禮迎送, 所以輕我也, 從臣扶芬奴進曰, 臣爲大王取沸流鼓角, 王曰, 他國藏物, 汝何取乎, 對曰, 此天之與物, 何爲不取乎, 夫大王困於扶余, 誰謂大王能至於此, 今大王奪身於萬死之危, 揚名於遼左, 此天帝命而爲之, 何事不成, 於是, 扶芬奴等三人, 往沸流, 取鼓而來, 沸流王遣使告曰云云, 王恐來觀鼓角, 色暗如故, 松讓不敢爭而去.)

② 『삼국사기』: 해당 기록 없음.

③ <동명왕편> : 와서 고각이 변한 것을 보고 / 감히 내 기물이라 말하지 못하였다. (來觀鼓角變, 不敢稱我器.)

이상은 비류왕 송양이 동명왕에게 附庸을 요구하자, 비류국의 고각을 가져다가 빛깔을 오래된 것으로 만들어 놓으니 송양이 감히 다투지 못하고 돌아갔다는 대목이다. ①에는 고각을 가져오기까지의 과정이 상세히 기술되어 있음에 비해, ③에는 그 과정이 삭제되고 결과만 기술되어 있다. ①에서 아무리 "이것(고각)은 하늘이 준 물건"이라고 생각했다 하더라도 남의 물건을 훔쳐 왔는 데다가, "빛깔을 오래 된 것처럼 검게 하는(色暗如故)" 트릭을 쓰고 있다는 사실은 동명왕의 신성성을 훼손시키는 것이 된다. 동명왕의 트릭은 "그가 왕조를 건설해 가는 과정에서 수시로 주어진 과제와 난관을 돌파하는 수단"57)이라고 하더라도 신성한 인물로서의 동명왕의 행위치고는 비루한 속임수를 썼다는 인상이 짙다. 그러므로 천하의 사람들로 하여금 동명왕이 신성성을 지닌 성인이라는 점을 믿도록 하기 위해 〈동명왕편〉의 서사와 비서사의 각 부분에 일정한 기능적 의미를 부여할 정도로 빈틈없는 이규보로서, 시화하는 과정에서 못마땅한 대목을 삭제하는 것은 당연한 일일 것이다.

이상의 점과 관련하여 柳得恭의 〈二十一都懷古詩〉 중의 한 수를 살펴보자.

<沸流>

劍樣青峰一十二	칼 모양의 푸른 열두 봉우리.
遊車衣水逝湯湯	비류강은 세차게 흘러가네.
朱蒙不是眞豪傑	주몽은 참된 호걸이 아니로세
欺負酸寒喫茱王	나물 먹는 가난한 왕 송양을 속였으니.

이 시는 앞에서 인용한 역사적 사실을 소재로 하고 있다. 유득공은, 비류국의 고각을 가져와 빛깔을 오래된 것처럼 검게 만들고, 썩은 나무로 궁실 기둥을 세워 천년이나 묵은 것처럼 하여 송양을 속인 주몽의 詐術을 결구에서 날카롭게 풍자하고 있다. 이러한 태도는 儒家의 春秋史

---

57) 김열규, 앞의 책(1983), p.389.

觀에서 나온 것이다. 聖君이나 호걸은 사술로써 得國을 도모하는 법이 없으며, 또 그렇게 해서는 성군이 될 수 없다는 것은 유가의 정치논리인 것이다.[58]

본 작품의 병서를 통해서 알 수 있듯이, 이규보는 동명왕의 신이한 일을 '怪力亂神'으로 파악하는 유가의 사관을 부정하고 있다. 김부식으로 대표되는 당대의 유가들을 포함하여 천하의 의식을 전환시키고자 하는 이규보로서 동명왕의 詐術 대목을 시화할 경우, 어느 면에서 사술을 인정하는 것이 되어 버려 창작의도를 그르치게 된다. 이러한 점에서 이 대목을 삭제한 이유를 알 수 있을 것이다.

『구삼국사』「동명왕본기」의 서두에 나오는 부여왕 해부루에 관한 이야기는 동명왕의 신성성을 강조하는 데 아무런 도움이 되지 않는 것으로 생각하여 시화하는 과정에서 완전히 삭제하였다.

그리고 「동명왕본기」의 말미에 나오는 318자로 된 유리의 繼位談은 대폭 삭제되어

俶儻有奇節　　뜻이 크고 기이한 절개 있으니
元子曰類利　　원자의 이름은 유리이다.
得劍繼父位　　칼을 얻어 부왕의 왕위를 이었고
塞盆止人詈　　동이 막아 남의 꾸지람을 그쳤다.

라고 시화되어 있을 뿐이다. 이규보가 '聖人의 一生'의 전형을 ① 신이한 징표→② 신이한 탄생→③ 신이한 행적→ ④ 신이한 승천이라는 네 단계의 연쇄체로 파악했을 때, 해모수에 관한 이야기는 '신이한 징표'를 강조해 주는 것이기에 대폭 삭제할 수 없었다. 그러나 유리는 〈동명왕편〉

---

58) 송준호, 『유득공의 시문학 연구』(태학사, 1984), p.148.

전체의 서사적 기능의 비중으로 보아 상대적으로 단역의 자리에 있으면서, 앞의 네 단계의 어디에도 해당되지 않기에 유리의 계위담은 시화 과정에서 대폭 삭제된 것이다. 그러면서 그것이 완전히 삭제되지 않은 것은, 앞에서 살펴보았듯이 '믿음에 따른 이해'의 면에서 본질적인 기능을 수행하고 있기 때문이다.

4.5. 사실의 충실한 표현

이규보는 〈동명왕편〉의 서사부분 전체를 통해 동명왕의 신이한 일에 대해 『구삼국사』「동명왕본기」의 해당 기록을 온전히 시화하고자 힘쓰고 있다. 다음은 그 한 예가 될 것이다.

　①『구삼국사』 : 왕이 서쪽을 순행하다가 사슴 한 마리를 얻었는데 해원에 거꾸로 매달아 놓고 저주하기를, "하늘이 만일 비를 내려 비류왕의 도읍지를 표몰시키지 않는다면 내가 너를 놓아주지 않을 것이니, 이 곤란을 면하려거든 네가 하늘에 호소하라."라고 하였다. 그 사슴이 슬피 울어 그 소리가 하늘에 사무치니 장마비가 이레를 퍼부어 송양의 도읍을 표몰시켰다. 송양왕이 갈대 밧줄로 흐르는 물을 횡단하고 오리말을 타고 백성들은 모두 그 밧줄을 잡아당겼다. 주몽이 채찍으로 물을 그으니 물이 곧 줄어들었다. 6월에 송양이 나라를 들어 항복하였다. (西狩獲白鹿, 倒懸於蟹原, 呪曰, 天若不雨而漂沒沸流王都者, 我固不汝放矣, 欲免斯難, 汝能訴天, 其鹿哀鳴, 聲徹于天, 霖雨七日, 漂沒松讓都, 王以葦索橫流, 乘鴨馬, 百姓皆執其索, 朱蒙以鞭畫水, 水卽減, 六月, 松讓擧國來降云云.)
　②『삼국사기』 : 2년 6월에 송양이 나라를 들어 항복하매 왕은 그 곳을 다물도라고 하고 송양을 봉하여 그 곳의 군주로 삼았다. (二年, 夏六月, 松讓以國來降, 以其地爲多勿都, 封松讓爲主.)

③ <동명왕편> : 동명왕이 서쪽으로 순수할 때 / 우연히 눈빛 고라니를 얻었다 / 해원 위에 거꾸로 달아매고 / 감히 스스로 저주하기를 / 하늘이 비류에 비를 내려 / 그 도성과 변방을 표몰시키지 않으면 / 내가 너를 놓아주지 않을 것이니 / 너는 내 분함을 풀어다오 / 사슴의 우는 소리 심히 슬퍼 / 위로 천제의 귀에 사무쳤다 / 장마비가 이레를 퍼부어 / 주룩주룩 회수 사수를 넘쳐나듯 / 송양이 근심하고 두려워하여 / 흐름을 따라 부질없이 갈대 밧줄을 잡아당겨 / 서로 쳐다보며 땀을 흘리었다 / 동명왕이 곧 채찍을 들어 / 물을 그으니 곧 멈추었다 / 송양이 나라를 들어 항복하고 / 이 뒤로는 우리를 헐뜯지 못하였다. (東明西狩時, 偶獲雪色麂. 倒懸蟹原上, 敢自呪而謂. 天不雨沸流, 漂沒其都鄙. 我固不汝放, 汝可助我慣. 鹿鳴聲甚哀, 上徹天之耳. 霖雨注七日, 霈若傾淮泗. 松讓甚憂懼, 沿流謾橫葦. 士民競來攀, 流汗相愕眙. 東明卽以鞭, 畫水水停沸. 松讓擧國降, 是後莫予訾.)

이상은 동명왕이 눈빛 고라니를 해원에 거꾸로 매달아 저주하여 비류국에 7일간 비가 오도록 한 다음, 말채찍으로 물을 멈추게 하자 송양이 나라를 들어 항복한 대목이다. 그런데 이규보가 '鼓角奪取' 대목은 대폭 삭제하고 있음에 비해, 연이어 나오는 이 대목에 대해서는 사실에 충실하여 거의 완전히 시화하고 있음이 주목된다. 이러한 현상은 무엇을 의미하는가? '고각탈취' 대목은 비루한 속임수를 썼다는 인상이 짙기에 대폭 삭제했다. 그러나 이 대목은 하늘이 도운 呪術에 관한 것이니, 동명왕의 신성성을 드러내고자 하는 이규보로서는 삭제할 아무런 이유가 없는 것이다. 하늘이 도운 주술과 동명왕 자신의 트릭은 왕조를 건설하는 데 상보상조적이라59) 하더라도 동명왕의 신성성을 드러내고자 하는 이규보에게는 이토록 큰 차이로 받아들여지고 있다.

---

59) 김열규, 앞의 책(1983), p.389.

한편 고각을 훔쳐 와서 색칠한 대목이나 썩은 나무로 궁실을 삼은 대목을 대폭 삭제한 것을, 삭제가 아닌 응축이라는 면에서 생각하려는 입장도 있을 수 있다. 그것들은 송양왕과의 투쟁이라는 면에서는 동일한 성격을 지닌 것이기에, 구태여 장황한 내용을 충실히 시화하여 서사의 흐름을 지연시킬 필요가 있겠느냐 하는 입장도 있을 수 있을 것이다. 그렇다면 송양과의 투쟁 대목 중에서, 앞에서 인용한 呪術에 관한 대목처럼 충실히 시화하고 있는 경우는 어떻게 설명할 수 있는가? 설명하기가 그렇게 쉽지 않을 것이다. 그러므로 '고각탈취' 등 詐術에 관한 대목은 서사 흐름의 지연을 방지하기 위해 응축된 것이 아니고, 신성성의 훼손을 방지하기 위해 삭제된 것이라고 보는 편이 온당할 것이다.

4.6. 註의 표현과 기능

〈동명왕편〉은 작품의 소재가 된 사실, 즉 『구삼국사』의 「동명왕본기」의 기록을 註로 附記하고 있는 특이한 형식을 취하고 있다. 영사시에서는 소재가 된 사실을 註나 여타의 형태로 분명히 밝혀야 한다는 원칙이 있는 것도 아니고 보면, 註의 표현에는 그만한 기능적 의미가 있을 것이다. 이러한 점과 관련하여 조동일 교수는

> 서사시는 본래 주가 필요하지 않았겠지만, 영웅의 시련과 투쟁을 그 자체로서 이해하지 못하고 경험적 근거와 합리성을 구태여 캐묻는 시대에 이르렀으므로 도도한 흐름은 잠시 비켜 놓더라도 보충작업을 하지 않을 수 없었던 것이다.[60]

---

60) 조동일, 앞의 책, p.86.

라고 하고 있으니, 〈동명왕편〉의 주의 기능을 '경험적 근거와 합리성 제시'에 두고 있는 셈이다. 앞에서 살펴보았듯이, 이규보는 시화하는 과정에서 자신의 의도를 관철시키기 위하여 사실을 변개하거나 삭제하는 등 몇 대목은 자신의 주관에 의하여 재해석하였다. 이러한 이규보의 입장이고 보면, '합리성을 제시'하기 위해서는 사실을 註로 부기하되, 그 사실에 손을 댈 수도 있었을 것이다. 그러나 그렇게 하지 않고 사실을 原形 그대로 부기한 데에는 그만한 이유가 있었을 것이다. 그것은 다름 아닌 우리 고대문화의 전통의 원형을 온전히 전하고자 하는 의도이다.

『구삼국사』의 「동명왕본기」와 『삼국사기』 고구려본기 제1, 「시조 동명성왕」을 대비해 보면, 『구삼국사』의 기록이 『삼국사기』에는 상당한 부분이 보이지 않거나, 보이는 것이라고 하더라도 너무 심하게 굴절되거나 소략히 되어 있음을 쉽게 알 수 있다. 몇 가지의 경우만 예로 들어 본다.

해모수에 관한 기록만 하더라도 『삼국사기』에는 대폭 탈락되어 있다. 자칭 천제의 아들인 해모수가 하백의 딸인 유화를 유인하여 사욕을 채우고 가버린 뒤, 유화가 금와에게 간 것을 말하고 있을 뿐 정작 해모수 자체에 대해서는 상세한 언급이 없다.

그리고 동명왕과 송양과의 투쟁 대목에 있어서도 큰 차이가 있다. 『구삼국사』에서는 송양이 동명왕에게 부용을 요구하자, ① 활 쏘는 무예로써 재주를 겨룸, ② 비류국의 고각을 가져와 색칠함, ③ 썩은 나무로 궁실 기둥을 삼음, ④ 비류국에 7일간 비가 오도록 하는 4단계를 거쳐 송양이 항복하기까지의 과정을 상세히 기록하고 있다. 이에 비해, 『삼국사기』에는 ②·③·④의 3단계가 완전히 탈락되어 있으며, 나타나 있는 ① 단계라고 하더라도 다음과 같이 소략히 되어 있다.

１『구삼국사』: 송양은 왕이 여러 번 천제의 손자를 자칭하는 것을 듣고 마음에 의심을 품어 그 재주를 시험하고자 하여, "왕과 활쏘기를 원하노라."라고 하고, 그린 사슴을 1백보 안에 놓고 쏘았는데 그 화살이 사슴 배꼽에 들어가지 않았는데도 힘에 겨워했다. 왕이 사람을 시켜 옥가락지를 가져다가 1백보 밖에 달아매고 쏘았는데 기왓장 부서지듯 깨지니 송양이 크게 놀랐다. (松讓以王累稱天孫, 內自懷疑, 欲試其才, 乃曰, 願與王射矣, 以畵鹿置百步內, 射之, 其矢不入鹿臍, 猶如倒手, 王使人以玉指環, 懸於百步之外, 射之, 破如瓦解, 松讓大驚云云.)

２『삼국사기』: 왕이 이 말에 분노하여 그와 시비를 하다가 또한 서로 활쏘기를 하여 재주를 시험해 보니 송양이 저항치 못하였다. (王忿其言, 因與之鬪辯, 亦相射以校藝, 松讓不能抗.)

이처럼 『삼국사기』에서는 『구삼국사』의 기록을 너무 많이 말살시키거나 소략히 표현하고 있다.

이러한 현상은 『구삼국사』가 형성하고 있던 고대적 사관 또는 문화관이 김부식의 『삼국사기』에 의해 해체되었음[61]을 말해주는 단적인 증거이다. 이규보는 무신란을 기점으로 하는 문학적 전환기에 서서 종래 귀족주의적 문학관을 부정하는 한편, 새로운 역사관을 확립하였으니, 그것은 고구려를 비롯한 우리 고대문화 전통의 의미를 재확인하는 것으로 나타난다. 그리하여 고구려 전통을 통해 민족정신을 일깨움으로써 현실의 혼란상과 국가적 위기를 극복하고자 한 것이다.

이상에서 살펴본 점 이외에도 註의 기능은 있을 수 있다. 그것은 바로 독자들에 대한 기능이 될 것이다. 〈동명왕편〉 서사부에서 시와 함께, 소재가 된 사실을 부기하는 것은 동일한 사항을 되풀이하는 것이 된다. 동일한 사항의 되풀이는 서사의 흐름을 지연시킨다. 서사의 흐름을 지

---

61) 김철준, 「이규보 〈동명왕편〉의 사학사적 고찰」, 『동방학지』 제56집(연세대학교 국학연구원, 1988), p.56.

연시키는 것은 서사적인 허구의 意匠 중의 하나로서, 특히 탐색이나 어려운 임무의 수행에 대한 이야기들인 民譚의 구조에서 두드러진다.[62] 즉 주인공이 임무를 완수하기까지는 끊임없는 장애요소가 놓여지며, 이에 따라 이야기의 결말은 지연되게 마련이다. 그러나 주인공이 임무를 완수하기에 이르기까지의 여러 장애요소들은 단순히 이야기의 결말을 늦추는 것이 아니라 결말-상황의 변화를 위한 준비과정으로서 긴장을 고조시킨다.[63] 이와 같이 긴장이 고조될 때, 독자들은 그만큼 흥미를 가지고 작품 속으로 빨려들게 된다. 부기된 註가 수행하는 이러한 기능으로 해서 〈동명왕편〉의 문학적 의미는 한 차원 높여질 수 있게 된다.

5. 맺음말

본 연구에서는 〈동명왕편〉 작품 자체가 지닌 실상을 파악하기 위해 하나의 유기체로서의 작품의 구성원리를 살핀 다음, 그 결과를 토대로 하여 본 작품의 여러 요소들이 관계를 맺고 짜여서 산출하는 의미를 추출해 봄으로써 작품이 성격을 해명하고자 하였다. 지금까지 고찰한 바를 요약하면 다음과 같다.

(1) 〈동명왕편〉의 구성원리를 살피기 위해 일차적으로, 기존의 연구에서는 별달리 주목하지 않았던 작품의 비서사적 부분에 대해서 관심을 기울였다. 그 결과, 본 작품의 서사부분(D) 앞과 뒤에 위치한 비서사적 부분들은 그것들대로 A·A′, B·B′, C·C′ 등으로 상호 대응관계에

---

62) Victor Erlich, *Russian Fomalism*, Mouton Publishers, The Hage, 1980, p.245.
63) Boris Thomashevsky, 'Thematics', *Russian Formalist Criticism Four Essays*, Univ. of Nebraska Press, 1965, p.72.

있다는 사실을 새롭게 알게 되었다. 그것을 도식화하면 다음과 같다.

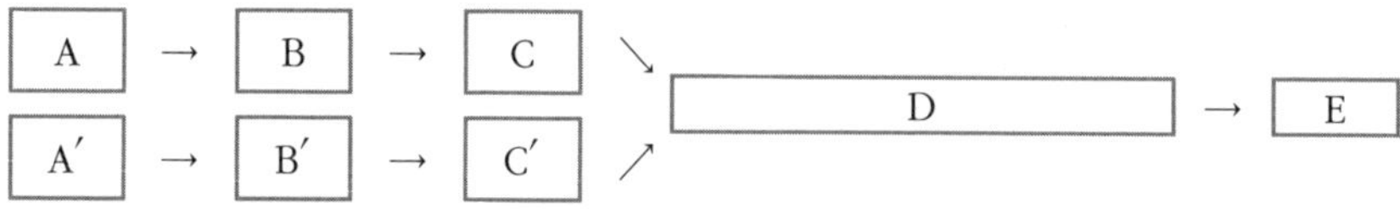

그러나 이것은 작품의 순차적 질서이면서 작품의 외적 질서를 말해주는 것이다. 작품의 부분들을 도치시켜 봄으로써 새로운 현상, 즉 작품의 내적 질서를 찾아낼 수 있다. 그것을 도식화하면 다음과 같다.

그러므로 〈동명왕편〉은 A→B→C→D→A′→B′→C′→E로 진행되는 순차적 질서에 의하지 않고, A→B→C→D→E와 A′→B′→C′→D→E의 내적 질서에 의해 두 갈래로 진행되는 구성원리를 보여주고 있다.

그리고 각 부분들이 수행하고 있는 기능에 대해서 살펴본 바, A·A′ : 믿음의 고백과 믿음으로 이끔, B·B′ : 믿음의 당위성 제시, C·C′ : 믿음에 따른 과거상황의 이해(현재상황에 대한 이해), D : 믿음의 당위성 증명, E : 믿음에 따른 미래지향적 이해(현재상황에 대한 궁극적 이해)임을 알았다.

(2) 이규보는 병서인 A에서 동명왕이 신성성을 지닌 聖人이라는 점에 대해 믿음을 고백한 뒤, 천하 사람들로 하여금 그것을 믿도록 하기 위해 B를 두고 있다. B는 중국 상고 신화시대 여러 제왕들의 개인적인 단면을 모아 놓은 집합체에 지나지 않는 듯하지만, 그것은 ① 신이한 징

표→② 신이한 탄생→③ 신이한 행적→④ 신이한 승천이라는 네 단계의 연쇄체로 정리될 수 있다. 이규보는 이러한 ①→④의 연쇄체를 통해 자신이 이해한 '聖人의 一生'의 전형을 제시하고 있는 셈이다. B에서 제시된 믿음의 당위성은 D에서 동명왕의 일생이 성인의 전형적인 일생과 부합한다는 사실을 통해 그 당위성이 증명된다.

그리고 이규보는 A′에서 草創君으로서의 동명왕이 신성하다는 점에 대해 믿음을 고백한 뒤, 그러한 믿음으로 이끌기 위해, B′에서 중국 한 나라 고조·광무제의 개인적인 단면을 ① 신이한 징표→② 신이한 탄생→③ 비범한 성장→④ 투쟁에서의 승리→⑤ 입국의 다섯 단계의 연쇄체로 파악하여 믿음의 당위성을 제시하고 D에서 그것을 증명하고 있다.

그런데 '믿음의 당위성 제시'(B·B′)와 '믿음의 당위성 증명'(D) 사이에 있으면서 그것들과 관련이 없는 듯이 보이는 C·C′는 본 작품이 동명왕의 신성성에 관한 것에 머물지 않고 당대의 현실에 관하여 이해한 것까지를 나타내고 있는 것으로 확장될 수 근거를 마련해 준다.

(3) 그러므로 〈동명왕편〉의 내적 질서를 떠받치고 있는 핵심적인 의미는 '믿음'과 '이해'라는 것을 알 수 있었다. 먼저, '믿음'의 내용과 그 의미를 살펴본 결과, 본 작품은 어둡고 혼란한 당대의 현실을 극복하기 위해 민족정신을 소생시키고 발양시키려는 의도에서 창작되었음을 알 수 있었다. 그리고 '이해'의 내용과 의미를 살펴본 결과, 본 작품은 파괴된 국내질서를 회복하고 왕조를 수호함으로써 혼란한 시대를 극복하려는 의도에서 창작되었음도 알 수 있었다.

이에 따라 본 작품은 국내의 위태로운 상황을 극복하기 위해 민족정신을 발양하고 국가의식을 더욱 공고히 하고자 하는, 민족의식과 국가의식이라는 두 가지 측면을 수렴하는 데에서 나온 작품이라고 본다.

그리고 분석과정에서 본 작품의 서사부의 구조를 초장(도입부)·변형의 생성(전개부)·종장(종결부)을 통해 밝혀 볼 수 있었다.

(4) 〈동명왕편〉의 전체적인 구성원리와 부분적인 표현양상은 상호 어떤 관련성을 지니고 있는가 하는 점을 살펴보았다. 이 점을 살펴보기 위해, 이규보가 사관의 측면에서 상이하게 파악한 『구삼국사』와 『삼국사기』의 해당기록과 〈동명왕편〉의 서사부분을 대비해 보았다. 그 결과, 본 작품은 산문의 역사기록을 단순히 기계적으로 詩化해 놓은 것이 아니라, 주관의 첨가·설명의 부연·사실의 변개·사실의 삭제·사실의 충실한 표현 등의 다양한 표현을 통해 시화된 것임을 알 수 있었다. 이러한 표현양상이 지니는 의미는 본 작품을 떠받치고 있는 핵심적 의미인 '믿음'과 '이해' 중에서 '믿음'에 관련된 것으로서, 천하의 의식을 전환시켜 동명왕의 신성성을 믿도록 하려는 의도적 배려에서 나온 것이다. 그리고 본 작품의 註의 기능은 고대문화 전통의 원형을 온전히 전하는 한편, 그와 같은 전통의 의미를 재해석하여 민족정신을 일깨움으로써 현실의 혼란상과 국가적 위기를 극복하고자 하는 데 있다. 또 註를 부기하여 동일한 사항을 되풀이한 것은 서사 흐름을 지연시켜 독자들에게 흥미를 주고자 한 것이라고 보았다.

제 2 장

이규보의 〈開元天寶詠史詩〉의
구성원리와 표현양상

1. 머리말

〈개원천보영사시〉는 이규보의 문집인 『東國李相國集』 全集 권4에 수록된 것으로, 이규보가 唐 明皇(玄宗)을 중심으로 한 史實에서 취재하여 읊은 7絶 43수의 總集을 말한다.

그런데 이규보는 단순히 당 명황대의 사실을 읊기 위해 본시[1]를 지은 것이 아니라, 그러한 사실을 빌어서 그가 살다간 고려 당대의 여러 문제를 다루기 위해서 지었는[2] 바, 본시는 이러한 점에서 각별한 의미를 지닌다.

본시는 우선 이와 같이 작가의 현실인식이란 측면에서 주목되지만, 문학적 측면에서도 주목된다. 이규보가 『舊三國史』를 얻어 보고 〈東明

---

1) 본 연구에서 〈개원천보영사시〉를 가리킬 때는 '본시'라고 한다. 이하 같음.
2) 김진영, 『이규보문학연구』(집문당, 1984), p.72

王篇〉을 지은 것은 문학적으로 왕성한 의욕을 보여주던 26세 때이고, 당 명황의 유적을 보고 본시를 지은 것은 그 이듬해인 27세 때이다. 문학사적으로 대단한 의의를 지닌 것으로 평가되고 있는 〈동명왕편〉과 본시3)를 비교해 볼 때, 거의 비슷한 시기에 사실에서 취재하여 지었다는 공통점이 있는 반면, 그 창작의도가 다를 뿐만 아니라 형식에 있어서도 長篇古詩와 七言絶句의 總集이라는 차이점이 있다. 이러한 점들에서 상당히 많은 것을 시사받을 수 있을 것이다. 그러므로 젊은 날의 이규보의 시세계를 폭넓게 이해하기 위해서는 〈동명왕편〉에만 집중된 시야를 본시에까지 넓혀가야 할 것이다.

그럼에도 불구하고 본시에 대해 이제껏 큰 관심을 쏟지 못하다가 최근에 이르러서야 논의하기 시작하였으나, 그것 또한 만족할만한 성과를 거두지는 못했다. 주로 본시에 나타난 역사의식4)이나 국가·민족의식5) 등 작가의식을 추출하는 데 그쳤으며, 詠史詩라는 측면에서 그 문학적 형상화의 문제를 다룬 연구는 박태상 교수의 논문6)이 있는 정도이다. 작가의식을 다룬 앞의 두 논문은 본시의 성격을 이해하려고 한 점에서 일차적인 의의를 지닌다고 하겠으나, 본시의 문학적 실상에 대한 접근이 이루어지지 않았다는 점에서 그 한계가 지적될 수 있을 것이다. 박태상 교수의 논문은 본시가 창작되던 당시의 작가의 현실의식이나 내면의식의 투영상을 추출하는 데 소홀하였다는 점과 작품 자체를 면밀히 분

---

3) 장덕순은 〈동명왕편〉과 〈개원천보영사시〉를 두고, "우리 국문학에 있어서 찬란한 빛을 나타내고 있다. 그의 전반기의 생애에서 업적을 찾으려면 백편의 시보다 이 두 편의 시는 그의 전생애를 통해서 오직 한 페이지를 장식할 만한 것이라고 하여도 과언은 아닐 것이다."라고 하였다. 장덕순, 『한국고전문학의 이해』(일지사, 1976), p.110.
4) 박성규, 『이규보 연구』(계명대학교 출판부, 1982), pp.64~68.
5) 김진영, 앞의 책, pp.101~103.
6) 박태상, 「이규보의 〈개원천보영사시〉에 대한 연구(1)-사실성과 기발성의 의미를 대상으로-」, 『원우논집』 제9집(연세대학교 대학원, 1882), pp.13~31.

석·검토하지 못했다는 점에서 한계를 지닌다. 그의 말처럼 본격적인 분석에 앞선 정지작업으로 테마에 의한 분류를 시도하였다고 하지만, 작품 자체에 대한 면밀한 검토가 밑받침되지 않음으로 해서 분류된 결과는 많은 문제점을 지닌다.

이와 같은 결과를 두고 볼 때, 본시의 연구는 43수의 개별 작품을 면밀히 검토함과 아울러 작가와 시대배경 등을 종합적으로 고려하여 작품적 실상을 밝혀야 할 것이다. 그리하여 작가의식의 투영양상과 함께 문학적 형상성의 문제를 밝혀 보는 데까지 나아가야 하리라고 본다.

본 연구에서는 우선 역사·전기적 맥락 속에서 본시를 이해하기 위해 형성배경을 검토하고자 한다. 그 다음 형식적인 특성을 살피고 개별 작품을 분석한 뒤, 그 결과를 토대로 구성원리를 살펴 작품의 전체적이며 궁극적인 의미를 규명해 보고, 아울러 史話의 문학적 수용과 그 표현양상까지를 살펴보고자 한다.

2. 〈개원천보영사시〉의 형성배경

본 연구의 대상 작품은 詠史詩다. 영사시를 "하나의 모랄을 지적하거나 혹은 현재의 정치적 사건에 대한 논평을 위한 구실로서 어떤 역사적 사건을 인용하는"7) 것이라고 한다면, 본시의 작품적 실상을 밝혀 보기 위해서는 당대의 정치적 사건을 중심으로 한 시대적 배경을 살펴보아야 할 것이다. 또 작품 자체는 작가 자신의 독특한 삶의 반영물8)이라는 점을 생각한다면, 작가의 전기적 배경까지도 살펴봄이 타당할 것이다.

---

7) 유약우 저·이장우 역, 『중국시학』(범학도서, 1976), p.75.
8) 레온 에델 저·김윤식 역, 『작가론의 방법』(삼영사, 1983), p.104.

먼저 시대적 배경을 살펴보기로 한다.

武臣亂이 일어난 해가 1170년이고 보면, 이규보(1168~1241)는 무신란을 전후한 변혁기를 살다 간 문인이라 하겠다.

고려사 전반을 통해서 볼 때, 무신란을 전후한 시기는 정치면에서 계급자체 내의 相剋, 지방 대 지방의 反旗, 계급 대 계급의 투쟁 등으로 인해 下剋上의 풍조가 국내를 휩쓸게 됨에 따라 정권은 쇠미해지고, 질서는 파괴되고, 토지제도는 문란해지는 등 극도로 혼란한 암흑기였다고 해도 과언이 아닐 것이다. 이와 같은 귀족사회 내부의 모순은 시간이 갈수록 심하여지더니 毅宗이 실정을 저지름에 이르러 마침내 무신란이 일어나게 되었다.9)

의종은 '太平好文之主'라는 칭호를 주며 아첨하는 小文臣輩 및 宦臣·嬖臣들에 둘러싸여 거의 궁성에 발을 붙일 겨를도 없이 매일같이 여러 亭臺를 돌아다니며 酒宴을 베푸는 등 향락생활에 도취하니 국정은 날로 혼란해져 갔다. 이러한 의종과 문신의 향락은 민중의 고역과 부담을 증가시켰고, 국가의 재정을 낭비시켰으며, 더욱이 嬖臣들의 침탈과 착취는 백성들의 생활을 극도로 곤궁케 만들었다. 이때 무신들은 환락생활에 젖어 있던 왕과 문신들의 호위병 노릇을 하며 온갖 수모와 천대를 받다가 끝내는 정중부·이의방·이고 등이 중심이 되어 무신란을 일으키고 말았다.

그러나 무신들은 각자의 사욕으로 인해 서로 간의 연속된 쟁탈전을 벌이게 되었으니, 정권은 정중부·이의방·이고→ 정중부·이의방→ 정중부→ 경대승→ 이의민→ 최충헌·최충수의 순으로 넘어가게 된다. 최충헌의 등장으로 무신들 상호간의 정권쟁탈전에 종지부를 찍게 된 해가 1196년(명종 26년)이었으니, 이규보가 29세 되던 해이다.

---

9) 진단학회, 『한국사』 중세편(을유문화사, 1974), p.421.

이처럼 30년이 채 못되는 짧은 기간에 숱한 무신들이 나타났다 사라져간 것만 보더라도 이 시기가 얼마나 혼란스러웠던가를 충분히 짐작하고 남음이 있다. 중앙정치의 혼탁은 마땅히 지방관리의 가렴주구를 초래하여 백성들의 생활은 극도로 곤궁케 되어 갔다.

무신란의 결과로 무신 상호간에 정권쟁탈극이 벌어진 외에, 1172년(명종 2년)에 西北地方을 기점으로 하여 일어난 民亂은 최씨정권에 의해 진압될 때까지 도처에서 그치지 않고 계속되었으니 민심은 크게 동요되어 갔다.

이번에는 전기적 배경에 관하여 살펴보고자 한다.

이규보의 생애는 크게 보아 4期10)로 나누어 이해할 수 있다. 즉 출생 이후 22세에 司馬試에 응시하여 급제하기까지의 成長·修學期, 급제 이후 32세에 全州牧司錄兼掌書記에 보임될 때까지 무보직으로 지내면서 시와 술을 벗삼아 산수간에 떠돌던 不遇·放浪期, 32세에 관직에 나아가 70세로 벼슬을 물러날 때까지의 官職期, 그리고 74세를 일기로 죽을 때까지의 致仕期로 나누어 볼 수 있다.

여기에서는 이규보가 본시를 그의 나이 27세 때에 창작하였다는 점을 고려하여 성장·수학기와 불우·방랑기를 중심으로 살펴보고자 한다.

신흥사대부의 전형적인 모습을 보여주는 이규보는 대단찮은 집안에서 태어났다. 그는 어려서부터 刻燭占韻賦詩(일명 急作詩)의 모임 등에서 항상 1등을 차지하는 등 천재 문학소년으로서의 자질을 발휘하였다. 그러나 그는 10代 후반 4~5년 동안 술에 쏠려 멋대로 놀면서 마음을 단속하지 않고 오직 시만을 일삼느라 과거에 대한 글은 조금도 읽히지 않아 16·18·20세에 세 차례에 걸쳐 사마시에 응시했어도 거듭 낙방하

---

10) 기왕의 연구에서는 이규보의 생애를 기술함에 있어 논자에 따라 2기 내지 3기, 4기로 나누어 고찰하고 있다. 김진영, 앞의 책, p.24~25. 참조.

고 말았다.11)

젊은 시절 이규보의 그와 같은 放曠無檢한 생활은 벼슬길에의 진출을 지연시켜버린 결과를 가져왔다. 그러나 당시의 대부분의 사람들의 문학수업12)과 그의 문학수업을 비교해 볼 때, 그의 그러한 생활은 상당한 의미를 지닌다고 하겠다. 이규보는 그러한 삶을 살아가면서도 독서 또한 그의 성격과 마찬가지로 다양하고 폭넓게 하여 왔다.13)

科業에 힘쓰지 않으면서도 세 차례나 거듭 응시한 이규보이고 보면, 벼슬에의 꿈은 작지 않았을 것이다. 그러나 당시의 이규보에게는 벼슬에의 꿈보다 구속받기 싫어하는 자유분방한 그의 기질이 더 크게 작용한 것 같다. 이 시기의 그의 생활과 심경이 어떠했던가는 21세 때 지은 것으로 추정되는 〈醉中走筆贈李淸卿〉14)을 통해서도 엿볼 수 있다. 그는 이 시에서 남들이 미치광이라고 할 정도로 술을 마시는 이유를 밝히고 있는데, 그것은 인생의 유한성에 따르는 생의 허무를 절감했기 때문이다.15)

---

11) 이 점에 대해 홍우흠 교수는, 이규보가 古文을 배우고 체득하였기 때문에 그 古文精神에 위배되는 당시의 科擧詩(功令詩)나 駢文풍조를 물리치고자 한 때문이라고 해석하고 있다. 홍우흠, 「이규보 문체혁신에 대한 탐토」, 『민족문화논총』 제2·3합집 (영남대학교 민족문화연구소, 1982), p.3, p.14.

12) 당시의 배우는 사람들의 문학수업이 어떠했는가는 이규보의 다음과 같은 말을 통해서도 어느 정도 짐작할 수 있다. "世之學者, 初習場屋科擧之文, 不暇事風月, 及得科第, 然後方學爲詩." 이규보, 「答全履之論文書」, 『東國李相國集』 全集 26. 『동국이상국집』의 권수를 표시할 때는 줄여서 『全集』, 『後集』으로만 표시한다. 이하 같음.

13) "僕自九齡, 始知讀書, 至今手不釋卷, 自詩書六經諸子百家史筆之文, 至於幽經僻典梵書道家之說, 雖不得窮源探奧, 鉤索深隱, 亦莫不涉獵游泳, 採菁擷華, 以爲騁詞擒藻之具.", 「上趙太尉書」, 『全集』 26.

14) 〈醉中走筆贈李淸卿〉, 『全集』 2.

15) 風流스런 일면을 지닌 이규보의 頌酒詩의 시상전개는 대개 '自然→人生의 有限性(浮生)→詩·酒·琴→陶醉'의 순으로 되어 있다. 그러므로 이규보에게 있어 풍류는 그 자체로서 얻어진다기보다는 자연과의 화합이라는 고양된 상태에서, 인생의 유한성을 절감하면서 분위기가 가라앉다가, 시·주·금으로 인해 다시 상승하는 기복

그러나 부모가 길러주기는 하였으나 날개를 붙여주지는 못했다고 생각하는 이규보16)로서는 날개를 달 수 있는 길은 과거뿐이기에 사회적 향상은 그것을 통해 꾀할 수밖에 없었다. 그러기에 그는 세 차례의 낙방 후에도 다시 응시한다. 奎星이 과거에 오를 것을 암시하는 꿈을 꾸고서 初名인 仁底를 奎報로 고칠 정도로, 그에게는 과거에 급제하는 것이 더없이 중요한 일이었다.

이규보는 22세 되던 해 봄에 사마시에 응시하여 첫째로 뽑혔고, 이듬해에는 禮部試에 응시하여 同進士에 뽑혔다. 그러나 벼슬길이 쉽사리 열리지 않아 우울한 나날을 보내던 중, 24세 때 부친상을 당하게 되자 天磨山에 寓居해 버린다. 그는 외롭고 괴로운 심정17)을 달래 보고자 산에 들어가 노닐면서 시를 짓기도 하였으나 작품은 전반적으로 어둡고 우울하다.18)

이규보는 천마산에 우거해 있으면서, 油然히 퍼질 때는 君子가 세상에 나가는 모습을 지니고, 歛然히 걷힐 때는 高人이 세상을 은둔하는 모습을 지닌 白雲19)을 보고 느낀 바가 있어 스스로 白雲居士라고 하였다. 이럴 때 이규보의 진정한 심정은 어떠한 것이었을까? 당시의 그의 심적 상태를 살펴봄으로써 20대 후반에 창작된 그의 작품세계를 이해하는 데 많은 점을 시사받을 수 있을 것이다.

기왕의 논저 중에서 이와 관련된 부분을 옮기면 다음과 같다.

① 이우성 : 그는 스스로 白雲居士라 일컬었으나, 그의 사상은 결코

속에서 얻어지는 것이다. 손정인, 「이규보 고시연구」(영남대학교 대학원 석사논문, 1981), pp.51~55. 참조.

16) "父母卵我而未傅以翼", 「上晋康侯謝直翰林啓」, 『全集』 27.

17) 그 당시의 외롭고 괴로운 심정은 〈詠忘〉, 『全集』 1.에 잘 나타나 있다.

18) 〈重遊北山二首〉, 『全集』 1. 등이 그 한 예가 될 것이다.

19) "油然而舒, 君子之出也, 歛然而卷, 高人之隱也.", 「白雲居士語錄」, 『全集』 20.

隱遁的인 것은 아니었다. 그는 적극적으로 현실에 참여할 것을 지원했다.[20]

② 전형대 : 이규보는 백운을 단순히 부정적이고 현실도피적으로 생각하지는 않았다. ……백운거사는 좀 더 적극적이고 긍정적인 의미를 부여하였다.[21]

③ 서수생 : 그래서 天磨山에 왕래하고 속세를 떠나 佛仙의 경지에 이르고자 하였던 모양이다. 인간의 욕망의 거리에서 佛仙의 淸淨한 仙境에 놀고자 하여 號마저 白雲이라 지었을 것이다.[22]

④ 김진영 : 그가 白雲을 취하고 '居士'라 택하여 自號한 까닭은 白雲처럼 거리낌없이 物外에 자적하고 居士처럼 道를 닦고자 한 때문이다. 이는 다분히 超世間的, 仙道敎的 취향에 쏠리고 있음을 보여 주는 것이다.[23]

⑤ 박창희 : 白雲居士란 그의 불우한 사정으로부터의 관념적 도피를 꾀한 나머지의 일이었을 뿐이지 절대적 이상향을 찾으려는 선비로서의 自號이지는 않다.[24]

이규보의 심적 상태에 대한 이상의 견해들은 첫째 적극적인 현실참여, 둘째 현실도피적 隱遁, 셋째 超世的 隱逸[25]이라는 세 가지로 크게 나눌 수 있을 것이다. 그런데 위의 각각의 견해들은 다른 한쪽 면을 긍정하기보다는 부정하면서 마련되었다는 데에 문제가 있다. 白雲은 물러나 은거하는 자의 모습를 나타내는 것만도 아니며, 나아가서 크게 뜻을

---

20) 이우성, 「고려중기의 민족서사시」, 『논문집』 제7집(성균관대학교, 1962), p.93.
21) 전형대, 『이규보의 삶과 문학』(홍성사, 1983), p.46.
22) 서수생, 『고려조한문학연구』(형설출판사, 1971), p.114.
23) 김진영, 앞의 책, p.28.
24) 박창희, 「무신정권시대의 문인」, 『한국사』 7(국사편찬위원회, 1977), p.270.
25) "隱遁과 隱逸은 일견 상통하고 유사하나 본질적으로 동일한 것은 아니다. 은둔은 완전현실도피요, 은일은 高人의 超世를 뜻한다." 이종은, 『한국시가상의 도가사상연구』(보성문화사, 1978), p.71.

펴는 거침없는 자세를 나타내는 것만도 아니다. 이규보가 위의 세 가지 자세 중에서 어느 한쪽 면만을 지녔다고 보기는 어렵다. 그보다는 세 가지 자세를 아울러 지녔다고 보아지는데, 이러한 생각은 이규보의 생애나 작품을 통해서 뒷받침될 수 있다.

당시의 이규보는 일개 書生의 신세를 면해 줄 관직을 열망하고 있었다.26) 그러나 현실에 적극적으로 참여하고자 하는 강한 집념이 좌절됨으로써 크게 상심하던 차에27) 부친상을 당하게 되자 천마산에 우거하게 된다. 어쩌면 이러한 행위는 부친상을 표면에 내세운 현실도피일는지도 모른다. 이 점은 그가 남보다 강한 우월감과 자긍심을 지녔다는 점에서 이해될 수 있을 것이다.

그러면서 그는 아울러 超世的인 심정도 지니고 있었는데, 이러한 심정은 과거 공부에 힘쓰기보다는 음풍농월에 빠져있던 10대 초반부터 싹터왔던 것이기도 하다. 일찍부터 생과 영화의 무상함을 절감한 그의 심정은 차츰 초세적인 것으로 발전해 나간다. 그는, 초세적 은일자들이 다 바라는 공명·부귀·공리 곧 영화가 身辱이 된다는 생각에서 이것에 집착하지 않고 超世하려는 것28)과 마찬가지의 자세를 지니고 있음을 여러 편의 시를 통해 보여 주고 있다.29) 그러나 초세라고 해서 산림으로의 도피나 세간과의 단절을 뜻하지는 않는다. 왜냐하면 초세는 "俗世에 거하거나 仙境을 찾거나가 문제가 아니라, 現地에 대한 관심이나 名利

---

26) 〈重遊北山二首〉의 제1수 2구의 "十年猶是一書生"과 제2수 2구의 "十年檻籠困徘徊"의 차탄 섞인 표현만 보더라도 그 당시 이규보가 얻고자 한 것은 서생의 신세를 면해 줄 관직이라는 것을 알 수 있다.

27) 이러한 점은 비슷한 시기에 창작된 여러 시편들에서도 찾아볼 수 있다. "常無官常無官, 四方餬口非所歡, 圖免居閑日遣難, 噫噫人生一世賦命可酸寒", 〈無官嘆〉, 『全集』 3. "……蹇予誠齷齪, 賦命實崎嶇……晩落蟠泥困, 那堪撫劍吁……同門皆振翮, 唯我尙搶楡……", 〈呈張侍郎自牧一百韻〉, 『全集』 1.

28) 이종은, 앞의 책, p.76.

29) "得道已無事……我是忘機人……無心白駒詩", 〈北山雜題九首〉, 『全集』 5.

에 연연한 욕망을 벗어나 스스로의 高踏을 추구하기 때문"30)이다. 이규보가 세간과 단절되지 않은 초세적 자세를 지니고 있었음은, 25세 때 "산에 거하거나 집에 거하거나 오직 도를 즐기는 자라야 거사라 칭할 수 있는데, 나의 경우에는 집에 거하며 도를 즐기는 사람이다."31)라고 한 말을 통해서도 알 수 있다.

이와 같은 사실을 종합해 볼 때, 그 당시 이규보의 내면에는 신진유사로서의 원대한 포부와 야망은 지녔으나, 일면 당시의 형세에서 등용되지 못한 불운과 부친의 사망 등으로 현실에 대한 괴리감과 허무적·초세적 취향이 교차되고 있었다32)고 볼 수 있다.

이규보는 22세에 사마시에 급제한 후, 32세에 全州司錄兼掌書記로 보임될 때까지 무보직으로 지내면서 詩酒를 벗삼아 山水間에 떠돌던 불우·방랑기를 보냈다. 이규보는 이 기간 동안에 지은 시편들 속에서 개인적인 정회로만 흐르지 않고, 자신의 아픔을 공동체적인 아픔으로 끌어올림으로써 그의 현실의식이 성장하고 있음을 보여준다. 20대 초반까지만 하더라도 백성들이 겪는 고통과는 무관하게 인생행락을 읊는 등 개인적인 문제에만 관심하던 이규보가 이러한 변화를 보여주게 된 이유는 어디에 있는가? 그것은 여러 곳을 떠돌아 다니면서 백성들이 고통받고 있는 현장을 목격한 후, 그들의 처지를 깊이 이해할 수 있게 된 데에서 온 것이다. 그러므로 이규보에게 있어서 불우·방랑기는 현실의식을 일깨워 준 중요한 시기인 것이다.

貧富의 대립이라는 사회구조의 모순을 문제삼은 〈望南家吟〉33)과 사

---

30) 이종은, 앞의 책, p.72.
31) "或居山或居家, 惟能樂道者而後號之也, 予則居家而樂道者也.", 「白雲居士語錄」, 『全集』 20.
32) 김진영, 앞의 책, p.29.
33) 〈望南家吟〉, 『全集』 1.

회를 어지럽히는 도적떼들에 대한 증오와 단죄의 자명함, 단호한 처벌책을 읊고 있는 〈聞江南賊起〉[34]와 같은 시들은 〈개원천보영사시〉를 창작한 전후의 시기[35]를 통해 눈뜨게 된 현실의식의 소산이다.

이처럼 무신란을 전후한 고려 중엽의 시대상황은 天寶年間의 그것과 거의 흡사하게 벌어지고 있었다. 급제하기 전부터 友人들과 더불어 史家의 기록을 널리 통하여 漢·唐 때의 일을 논의하던 이규보[36]이고 보면, 그때마다 그러한 점을 절감하였을 것이다. 그러나 "혀가 있어도 말 못하고 눈이 있어도 눈물내지 못하는"[37] 현실하에서 당대의 정치적인 문제를 거론하여 비판하자면, 과거의 역사적인 사실을 빌려 오는 간접적인 방법을 사용할 수밖에 없었을 것이다.

어떠한 시 속에든지 그 시가 쓰여지던 당시의 시인의 내적인 감정상태가 반영되어 있다[38]고 말할 수 있다면, 이처럼 복잡다기한 이규보의 심정도 그 당시 지은 작품들 속에 어떠한 형태로든지 반영되어 있으리라고 본다. 본 연구의 대상인 〈개원천보영사시〉 속에는 그의 이러한 감정이 어떠한 형태로 반영되어 있을지 관심사다.

---

34) 〈聞江南賊起〉, 『全集』 1.
35) 박창희 교수는 이 두 작품을 내용상 24세에서 27세 전후에 지은 것으로 추정하고 있다. 박창희, 「동국이상국집 작품년보고」, 『이화사학연구』 제5집(1970), p.4.
36) "……僕與足下, 未第時……足下淹貫史家, 說唐漢事, 如昨所觀.", 「與金秀才懷英書」, 『全集』 26.
37) "有舌不可卓, 有眼不可泣", 〈感興〉 1·2구, 『全集』 8.
38) 레온 에델, 앞의 책, p.126.

3. 〈개원천보영사시〉의 형식과 내용의 검토

3.1. 형식적 특성

먼저 본시의 형식적인 면에 대해서 논의하고자 한다. 논의의 대상은 다음의 세 가지 문제이다. 첫째, 작품의 머리에 并序를 적고 있다는 점, 둘째, 독립된 개별 작품이 '題目−史話39)−詩'로 이루어져 있다는 점, 셋째, '詩'는 全篇이 七言絶句의 고정형식을 취하고 있다는 점 등이다. 본시의 작품적 실상을 규명하기 위해서는 먼저 이러한 형식적인 문제부터 다루어, 이러한 형식이 작품세계와 어떠한 관련을 맺고 있느냐 하는 점을 살펴보아야 할 것이다.

첫째, 적지 않아도 될 병서를 그 머리에 적고 있는 점에 대해서 생각해 본다. 이 점은 그만큼 작시의 동기나 목적이 분명하기에 그것을 밝힘으로써 작품의 효능을 더욱 높이고자 함에 있다고 본다. 이 점을 살펴보기 위해 먼저 병서의 내용을 보자.

내가 글을 읽는 사이에 唐明皇의 남아 있는 옛자취를 보았다. 開元 이전에는 政事에 부지런하고 治道를 형성하여 그 평화의 업적이 거의 貞觀 시대에 가까웠으나, 天寶 이후에는 정사를 게을리하여 鉗徒를 총애하고 讒邪들을 신임하다가 끝내 安祿山의 난을 만나 西蜀으로 파천하기에 이르러 사직을 거의 망칠 뻔하였으니, 어찌 애석하지 않은가. 그 善의 본받을 만한 것과 그 惡의 경계할 만한 것을 모으니 諷詠에 오르내릴 만하다. 개중에는 임금에게 관계되지 않은 일도 있지만, 그 당시의 善惡이 다 임금에 의하여 점염된 것이기 때문에 아울러 모

---

39) 개별 작품마다 '제목'과 '시' 사이에 삽입된 산문서술을 김영숙의 견해에 따라 '史話'라 부르기로 한다. 김영숙, 「조선후기 악부의 유형적 성격」, 『어문학』 제44·45집 (한국어문학회, 1984), p.50.

아 읊어 보았다. 그러나 어찌 감히 風雅를 보완했다고 하겠는가. 그저 새로 배우는 자제들에게 보이려는 것뿐이다.40)

이규보는 병서에서 당 명황(玄宗)의 開元·天寶 시대의 정치상을 비교하여 기술하고 있다. 開元은 현종의 두 번째 연호로서 모두 29년 동안(712~741)이며, 貞觀 이후 당의 두 번째 극성시기였다. 현종은 지혜롭고 용감하여 결단을 내릴 줄 알았으니, 이 시대는 현종과 신하들이 모두 개혁에 전념하여 당 제국은 다시 부강하고 태평한 시대로 들어가게 된다. 天寶는 현종의 세 번째 연호로서 모두 14년(742~755) 동안이다. 이 시기에는 안으로 정치가 문란하여 위기가 사면에 펼쳐 있었는데 마침내 '安史의 亂'이 폭발하여 망국의 비참한 지경에 이르게 되었다. 왜냐하면 개원 시대의 장기적 안정이 현종으로 하여금 이전의 훌륭한 통치정신과 정치에 대한 흥미를 점차 궁정 안의 향락스러운 생활로 바뀌어 가게 하였기 때문이다. 특히 현종은 개원 28년에 양귀비를 궁 안으로 불러들였는데, 그녀는 용모가 풍염하고 성정이 총명한 데다가 음률을 알고 가무에도 뛰어나 궁에 들어온지 1년도 못되어 총애를 한 몸에 받게 되었다. 이때 궁중에는 귀비를 위하여 비단을 짜고 자수하는 공인이 700명이나 있었다고 할 정도로 사치가 극에 달했다. 이러할 때, 관리를 이끌만한 능력도 없는 양국충은 재상이 되어 교만하고 사치스럽고 음란한 생활에 빠져 있었으니 마침내 천보 14년(755)에 안록산의 난이 일어나게 되었다.41)

---

40) "予讀書之間, 見唐明皇遺迹. 開元已前, 勤政治理, 太平之業, 幾於貞觀, 天寶已後, 怠於政事, 嬖寵鉗固, 信用讒邪, 遂致祿山之亂, 至播遷西蜀, 幾移唐祚, 可不悲夫. 是用拾善可爲法, 惡可爲誡者, 播于諷詠. 雖事有不關於上者, 其時善惡, 皆上化之漸染, 故幷掇而詠之. 豈敢補之風雅. 聊以示新學子弟而已." 〈開元天寶詠史詩〉 幷序, 『全集』 4.

41) 이상 開元天寶年間에 대한 기술은 傅樂成 저·辛勝夏 역, 『增訂新版 中國通史』 상

이규보는 당 명황의 사적을 읽고서 국가의 興亡治亂이 군왕에게 달려 있음을 절감했을 것이다. 이규보는 그것이 비록 중국의 사실이지만, 무신란을 자초하여 위기에 처한 고려왕조에는 하나의 훌륭한 역사적 교훈이 될 수 있으며, 그러한 사실을 통해 고려 당대의 문제를 심각하게 다룰 수 있다고 본 것이다. 본시가 지닌 날카로운 문제의식을 아는 이규보로서는 병서 끝에서 "그저 새로 배우는 자제들에게 보이려는 것일 뿐" 다른 의도는 없다고 둘러대고 있다. 그러나 작시의 동기나 목적이 어디에 있는가는 분명하다.

본시에 병서를 적고 있는 점은 그만큼 작시의 동기나 목적이 분명하기에 그것을 밝힘으로써 작품의 효능을 더욱 높이고자 함에 있는 것이다. 이규보는 시의 제목을 길게 하여 작시의 동기 등을 대체적으로 밝힐 수42)도 있었겠으나, 그러한 것들이 특별했던 본시의 경우에는 병서를 중요시한 듯하다. 목적이 있어서 시를 지을 경우에 병서에 그 목적을 밝히는 것이 일반적인 경향이기도 하다.43)

둘째, 개별 작품이 '제목—사화—시'로 이루어져 있다는 점에 대해서 검토해 본다. 시는 '제목—시'로 이루어지는 것이 일반적인 현상이다. 또 詠史詩에서 '史話'를 삽입하는 것이 일반적 성격으로 규범화되어 있는 것은 아니라는 점44)에 비추어 보면, 본시의 경우에는 그 사이에 '사화'가 삽입되어 있는 점이 특이하다. 문제에 접근하기 위해, 먼저 '사화'가

권(우종사, 1990), pp.449~456.을 참고하였음.

42) 이규보는 당시 조정에서 벌어지고 있는 정치상황을 우의적으로 보여 주고 있는 〈四月十一日與客行園中得薔薇於叢薄間久爲凡卉所困生意甚微予卽薙草封植埋以土撑以架後數日見之葉旣繁茂花亦曄盛於是因物有感作長短句以示全履之〉, 『全集』 5.에서는 67자에 이르는 긴 제목으로서 작시동기를 밝히고 있다.

43) 白樂天이 新樂府의 序文에서 자기가 목적한 바를 분명히 밝히고 있는 것이 그 한 예가 될 것이다.

44) '詠史'라는 제목의 시를 처음 썼다고 하는 班固 이래, 이규보 이전이나 그 당시의 중국과 한국의 역대시인의 작품을 통해서도 이 점을 확인할 수 있다.

병기되지 않고 시만 있을 경우를 가정해 보자. 그럴 경우 이규보가 자신이 의도한 바를 충실히 표현하기 위해서는 每首마다 '사화'에 해당하는 많은 역사적 사실을 끌어와야 할 것이니, 내용이 산만해져서 이해하기도 쉽지 않을 것이다. 본시의 창작동기 중의 하나가 '새로 배우는 젊은이들에게 보이려는 것'임을 생각한다면, 과연 그네들이 그러한 시를 읽고 작가가 말하고자 하는 핵심적인 의미를 충분히 이해할 수 있을는지는 의문스럽다. 조선조에 들어와 세조의 명에 의해 집현전 학사들이 후대왕손을 위한 誠鑑으로 삼고자 본 〈개원천보영사시〉에서 발상하여 찬집한 『明皇誠鑑』에서 당 현종과 양귀비의 고사를 그림으로 그리고 거기에다가 간략한 사적을 붙인 것45)은 역사적 사실이 지닌 교훈성을 보다 충실히 이해시키고자 배려했기 때문일 것이다. 이러한 면에서 '사화'가 병기된 사실을 이해할 수 있을 것이다.

한편으로는 본시에서 사화를 병기한 것은 독자의 이해도 때문만은 아니다. 전달의 면만을 문제삼는다면, 중국의 역사적 사실을 병기한 것은 그 쪽의 역사에 대한 지식이 얕은 '새로 배우는 젊은이들(新學子弟)'에게 이해도를 높여주는 정도에 그쳐버리고 말 것이다.

본시에서 '사화'를 병기한 점은 다른 각도에서도 살펴질 수 있다. 이규보는 과거에 중국에서 일어난 개별적인 역사적 사실이 당대에 이 땅에서도 일어나고 있고, 또 앞으로도 충분히 일어날 수 있는 典型性을 지니고 있다는 점을 독자들에게 환기시키고자 했을 것이다. 그러나 그러한 전형성을 확보하기 위해서는 '사화'만을 나열해서는 안되기에 시적인 수용을 통해 작품화한 것이다. 한편, 시만으로써는 개별적 사실이 지닌 역사적 교훈성을 확보할 수 없으므로 그것을 확보하기 위해 '사화'를

---

45) 김일근, 「明皇誠鑑과 그 諺解本에 대한 신고」, 『학술지』 제24집-인문·사회과학편-
   (건국대학교 학술연구원, 1980), p.48.

병기하였을 것이다. 그러므로 '個別性'은 '史話'를 통해서, '典型性'은 '詩'를 통해서 나타난다46)고 할 수 있다.

이때 '사화'와 '시'는 개별적인 것이거나 일방적인 것이 아니라 상호보완적인 것이다. 이 점에서 우리는 이규보가 역사와 문학이 지니는 의미를 어떻게 인식하고 있었는가를 짐작할 수 있다.

셋째, 43수 全篇이 칠언절구의 固定形式으로 되어 있는 점에 대해서 살펴본다. 자유분방한 성격의 소유자로서 長篇古詩에 뛰어난 솜씨를 지녔으며, 시형을 선택함에 있어서도 다양성을 보여 주고 있는 이규보가 본시의 경우에 칠언절구의 고정형식을 택한 이유는 무엇일까? 고정된 형식을 전편에 사용하는 것은 여러 가지 측면에서 불리한 점이 있을 수 있다. 그럼에도 불구하고 이 점을 감수하면서까지 그렇게 한 데에는 그만한 이유가 있을 것이라고 생각한다.

詠史詩의 경우에는 詩形·句法·韻法 등에서 어떤 형식적 규범이 수립되어 있지 않다. 그리고 본시 창작 당시에 영사시의 형식에 대해서 어떤 일반적인 경향이 있었던 것 같지는 않다. 이규보가 본시를 창작하기 전에 杜牧이 唐 玄宗을 풍자한 〈過華淸宮絶句三首〉를 보았다는 점47)에서, 두목에게서 형식적 영향을 받지 않았을까 짐작해 보기도 하지만, 단언할 수는 없는 일이다. 현종의 荒淫과 召亂을 풍자한 杜牧의 〈華淸宮三十韻〉도 역시 이규보가 보았을 것이라고 생각한다면, '사화'에 두목

---

46) Robert Scholes & Robert Kellogg는 역사의 개별성과 문학의 전형성에 대하여 다음과 같이 설명하고 있다. "The superiority of poetry over history was its ability to present not actuality its but the typical. Whereas history was limited to describing events as they actually happend, poetry could present hypotetical events as they might well happen. 『The Nature of Narrative』(Oxford University Press, Inc. 1966), p.120.

47) 본시의 두 번째 작품인 〈荔支〉의 사화에 두목의 〈過華淸宮三首〉 중 제1수의 3·4구가 보인다.

의 절구 중에서 몇 구가 인용되어 있다고 해서 쉽사리 형식적 영향을 논하기란 어려울 것이다.

그리고 또 한 가지 생각할 수 있는 것은 칠언절구의 형식을 사용하도록 규범화되어 있는 竹枝詞와의 관련성 여부다. 죽지사는 唐 劉禹錫에 의해 창작된 새로운 형태의 樂府 작품으로 후세의 사람들이 이를 계승하여 土俗瑣事와 男女相思之情을 읊은 것을 말하는데, 그 형식은 칠언절구로 되어 있다.48) 이규보의 문집에는 '죽지사'라고 구체적으로 지적하여 언급한 부분은 없으나, 유우석에 대해 언급한 부분을 다수 찾아볼 수 있다. 이러한 사실에서 이규보가 유우석의 〈竹枝九篇〉을 읽었으리고 짐작할 수 있다. 그러나 죽지사와 영사시는 '土俗瑣事를 읊는다'는 것과 '역사적 사실에서 소재를 취한다'는 상이한 내용적 규범을 갖고 있다는 점을 생각한다면, 이규보가 무리하게 죽지사의 형식을 본시에 끌어 왔을 것이라고 보기는 어려울 것이다.

그렇다면 칠언절구의 시형의 선택은 순전히 이규보의 개성적 소산이라고 보아도 무방하리라 생각한다. 이러한 전제하에서, 우리는 두 가지 측면에서 이규보의 시형선택의 의도를 짐작해 볼 수 있겠다.

첫째, 이규보는 역사와 현실에 대한 자신의 입장을 뚜렷이 밝히기 위해서는 무엇보다도 진실을 표현하는 데 힘써야겠다고 생각한 것 같다. 그러자면 綴辭보다 設意에 힘쓰야 할 것이니,49) 자연히 사화내용의 응축을 통해 요점을 집약하여 독자들에게 핵심적인 내용을 효과적으로 전달하고자 노력하게 될 것이다. 이런 면에서 본다면, 장편고시보다 근체

---

48) "竹枝 : 樂府名. 亦名巴諭詞. 唐劉禹錫謫朗州時, 以俚歌鄙陋, 依騷人九歌, 作竹枝新辭九章, 後人仿其體, 詠土俗瑣事, 亦多謂之竹枝詞, 後乃轉作詞牌名, 因其體本於樂府之竹枝也.", "竹枝詞 : 謂專詠民間瑣事之七絶詩, 本唐劉禹錫依巴渝民歌剪製之詩體."『中文大辭典』권6(臺北 中國文化院, 1973), p.1820.
49) "夫詩以意爲主, 設意尤難, 綴辭次之……", 「論詩中微旨略言」, 『全集』 22.

시가 유리할 것이며, 근체시 중에서도 율시보다 절구가 유리할 것이다.

이 점을 보다 자세히 논의하기 위해 이규보의 시 중에서 영사시에 속하는 〈過延福亭〉을 살펴보기로 한다.

憶昔明皇遊幸日	기억컨대 옛날 명황이 행차하여 노닐던 날
龍舟錦纜髣江湖	그림 배와 비단 닻줄 강호를 방불케 했네.
勸歡仙妓廻眸笑	아양떠는 선기는 시선 맞춰 웃음짓고
被酒詞臣倒腋扶	술취한 사신들은 부액하다 넘어지기도 하네.
自古窮奢難遠馭	예부터 사치 지나치면 오래 지탱하기 어렵거니
幾人懷舊發長吁	몇 사람이나 예 그리며 긴 한숨 쉬었던고.
頹堤不見滄濤拍	무너진 제방이라 치는 물결 못 보겠고
複道渾成碧草蕪	우거진 풀 속이라 복도를 찾을 길 없네.
羅綺飄將雲共散	비단 자락 어디 갔나 구름 따라 흩어지고
笙歌換作鳥相呼	피리며 노래 불던 곳에 새소리만 요란하다.
箇中殷鑑分明在	개중에는 경계해야 할 전례 분명히 있으니
莫遣遺基掃地無[50]	남긴 터전을 송두리째 없애지 말았으면.

이 시는 문집에 수록된 순서로 보아 〈개원천보영사시〉보다 앞서 지어졌다고 여겨진다. 이 시는 唐 明皇代의 사실에서 취재하여 읊으면서 그 당시의 고려의 상황과 견주고 있다는 점에서 〈개원천보영사시〉와 맥을 같이 하며, 그 모태가 된다는 점에서도 주목된다.

이 시는 인과관계에 따라 사치→혼란→쇠망→무상→경계의 5단계로 된 순차적인 전개방식을 취하고 있어 시적 짜임새를 지니고 있다. 그러나 구체적인 사실에서 취재한 것이 아니라 극도의 사치로 인해 야기된 당 명황 시절의 전반적인 상황을 포괄적으로 이야기하는 방식이어서, 과거의 문제를 통해 그 당시의 문제를 정확히 지적하고 있지는 못하다.

---

50) 〈過延福亭〉, 『全集』 2.

그러므로 〈개원천보영사시〉에서 문제를 하나하나 정확하게 지적하여 비판하고자 하는 이규보로서는 위의 시와 같이 전반적이거나 추상적인 진술이 되어서는 곤란하고, 문제된 사실을 하나하나 구체적으로 들어 거론하는 것이 바람직하다고 느꼈을 것이다. 그리고 이 정도의 詩行이면 어느 하나의 문제를 비교적 구체적으로 논의할 수는 있겠으나, '사화'의 핵심적인 내용을 단번에 부각시키기는 어렵다는 것도 알았을 것이다. 이러한 이유들로 해서 본시를 창작하면서 상당한 길이의 고시의 형식을 택하지 않고 칠언절구의 형식을 택하였을 것이라고 생각한다. 그러므로 본시를 창작하기에 앞서 〈過延福亭〉을 통해 형식에 대한 자각이 있었을 것이라고 추측한다.

또 이규보가 본시를 창작하기 전에, 당 현종과 양귀비 사이의 로맨스를 소재로 한 七言古詩의 장편서사시인 白樂天의 〈長恨歌〉를 익혔다는 점51)을 생각할 때, 그것에서 형식적 영향을 받았을 법도 한데 실제는 그렇지 않다. 이런 점에서 보면, 이규보는 〈장한가〉와는 다른 각도에서 역사의 문학화를 시도해 보려고 한 것 외에도, 의도적으로 칠언절구의 시형을 선택했으리라는 것을 짐작할 수 있다.

그런데 응축이란 면에서 본다면, 七絶보다는 五絶이 유리할 것인데도 불구하고 七絶을 택한 것은 무엇 때문일까? 이 점은 이규보가 絶·律을 통틀어 五言보다 七言을 즐겨 짓는 취향을 지니고 있었다는 점과도 관련이 있다. 이규보가 평소 칠언을 즐겨 사용한 것은 그가 지닌 '天賦의 豪氣와 文章理性의 氣'52)를 창달하고자 함에 더 큰 비중을 두었기

---

51) "按唐玄宗本紀, 楊貴妃傳, 並無方士升天入地之事, 唯詩人白樂天, 恐其事淪沒, 作歌以志之. 彼實荒淫奇誕之事, 猶且詠之, 以示于後.", 〈東明王篇〉幷序, 『全集』3, p.33. 이 외에도 "長恨歌, 當時已盛傳華夷, 至於樂工娼妓, 以不學此歌行爲恥.", 「書白樂天集後」, 『後集』11. 이러한 말을 통해서 보면, 이규보도 일찍이 〈장한가〉를 익혔을 것이다.

52) 홍우흠, 앞의 논문, p.4.

때문이라면,53) 본시에서 칠언을 사용한 것도 역시 의미 충족에 더 큰 비중을 둔 그의 시작 태도에서 이해할 수 있겠다.

이 점은 본시의 다음 작품을 통해서도 이해할 수 있다.

<辟寒犀>

遺事云 交趾國 進犀一株 使者請以金盤置於殿中 溫溫有暖氣襲人 上問 其故 曰此辟寒犀也 上甚悅 厚賜之.

(『遺事』에 "교지국에서 벽한서 한그루를 진상해 왔다. 그 사신의 말대로 金盤 위에 올려 궁전 안에 놓아 두었는데, 따뜻한 기운이 사람에게 접근해 왔다. 임금이 그 까닭을 묻자 벽한서라고 하였다. 임금이 매우 기뻐하며 그 사신에게 상을 후히 내렸다."라고 하였다.)

羅綺香熏暖似春	비단 옷의 훈기로도 봄날처럼 따뜻한데
君王猶愛辟寒珍	임금은 한기 물리치는 진품까지 좋아하네.
人間臘雪盈三尺	바깥 세상에 눈이 석자나 쌓일 적엔
白屋那無凍死民	초가집엔 어찌 얼어 죽은 빈민인들 없었으랴.

이 시는 의미상으로 볼 때 五絶로도 성립될 수 있다. 매구 1, 2字를 감소시켜도 뜻이 통하여 원래의 의미와 큰 차이가 없다. 그러나 그것들이 첨가됨으로써 시의 의미는 더욱 충족될 수 있다. '君王'과 '人間', '羅綺'와 '白屋'이 첨가됨으로써 봄날처럼 따뜻한 궁중에서 지내는 임금의 생활상과 한겨울에 얼어 죽어가는 백성들의 비참상이 더욱 날카롭게 대조를 이룰 수 있는 것이다.

그리고 43수 全篇에 七絶을 선택한 이유로는 시형의 일관성을 유지하고자 한 점을 들 수 있겠다. 즉 개별적 사건을 하나의 주제로 통합하

---

53) 王力은 작품화하는 과정에서 五言보다 七言이 氣가 暢達하여 의미가 더욱 충족될 수 있다고 하였다. 왕력 저 · 홍우흠 편역, 『한시운율론』(영남대학교 출판부, 1983), p.131.

기 위해서는 잡다한 시형을 나열하기보다는 시형의 일관성을 유지하는 편이 훨씬 바람직하기 때문이다. 이 점에 대해서는 뒤의 「〈개원천보영사시〉의 구성원리와 그 의미」에서 구체적으로 논의하고자 한다.

이상의 논의를 통해서, 이규보가 본시를 창작하면서 형식적인 면에 대하여 고심한 끝에, 의도적으로 '史話'를 병기하고 七絶의 시형을 선택하여 全篇에 적용하였음을 알 수 있었다.

3.2. 개별 작품의 분석

여기에서는 본시의 개별 작품을 분석하여 그 주제를 고찰하고자 한다. 본시의 내용에 대해서는 기왕의 연구인 박태상의 「이규보의 〈개원천보영사시〉에 대한 연구(1)」에서도 살핀 바 있다. 그는 43수를 전체 줄거리의 흐름을 중심으로 테마별로 6가지로 구분한다고 하면서 아래와 같이 제시하였다.

① 唐明皇이 楊貴妃에게 혹하기 전 , 즉 鉗徒를 총애하기 전의 開元太平期에 善의 본받을 만한 점을 부각시킨 시들은 모두 8수인데, 그 시의 제목은 다음과 같다.

'金筯表直', '步輦召學士', '美人呵筆', '七寶山', '蒸鬚', '義竹', '截鐙留鞭', '金函' 등이 이에 해당한다.

② 唐明皇이 楊貴妃에 빠져, 政事를 게을리하여 鉗徒를 총애하고, 讒邪를 신임하는 것을 배경으로 삼은 시인데, 이는 惡을 경계하기 위한 목적으로 쓰여진 것이다.

　　㉠ 楊貴妃에 관련한 詩 : '荔支', '風流陣', '木芍藥', '月宮', '木瓦', '瑞龍腦', '花妖', '剪髮', '紅汗', '消恨花', '雪衣娘', '楊妃吹玉笛'의 12수가 이에 해당한다.

　　㉡ 唐明皇의 讒邪寵愛 : '金牌斷酒', '爲祿山起第'의 2수.

    ⓒ 唐明皇의 퇴폐적 행위(사치 등)에 관련된 시: '辟寒犀', '羯鼓', '戴竿舞', '金籠蟋蟀', '銹鳧鈒舟', '燭奴', '舞馬', '望月臺'의 8수가 이에 포함된다.

    ⓔ 唐明皇이 美色을 즐김에 관련된 시 : '寵姐隔障歌', '念奴'의 2수.

    ⓜ 李奎報의 풍자와 경계적 의미가 깃들인 시 : '嚴公界', '記事珠', '醒醉草'의 3수.

    ③ 임금이 퇴폐적 행위에 물들자, 귀족계층이나 백성들도 퇴폐적 환락적 풍조에 젖어, 사치와 육욕적 遊戲에 빠져듦을 보여주는 시 : '綠衣使者', '富窟'의 2수가 이에 해당된다.

    ④ 퇴폐·향락의 종말로, 安祿山의 난을 만나, 西蜀으로 播遷하게 됨과 관련된 시 : '送妃子', '凝碧池'의 2수가 이에 포함된다.

    ⑤ 明皇이 楊貴妃를 못 잊고, 옛일을 생각하며, 舊情에 젖어, 눈물을 흘리는 내용의 시에는 '雨淋鈴曲', '落妃池', '金粟環'의 3수가 있다.

    ⑥ 낭만적 분위기의 시로 결구를 맺고 있다. 唐明皇이 死別한 뒤로 꿈에도 보이지 않자, 素膳을 들면서 기도하여 감응을 얻고, 東虛第一宮에 당도하여, 太眞妃를 만나게 되나, 곧 하늘에서 떨어지는 듯한 느낌이 들며, 꿈을 깬다는 내용이 담긴 시인 '夢遊太眞院' 1수가 있다.[54]

박태상 교수는 본시가 어떠한 내적 질서도 지니지 않은 채 산만함을 보여주고 있다는 생각에서 전체의 내용을 일목요연하게 보여 주기 위해 분류를 시도한 것 같다. 의미 없는 작업은 아니라고 생각되나, 분류기준이 모호한 점과 분류된 항목에 작품을 편입시키는 과정에서 애매한 점이 더러 보인다. 몇 가지 점만 지적하고자 한다.

첫째, ②에서는 작품을 내용별로 세분하면서, ①에서는 세분할 수 있음에도 불구하고 그렇게 하지 않은 이유는 무엇인가?

---

54) 박태상, 앞의 논문, pp.25~26.

둘째, ②의 ㉠에서 '양귀비에 관련된 시'란 구체적으로 무엇을 말하는 것인가? 〈木瓦〉까지도 과연 그렇게 볼 수 있는가? 〈木瓦〉는 虢國夫人이 韋嗣立의 집을 탈취하였으나, 다시 반환된 것을 문제삼은 것으로서 양귀비와는 직접적으로 관련이 없는 작품이다. 곽국부인이 양귀비의 아우라는 사실만으로 그렇게 분류하였다면 상당한 혼란에 빠지게 된다. 또 ㉠에 속하는 대부분의 작품은 君王이 美色에 미혹됨으로써 일어난 사건을 다룬 것인데, ㉠과 ㉣의 항목은 어떤 이유에서 따로 구분되어야 하는가?

셋째, ②에 ㉤을 설정한 이유는 무엇인가? 본시에서 상당수의 작품이 풍자와 경계의 의미를 지니고 있는데, 〈嚴公界〉·〈記事珠〉·〈醒醉草〉만이 그렇다는 것은 무리가 아닐 수 없다. 사실, 〈醒醉草〉는 군왕이 미색에 미혹됨을 경계한 작품으로서 ㉣과 ㉤에 다 해당된다.

이러한 점들 외에도 작품을 옳게 분류하지 못한 곳이 더러 보인다. 이것은 위에 인용한 분류항목 자체 내에서의 문제만을 따질 때의 경우이지 작품분석에 기초하여 분류기준을 달리할 경우에는 그 이상의 차이가 있을 수 있다. 이러한 문제점을 인식하면서 작품을 바르게 분류하기 위해서는 먼저 작품을 정확하게 읽고 분석·검토한 뒤, 그 결과를 토대로 되도록 객관적인 분류기준을 마련해야 할 것이다.

앞에서 본시는 '史話'와 '詩'를 통해 '個別性'과 '典型性'을 동시에 지니고 있는 작품이라고 했다. 그렇다면 우리가 작품을 분류할 때, '개별성'과 '전형성' 중에서 그 어느 쪽에 맞추어야 할 것인가 하는 문제가 생긴다. 본시는 역사기록물이 아니라 어디까지나 문학작품이라는 점에서 본다면, '개별성'보다는 '전형성'에 맞추는 것이 타당할 것이라 생각한다. 그럴 경우, 작품에 나타난 인물은 고유인물이지만 전형적 인물로, 개별적 사실은 전형적 사실로 바뀌게 된다.

　우선 여기에서는 앞으로 진행될 논의의 편의상 작품명, 사화의 출전 그리고 사화의 주요 등장인물을 정리하여 제시하면 다음과 같다

連番	제목	사화의 출전	사화의 등장인물
①	金節表直	開元天寶遺事	明皇, 宋璟(宰相)
②	荔支	唐書, 杜牧詩	楊貴妃
③	風流陣	開元天寶遺事	明皇, 楊貴妃
④	木芍藥	李白集序, 李白의 淸平調, 開元天寶遺事	明皇, 楊貴妃
⑤	步輦召學士	開元天寶遺事	明皇, 姚元崇(學士)
⑥	辟寒犀	〃	明皇, 使臣
⑦	月宮	逸史	明皇, 羅公遠
⑧	金牌斷酒	開元天寶遺事	明皇, 安祿山, 王公
⑨	羯鼓	羯鼓錄, 太平廣記	明皇
⑩	金籠蟋蟀	開元天寶遺事	宮中婢妾, 庶民
⑪	美人呵筆	〃	明皇, 李白, 宮嬪
⑫	七寶山	〃	明皇, 張九齡(學士)
⑬	蒸鬚	明皇雜錄	明皇, 諸王
⑭	義竹	開元天寶遺事	〃
⑮	戴竿舞	明皇雜錄	明皇, 大娘(女優)
⑯	木瓦	〃	虢國夫人(楊貴妃妹), 韋嗣立
⑰	楊妃吹玉笛	楊妃外傳, 張祐詩	明皇, 楊貴妃
⑱	龍腦蟬	楊妃外傳	明皇, 楊貴妃, 安祿山
⑲	嚴公界	開元傳信記	明皇, 京兆尹, 嚴安之
⑳	記事珠	開元天寶遺事	張說(宰相), 無名氏
㉑	載鐙留鞭	〃	姚元崇(牧使), 吏民, 新牧, 明皇
㉒	化妖	〃	明皇
㉓	綠衣使者	〃	明皇, 鸚鵡, 劉氏(富民 楊崇義의 妻), 李弇

㉔	醒醉草	開元天寶遺事	無名氏
㉕	綉鳧鈒舟	〃	明皇
㉖	燭奴	〃	申王, 諸王, 貴戚
㉗	剪髮	開元傳信記	明皇, 楊貴妃, 高力士
㉘	紅汗	開元天寶遺事, 玄宗遺錄	楊貴妃, 高力士
㉙	金函	開元天寶遺事	明皇
㉚	富窟	〃	王元寶(富豪)
㉛	寵姐隔障歌	〃	寧王, 李白, 寵姐(宮妓)
㉜	念奴	〃	明皇, 念奴(官妓)
㉝	消恨花	〃	明皇, 楊貴妃
㉞	舞馬	明皇雜錄	明皇, 舞馬, 安祿山
㉟	雪衣娘	〃	楊貴妃, 鸚鵡
㊱	送妃子	明皇雜錄	明皇, 楊貴妃, 高力士, 侯元吉
㊲	兩淋鈴	明皇雜錄	明皇, 梨園弟子
㊳	凝碧池	〃	安祿山의 賊黨, 王維
㊴	金粟環	〃	明皇, 楊貴妃, 謝阿蠻(女伶)
㊵	望月臺	開元天寶遺事	明皇, 楊貴妃
㊶	爲祿山起第	唐書	明皇, 安祿山, 太子
㊷	落妃池	楊妃外傳	楊貴妃
㊸	夢遊太眞院	玄宗遺錄	明皇, 太眞妃

이제 본시의 개별 작품을 분석·검토하여 그 결과를 토대로 하여 주제별로 분류해 보면, 警戒類·讚揚類·感懷類의 3류로 대별되면서, 이것들은 다시 15항목으로 세별될 수 있다. 정리하면 다음과 같다.

(1) 경계류(28수)

　㉠ 군왕의 사치와 퇴폐행위……………③ ⑮ ⑯ ㉕ ㉖ ㉞

    ⓒ 군왕의 미색에 미혹됨·····················⑦ ⑰ ㉒ ㉔ ㉗ ㉛ ㉝
                                                   ㊲ ㊴ ㊷
    ⓒ 군왕의 참사총애 ······················⑧ ㉓ ㉜ ㊶
    ⓔ 군왕의 권위실추 ······················⑲ ㊱
    ⓜ 고관 및 부호의 사치와 퇴폐행위······② ⑩ ㉚
    ⓗ 고관의 보신에 급급함·················⑳
    ⓢ 고관의 군은배신 ·····················⑱
    ⓞ 참신의 횡포 ·························⑯

(2) 찬양류(10수)

    ㉠ 군왕의 현인대우 ·····················① ⑤ ⑪ ⑫
    ⓒ 군왕의 간언존중 ·····················㉙
    ⓒ 군왕의 돈독한 우애·····················⑬ ⑭
    ⓔ 신하의 충직 ························④ ㊳
    ⓜ 목민관의 애민 ·····················㉑

(3) 감회류(5수)

    ㉠ 영화의 무상 ························⑨ ㉘ ㉟ ㊵
    ⓒ 이상향의 추구 ·····················㊵

    위의 분류에서 43수의 각 작품은 어느 한 항목에만 속하도록 되어 있다. 이 점은 작가가 위에 적은 여러 종류의 주제가 함께 섞여 나올 수 있는 長詩의 형식을 선택하지 않고, 핵심적인 내용만을 읊을 수 있는 七絶의 형식을 선택하였다는 점에서 그렇게 된 것이다. 그러나 그 중에는 두 가지 주제가 함께 나타나는 작품55)이 없는 것은 아니나 극소수일 뿐이다.

위의 분류에서 찬양류와 경계류에 속하는 작품들은 본시의 병서에서 말한 바, '善의 본받을 만한 것과 惡의 경계할 만한 것'을 모아 읊은 작품들이라 하겠다. 그러나 감회류에 속하는 속하는 작품들은 이제껏 본시를 역사의식이나 국가·민족의식의 측면에서 고찰해 온 점에서 볼 때 새롭게 알게 된 작품이다.

본시 속에 감회류의 작품들이 다수 포함되어 있다고 해서 그리 의아해 할 것까지는 없다고 생각한다. 그 나무에 그 열매가 맺는다는 사실을 생각한다면, 이것은 우연한 현상이 아니다. 이규보가 본시를 창작할 당시, 현실에 적극적으로 참여하고자 하는 강한 욕망을 지니고 있는 한편, 그 내면에는 현실의 무상함을 깨닫고서 온갖 욕망으로부터 벗어나 超世의 경지를 추구하고자 하는 隱逸的 심정이 깔려 있었음은 앞서 전기적 배경을 통해서 살펴본 바 있다. 그와 같은 심정의 양면성이 본시에 반영되어 나타난 것이라 보겠다.

43수의 전 작품을 분석·검토한 결과를 전부 제시하는 것도 의의가 있다고 하겠으나, 여기에서는 주제파악이 용이한 작품들은 일단 제외하기로 하고, 그 외의 작품들 중에서도 기왕의 작품해석56)과 뚜렷한 차이를 보이는 작품들을 중심으로 검토한 결과를 제시하기로 한다.

---

55) 작품 ①에서는 '君王의 賢人待遇'와 '臣下의 忠直'을 함께 읊고 있으나, 史話의 주체가 군왕이라는 점에서 전자를 취하였다. 작품 ②에서는 군왕이 신하의 간언을 존중한 점과 그렇지 않은 점을 함께 읊고 있으나, 사화의 내용이 간언을 존중한 것으로 되어 있기에 전자를 취하였다.

56) 박태상 교수가 앞의 논문에서 테마별로 분류한 내용을 가리킴.

(1) 경계류

<綠衣使者>

遺事曰 長安富民楊崇義妻劉氏 與隣人李弇通 共殺崇義 有鸚鵡語曰 殺者李
弇也 遂敗 明皇聞之 封爲綠衣使者.

(『유사』에 "장안의 부자 양숭의의 아내 유씨가 이웃 사람 이감과 간통하
면서 함께 숭의를 살해했다. 그 집에 있는 앵무새가 '범인은 이감이다'라고
하여 모든 사실이 드러나게 되자 명황이 듣고 그 앵무새를 녹의사자에 봉
했다."라고 하였다.)

秦帝宮松[57]傳口實	진시황의 궁의 소나무는 구실에 불과하고
衛公祿鶴喪人心[58]	위공이 학에게 녹위를 주니 인심만 잃었네.
唐皇不見分明鑑	당의 명황은 이처럼 밝은 거울 보지 못하고
又爵喃喃巧舌禽	조잘대는 앵무새를 다시 사자에 봉했구려.

이 작품은 귀족계층이나 일반 백성들이 퇴폐적·육욕적 유희에 빠져
듦을 비판하고자 하는 시는 아니다. 물론 사화의 전반부에서는 인간이
육욕에 눈이 멀면 살인까지도 저지를 정도로 사악해진다는 사실이 기록
되어 있으나, 시에서는 이러한 사실 자체보다 이러한 사실에서 야기된
결과를 문제삼고 있다. 다시 말하면, 이 작품은 백성들의 행위보다 군왕
의 행위를 문제삼고 있는데, 이 점은 1·2구에서 이와 관련된 고사를
끌어오고 있음을 보아서도 알 수 있다. 소나무나 학이 우대를 받는 것은
그것들이 그에 값할 만한 일을 했기 때문이 아니라, 단지 군왕의 총애를

---

57) 秦帝는 秦始皇을 가리키는 말인데, 진시황이 泰山에 올라가 封禪할 적에 暴風雨가
  몰아치자 다섯 그루의 소나무 밑에서 이를 피하였으므로 뒤에 이 소나무들을 大夫
  로 봉한 故事이다.「秦始皇本紀」,『史記』권6.

58) 祿鶴은 곧 학에게 祿位를 준다는 뜻이다. 춘추시대 衛懿公이 학을 매우 좋아하여
  大夫가 타는 수레에 태우기까지 하였는데, 그가 전쟁을 하려 할 적에 나라 사람들이
  모두 말하기를 "鶴을 시켜 전쟁하게 하라. 학은 실지로 祿位가 있지만 내야 어떻게
  싸우겠는가."라고 하였다.『左傳』閔公 2년.

받았기 때문이다. 이처럼 論功行賞이 바르게 행해지지 않고 군왕의 사사로운 정에 의해 행해질 때 백성들은 전쟁터에 나아가 군왕의 명령까지도 따르지 않는 것이다. 명황은 이와 같은 분명한 전례를 보지 못하고서 대단찮은 일을 한 앵무새를 녹의사자에 봉한 것이다.

개별적 사실에서의 '앵무'는, 시에서 전형성이 확보될 때, 단순히 앵무만을 가리키지는 않을 것이다. 앵무는 군왕 곁에 있으면서 총애를 받아 권세와 영화를 누리는 讒臣들을 표상한다고 봄이 타당할 것이다. 그러므로 이 작품은 궁극적으로 讒邪들을 총애하는 군왕의 '인재등용의 모순과 불합리'를 비판·풍자한 시로 보아야 할 것이다.

    <念奴>

  遺事曰 念奴者 有姿色善歌唱 未嘗一日離帝左右 每執板當席 顧眄左右 帝謂妃子曰 此女妖艶 眼色媚人 每轉聲歌喉 則聲出於朝霞之上 雖鍾鼓箏竽嘈雜而莫能遏 宮妓中帝之鍾愛也.

  (『유사』에 "염노는 얼굴이 곱고 노래를 잘하여 일찍이 하루도 임금의 곁을 떠나지 않았다. 檀板을 잡고 자리에 나와 좌우를 돌아볼 적마다 임금이 귀비에게 '저 아이는 너무 요염하여 눈매가 사람을 미혹시키며 목청을 굴려 노래할 적에는 그 소리가 마치 아침 노을 위에서 나오는 듯하여, 종고와 쟁우 따위가 아무리 시끄럽게 울려도 그 소리를 가로막을 수 없다.'라고 하였다. 여러 宮妓들 중에서 임금의 특별한 귀염을 받았다."라고 하였다.)

  帝意方專眷玉環　　임금이 한창 양귀비만을 사랑할 터이련만
  尙知嬌艶念奴顔　　요염한 염노의 얼굴을 알아주었네.
  若均寵倖分人謗　　은총을 두루 내려 사람들의 비방을 막았던들
  老羯何名敢作艱　　저 胡雛가 어이 감히 난을 일으켰으랴.

사화에서는 명황이 요염한 宮妓인 염노에게 미혹되어 그녀를 총애한 것으로 되어 있으나, 시에서는 類推的 聯想에 의해 그것을 정치적 문제

로 전환시키고 있다. 이규보는, 염노가 하루도 군왕의 곁은 떠나지 않으면서 미혹시키니, 노래할 적에는 종고와 쟁우 따위가 아무리 울려도 그 소리를 가로 막을 수 없다는 사화의 내용에서, 참신이 군왕 곁에서 아첨하니 어떠한 직언과 간언으로도 참신의 사악한 행위를 막을 수 없는 당대의 정치현실을 유추한 것이다. 이규보는 이어서 사화 끝부분의 "여러 궁기 중에서 염노가 임금의 특별한 총애를 받았다."라는 대목에서 여러 신하들 중에서 참신이 총애받는 모순된 정치현상을 유추해 나간다. 3·4구를 두고, 임금의 총애를 받지 못하는 궁기들이 질투하거나 비방함으로써 胡雛의 亂이 일어났다고 보는 것은 합당한 해석이 되지 못한다. 궁기들의 질투가 아니라 여러 신하들의 질투일 것이다. 참신들이 군왕의 은총을 받음을 기화로 함부로 음탕한 짓을 하며 방자해지자, 다른 신하들은 은총이 고르게 나누어지지 않음에 대해 불만에 가득차 비방만 하고 있으니, 조정의 기강이 문란해져 마침내 난이 일어났다고 보는 것이 합당한 해석이 될 것이다. 그러므로 이 시는 참신들을 총애할 뿐 다른 신하들에게는 은총을 고루 내려주지 않는 군왕의 자세를 비판한 시라고 보는 것이 합당할 것이다.

(2) 찬양류

<木芍藥>

李白集序曰　開元中　初重木芍藥　植沈香亭前　會花繁開　上乘炤夜車　太眞妃以步輦從之　李白集清平調　略曰　名花傾國兩相歡　長得君王帶笑看　又天寶遺事云　帝指妃子曰　此解語花.

(『이백집』 서에 "개원 시대에 목작약을 좋아하기 시작하여 침향전 앞에 심었다. 마침 꽃이 만발하자 임금은 소야거를 타고 귀비는 보련으로 뒤를 따랐다."라고 하였다. 『이백집』 <청평조>에 "모란꽃과 경국미인 서로 좋

아하니, 길이 군왕은 웃음 띤 눈길로 바라보네."라고 하였다. 또『천보유사』
에 "임금이 귀비를 가리켜 '말할 줄 아는 꽃이다'라고 했다."라고 하였다.)

香露低霑炤夜車　　향기로운 이슬 흠뻑 소야거에 젖었는데
一枝輕拂曉風斜　　한 가지 사뿐 새벽 바람에 흔들리네.
禁園桃李渾無色　　금원의 복사꽃 오야꽃 다 무색하건만
獨敵宮中解語花　　너만이 말할 줄 아는 궁중 꽃과 맞섰구나.

　이 시는『이백집』序, 이백의 〈청평조〉,『천보유사』등에서 취재한
것을 적절히 결합하여 읊은 특징 있는 작품이다. 이 시의 의미를 밝혀
보기 위해서는 이백의 〈淸平調三首〉를 알아보는 것이 좋을 듯하여 먼저
그 3수를 제시하면 다음과 같다.

(其一)
雲想衣裳花想容　　구름 보니 옷 생각나고 꽃 보니 얼굴 떠오르네
春風拂檻露華濃　　봄바람은 난간을 스치고 꽃에 이슬 짙게 맺혔네.
若非群玉山頭見　　만약 군옥산 머리에서 보지 않았다면
會向瑤帶月下逢　　정녕 달 밝은 요대에서 만났겠지.

(其二)
一枝濃艶露凝香　　한 가지에는 농염한 이슬이 향기를 맺고
雲雨巫山枉斷腸　　무산의 구름 비에 속절없이 애끓었지.
借問漢宮誰得似　　잠깐 묻노니 한나라 궁중의 누구와 같을까
可憐飛燕倚新粧　　비연의 단장 산뜻이 아름답구나.

(其三)
名花傾國兩相歡　　모란꽃과 경국미인 서로 좋아하니
長得君王帶笑看　　길이 군왕은 웃음 띤 눈길로 바라보네.
解釋春風無限恨　　봄바람에 끝없는 한을 다 풀고는
沈香亭北倚欄干　　침향전 북쪽 난간에 기대고 있네.

이백은 위의 〈청평조3수〉에서, 양귀비에게서 모란꽃을 연상하고는 꽃의 意象을 더욱 분명히 하고 있는데, 그는 양귀비와 모란꽃을 서로 잘 어울리는 조화로운 것으로 파악하고 있다. 그러기에 제3수에서 "兩相歡"이라는 표현이 나올 수 있는 것이다.

그러나 이규보는 이백과는 달리 양귀비에게서 모란꽃을 연상하고 있지는 않는데, 이러한 점은 4구의 "獨敵宮中解語花"를 통해서 알 수 있다. 이규보는 이 둘을 대립적인 관계로 파악하고 있다. 그렇다면 이규보의 시에서의 목작약은 무엇에서 연상된 것이라고 할 수 있는가? 이 점을 밝혀 보기 위해서는 '桃李', '一枝(목작약)', '宮中解語花' 사이의 관계를 살펴볼 필요가 있다.

꽃의 본성은 자신의 色을 나타내 보이는 것이라고 한다면, 본성을 저버리고 '渾無色'하고 있는 대궐 안 동산의 桃李(복사꽃·오얏꽃)는 결코 꽃의 속성을 다하고 있다고는 할 수 없을 것이다. 그것들이 '궁중해어화'를 두려워하여 맞서기를 포기하였을 때, 혼자뿐인 木芍藥이 자기의 본성을 발휘하여 '궁중해어화'에게 맞섬은 무모한 행위일 수 있으나 그만큼 값진 것이다. 이런 점에서 본다면, 木芍藥과 桃李, 木芍藥과 宮中解語花의 관계는 대립적인 것이다. 그리고 桃李와 宮中解語花와의 관계는 조화적이지는 않으나 그다지 대립적이지도 않다. 이규보는 결국 무엇을 말하고자 이와 같은 관계를 설정하였을까? 이처럼 사화를 변용시켜 수용하였을 때는 그 나름의 의도한 바가 있었을 것이다.

같이 맞서야 할 대상인 '궁중해어화'에 대해 하나뿐인 목작약은 맞섬이 적극적임에 비해, 여럿인 桃李는 소극적·미온적이라는 사실에서, 이 시의 초점은 이들 둘에 맞춰져 있음을 알 수 있다. 한시에서는 다른 것을 찬미하거나 풍자하기 위한 수단으로 桃李가 사용되고 있는 바,59)

---

59) 황영무, 『중국시학』 사상편, (臺北, 巨流圖書公司, 民國 68년), p.35.

이 시에서 桃李가 사용된 것은 풍자적인 寓意를 담고자 했기 때문일 것이다.

이규보는 본성을 망각하고서 '渾無色'하면서 '궁중해어화'에게 맞서기를 포기한 桃李에게서, 자신의 직분을 저버리고서 궁중에서 벌어지고 있는 모순된 정치현실을 바로잡으려는 어떠한 행동도 취하지 않는 신하들의 모습을 연상하였는지도 모른다. 그러므로 이때의 桃李는 불의를 보고도 간언이나 직언을 하지 않고 자기보신에만 급급한, "귀 눈 가리고 바보인 체하는 당시의 벼슬아치"60)를 표상한다고 보아 무방할 것이다. 이런 측면에서 본다면, '궁중해어화'는 군왕의 총애를 받음을 기화로 군왕을 미혹시키고는 갖은 비행을 자행하는 讒臣·嬖臣을, '목작약'은 혼자서라도 참신들에게 맞서고자 하는 충성스럽고 용감한 신하를 표상한다고 하겠다.

결국 이 작품은 불의에 맞서는 충직한 신하를 찬양한 시인 것이다. 이규보는 목작약 속에 넌지시 자기의 입장을 담고자 했을지도 모른다.

이와 같은 작품해석은 너무 자의적인 것이 아니냐는 의문도 있을 수 있다. 그러나 본시의 창작목적이 분명하다는 점과 본시가 창작된 비슷한 시기에 식물(장미·잡초)을 가지고 託物寓意한 작품61)이 있다는 점을 보아서도 그렇게까지 무리한 해석은 아니라고 본다.

---

60) "低事後來居位者, 鉬聰塗眼故昏愚."〈개원천보영사시〉중〈記事珠〉의 3·4구.
61) 주 42)의 작품. 이 작품은 장미와 잡초의 관계 속에 강한 寓意를 담고 있는데, 장미는 뛰어난 인재를, 잡초는 참신을 표상하고 있다. 이 점은 全 32구 중 마지막 12구(寓物詫深意, 靜坐復深思. 若此非獨花, 凡物亦如之. 欲見明月珠, 先灑泥沙淄. 欲求后妃賢, 無使寵嬖隨. 欲擇人材秀, 先去讒邪欺. 此詩有深味, 莫敎兒輩知.)에서 분명히 드러나고 있다.

(3) 감회류

<羯鼓>

羯鼓錄云 鼓如漆桶 下以牙床承之 擊用兩杖 宜高樓曉景 明月淸風 明皇尤愛之 春雨始晴 景物明麗 帝取鼓臨軒縱擊 又廣記曰 小殿亭內 柳杏將吐 上取鼓縱擊 曲名春光好 顧柳杏皆已發拆 指而笑曰 此一事 不喚我作天公 可乎.

(『갈고록』에 "갈고는 모양이 칠통과 비슷하며 그 밑에는 牙床을 받쳐 놓고 두 개의 막대기로 치는데, 높은 누각과 새벽 경치와 밝은 달과 맑은 바람이 아주 좋은 배경이다. 명황이 더욱 이것을 좋아하여, 봄비가 막 개고 경치가 아름다울 적에는 손수 갈고를 가지고 난간에 올라 마음껏 치곤 했다."라고 하였다. 또 『광기』에 "궁전의 작은 정자 안에 버들꽃과 살구꽃이 피려고 할 적에는 임금이 갈고를 가지고 마음껏 쳤는데, 그 곡을 <춘광호>라 했으며, 버들꽃과 살구꽃이 활짝 핀 모습을 보고는 손을 들어 가리키고 웃으면서 '이같은 놀이야말로 나를 하늘로 간주하지 않는다면 어디될 말이냐.'라고 했다"라고 하였다.)

高樓春曉響如雷	봄철 새벽 누각에 갈고 소리 요란한데
催却微紅杏拆開	분홍색 살구꽃 피기만을 재촉하누나.
一代繁華雲雨散	한 세상 번화함이 비구름처럼 흩어지니
牙床玉索委塵埃	아상이고 옥삭이고 먼지 속에 묻혔어라.

사화에서, 갈고는 높은 누각에 올라 새벽 경치나 명월청풍을 배경으로 하여 치는 것이 제격이라고 하였다. 그리하여 명황은 '봄비가 막 개어 경치가 아름다운 때'나 '궁전의 작은 정자 안에 버들꽃과 살구꽃이 피려고 할 때'에 난간에 올라 갈고를 마음껏 쳤다고 한다. 호시절 명월주인이나 할 법한 놀이이다.

그러나 이규보는 이와 같은 좋은 배경에서 치는 명황의 갈고소리를 맑고 고운 풍류 소리가 아니라, 날카롭고 소란한 우레소리로 파악하고서 그것이 비구름처럼 흩어진다고 표현하고 있다. 정적 속의 소란으로 날카롭게 대비되고 있다. 이규보는 이러한 표현을 통해 명황의 시대가 결코 봄비가 갠 것 같은 태평시대가 아니라, 우레와 비구름이 흩어지는 것 같은 어지러운 시대임을 암시하고 있다. 그리하여 갈고소리가 비구름처럼 흩어진다는 데서 한 시대의 繁華가 덧없이 흩어지는 것으로 자연스럽게 연결되면서, 牙床과 玉索으로 상징되는 극도의 榮華도 끝내는 먼지[塵] 속에 묻혀버린다고 하여 영화의 무상함을 읊고 있다.

<夢遊太眞院>

玄宗遺錄曰 帝謂力士曰 吾自棄去妃子 杳無夢寐 齊心膳素 宜有所禱 果有夢應 夢至一處 萬壑烟霞 千峯花木 滿目寒濤 驚人絶景 翠烟絳氣云云 白玉掛牌 黃金題字曰 東虛第一宮 又翠衣童子 前導至一院 題曰 太一太眞元上妃院 太眞妃隔雲母屛而坐 不見其形 但聞其聲 帝曰 願得一見天姿何恨 此屛似非疇昔相愛之意 妃露半身 髣髴新粧 依俙舊色 帝一見踊躍 前執其手 則驚風起於足下 若墮天云.

(『현종유록』에 "임금이 고역사에게 '내가 귀비를 사별한 뒤로 묘현히 꿈에도 보이지 않으니, 마음을 바르게 하고 素膳를 들면서 기도를 드려야 하겠다.'라고 했는데, 과연 꿈에 감응이 있었다. 꿈에 한 곳에 당도하니 첩첩이 겹친 깊은 골짜기에는 안개와 노을이 끼고 무수한 봉우리에는 꽃과 나무가 무성하여 차가운 물결이 눈에 가득하고 뛰어난 경치가 사람을 놀라게 했다. 푸른 연기와 붉은 기운과……백옥이 성 위의 담에 걸리고 황금으로 '東虛第一宮'이라 써 놓았다. 다시 취의동자의 안내로 한 집에 당도하니 '太一太眞元上妃院'이라 써 놓았고, 태진비는 운모병풍으로 가리고 앉아 있어서 그 얼굴은 보이지 않고 단지 목소리만 들렸다. 임금이 '그 고운 얼굴을 한 번만 볼 수 있다면 무슨 여한이 있겠는가. 지금 병풍으로 가리는 것은 전날에 서로 사랑했던 정의가 아닌 것 같다.'라고 애원했다. 태진비가 그제서야 몸을 절반쯤 드러냈는데 그녀의 전날 새 단장과 방불하고 옛모습과 비슷했다. 임금이 보자마자 앞으로 뛰어들어 그 손을 잡는 순간 놀라운 바람이 발 밑에서 일어나며 몸이 마치 하늘에서 떨어지는 것 같았다."라고 하였다.)

縹緲烟霞紫翠重	아득한 연하에 자주빛과 푸른 빛이 겹겹인데
仙童導入太眞宮	선동의 안내로 태진궁에 들어갔네.
依俙一見嚴粧面	장엄하게 단장된 얼굴 어렴풋이 보고는
淸夢驚來若墮空	허공에서 떨어지는 듯 맑은 꿈 깨었어라.

사화는 현종이 사별한 귀비를 보기 원하여 기도를 드리자 꿈에 감응이 있어 경치가 뛰어난 태진원에 당도하여 양귀비를 만나 손목을 잡는 순간 꿈을 깨었다는 내용으로 되어 있다.

이 작품의 성격에 대해서는 기왕의 연구에서 문학적 상상력을 발휘하여 사실성과 낭만성을 공유하고 있는 작품62)으로 보았으나, 『현종유록』에 있는 사화를 응축하여 객관적으로 시화하는 데 그치고 있기 때문에 상상력이 크게 문제될 것은 아니라고 본다. 문제는, 왜 이규보가 현실의 문제를 다룬 본시 속에 비현실적인 꿈을 다룬 사화를 취재하여 읊고 있느냐 하는 점이다. 그것도 본시의 맨 마지막인 43번째에 말이다. 그것은 현실이 기대하는 방향으로 나아가지 않음에 대해 작가의 의식이 작용한 결과일 것이다. 즉 현실에서 이루어지지 않은 소망을 꿈을 통하여 충족코자 하는 그의 의식이 은연중 표출63)된 것으로 봄이 합당할 것이다. 그리고 이러한 작품이 본시에 나타나고 있음은, 그가 평소부터 시와 문으로 꿈과 관계된 내용을 상당히 많이 기술하고 있음을 볼 때 그 이상의 의미를 부여할 것까지는 없다고도 하겠다. 그러나 이것이 본시 전체의 結句에 해당하는 맨 마지막에 위치하고 있다는 점에서 주목되어져야 할 것이다.64)

---

62) 박태상, 앞의 논문, p.28.
63) 이태옥, 「이규보의 작품에 나타난 꿈」, 『자하어문논집』 제3집(상명여자대학교 국어교육과, 1984), p.131.
64) 본시의 전체적인 모습에서 이 작품이 차지하는 의미에 대해서는 다음 항에서 재론될 것이다.

4. 〈개원천보영사시〉의 구성원리와 그 의미

〈개원천보영사시〉의 43수를 차례로 읽어 보면, 개별 작품은 앞 뒤에 위치한 작품들과 상호 인과관계나 연속성을 지니지 않은 채 무질서하게 배열되어 있는 듯한 인상을 받게 된다. 그러나 앞에서 살펴보았듯이, 이규보가 강한 목적성을 지니고 본시를 지었다는 점, 長篇古詩 대신 의도적으로 七絶의 시형을 선택하여 全篇을 통해 시형의 일관성을 유지하고 있다는 점, 그리고 순차적 전개나 배열이 지니는 효과적인 면에 대해서 알고 있으면서도 그렇게 하지 않았다는 점 등으로 미루어 볼 때, 본시는 겉으로 드러나 있지는 않지만 어떠한 모습으로든지 내적 질서65)를 지녔을 법하다. 이규보가 통일성과 전체성을 염두에 두면서 주제를 효과적으로 표출할 수 있는 어떤 장치적인 면을 고려하여 작품을 배열하였다면, 우리는 본시의 궁극적인 의미를 이해하기 위해 그것을 밝혀내야 할 것이다.

본시는 장편고시가 아니라 독립된 개별 작품을 모아 놓은 것이다. 이러한 점 외에, 서사적 세계를 구성하는 인물·사건·공간66)의 면에서 볼 때도 본시는 敍事化를 목적으로 한 작품이 아니라는 사실을 알 수 있다. 그리고 본시는 七絶로 된 43수를 集成한 것이라고 해도 連鎖

---

65) 볼프강 카이저(Wolfgang Kayser)는 희곡이나 서사시와 같은 방대한 작품에서는 의식의 관여가 현저해지거나, 의식에 의거하지 않고 '자발적으로' 이루어진 詩도 구조라는 것을 갖고 있다고 말한다. 볼프강 카이저·김윤섭 역, 『언어예술작품론』(대방출판사, 1982), pp.244~245. 그렇다면, 이규보가 의식적으로 장치적인 면을 고려했던 안했던 간에 우리는 본시의 짜임새를 살펴볼 필요가 있다.
　우리가 본시의 개별 작품 상호간의 관계양상을 쉽게 파악할 수 없는 것은, M.마렌 그리제바하(M.Maren-Grisebach)의 말처럼, 질서화된 관계가 지니는 법칙은 현상의 背面에 놓이게 되기에 추론되는 것이지 직접 파악되는 것이 아니라 은폐되어 있기 때문이다. M.마렌 그리제바하·장영태 역, 『문학연구의 방법론』(홍성사, 1982), p.198.
66) 볼프강 카이저·김윤섭 역, 앞의 책, p.550.

詩篇이라고 할 수는 없다. 동질적인 시들의 집성은 연쇄시편의 예비적 단계로 간주할 수는 있지만, 진정한 연쇄시편은 개별 시편들의 배열이 起承轉結을 갖는 하나의 사건전개의 시간적 배열에 대응해서 생겨나기67) 때문이다.

그러나 이러한 말들은, 본시는 어떠한 내적 질서도 지니지 않은 채 단편적인 사실을 읊은 개별 작품을 단순히 모아 놓은 것에 지나지 않는다고 단정해도 좋다는 말은 아니다. 작가가 일단 43수를 〈개원천보영사시〉라는 大題目하에 모아 두었을 때는 전체적인 현상을 통일체로 인식하였을 것이다. 또 본시는 '새로 배우는 젊은이들(新學子弟)'에게 작가의 생각을 전달하고자 하였다는 점에서, 구조적으로 조직화되지 아니한 자료는 정보의 저장과 그 전달을 위한 수단이 될 수 없다는 전달의 이론68)의 측면에서 보더라도 내적 질서의 존재 여부는 살펴져야 한다.

이 문제에 접근할 수 있는 실마리를 마련하기 위해 작품들의 분포양상을 살펴보기로 한다. 먼저 첫 번째 작품인 〈금저표직〉과 동일한 주제를 지닌 〈보련소학사〉, 〈미인가필〉, 〈칠보산〉 등이 어디어디에 삽입되어 있는가를 살펴보자. 일런 번호상으로 보면, 네 작품이 ①, ⑤, ⑪, ⑫번째 삽입되어 있다. 그러나 이 점만으로는 아무런 의미도 찾을 수 없으니 그 사이에는 어떠한 작품이 삽입되어 있으며, 그들 상호간의 관계는 어떠한지를 살펴볼 필요가 있겠다. 논의의 편의상 ①에서 ⑫까지만 주제별로 중심어휘만 골라 정리하면 다음과 같다.

① 현인대우→② 사치→③ 퇴폐행위→④ 충직→
⑤ 현인대우→⑥ 사치→⑦ 색→⑧ 참사총애→⑨ 무상→

---

67) 볼프강 카이저, 같은 책, p.264.
68) M.마렌 그리제바하·장영태 역, 앞의 책, p.197.

⑩ 퇴폐행위69)→

⑪ 현인대우→⑫ 현인대우→

언뜻 보아서는 이러한 배열관계에서 이들 작품들 사이에 내재된 질서를 찾아내기란 그리 쉽지 않다. 그러므로 질서의 내재 여부를 살펴보기 위해서 작품들의 상호관계를 검토해 볼 필요가 있다.70)

각각의 작품들이 소재로 삼고 있는 '사화'와 '시'의 내용을 보면, ①과 ②·③은 그 주제인 '현인대우', '사치', '퇴폐행위'가 일어나도록 영향을 미친 사실을 읊은 작품을 그 앞에 갖고 있지 않다.71) 오히려 ①과 같은 시대가 아니었기에 ②·③과 같은 사건이 있을 수 있는 것이다. 그러므로 이것들 사이에는 인과관계가 아닌 대립관계가 존재한다고 보겠다. 그러나 ④는 그것이 의미를 지닐 수 있게 한 것으로 ②·③을 지니고 있으므로 이들 사이에는 인과관계가 존재한다고 보겠다.

다음으로 ⑤와 ⑥·⑦·⑧의 관계는 ①과 ②·③의 관계처럼 대립관계이고, ⑥·⑦·⑧과 ⑨의 관계는 ②·③과 ④의 관계처럼 인과관계임을 알 수 있다. ⑤ 다음에 ⑨가 올 수 없는 것은 ⑤가 ⑨의 원인이 될 수 없기 때문이다.

그리고 ①·⑤·⑪·⑫는 '善政'으로 인한 결과라면, ②·③·⑥·⑦·⑧은 '惡政'으로 인해 야기된 결과이다. ④·⑨는 '악정'으로 인해 야기된 결과에 대한 작가의 '論及'이라 볼 수 있다. 군왕이 선정을 베풀지 않고 악정을 저지를 경우, 우선 군왕의 잘못이 크다고 하겠지만, 그렇게

---

69) ⑩의 작품은 본항의 논의의 전개상에서 유독 예외의 작품이다. 불가피하게 앞으로의 논의에서 제외시키기로 한다.

70) M.마렌 그리제바하는 의미구조는 모든 부분들의 상호연관에서 비로소 도출된다고 하였다. 앞의 책, p.201.

71) 시만을 두고 볼 때는 병기된 '사화'에서 그 자체의 원인을 찾아 낼 수 있으나, 여기에서는 개별 작품끼리를 연관지어 봤을 때 그렇다는 말이다.

되기까지 충간이나 직언을 하지 않고 자기보신에만 급급했던 신하의 잘
못도 적지 않을 것이다. ④는 신하들이 모순된 정치현실을 대했을 때 어
떻게 처신해야 할 것인가를 보여주고 있다는 점에서, '악정'으로 야기된
결과에 대한 '논급'이라 보았다. 극도의 사치 등에 의한 영화도 한낱 무
상에 지나지 않는다는 ⑨도 모순된 정치현실에 대한 작가의 입장을 '논
급'했다는 점에서 마찬가지이다.

　　이상에서 논의된 결과를 정리해 보면 다음과 같다.(:는 대립관계를, ⇒
는 인과관계를 표시한다.)

　　① 善政 : ②③ 惡政⇒④ 忠直
　　⑤ 善政 : ⑥⑦⑧ 惡政⇒⑨ 無常
　　⑪⑫ 善政

　　이번에는 같은 방법으로 ⑪에서 ㊸까지를 정리하여 보자.

⑪→	⑫→	⑬→	⑭→	⑮→	⑯→	⑰→	⑱→	⑲→	⑳[72]→
현인대우	현인대우	우애	우애	퇴폐행위	횡포	색	군은배신	권위실추	충직

㉑→	㉒→	㉓→	㉔→	㉕→	㉖→	㉗→	㉘→
애민	색	참사총애	색	사치	퇴폐행위	색	무상

㉙→	㉚→	㉛→	㉜→	㉝→	㉞→	㉟→
간언존중	사치	사치	참사총애	색	퇴폐행위	무상

㊱→	㊲→	㊳→
권위실추	색	충직

㊴→	㊵→
색	무상

㊶→	㊷→	㊸
참사총애	색	이상향

---

72) ⑳의 작품은 결국 신하의 충직과도 연관될 것이므로 여기에서는 '忠直'으로 보고자
　　한다.

①과 ⑤와는 주제가 같은 ⑪·⑫가 이어 나타나는 것은 ②·③이나 ⑥·⑦·⑧처럼 공통성을 지닌 작품은 거듭될 수 있기 때문이다. ㉑과 ㉙가 ①·⑤·⑪·⑫와는 주제가 다름에도 첫머리에 올 수 있는 것은 두 작품이 다 '善政'을 읊은 작품이라는 공통성을 지니고 있기 때문이다.

이것을 다시 정리하면 다음과 같다.(∶는 대립관계를, ⇒는 인과관계를 나타낸다.)

  ⑪⑫⑬⑭ 善政 ∶ ⑮⑯⑰⑱⑲ 惡政 ⇒⑳ 忠直
  ㉑ 善政 ∶ ㉒㉓㉔㉕㉖㉗ 惡政 ⇒㉘ 無常
  ㉙ 善政 ∶ ㉚㉛㉜㉝㉞ 惡政 ⇒㉟ 無常
       ㊱㊲ 惡政 ⇒㊳ 忠直
       ㊴ 惡政 ⇒㊵ 無常
      ㊶㊷ 惡政 ⇒㊸ 理想鄕

결국 본시는 다음과 같은 구성양상을 보여주고 있다.

<table>
<tr><td rowspan="9">반
복
의
원
리</td><td>(1) 善政 ∶ 惡政 ⇒ 忠直</td><td rowspan="9">교
체
의
원
리</td></tr>
<tr><td>(2) 善政 ∶ 惡政 ⇒ 無常</td></tr>
<tr><td>(3) 善政 ∶ 惡政 ⇒ 忠直</td></tr>
<tr><td>(4) 善政 ∶ 惡政 ⇒ 無常</td></tr>
<tr><td>(5) 善政 ∶ 惡政 ⇒ 無常</td></tr>
<tr><td>惡政 ⇒ 忠直</td></tr>
<tr><td>惡政 ⇒ 無常</td></tr>
<tr><td>惡政 ⇒ 理想鄕</td></tr>
</table>

이와 같은 현상에서, 본시는 「善 ∶ 惡 ⇒ 論及」을 기본형으로, 「惡

⇒ 論及」을 그 변형으로 설정하고 있음을 알 수 있다. 또 전체적으로 기본형이 반복되는 반복의 원리와, ‘논급’에서 ‘충직’과 ‘무상’이 교체되는 교체의 원리에 의해 전개되고 있음도 알 수 있다. 독립된 개별 작품을 모아 놓는 것에 불과하여 아무런 내적 질서도 지니지 않은 것처럼 보이던 본시가 그것대로 질서를 지니면서 배열되어 있음은 이로써 드러난 셈이다.

이제부터는 이러한 내적 질서에 의한 구성원리가 지니는 의미를 다음과 같은 몇 가지 점들을 고찰함으로써 밝혀 보고자 한다.

첫째, 基本型의 설정과 그 반복이 지니는 의미는 무엇인가?

둘째, 變型의 설정과 그 반복이 지닌는 의미는 무엇인가?

셋째, ‘論及’에서 忠直, 無常과 그 교체가 지니는 의미는 무엇인가?

넷째, ‘論及’의 마지막이자 본시의 제일 마지막에 理想鄕을 추구한 작품을 둔 이유는 무엇인가?

다섯째, 본시의 궁극적인 의미는 무엇인가?

첫째, 기본형에서 善·惡을 뒤섞어 놓지 않고 대립시켜 놓은 것은 세상에는 善·惡이 뒤섞어 있지만, 그것들은 어디까지나 분명히 구별되어져야 한다고 생각했기 때문일 것이다. 그리고 善에 대한 작품보다 惡에 대한 작품이 많은 것은 그가 경험한 바의 세상이 그러함[73]을 간접적으로 표현한 것이다. 이규보의 입장에서 보면, 善·惡을 분별함이 없이 그저 그렇게 살아가다가 끝내 악에 물들어 버리고도 조금의 죄책감도 느끼지 않는 당대의 위정자들[74]이 한심하였기에 그들의 그러한 자세를 비판하는 한편, 독자들에게 이 점을 환기시켜 경계하고자 한 것일 것이

---

73) “徒生楚茨蔓, 徒産荊棘繁.”, 〈寓古三首〉 중 제2수의 3·4구. 『全集』 1. 이 시구는 고사를 빌어, 학정이 자행되는 속에 小人들이 들끓고 있는 당대의 현실을 비판한 것이다.

74) “遂令天下上, 邪正久未分.”, 같은 작품, 7·8구, 같은 곳.

다. 그리고 기본형 속에 별도로 '논급'을 둔 것은, 개별 작품마다 구체적인 사실에 대한 자기의 입장을 밝혔지마는, 당대 정치현실에 대한 자기의 핵심적인 입장을 강조하고자 했기 때문일 것이다. 다음으로 기본형을 반복시키고 있는 것은, 43수 전체를 하나의 모습으로 묶기보다는 기본형을 설정하여 그것을 반복시킬 때 얻을 수 있는 효과가 크다는 점을 고려했기 때문일 것이다.

둘째, 변형을 설정하고 그것을 반복시키고 있는 것은 기본형의 반복이 가져다 주는 경직성을 덜어주면서, 기본형에서 '善'을 떼어버리고 '惡'만을 거듭 보여줌으로써 독자들에게 사태가 갈수록 심각해지고 있음을 환기시키고자 했기 때문일 것이다.

셋째, 이규보는 '논급'을 통해서, 나라가 혼란스럽게 된 이유를 신하들이 그들의 직분을 다하지 않았기 때문이라고 보고 있다. 이러한 그의 입장은 본시의 병서에서 國家治亂의 근원적 책임은 군왕에게 달려 있다고 표명한 것과는 다르다. 그러나 그는 다른 글에서 군왕이 태평한 최상의 정치를 누리고자 하나 그것은 마음대로 되는 것이 아니라 宰相의 역할에 달려 있다고 한 바 있다. 천하의 治亂이 재상에게 달려 있어 그가 어질면 군왕이 편안하고 百官이 바루어 지는 것이니, 그렇게 되면 천하는 족히 다스릴 것도 없다고 했다.[75] 바꾸어 말하면, 재상이 그의 본분을 다하지 못하면 천하가 어지러워진다는 말이 될 것이다. '논급'의 '충직'에 해당하는 3수 중에서 ④와 ㊳은 충직한 신하를 찬양한 작품들이지만, 그 이면에는 신하의 직분을 망각하고 荒淫하거나 자기보신에만 급급한 다수의 신하를 비판하고 있다고도 볼 수 있다. 그리고 영화의 무

---

75) "云云, 夫宰相者, 人主之所仰成, 百官之所取平, 而天下之理亂, 未嘗不係於宰相, 宰相維其賢, 則人主逸百官正, 夫然後, 天下不足理也. 古之人君, 孰不欲任賢使能, 垂拱無爲, 以享大平極理之休哉, 其所以未爾者, 蓋得人之難, 得而用之之難, 用而致之宰輔, 以賴匡濟之力, 斯亦尤難故爾.", 「敎書」, 『全集』 34.

상함을 읊은 것은, 독자들에게 위정자를 포함한 세상 사람들이 자기 한 몸의 영화에 눈이 어두운 나머지 악이 득세하는 현실에 집착하여 살아간다고 해도, 그것은 한줌 티끌에 지니지 않는다는 사실을 환기시키고자 했기 때문일 것이다.

그런데 이규보가 '충직'과 '무상'을 '논급'을 통해 부각시키고 있는 것은 무엇 때문일까? 그것은 이규보의 현실인식의 소산이기도 하겠지마는 본시를 창작할 당시에 지녔던 심정의 양면성—현실참여에의 욕망과 허무적 취향—이 은연중 반영되어 나타난 것이라고 볼 수 있다. 즉 직언하는 충성스러운 신하를 찬양하는 것은 우국에의 열의를 불태우는 한편, 현실에 적극 참여하여 원대한 이상을 실현하고자 하는 자신의 입장을 은연중 비춘 것이라고 보겠다. 찬양류에 속하는 10수 중 '군왕의 현인대우'를 읊은 작품이 4수나 되며, 그것들이 모두 '善政'의 첫머리에 나오는 점은, 급제하고도 인정이나 대우를 받지 못하던 당시의 심정을 역으로 표출한 것으로 이해된다. 그러나 어려서부터 지녀왔던 허무감과 현실의 괴리에서 오는 허무감 또한 작지 않았을 것이니, 그러한 심정 엮시 '논급'을 통해 표출된 것이라고 볼 수 있다. '충직'과 '무상'이 교체되는 것은 변화의 측면에서 볼 수 있으나, 현실과 무상이라는 양면성이 가져다 주는 내면적 갈등이 표출된 것이라 봄이 타당할 것이다.

넷째, 理想鄕을 추구한 작품으로 본시의 끝을 맺고 있는 현상은, 현실이 기대하는 방향으로 흐르지 않음에 대한 역설적 표현이면서, 초세적 심정에 의해 내면적 갈등을 극복하고자 하는 의식이 표출된 것일 것이다.

다섯째, 이규보는 당 명황대의 사실을 빌어 고려 당대의 문제를 진단하고자 본시를 지었지마는, 그 속에는 창작 당시의 이규보의 개인적인 심적 상태가 의식적이든 무의식적이든 상당히 반영되어 있음을 알 수 있었다. 그러므로 본시의 이해는 개별 작품의 이해를 바탕으로 하되, 본시의 궁극적인 의미는 본시를 내적 질서를 지닌 하나의 통일체로 받아들이면서, 이상에서 논의된 몇 가지 점들을 포괄하는 선에서 찾아야 할 것이라고 본다.

5. 〈개원천보영사시〉의 사화의 수용과 표현양상

역사적 사실을 소재로 한 영사시를 이해하려고 할 때, 빠뜨릴 수 없는 방법은 역사적 사실을 적절히 추출하여 시와 대비해 보는 것일 것이다. 본시와 같이 작가가 역사에 감발하여 읊으면서 개별 작품마다 취재한 史話를 병기하고 있는 경우에는 더욱 그렇다. 이와 같은 작품에서는 어떠한 모습으로든지 사화가 반영되어 있을 것이 분명한 이상, 시 속에는 사화가 어떻게 수용되어 있으며, 또한 그것이 어떻게 표현되어 있는지 그 양상을 살펴봄으로써 작품의 실상을 좀 더 충실히 이해할 수 있을 것이다.

5.1. 흥미로운 사화의 선택

사화의 수용에 대한 논의의 전단계로서 사화 선택의 태도가 지니는 의미에 대해서 살펴보기로 한다.

앞의 「개별 작품의 분석」에서 제시한 일람표를 보면, 사화의 출전은 正史보다는 野史나 小說類76)에 치중되어 있는데,77) 이러한 사실은 무

---

76) 『四庫提要』에서는 『開元天寶遺事』・『明皇雜錄』・『開元傳信記』 등은 小說類에, 『羯
    鼓錄』은 藝術類에 넣어 분류하고 있다. 『中文大辭典』 해당란 참조.
77) 出典 중에서 正史는 『唐書』(②・㊶)뿐임. 43수를 출전별로 집계해 보면, 『開元天

엇을 의미하는가? 딱딱한 내용을 지닌 正史에서 취재하기보다는 '이야기'식으로 전개되는 野史나 소설류에서 취재한 것은 본시가 지닌 교훈성으로 인해 독자들이 흥미나 관심이 반감되는 것을 막고자 한 때문일 것이라고 본다. 이야기식 역사는 대중들에게 호소력을 가지며 도덕적 교훈까지도 내포시킬 수 있는 형식이다.[78] 그러므로 이규보는 '지식의 형태'로서의 역사가 아닌 '예술의 형태' 혹은 '흥미의 형태'로서의 역사[79]를 채택하여 그것을 시적으로 형상화함으로써 역사의 문학화라는 작업을 충실히 수행하고자 노력하였다.

5.2. 사화의 충실한 수용

이규보는 사화의 내용을 읽고 그것을 변용시켜 수용하기보다는 되도록 그것이 지니는 역사적 의미를 찾아보려고 힘쓰고 있다. 사화의 충실한 수용이란 말은 사화의 객관적 수용이란 말과는 차이가 난다. 역사를 보는 눈이 사람마다 한결같을 수는 없다는 점[80]에서 본다면, 사화의 객관적 수용이란 말은 사용하기 어려울 것이다. 그러므로 여기에서 사화의 충실한 수용이란 말은 될 수 있는 대로 그 사화가 지닌 진실된 의미, 본래적 의미에 충실하고자 한다는 뜻으로 사용한다. 이규보는 몇 작품에서는 사화를 뒤쳐서 변용된 것으로 수용하기도 하지만, 대부분의 작

寶遺事』22수, 『明皇雜錄』8수, 『明皇遺錄』1수, 『楊太妃外傳』2수, 『楊太妃外傳』·〈張祜詩〉1수, 『開元傳信記』2수, 『逸史』1수, 『羯鼓錄』·『太平廣記』1수, 『唐書』1수, 『唐書』·〈杜牧詩〉1수, 「李白集序」·〈李白詩〉·『開元天寶遺事』1수, 『玄宗遺錄』1수, 『開元天寶遺事』·『玄宗遺錄』1수로 되어 있음.

78) 차하순, 『역사의 의미』(홍성사, 1981), p.246.

79) 역사가 설화적 형태를 취할 때 '예술의 형태' 혹은 '흥미의 형태'의 역사가 된다. 차하순, 같은 책, p.246.

80) 역사를 보는 눈은 들여다보는 사람의 의도에 따라 시야를 결정해 주는 것이므로, 주관적이며 자기폐쇄적이다. 차하순, 같은 책, p.143.

품에서는 사화의 실상을 충실히 이해하여 수용하고 있다.

여기에서는 사화를 변용시켜 수용한 경우를 살펴 충실한 수용이 지니는 의미를 찾아 보고자 한다.

<金籠蟋蟀>

遺事云 每至秋時 宮中婢妾輩 皆以小金籠捉蟋蟀 閉置枕畔 夜聽其聲 庶民之家 皆效此也.

(『유사』에 "매년 가을이 되면 궁중의 비첩들이 모두 조그만 금롱 속에 귀뚜라미를 잡아 넣어 베개맡에 두고 밤마다 그 우는 소리를 들었으므로 서민의 집에서도 다 이를 흉내내었다."라고 하였다.)

蟋蟀偏宜砌底聽　귀뚜라미는 섬돌 아래에서 우는 소리가 좋아
金籠那有別般鳴　금롱에서 무슨 별다른 울음 나올손가.
風流漏洩人間世　질탕한 풍류 궁밖에까지 새어나와
偸作宮中一枕聲　궁중의 베개밑 소리를 훔쳐 만들어 내었네.

궁중에 갇혀서 그녀들 소유주의 노리개에 불과한 궁중비첩[81]들이나 도탄에 빠져 있던 당시의 서민들의 신분으로는 가을밤 처량한 심사를 달랠 수 있는 길이라고는 귀뚜라미 소리나 들어보는 정도였을 것이다.

그러나 이 시에서는 사화가 변용되어 있다. 궁중비첩들이 귀뚜라미 소리를 듣기 위해 금롱 속에 가두어 두었으나, 섬돌 밑에서 나는 소리보다 나을 게 없다고 했다. 그러면서 소리를 듣는 쪽은 비첩들만이 아니라 귀뚜라미도 인간의 소리를 듣고 있다는 데에 이 시의 날카로움이 있다. 누설되는 것은 귀뚜라미의 소리뿐만 아니라 그네들의 "一枕聲"도 그렇게

---

81) 婢妾은 신분적으로 奴婢에 속한다. 고려의 경우만 보더라도 노비는 사회의 최하층에 처하여 물건과 같이 매매·약탈·상속·양여·전당의 대상이 되는 등, 천인계급인 노비 중에서도 宮中婢妾은 公奴婢로서 왕궁에 소속되어 있었으니, 어느 정도 인격적인 취급을 받았겠지만, 천인계급임을 분명한 것이니 신분상의 굴레는 벗을 수 없었다. 진단학회, 앞의 책, p.421.

된다고 보고 있다. 이때의 '일침성'은 그네들만의 은밀한 애기일 것이니, 귀뚜라미의 소리는 '풍류성'이 아니라 '일침성'을 훔쳐 내어 모방한 것에 지나지 않는다. 그러나 그네들은 사태를 똑바로 보지 못하고 있다. 그렇다면 이 시는 미물인 귀뚜라미의 삶을 무시하고 사욕만 채우고자 하는 인간의 횡포와, 현실을 올바로 파악하지 못하는 그들의 무지몽매함을 풍자하고 있는 작품인가? 시에 대한 분석은 좀 더 진행될 수 있을 것이다.

비첩과 귀뚜라미의 관계를 인간 대 미물의 관계에서, 강자 대 약자의 관계로 발전시킬 수 있겠다. 강자인 상층민의 입장에서 보면 비첩은 약자이면서 하층민이지만, 미물인 귀뚜라미의 입장에서 보면 비첩은 엄청난 힘을 가진 강자이다. 이 점은 사화와 결부되면서 비첩 또한 약자로 바뀐다. 귀뚜라미를 금롱 속에 가두어 놓는 비첩이나, 비첩을 궁중 속에 가두어 놓고 사욕을 채우는 왕실귀족은 별로 다를 바가 없는 것이다. 사화에서 '비첩'은 시에서는 '왕실귀족'으로, '금롱'은 '궁중'으로, '실솔'은 '비첩'으로 변용되어 나타난다. 그러므로 이 시는 궁중에서 여색을 즐기는 왕실귀족의 퇴폐적이고 향락적인 생활을 비판·풍자한 시라고 하겠다.

그러나 이러한 것은 사화를 변용시켜 수용함으로써 가능하였다고 본다. 陸機가 〈文賦〉에서 "생각을 새롭게 뒤쳐서 기이하게 바꾼다.(意飜新而易奇)"[82]라고 한 것과 이규보가 말한 '新意'가 무관하지 않다면, 사화를 새롭게 뒤쳐서 변용된 것으로 수용한 이 시는 '신의'에 의한 작품이라고 볼 수 있다. 이처럼 사화를 변용시켜 수용한 경우에는 문학적인 측면에서 상당한 의미를 지닌다고 하겠으나, 후생들에게 교훈을 준다는 측면에서는 어려움을 지닌다고 하겠다. 함축적 의미를 지닌 시를 그들이 읽고서 얼마만큼 정확히 이해할 수 있을까 하는 것은 어려운 문제이다.

---

82) 왕몽구 저·이장우 역, 『중국문학의 종합적 이해』(태양문화사, 1978), p.135.에서 재인용.

이규보는 사화를 문학적으로 새롭게 형상화시킬 수 있는 시적 능력을 지녔으나, 위와 같은 점을 감안하여 대부분의 작품에서는 사화를 충실히 수용하여 자기의 입장을 밝히고 있다.

5.3. 사화의 주관적 표현

이규보가 본시를 창작할 때 전달의 면을 상당히 고려했을 것이라고 했다. 이 말은 사화의 객관적 서술에 힘썼다는 말이 아니라 어떻게 하면 사화에 대한 자신의 주관적 입장을 정확히 전달할 수 있을 것인가를 힘썼다는 말이다. 미리 제시한 사화를 단순히 시의 형식에 담기만 했다면 그 창작의도는 감소될 것이다. 이규보는 ⑤·㊷·㊸ 정도에서만 사화에 대한 자신의 주관적 입장을 표명함을 보류한 채 사화를 객관적으로 시화하고 있을 뿐, 대부분의 작품에서는 정도의 차이는 있을지라도 자기의 주관적인 입장을 밝히고 있다.

여기에서는 같은 주제를 지닌 ⑤와 ①을 통해서 사화를 객관적으로 시화한 경우와 주관적으로 표현한 경우를 살펴보기로 한다.

<步輦召學士>

遺事云 明皇在便殿 甚思姚元崇論時務 七月十五日 苦雨不止 泥濘盈跡 上令侍御者 擡步輦召學士 時元崇爲翰林學士 中外榮之 自古急賢 未之有也.

(『유사』에 "명황이 편전에서 요원숭의 시무론을 깊이 생각하고 있었다. 마침 7월 15일이었다. 궂은비가 계속 내려 진흙이 신발을 덮었는데, 임금이 가까이 있는 신하에게 보련을 메고 가서 학사를 불러오라고 했다. 그때 요원숭이 한림학사로 있었다. 조야가 이를 다 큰 영광으로 여겨 부러워했으니, 예부터 어진이를 대우하는 데 이러한 예는 없었다."라고 하였다.)

步輦迎來玉帝家　　보련으로 궁전에 맞아 오니
從教秋雨瀉如河　　아무리 가을비 강물처럼 마구 쏟아져

六街泥濘知多少　　온 길거리 진흙투성인줄 알지만
未汚花甎學士靴　　꽃벽돌 걷는 학사의 신 아무렇지도 않네.

　사화와 시를 대비해 보면, 시에서는 사화의 기본골격이 바뀌지 않으면서 비유나 數詞가 사용되어 좀 더 사실적으로 묘사되어 있을 뿐, 작가의 입장이 이렇다 하게 표현되어 있지는 않다. 1구는 사화의 "上令侍御者, 擡步輦召學士"를 시적으로 달리 표현한 것이고, 2구는 직유법을 사용하여 "苦雨不止"를 좀 더 구체적으로 표현한 것이고, 3구는 數詞를 사용하여 "泥濘盈跡"을 좀 더 사실적으로 표현한 것일 뿐이다. 4구에 대응하는 부분은 사화에 나타나 있지 않으나, 사화의 정황으로 보아 어렵지 않게 떠올릴 수 있을 것이다. 이처럼 이 시에서는 사화에 대한 주관적인 입장을 표명하지 않고 사화를 시화하고 있을 뿐으로 독자들로 하여금 전체적인 정황에서 의미를 찾도록 하고 있다. 이럴 경우 본시를 창작한 의의가 감소되는 것은 분명한 일이다.

<金筯表直>

　天寶遺事曰 宋璟爲宰相 朝野人心歸美 時春御宴 帝以所用金筯賜璟 璟雖受所賜 莫知其由 未敢陳謝 帝曰 所賜之筯 盖表卿之直也.
　(『천보유사』에 "송경이 재상이 되니 조야의 인심이 다 귀의하였다. 마침 봄철에 임금을 모시고 잔치하는 자리에서 임금이 평소 사용하던 금젓가락을 송경에게 하사하였다. 송경은 금젓가락을 받고도 그 영문을 몰라 얼른 사례를 드리지 못하자 임금이 '이는 경의 강직을 표함이다.'라고 했다"라고 하였다.)

重價那能賭一賢　　값진 보물로 어찌 어진 사람을 따낼 수 있으랴
合將金筯表心堅　　금저를 내려 굳은 마음 표할 만하네.
豈惟當食猶憂國　　어찌 식사하는 중에도 나라 걱정했을 뿐인가
畫作謀籌不借前　　그 뛰어난 경륜 젓가락 빌릴 나위도 없었지.

이 시에서 사화의 전체적인 정황은 2구에 응축되어 나타나 있을 뿐이고, 1·3·4구는 작가의 주관적인 표현이다. 이 시에서 작가의 주관적인 자기표출성이 강하게 나타나고 있음은 의문구가 2번이나 나타나고 있음을 보아서도 알 수 있다. 의문을 던진다는 자체가 상대방의 의지적 상태에 어떤 작용을 하도록 하는 요소를 지니고 있는데, 이것은 평범한 서술보다 강력하게 자기표출을 작용시키는 요소인 것이다.[83]

본시 전체에 나타난 의문구를 들어보면 다음과 같다.

重價那能睹一賢 ①	豈惟當食猶憂國 ④	白屋那無凍死民 ⑥
開元天子計何疎 ⑧	金籠那有別般鳴 ⑩	丹口何須用意呵 ⑪
何異相承棣蕚跗 ⑭	胡奈今朝陳百戱 ⑮	彫成木瓦費何如 ⑯
胡雛何事得爲珍 ⑱	何事反卑京兆尹 ⑲	宮中豈乏僮千指 ㉖
勅還外第妃何恨 ㉗	那知一點紅桃色 ㉘	老羯何名敢作艱 ㉜
豈以大唐天子貴 ㊱	賊中寧欠解文人 ㊳	蠻輿播越是因誰 ㊴
玉輦巡遊豈所期 ㊷		

그리고 본시 전체를 볼 때, 故事가 사용된 작품이 몇 수에 지니지 않는 현상[84]도 작가의 주관적 표현과 관계된다. 用事의 효능도 무시할 수는 없겠으나 이규보는 될 수 있는 대로 자기의 입장은 자기의 목소리로 표명하고자 하였다. 용사를 삼간 점은 平易性이란 면과도 관련된다. 이규보는 자신보다 지적 수준이 낮은 '새로 배우는 젊은이들(新學子弟)'에게 보이기 위해서는 시적 효과를 위해 불가피한 경우 외에는 되도록 용사를 하지 않는 것이 전달의 측면에서 보아 좋을 것이라고 생각했을 것이다.

---

83) 김대행, 『한국시가구조연구』(삼영사, 1979), p.177.
84) ①·⑫·⑭·㉓·㉕·㉚ 정도에 지나지 않음.

본시에서 사화의 주관적 표현이 지니는 의미는, 이규보가 독자들에게 자기의 입장을 보다 분명하게 밝힘으로써 새로 배우는 젊은이들에게 교훈을 주고자 하는 효용론적 측면에서 이해될 수 있다.

5.4. 사화의 응축

본시의 두드러진 표현양상 중의 하나는 사화를 응축시켜 표현하고 있다는 점이다. 이 점은 작가가 七絶이라는 짧은 시형태를 선택하였을 때부터 이미 요구되는 점이기도 하다. 거기에다가 4구 중에 자기의 주관적인 입장까지를 표명하자면 응축의 정도는 더욱 심화되어야 할 것이다.

역사적 설명은 역사가의 이야기와 역사의식을 함께 포괄하며, 역사의 說話的 散文構造는 역사적 설명에 있어서 '減少'가 아니라 '增大'를 의미한다[85]는 점에서 보면, 본시에서의 '사화'와 '시'는 상반된 성격을 지닌다고 하겠다. 이처럼 산문구조는 증대됨으로써 역사가와 독자 사이에는 감정의 공명이 일어나 역사책은 독자들에게 호소력을 가질 수 있게 된다.[86]

이러한 사실과 관련지어 볼 때, 이규보가 각 작품마다 사화를 제시하고 있는 이유를 짐작할 수 있다. 즉 그가 사화를 제시한 것은, 앞의 「작품의 형식적 특성」에서 살펴본 대로 독자의 이해도를 높이면서 역사의 '개별성'을 확보하고자 했기 때문이기도 하지만, 응축된 '시'가 지니는 호소력의 상실을 상쇄코자 한 것도 그 한 이유가 될 것이다.

이제 43수 중에서 가장 긴 사화를 지닌 다음 작품을 통해 응축의 정

---

85) 차하순, 앞의 책, p.247.
86) 차하순, 같은 책, 같은 곳.

도와 그것이 지닌 의미를 살펴보기로 한다.

　　　　<送妃子>
　明皇遺錄曰 漁陽叛書聞 六軍不進 力士奏曰 軍中皆言禍胎尙在行宮 侯元吉 前奏 願斬貴妃首 懸之太白旗 以令諸中 帝叱曰 妃子 後宮之貴人 投鼠尙忌器 何必懸首 而軍中方知也 力士奏曰 願陛下面賜妃子死 以慰軍心 貴妃泣曰 上帝 之尊勢 豈不庇能一婦人使之生乎 一門俱族 而延及臣妾 得無甚乎 帝曰 萬口一 辭 牢不可破 國忠等雖死 軍猶不發 妃子一死 以塞天下之謗 妃子曰 願得帝送 妾數步 妾死無憾 左右引妃子去 帝起立目送之 妃子十步九反顧 帝泣下交頤.

　(『명황유록』에 "어양의 반서가 도착하자 6군이 앞으로 나아가지 못했다. 고역사는 '온 군중이 다 화의 뿌리가 아직 행궁 안에 있다 합니다.'라고 아 뢰었고, 후원길은 '귀비의 머리를 베어 태백기에 매달아 제군을 호령하기 바랍니다.'라고 아뢰었다. 임금이 '귀비는 후궁의 귀인이다. 쥐를 때려잡고 싶어도 그릇 깨질까 염려이거늘 어찌 꼭 머리를 매달아야만 군중이 알겠느 냐.'라고 꾸짖자, 역사가 다시 '바라건대, 폐하는 직접 귀비에게 죽음을 내 려 군심을 위로하소서.'하고 아뢰었다. 귀비가 '폐하는 임금의 위력으로 어 찌 하나의 여인도 살리지 못합니까? 온 집안이 몰살을 당했는데도 그 화가 첩에게까지 미친다는 것은 너무 심하지 않습니까?'라고 울부짖었다. 임금이 '수만의 입을 도저히 막을 수 없다. 국충 등이 비록 죽었으나 군세가 아직 도 부진하고 있으니 귀비는 한 번 죽음으로 천하의 비방을 막아 달라.'라고 하자 귀비가 '폐하는 몇 걸음만이라도 첩을 걷게 해주소서. 그러면 첩이 죽 어도 여한이 없겠습니다.'라고 애원했다. 좌우의 사람들이 귀비를 끌고 나 가자 임금은 일어서서 멍한 눈으로 보내었고 귀비는 열 걸음에서 아홉 번 이나 뒤돌아 보았는데, 임금의 눈에서는 눈물이 흘러 턱에 고였다."라고 하 였다.)

　　軍情洶洶固難違　　흉흉한 군정 제지하기 어려워
　　忍遣紅顔正掩暉　　억지로 미인 보내며 눈물 적시네.
　　豈以大唐天子貴　　어찌 대당 천자의 위엄으로도
　　勢窮莫庇一宮妃　　하나의 궁비를 비호하지 못했던고.

사화와 시를 대비하기 위해 먼저 사화의 구성을 살펴보자. 사화는 ① 6군이 부진함, ② 고역사가 화의 뿌리가 행궁에 있다고 아룀, ③ 후원길이 귀비의 머리를 베어 제군을 호령할 것을 아룀, ④ 이에 대해 명황이 질타함, ⑤ 고역사가 귀비를 죽여 군심을 위로할 것을 재차 아룀, ⑥ 귀비가 명황에게 살려줄 것을 애원함, ⑦ 명황이 귀비에게 죽음으로써 천하의 비방을 막아줄 것을 호소함, ⑧ 귀비가 몇 걸음만이라도 걷게 해달라고 애원함, ⑨ 귀비가 나가자 명황이 눈물을 흘리는 장면으로 이어지는 서사적 산문구조를 지니고 있다.

독자들은 사화를 읽되, 관심사에 따라서 군정의 흉흉함, 신하들의 방자함, 군왕의 나약함, 귀비의 애절함, 영화의 무상함 등과 같은 여러 가지 정황 가운데서 그 어느 한두 가지에 초점을 맞추어 받아들일 수 있다. 그러나 이규보는 ①~⑤를 1구에, ⑥~⑨를 2구에 응축시키면서, 3·4구에서는 한 명의 궁비도 비호하지 못할 정도로 권위가 실추된 명황에게 초점을 맞추고 있다. 이처럼 이규보는 사화의 세부적인 것들을 문제삼지 않고 전체적인 정황을 응축시키는 대신, 사화에 대한 자신의 입장을 분명히 밝히고 있다. 그러면서 자기표출을 통해 응축이 가져다 주는 호소력의 감소를 만회하고 있다.

본시의 대부분의 개별 작품에서 응축의 정도나 자기표출의 강약의 정도에는 차이가 있으나, 사화의 핵심적인 내용을 효과적으로 전달하고자 하는 응축의 기본적인 성격은 변함이 없다.

5.5. 사화의 결합

이규보는 본시의 대부분의 개별 작품에서는 1종류의 典籍에서 취재하여 읊고 있으나, ②·④·⑨·⑰·㉘ 등에서는 1, 2종의 전적이나 다

른 사람의 시에서 취재한 것을 결합시켜 읊고 있음도 주목된다. 작품을
통해 구체적인 모습을 살펴보자.

<荔支>
唐書云 貴妃嗜荔支 必生致之 乃置驛騎 傳送數千里 味未變 已至京師 杜牧
詩云 一騎紅塵妃子笑 無人知是荔支來.
(『당서』에 "양귀비가 여지를 좋아했는데, 반드시 싱싱한 것으로 가져와
야만 했다. 그러므로 연도에 역마를 놓아 수천리의 거리를 전송해 와도 그
맛이 변하지 않은 채 경도에 도착하곤 했다."라고 하였다. 두목의 시에 "말
발굽에 이는 티끌 귀비가 좋아하는데, 여지가 올라온 줄 아는 사람은 아무
도 없구나."라고 하였다.)
玉乳氷漿味尙新　옥유와 빙장의 맛 그저 싱싱해
星飛馹騎走風塵　성화 같은 역마는 풍진을 일으키네.
却因咫尺三千里　삼천리를 지척같이 달렸기에
添得紅顔一笑春　미인 얼굴에 웃음꽃 한층 더했어라.

이 작품에는 『당서』와 함께 두목의 시가 소재로 되어 있다.　사화
에는 2구뿐인 두목의 시 〈過華淸宮絶句三首〉 중 제1수의 완전한 모습
을 제시하면 다음과 같다.

長安廻望繡成堆　장안을 둘러보니 화려한 성은 흙무더기인데
山頂千門次第開　산 이마 궁궐의 문은 차례로 열리네.
一騎紅塵妃子笑　말발굽에 이는 티끌 귀비가 좋아하는데
無人知是荔支來　여지가 올라온 줄 아는 사람 아무도 없구나.

문제를 검토하기 위해 같은 사실을 다루고 있는 두 작품을 비교 분
석하기로 한다. 두목의 시는 짧은 시행 속에 여러 번 시적 공간을 전환
함으로써 풍자대상에 대한 초점을 흐려 놓고 있어 문제의 심각성을 크

게 부각시키지 못하고 있다. 이에 비해, 이규보의 시는 양귀비의 행위와, 그것과 관련된 사건에 시점을 고정시켜 놓음으로써 문제점을 부각시키는 데 성공하고 있다. 그리고 두목시의 3구에서는 '一騎'·'紅塵'·'妃子笑'를 병치시켜 놓고 있어서 각각이나 그것들 사이에서 動態性을 느낄 수 없으나, 이규보의 시는 동사를 사용하여 이들 각각을 동태적으로 형상화함으로써 생동감을 불러일으키고 있다.87) "星飛馹騎走風塵"에서 '飛'와 '走'를 사용함으로써 두목의 시에서 단순히 '一騎'라고만 할 때보다 생동감을 더해 준다. 그리고 역동성을 지닌 '風塵'은 '紅盡'보다 생동적이다. 오히려 이규보는 두목의 시에서의 '紅塵'의 '紅'을 자기의 시에서는 '顔과 결합시켜 '一笑春'과 병치시킴으로써 시적 효과를 높히고 있다. 이를 통해, 화려하게 치장한 양귀비가 여지가 도착함을 기뻐하면 기뻐할수록 대조적으로 '星飛馹騎'의 고통은 더욱 커짐을 암시하고 있다. 고통의 심도는 '三千里'라는 數的 표현을 통해 더욱 구체화된다. 또 '風塵'을 일으키며 달려오는 '馹騎'를 보고 '一笑'를 피우는 양귀비의 모습에서, 그녀의 웃음은 '春'보다는 '塵'과 같은 것이어서 언젠가는 영화의 무상함을 맛보게 될 것이라는 함의를 읽을 수 있다. 이러한 함의는 더욱 심화된다. 즉 이러한 점도 모르고 마냥 기뻐하기만 하는 양귀비는 "無人知是荔支來"에서 사태를 인식하지 못하는 사람들과 별반 다름이 없는 것이다. 이 시는 풍자적인 의미까지를 함축하고 있어서 작품의 깊이를 더해 주고 있다.

이번에는 사화를 변용시켜 결합한 예로서 〈木芍藥〉의 경우를 살펴보기로 한다. 작품의 제시는 앞의 「개별 작품의 분석」에서 한 바 있으므로 생략한다.

---

87) 황영무는 시에서 靜態敍述보다 動態的 演示를 더 높이 평가하고 있다. 황영무, 앞의 책, 설계편, p.8.

먼저 사화를 결합하면서 用字에 대해 깊이 고려하였음이 주목된다. 이규보의 시 1구의 '香露' 2자는 이백의 〈청평조〉 제2수의 "一枝濃艶露凝香"에서 따온 것이 분명하나, 그 사용의도는 다르다. 이백의 시에서는 一枝(木芍藥), 즉 양귀비의 아름다움을 묘사하는 데 사용하고 있지만, 이규보의 시에서는 '焰夜車' 앞에서 궁중의 호사스런 분위기를 묘사하는 데 기여하고 있다. 의도된 배치라고 하겠다. 이와 같은 이유로 해서 一枝에 부는 바람은 '春風'이 아니라 '曉風'이 된 것이다. 모순에 가득찬 궁중은 호사스럽게 묘사하여 비판받아야 할 대상으로 부각시키되, 충직한 신하의 표상인 목작약은 '曉風'처럼 청정하게 묘사하여 작품의 주제를 선명히 하고 있다.

그리고 『천보유사』에서 '解語花'를 따온 것은 그것이 託物寓意하고자 하는 이규보의 의도에 부합하기 때문일 것이다. 이것 역시 이규보의 시에서는 다른 의도로 사용된다. 당 현종이 양귀비를 두고 '해어화'라고 했을 때는 그녀를 귀여워하는 뜻이 담겨 있다면, 이규보의 시에서는 참신들이 사악하고 간사한 말을 많이 한다는 뜻이 함축되어 있다고 보겠다. 이처럼 이규보의 〈木芍藥〉은 이백의 시나 『천보유사』를 결합하되, 그것들이 담고 있는 의미나 상황을 그대로 사용하지 않고 뒤쳐서 사용하였기에 환기력이 더욱 클 수 있는 것이다. 그러나 이러한 효과도 시적 안목이 깨인 독자들에게서나 기대할 수 있는 것이지 '새로 배우는 젊은이(新學子弟)'들에게서는 기대하기 어려운 것이므로, 본시에서는 사화를 변용시켜 수용한 작품은 극소수에 지나지 않는다.

이규보는 자기의 '觀念을 倍化'[88]하는 데 필요하다고 생각될 경우에는 다른 사람의 시와 시어를 끌어와 결합시키고 있지만, 단순히 기계적

---

88) 최신호, 「시화에 나타난 용사와 그 변이」, 『고전문학연구』 제1집(한국고전문학연구회, 1971), p.117.

으로 결합시키지 않고 시적 의미를 심화시킬 수 있도록 깊이 고려하여 결합시키고 있다.

6. 맺음말

지금까지 고찰한 바를 요약하면 다음과 같다.

(1) 무신란을 전후한 고려 중엽의 시대상황은 당 현종의 天寶 시대의 그것과 거의 흡사하게 벌어지고 있었으니, 급제하기 전부터 친구들과 더불어 史家의 기록에 널리 통하여 漢·唐 때의 일을 논의하던 이규보이고 보면, 그때마다 그러한 점을 절감하였을 것이다. 그러나, "혀가 있어도 말 못하고, 눈이 있어도 눈물 흘리지 못하는" 현실하에서 당대의 정치적 문제를 거론하여 비판하자면 과거의 역사적 사실을 빌어오는 간접적인 방법을 사용할 수밖에 없었을 것이다. 이와 같은 현실인식에서 자기의 입장을 역사 교훈적인 측면에서 독자(주로 新學子弟)들에게 전달하는 한편, 역사의 문학화를 시도하고자 지은 것이 〈개원천보영사시〉인 것이다.

(2) 본시를 창작할 당시의 이규보의 내면에는 현실참여에의 욕망과 허무적·초세적 취향이 교차되고 있었던 바, 이러한 심정의 양면성은 어떠한 형태로든지 본시 속에 반영되어 있을 것이라고 보았다.

(3) 본시의 형식적 특성에 대하여 살펴보았다.

① '병서'를 적고 있는 것은 작시의 동기나 목적한 바를 분명히 밝힘으로써 작품의 효능을 높이고자 했기 때문이다.

② 본시의 독립된 개별 작품의 형식을 '제목—사화—시'로 한 것은 첫째, 사화를 삽입함으로써 독자들에게 역사적 사실이 지닌 교훈성을

보다 충실히 이해시키면서, 응축된 시가 지니는 호소력의 상실을 상쇄
코자 한 것이며, 둘째, '사화'와 '시'를 통해 독자들에게 역사의 '개별성'
과 '전형성'을 환기시키고자 했기 때문이다.

③ 七絶의 시형을 선택한 것은 사화의 응축을 통해 독자들에게 핵심
적인 내용을 효과적으로 전달할 수 있으면서, 五絶보다는 의미를 충족
시키기에 유리하기 때문이다.

④ 43수 전편에 七絶을 사용한 이유는 개별적 사건들을 하나의 주제
로 통합하기에 유리하도록 詩形의 일관성을 유지하고자 했기 때문이다.

(4) 본시의 개별 작품을 이해하고 그것을 바탕으로 본시의 전체적인
모습을 밝혀보기 위한 전단계의 작업으로서 개별 작품을 분석·검토하
여 보았다. 또 각 작품들의 주제를 '전형성'에 맞추어 분류한 결과 경계
류·찬양류·감회류의 세 가지로 대별되면서, 이것들은 다시 15항목으
로 세별될 수 있었다. 이러한 검토 과정을 통해 감회류에 속하는 작품들
이 있음을 새롭게 인식하게 되었다.

(5) 본시의 구성양상에 대하여 검토해 본 결과, 본시는 「善 : 惡⇒
論及」을 기본형으로, 「惡⇒論及」을 그 변형으로 설정하여, 전체적으로
기본형이 반복되는 반복의 원리와, '논급'에서 '충직'과 '무상'이 교체되는
교체의 원리에 의해 전개되고 있음을 알 수 있었다.

그리고 이러한 내적 질서에 의한 구성원리가 지니는 의미를 첫째,
기본형의 설정과 그 반복이 지니는 의미, 둘째, 변형의 설정과 그 반복
이 지니는 의미, 셋째, '논급'에서 '충직', '무상'과 그 반복이 지니는 의
미, 넷째, '논급'의 마지막이자 본시의 마지막에 이상향을 추구한 작품을
둔 이유, 다섯째, 본시의 궁극적인 의미 등으로 나누어 고찰해 보았다.
이러한 문제들을 검토한 결과, 본시 속에는 이규보의 현실의식뿐만 아
니라 허무적·초세적 취향의 개인적인 심정도 상당히 반영되어 있음을

알 수 있었다. 그러므로 본시의 이해는 개별 작품에 대한 이해를 바탕으로 하되, 본시를 내적 질서를 지닌 통일체로 받아들이면서, 이상에서 논의한 몇 가지 점들을 포괄하는 선에서 이루어져야 하리라고 본다.

(6) 본시의 사화의 수용과 표현양상에 대하여 살펴보았다.

① 딱딱한 내용을 지닌 正史에서 사화를 선택하지 않고, 野史나 소설류 등에서 흥미로운 사화를 선택한 이유는, 본시가 지닌 교훈성으로 인해 독자들의 흥미나 관심이 반감되는 것을 막고자 했기 때문이다.

② 사화를 충실히 수용한 이유는 그 사화가 지닌 진실된 의미, 본래적 의미에 충실하여, 독자들에게 작가의 의도를 되도록 정확하게 이해시키고자 했기 때문이다.

③ 사화를 주관적으로 표현한 이유는 독자들에게 작가의 입장을 보다 분명하게 밝힘으로써 교훈을 주고자 하는 효용론적인 측면에 관심을 두었기 때문이다.

④ 사화를 응축한 이유는 사화의 핵심적인 내용을 효과적으로 전달하고자 했기 때문이다.

⑤ 사화를 결합한 이유는 작가의 관념을 倍化하는 데 필요하다고 생각했기 때문이며, 이럴 경우 단순히 기계적으로 결합시키지 않고 시적 효과를 심화시킬 수 있도록 결합시키고 있다.

이승휴의 〈帝王韻紀〉의 구성원리와 인식세계

1. 머리말

본 연구는 역사문학으로서의 〈제왕운기〉를 이해하고, 이를 통해 고려시대 詠史詩의 성격을 해명하기 위한 작업의 일환으로 시도된다.

고려 중·후기에 이르면 吳世文의 〈歷代歌〉를 비롯하여 李奎報의 〈東明王篇〉, 〈開元天寶詠史詩〉 등의 영사시가 나타나기 시작하는데, 〈제왕운기〉도 그와 같은 흐름을 이어서 나타난 영사시의 대표적인 작품이다. 역사를 읊은 영사시가 왜 고려 중·후기에 이르러 역사문학으로서 다양하게 모색되면서 집중적으로 대두되고 있는가 하는 것은 시대·사회적 상황과 밀접히 관련되어 있다.

12~13세기는 연속된 내우외환에 따라 국내질서는 극도로 어지러워져 상·하층이 괴리된 상태에서 민족정신은 쇠미해지고, 민족은 존망의 위기를 맞이한 혼란한 시대였다. 이러한 시대를 맞이하여 투철한 역사·현실의식을 지녔던 李承休(고종 11년, 1224~충렬왕 20년, 1300)는 민

족사의 재인식을 통해 민족의식을 고취하는 한편, 당대의 현실을 직시
하면서 혼란한 시대를 극복하고자 〈제왕운기〉를 창작하였다. 이러한 점
외에도 〈제왕운기〉는 국문학사상 몇 편 안되는 漢文 長篇敍事詩라는 측
면에서 시사적 의의가 논의되어 왔다.

지금까지 본 작품에 대한 선학들의 연구는 크게 보아서 국문학적인
측면과 국사학적인 측면에서 전개되어 왔다.[1] 본 작품이 역사문헌이라
는 한정된 틀에서 벗어나 문학작품으로 주목받기 시작한 것은 60년대
중반부터이다. 그러나 국문학사나 국문학개론류에서 단편적으로 언급되
어 왔을 뿐, 개별적인 연구는 몇 편에 불과한 실정이다. 그간의 연구에
서는 작품의 敍事詩的 性格과 民族敍事詩로서의 전통수립·계승상을 살
펴 일정한 성과를 거두기도 하였으나, text고찰, 작가연구, 소재설화연
구 등 1차적 연구에 주력하거나, 경우에 따라서는 작품을 전반적으로
해설하는 데 머물기도 하였다. 이러한 성과에 의해서, 작품의 실상을 온
당하게 해명하기란 그렇게 쉬운 일이 아닐 것이다.

---

1) • 국문학적 측면에서의 연구는,
　　박두포, 「제왕운기 소고 其一, 東國君王開國年代에 대하여」, 『청구공전논문집』 제3
　　집(청구공업전문대학, 1966)
　　＿＿＿, 「제왕운기 소고 其二, 本朝君王世系年代에 對하여」, 『청구공전논문집』 제4
　　집(청구공업전문대학, 1967)
　　＿＿＿, 「민족서사시의 전통」, 『도남 조윤제박사 고희기념논총』(형설출판사, 1976)
　　진녕녕, 「제왕운기 연구」, 『한국어문연구』 제9집(이화여자대학교 한국어문학회, 1969)
　　장윤익, 「한국서사시 연구」(명지대학교 대학원 박사논문, 1983)
　　최두식, 『한국영사문학연구』(태학사, 1987)
　　• 국사학적 측면에서의 연구는,
　　이우성, 「고려중기의 민족서사시」, 『논문집』 제7집(성균관대학교, 1962)
　　유경아, 「이승휴의 생애와 역사인식」, 변태섭 편, 『고려사의 제문제』(삼영사, 1986)
　　차장섭, 「제왕운기에 나타난 이승휴의 역사관」, 『논문집』 제20집(삼척공업전문대학,
　　1987)
　　※ 〈제왕운기〉를 주로 다루지 아니하고 고려시대 史學史의 체계를 세우기 위해 단편
　　적·부수적으로 인용하고 있는 논문은 제외하였음.

이처럼 연구가 활발히 진행되지 못한 이유에 대해서는 여러 가지 측면에서 생각해 볼 수 있겠으나, 무엇보다도 본 작품을 주로 敍事詩라는 측면에서만 파악한 나머지, '역사의 문학화'라는 관점에서 보려는 인식이 결여된 때문이 아닌가 한다.

역사문학의 경우에는 역사적 사실이 문학적으로 어떻게 재창조되었는가 하는 점과, 그 사실이 어떻게 문학적으로 형상화되었는가 하는 점이 주로 논의되어져야 한다.[2] 그러나 通史系詠史詩[3]에 속하는 본 작품은 역대의 사실을 간추려서 알기 쉽게 전달하고자 한 것[4]에 지나지 않는다고 미리 간주해 버릴 경우, 거기에서 '역사적 사실의 문학적 재창조'와 '역사적 사실의 문학적 형상화'의 문제를 밀도 있게 다루어 나가기란 쉽지 않은 일일 것이다.

본 연구에서는 이와 같은 점을 인식하면서, 역사의 문학화라는 관점에서 본 작품의 실상에 접근하고자 한다. 그러기 위해 먼저 본 작품의 영사시적 성격을 밝혀 본 다음, 작품의 구성원리와 그 의미를 살피고, 나아가 인식세계와 표현양상까지를 살펴보고자 한다.

연구의 대상으로는 下卷의 「東國君王開國年代」와 「本朝君王世系年代」에 국한하였다.

---

2) 임재해, 「역사적 이해와 문학의 역사적 연구」, 『정신문화연구』 1983년 겨울호(한국정신문화연구원, 1983), pp.39~40.

3) 通史系詠史詩란 과거의 國肇로부터 작자의 시대까지 역사적 사실을 縱的으로 構成(通史的 構成)하여 서술한 작품을 말한다.

4) "東國, 則自檀君而洎我本朝, 肇起根源, 窮搜簡牘, 較異同而撮要, 仍諷詠以成章, 彼相承授受之興立, 如指諸掌.", 「帝王韻紀進呈引表」.
　"古今典籍, 浩汗無涯, 而前後相紛如也. 苟能撮要以詩之, 不亦便於覽乎.", 〈제왕운기〉 상권 幷序.

2. 〈제왕운기〉의 영사시적 성격

2.1. 영사시의 개념과 성격

〈제왕운기〉를 논하기에 앞서 영사시의 개념과 성격을 우선적으로 살펴보는 것이 필요할 것이다. 왜냐하면, 〈제왕운기〉가 영사시라는 점을 수긍한다 하더라도, 영사시의 개념과 성격을 제대로 이해하지 않고서는 작품의 실상에 접근할 수 있는 방향을 설정하기 어렵기 때문이다.

일반적으로 영사시는 역사를 읊은 시로 인식되어 왔다. 기왕의 사전류에서도 영사의 개념을 "역사 사실로써 주제를 삼은 시"5)라고 규정한 바 있지만, 영사시의 개념과 성격을 보다 자세히 살펴보기 위해『文選』의 기록을 들어 보면 다음과 같다.

> ① 向曰 謂覽史書 詠其行事得失 或自寄情焉 (王粲의 詠史詩 注)
> ② 向曰 是詩之意 多以喩己 (左思의 詠史詩 注)
> ③ 善曰 協見朝廷 貪祿位者衆 故詠此詩以刺之 (張協의 詠史詩 注)
> ④ 銑曰 此詩獨美嚴公 以誚當時奢麗 (鮑照의 詠史詩 注)

위의 기록에 의하면, 영사시는 단순히 역사적 사실을 읊는 데 머물지 않고, 그 잘잘못을 따지고, 풍자하고, 情을 기탁하는 것이라고 할 수 있다.

이와 같은 점은 近藤杢의 다음과 같은 정의에서도 찾아 볼 수 있다. 그는 영사에 대해

---

5) "詠史詩 : 以歷史事實爲主題之詩也.",『中文大辭典』권8(臺北, 中國文化學院, 1973), p.927.

> 詩의 한 體, 古來의 史實을 題로 하여 그 뜻을 새기는 것을 말한다.
> 明의 鍾惺은 「古人이 史實을 읊음에 하나의 事를 가리켜 정하지 않고,
> 뜻을 나타낼 뿐이다」라고 하였으니, 즉 一種의 叙事詩이지만, 事實 이
> 외에 감정을 보탠 것이 많다.6)

라고 하여, 단순히 어느 역사적 사실만을 서술하는 것이 아니라, 거기에
다 작자의 감정을 담는 것을 영사시의 보편적인 성격이라고 하였다.

범황은 詠史題에 대하여 다음과 같이 설명하고 있다.

> 혹은 그 사람의 생애를 개괄하기도 하고, 혹은 그 일을 공교롭게
> 들어보기도 한다. 어진 사람은 반드시 흠모하여 본보기로 삼고, 어질
> 지 못한 사람은 반드시 깎아내려 말하거나 억눌러서 경계로 삼되, 앞
> 의 내용에 확실하지 않은 사람은 반드시 번안하여 진술하여야 한다.
> 각박하여 두터움을 상하게 하거나, 평범하고 진부하여 기이함이 없거
> 나, 없는 것을 있는 것처럼 말하여 사람의 마음을 감복시키지 못하는
> 일을 기피하여야 한다.7)

범황의 이 글은 영사시의 내용면·표현면과 함께 기능면에 대해서까
지 언급하면서 그 규범을 제시함으로써 영사시의 성격을 보다 명확히
해주고 있다. "賢者須欽慕取法, 不賢者須貶抑示戒"는 『文選』에서 영사
시에 대해 언급한 것보다 구체적인 지적이다. 이것에 의하면, 영사시는
내용면에서 鑑戒主義의 두 가지로 대별될 수 있다. 즉 영사시는 주로

---

6) "詩の一體, 古來の史事を題 として己わの意を寫ゼろものをいふ, 明の鍾惺は「古人詠
  史不指定一事, 寫意而已」といひ, 即ち一種の敍事詩にして, 而も事實以外に感情を
  加ふること多し.", 近藤杢, 『中國學藝大辭典』(東京, 弗咸文化社, 昭和 44년), p.30.
7) "或槪括其人之生平, 或偶擧其事. 賢者須欽慕取法, 不賢者須貶抑示戒, 前案未確者,
  須翻案出陳, 忌在刻薄而傷厚, 庸腐而無奇, 誣岡而不能服人之心.", 范況, 『中國詩
  學通論』(臺北, 商務印書館, 民國 63년), p.180.

역사적 인물을 들어 흠모하거나 비판하는 것을 주된 내용으로 삼고 있다. 그리고 범황은 표현면에서는 直述的 방법 외에 翻案의 방법이 있다고 했는데, 후자는 사실을 그대로 수용하여 표면적 의미에 충실하게 해석하는 것이 아니라, 변용시키고 재해석하는 것을 말하는 것일 것이다. 그러면서 "진부하여 기묘함이 없는 것을 기피한다."라고 하였다. 이 점에 대해서는 李齊賢도 관심을 가지고 있었다.

> 옛사람들이 역사에 대하여 읊은 작품이 많이 있는데, 만약 쉽게 이해하여 쉽게 싫증이 난다면, 그것은 역사적 사실을 곧 바로 서술하여 새로운 뜻이 없기 때문이다.8)

이것은 영사시를 지음에 있어서 역사적 사실의 표면적 의미만을 들어 "直述其事"의 直用法을 사용하기 때문에 新意가 없게 된다는 말이다. 즉 영사시의 작가는 소재로 취한 역사 사실을 나름대로 재해석하여 표현하되, 直用法이 아닌 翻案法을 사용할 때 新意가 모색될 수 있다는 말이다. 그러기 위해서는 "생각을 새롭게 뒤쳐서 기이하게 바꾼다."9)는 태도가 필요할 것이다. 범황은 그렇다고 해서 없는 사실을 있는 것처럼 꾸며서는 사람의 마음을 감복시킬 수 없다고 하였다. 이 말은 영사시를 포함한 역사문학의 본질에 해당되는 것으로서, 작가는 사적 고증을 통해 역사의 객관적 사실에 대해 정확하고도 충실한 이해에 바탕을 두어야 함10)을 강조한 말일 것이다.

유약우는 영사시를, "하나의 모랄을 지적하거나 혹은 현재의 정치적

---

8) "古人多有詠史之作, 若易曉而易厭, 則直述其事, 而無新意者也.", 李齊賢, 『櫟翁稗說』 後集 권2, 제16화.
9) "意飜新而易奇", 陸機, 「文賦」. 왕몽구 저·이장우 역, 『중국문학의 종합적 이해』(太陽文化社, 1978), p.135에서 재인용.
10) 송백헌, 『한국근대역사소설연구』(삼지원, 1985), p.19.

사건에 대한 논평을 위한 구실로서 어떤 역사적 사건을 인용하는 것"11) 이라고 하였다. 이와 같은 개념 규정은 영사시의 성격을 현실비판의 도구로 보고 있다는 점에서 그 의의를 찾을 수 있을 것이다.

이상에서 몇 가지 인용문을 중심으로 살펴보았듯이 영사시의 개념은 뚜렷하지 않다. 그렇다고 하더라도 그 개념들의 공통성은 추출해 볼 수 있을 것이다. 영사시는 역사적 사실을 읊은 것이되, 단순히 사실만을 읊어서는 그 본래적 기능을 제대로 수행할 수 없으므로 거기에는 작가의 감정이나 의지가 담겨져야 한다. 이 때의 감정이나 의지는 역사와 세계에 대한 작가의 인식이 될 것이다.

영사시에서 작가의 관심은 단순히 과거의 사실에만 머물지 않는다. 역사는 역사가와 사실의 상호작용에서 이룩된 것이며, 현재와 과거 사이의 끊임없는 대화12)이기 때문에, 역사는 단순한 과거의 사실이 아니라 현재와 관련하여 새로운 의미와 해석을 낳게 해준다. 그러므로 영사시의 작가는 '현재'의 눈을 통해 과거의 사실에다 '오늘'이라는 현재적인 의미를 부여함으로써 자신이 처해 있는 시대상황이나 사회의 여러 문제를 반영할 수 있을 것이다.

이제 이와 같은 성격을 지닌 영사시를 어떠한 관점에서 연구하고 평가해야 할 것인가에 대해 생각해 보자.

영사시의 작가가 작품의 소재로 어떠한 사실을 선택하는 것은 그 선택의 주체인 작가가 처한 당대의 욕구에 의해서이며, 보다 문제시되는 것도 그 작품 속에서 다루어지는 지난 시대가 아니라 그 작품이 씌어지는 당대에 관계되는 것이다.13) 그러므로 소재로 선택된 과거의 사실이

---

11) 유약우 저·이장우 역, 『중국시학』(범학도서, 1976), p.75.
12) E. H. 카 저·현길모 역, 『역사란 무엇인가』(탐구당, 1987), p.43.
13) 이용남, 「역사소설의 평가문제」, 장덕순 외, 『한국문학사의 쟁점』(집문당, 1986), p. 689.

고정불변의 단순한 과거의 사실로 이해되어서는 안되며, 당대의 여러 문제들과 관련되어 재해석되어야 할 것이다. 따라서 영사시를 다룰 경우에는 당대 현실에 대한 작가의 현실인식이나 역사의식을 포함한 세계관의 표출양상을 검토하고 거기에 따라 평가해야 할 것이다. 한편, 영사시가 객관적 사실에 바탕을 두고 있지만, 단순히 散文의 기록을 韻文으로 바꾸어 놓는 데 그치고 만다면 문학이라고까지 말할 수는 없을 것이다. 영사시에는 역사와 세계에 대한 작가의 인식이 투영되어야 하며, 역사적 사실이 재해석·재창조되면서 문학적 형상화가 이루어져야 한다. 그러므로 영사시는 작가의 현실인식과 역사의식의 투영양상과 함께, 역사의 문학화란 관점에서 문학적 형상화의 문제가 함께 문제시되고 연구되어야 할 것이다.

2.2. 〈제왕운기〉의 영사시적 성격

〈제왕운기〉의 작품적 실상에 접근할 수 있는 방향을 설정하기 위해, 구체적인 논의에 앞서 작품의 성격에 대해서 우선적으로 살펴보는 것이 필요할 것이다.

기존의 논저 중에서 〈제왕운기〉의 기본적 성격과 관련지어 언급한 부분을 살펴 논의의 실마리로 삼고자 한다.

> ① 장덕순 : <제왕운기>는 動安居士 이승휴가 지은 敍事詩이다. 이보다 앞서 明宗朝에 吳世文의 <歷代歌>라는 서사시가 있었으나, 이것은 그것보다는 더 규모가 크고도 상세하여 그것과는 또 다른 색채를 띤 작품인 것이다.[14]

---

14) 장덕순, 『국문학통론』(新丘文化社, 1960), p.140.

② 박두포 : ㉠ (제왕운기는) 高麗의 先代와 歷代君王의 史實을 소재로 한 敍事詩인 것이다.15) ㉡ 이 <제왕운기>를 高麗中朝의 歷史敍事詩로 단정해서……16) ㉢ 필자가 이 <동명왕편>과 <제왕운기>를 단순한 敍事詩라 하지 않고, 민족이란 관형어를 앞에 붙여 民族敍事詩라 한 소이는, 앞에서 적은 바와 같은 집단의 단위가 민족이라고 보아지기 때문이다.17)

③ 이우성 : 부족적 지역적 설화에서 탈피하여, 민족의 공동의 시조를 발견하고 거기에서 발원한 민족의 활동의 전과정을 서술한 것은, 이규보를 거쳐 이승휴에 이르러 비로소 가능했다. <제왕운기>는 이러한 의미에서 民族敍事詩의 大成이며, 특별히 歷史詩라고 부르게 된 것도 바로 이러한 이유에서다.18)

④ 진영영 : <제왕운기>의 내용은 韓中兩國의 歷代興亡을 詠述하는 歷史詩였다.19)

⑤ 장윤익 : <동명왕편>과 <제왕운기>는 일차적으로 서사시 장르에 속한다.20)

⑥ 조동일 : 역사를 읊은 시를 詠史詩라고 했다. (중략) 이승휴의 <제왕운기>는 그런 흐름을 이어서 나타난 詠史詩의 대표적인 작품이다. 영사시는 서사시와 구별된다. 어느 특정 인물을 간추려서 인상 깊게 전달하는 것을 우선 과제로 삼는다.21)

⑦ 최두식 : ㉠ 詠史는 역사적 사실을 소재로 하여 읊은 것으로 서사

---

15) 박두포, 앞의 논문(1967), p.15.
16) ＿＿＿, 앞의 논문(1966), p.39.
17) ＿＿＿, 앞의 논문(1976), p.55.
18) 이우성, 앞의 논문, p.106.
19) 진영영, 앞의 논문, p.89.
20) 장윤익, 앞의 논문, p.58.
21) 조동일, 『한국문학통사』 2(지식산업사, 1983), p.98~99.

시의 한 양식이라 할 수 있다.[22] ⓛ <제왕운기>는 上下 2권으로 중국과 우리나라의 역대사실을 韻語化한 詠史作品이다.[23]

이상에서 보듯이 연구자들은 <제왕운기>를 각기 敍事詩, 歷史敍事詩, 民族敍事詩, 歷史詩, 詠史詩 등으로 파악하고 있다. 이러한 견해들은 각각 용어상의 상이에도 불구하고 敍事詩系列과 詠史詩系列로 대별될 수 있다. 그런데 서사시와 영사시는 그 성격상 같은 선상에서 논의하기는 어렵다. 왜냐하면 서사시는 장르種의 개념임에 비해, 영사시는 시의 내용상의 개념[24]이기 때문이다. 이런 점에서 본다면, 앞의 견해들 중에서 최두식 교수와 조동일 교수의 글은 이 양자의 관계를 언급하고 있어서 주목된다. 최두식 교수는 영사시를 서사시의 한 양식[25]이라고 보고 있음에 비해, 조동일 교수는 영사시 <제왕운기>는 어느 특정 인물을 주인공으로 삼아 일관된 줄거리를 갖추고 있지 않다는 점 등에서 서사시와 구별된다고 하였다.

이러한 문제를 해명하기 위해서는 영사시의 양식적인 문제를 살펴볼 필요가 있다.[26] 영사시 중에는 서사적 양식만이 아니라 서정적 양식의 경향을 띤 것도 흔히 있으며, 희곡적 양식의 것도 있을 수 있다.[27] 영사시는 여러 가지 문학양식을 공유할 수 있으나, 다만 영사시의 성격상

---

22) 최두식, 앞의 책, p.9.
23) ______, 같은 책, p.58.
24) 범황은 시를 내용에 따라 仕宦門, 來往門, 當身門으로 대별한 뒤, 다시 30가지로 세분하고 있는데, 詠史題는 當身門에 속한다. 范況, 앞의 책, pp.138~181.
25) 近藤杢도 영사시를 일종의 서사시로 보고 있다. 주 6) 참조.
26) 여기에서는 영사시의 양식적인 문제만 살피기로 한다. 서사시의 개념과 양식에 대해서는 장윤익, 앞의 논문, pp.7~35. 참조.
27) 이와 같은 점은 詠史類歌辭의 연구에서도 밝혀진 바 있지만, 詠史詩歌 전반에도 두루 적용할 수 있으리라 본다. 권영철 외, <咏史類歌辭 연구>, 『여성문제연구』 제14집(효성여자대학교 여성문제연구소, 1985), pp.10~11. 참조.

서사적 양식으로 읊으진 것이 그 주류를 이루고 있다고 보는 것이 온당할 것이다. 詠史詩歌에서 서사성이 강조되고 있음은 공통적으로 나타나는 현상인 바, 이 점은 詠史樂府28)의 경우에도 마찬가지이다.

그렇다면 서사시와 영사시는 그 성격상 구별하는 것이 마땅하지만, 영사시는 반드시 서사적 양식을 취해야 된다든지, 영사시는 서사시가 될 수 없다든지 하는 극단의 논리는 의미를 지닐 수 없게 된다.

영사시에서 서사성이 부각되려면 형식적으로 장편을 지향하게 되겠지만, 사실 絶句·律詩·長短句를 포함한 古詩 등의 시형이 자유롭게 사용되고 있는 실정이고 보면, 영사시에서 서사성이 현저히 약화된 작품도 허다하다.29)

장편의 형식을 취한 〈제왕운기〉만 하더라도, 이우성은 "〈제왕운기〉가 그 결말에 이르러 벌써 서사시의 혼의 타락을 보여 주었다."30)라고 지적한 바 있다. 〈제왕운기〉를 서사시로 파악하고 있는 장윤익 교수조차도

> 한 국가의 건국을 8행 내지 10행 정도의 七言古詩로 기록한 것은 형식상의 제약 이상으로 사상의 제약을 가져와서 <제왕운기>는 방대한 내용의 敍事詩를 전개하지 못하고 있다.31)

라고 하여 〈제왕운기〉의 서사시로서의 한계를 지적하는 한편, 이에서 더 나아가

---

28) 김영숙, 「조선후기 악부의 유형적 성격」, 『어문학』 제44·45집(한국어문학회, 1984), p.51.
29) 이규보의 〈開元天寶詠史詩〉는 七言絶句 43수의 總集으로 되어 있으며, 李穀의 영사시 27수는 모두 七言絶句의 短型으로 되어 있는 것 등이 그 한 예가 될 것이다.
30) 이우성, 앞의 논문, p.117.
31) 장윤익, 앞의 논문, p.66.

긴 호흡의 서사적 記述보다도 字句 하나를 중시하는 형식주의에 지배되어, 폭넓고 깊이 있는 내용보다도 勸戒的인 의미가 강한 역사적 사실에 더 관심을 기울이고 있다.32)

라고 하여 서사시적인 면보다는 권계성을 지닌 영사시적인 성격에 더 주목하고 있다.

사실, 〈제왕운기〉는 몇 가지 점에서 영사시적인 성격을 농후하게 지니고 있다.

첫째, 창작의도의 면에서 살펴보기 위해 「帝王韻紀進呈引表」와 上卷의 幷序 일부를 들어 본다.

1 그 요점을 추려 시를 읊어 글을 이루었사온데, 그 서로 이어지고 주고 받으며 일어남이 보기 좋고 알기 쉽게 되었사옵니다.……세상에 시행하서 뒷사람을 위한 권면·경계가 되게 하시기 바라옵니다.33)

2 분명하게 익히 듣고 본 바를 근거로 삼아, 시로 읊어 그 선한 가운데 본보기로 삼을 만한 것과 악한 일 가운데 경계로 삼을 만한 것을 그 일에 따라서 『春秋』와 같은 필법으로 짓고 이름하여 〈제왕운기〉라고 하였다.34)

이면적인 이유야 어떻든지 겉으로 드러난 창작동기는 과거 역사의 흥망을 통한 鑑戒主義에 있음을 알 수 있다. 이러한 감계주의는 영사시

---

32) ______, 같은 논문, p.64.

33) "撮要, 仍諷詠以成章, 彼相承授受之興立, 如指諸掌……付外施行, 爲後勸戒.", 「帝王韻紀進呈引表」.

34) "耳目所熟爲據, 播于諷詠, 其善可爲法, 惡可爲戒者, 輒隨其事而春秋焉, 名之曰帝王韻紀.", 〈제왕운기〉 상권 幷序.

의 일반적인 창작의도에 부합하는 것이다.

둘째, 독자의 반응면에 대해서 살펴보자.

1️⃣ 그 말은 요약되고 그 뜻은 분명하여 마치 구슬이 꿰미에 있고 그물이 벼리에 걸린 것과 같아서, 만대가 서로 이어 치세와 난세와 처음과 끝이 여기에서 벗어나지 않으니 가히 『通鑑』의 정수라고 할 만한 것이 아니냐.35)

2️⃣ 全書를 다시 보게 되었으니, 어찌 세상을 다스리려는 君子들에게 도움이 없겠느냐.36)

위의 기록을 통해서 본 작품에 대한 당대와 후대의 독자들이 보인 반응의 일단을 읽을 수 있었다. 즉 그들은 본 작품이 『通鑑』의 정수라 할 만한 것으로 세상을 다스리려는 군자들에게 도움이 된다고 하였다. 司馬光이 『통감』을 쓴 것은 鑑戒의 표준을 채택한 것이니, "人君이 되었으나 『통감』을 모르면 잘 다스리려 해도 스스로 다스리는 근원을 모르고, 혼란을 미워하지만 혼란을 막는 술책을 모른다. 신하가 되었으나, 『통감』을 모르면 위로는 人君을 섬길 줄 모르고 아래로 백성을 다스릴 줄 모른다."37) 이러한 사실을 통해서도 독자들이 본 작품의 감계주의적 성격에 주목하고 있음을 알 수 있다.

셋째, 시적 표현면에서도 본 작품의 영사시적 성격을 읽을 수 있으니, 당대의 현실을 直述的 방법에 의해 표현하지 않고 翻案의 방법에

---

35) "其辭約, 其旨暢, 如珠之在貫, 網之在綱, 萬代相承, 理亂終始, 不出乎此, 可謂通鑑之粹歟.", 李源,〈제왕운기〉後題.

36) "全書復見, 豈武益於經世之君子哉.", 李輊,〈제왕운기〉跋.

37) 胡三省 新註, 『資治通鑑』序. 두유운 저·권중달 역, 『역사학연구방법론』(일조각, 1986), p.340.에서 재인용.

의해 反對的으로 표현하고 있는 점 등이 그것이다. 이 점에 대해서는 뒤에서 상술하고자 한다.

결론적으로 말하면, 영사시적 성격을 농후하게 지닌 본 작품을 서사적 양식을 취하고 있다는 이유만으로 서사시라고 규정하기보다는 서사적 양식을 취한 영사시라고 보는 편이 작품의 성격을 보다 분명히 해 줄 것이다.

3. 〈제왕운기〉의 구성원리와 그 의미

장편 영사시로서 서사적 양식을 취하고 있는 〈제왕운기〉의 실상을 이해하기 위해서는 우선 작품의 전체적인 구성양상을 검토하여 그 내적 논리를 밝혀 보는 것이 필요하다. 그런 다음, 구성원리에 따른 의미를 찾아봄으로써 작품의 문학적 형상성의 일면을 해명할 수 있을 것이다.

먼저, 體制에 대해서 살펴보자. 〈제왕운기〉는 「進呈引表」에 이어 上·下 兩卷 1冊으로 되어 있다. 상권은 幷序에 이어 중국의 역사를 盤古로부터 金까지 칠언고시 264구로 읊어 놓고 끝에 「正統相傳頌」을 붙였다. 하권은 「東國君王開國年代」와 「本朝君王世系年代」[38]의 二部로 나누어져 있다. 전자는 幷序에 이어 地理紀를 둔 다음, 단군으로부터 고려 태조의 통합까지를 칠언고시 264구로 읊어 놓았고, 후자는 고려 시조로부터 충렬왕대까지를 오언고시 162구로 읊어 놓았다.

이처럼 〈제왕운기〉의 下卷은 외부적으로는, 그 형식마저 다른 「東國」 과 「本朝」로 확연히 구분되어 있어 그것들은 별개의 것으로 논의될 수

---

38) 앞으로 「東國君王開國年代」는 「東國」으로, 「本朝君王世系年代」는 「本朝」로 약칭 한다. 이하 같음.

도 있을 것 같이 보인다.39) 그러나 작품에 내재된 몇 가지 단서들은 이 두 가지를 내부적으로 하나의 통합체로 보아야 할 것임을 시사해 주고 있다.

첫째, 幷序와 작자소감의 有無의 문제이다. 「東國」과 「本朝」가 별개의 것으로 논의될 수 있으려면 각각의 序頭와 末尾에 그에 따른 병서와 작자소감이 있는 것이 자연스런 현상임에도 불구하고 병서는 「東國」에만, 작자소감은 「本朝」에만 있다. 이러한 현상은 이들은 하나의 통합체로 이해되어야 한다는 것을 말해 준다.

둘째, 「進呈引表」의 기록이다.

> 이리하여 옛부터 지금까지의 황제들이 이어온 역사, 즉 중국은 盤古로부터 金까지, 동국은 단군으로부터 우리 본조에 이르기까지의 그 시작한 근원을 책에서 두루 찾아내어, 같고 틀림을 비교하고 그 요점을 추려 시로 지어 글을 이루었습니다.40)

이상의 기록에 의해서도 〈제왕운기〉는 斷代史的으로 구성된 것이 아니라 國肇로부터 작자의 시대까지 通史的으로 구성되어 있음을 알 수 있다. 이러한 점에 의해서도 下卷은 통합체로 보아야 할 것이다.

셋째, 「本朝」의 끝에 딸린 細註의 기록에 관한 문제이다.

> 詩作은 五言에서 시작하여 七言으로 마치는 것이다. 지금 〈제왕운기〉를 지은 뜻이 처음에 本朝에서 일어났으므로 일어난 바의 시초로 마친 것이니, 대개 공자가 『春秋』를 편수한 뜻인 것이다.41)

---

39) 박두포 교수가 앞의 논문에서 「東國」과 「本朝」를 나누어 다룬 데에는 이와 같은 점도 작용했으리라 생각한다.

40) "乃古往今, 來黃傳帝受, 中朝則從盤古而至於金國. 東國則自檀君而洎我本朝, 肇起根源, 窮搜簡牘, 較異同而撮要, 仍諷詠以成章.", 「帝王韻紀進呈引表」

이상의 내용은 하권을 七言으로 敍事하다가 「本朝」 대문에 와서 五言으로 한 까닭이 무엇이냐는 물음에 대한 이승휴의 대답이다. 이 대목은 〈제왕운기〉의 근본적인 창작동기를 나타내고 있어서 幷序의 기능을 다하고 있다. 그러나 이승휴가 이것을 「本朝」의 서두에 두지 아니하고 말미에 두면서, 그것도 細註로 처리한 데에는 각별한 의미가 있을 것이다. 이 점은 뒤에서 상론될 것이다. 「本朝」 앞에 병서를 두지 않는 대신 그와 같은 기능을 하는 내용을 그 말미에 두고 있다는 데에서 「東國」과 「本朝」를 하나의 통합체로 내세우고자 하는 작자의 뜻을 읽을 수 있다.

지금부터는 하권을 하나의 통합체로 받아들이면서 그 구성원리를 해명해 보고자 한다.

먼저, 다음의 기록은 하권의 구성원리의 한 단서를 마련해 주고 있다는 점에서 주목된다.

> '요동에 한 乾坤 따로 있으니' 위에 '地理紀' 세 자가 빠졌고, '누가 처음 개국하여 風雲을 열었는고' 위에 '前朝鮮紀' 네 자가 빠졌다.[42]

이상의 기록을 통해, 이승휴가 서사적 양식을 지닌 〈제왕운기〉를 지으면서 敍事部 앞에 非敍事的 부분인 '地理紀'를 의도적으로 마련하고, 또 그 점을 강조하고 있음을 알 수 있다. 하권 전체를 통해 대문 章頭에 '紀'자가 실제 사용된 곳은 '地理紀'·'前朝鮮紀'·'高句麗紀'·'後高句麗紀'·'百濟紀' 5군데 뿐이어서 '紀'의 의미는 각별한 것이다. 그렇다면 '地理紀'의 내용을 살펴서, 그것에 굳이 '紀'를 붙여 그 내용을 강조한 의미

---

41) "詩之作, 始於五言, 而終於七言者也. 今夫制作之意, 始起於本朝. 故終之以所起之始, 盖夫子修春秋之志也".

42) "遼東別有一乾坤上, 地理紀三字脫, 初誰開國啓風雲上, 前朝鮮紀四字脫.", 李承休, 「與晉陽書記鄭㧾書」, 『動安居士集』 雜著一部.

를 살펴보자.

遼東別有一乾坤　　요동에 하나의 천지 따로 있으니
斗與中朝區以分　　중국과 뚜렷하게 구분된다.
洪濤萬頃圍三面　　큰 파도 넓은 바다 삼면을 둘러싸고
於北有陸連如線　　북녘에 육지 있어 실같이 이어 있다.
中方千里是朝鮮　　가운데서 사방 천리 여기가 조선이니
江山形勝名敷天　　강산의 形勝 그 이름이 천하에 퍼졌다.
耕田鑿井禮義家　　밭 갈고 우물 파는 예의의 나라
華人題作小中華　　華人이 이름지어 小中華라 일렀도다.

前朝鮮을 비롯하여 각국의 내용이 創業君의 탄생설화로부터 시작된 다는 점에서 보면, '地理紀'는 前朝鮮에 해당하는 것이 아니라, 東國 전체의 배경을 읊은 것으로 보아야 할 것이다.

그렇다면, '지리기'는 서사적 양식을 취하고 있는 본 작품에서 어떤 의미를 지니고 있는가? 애브람스(M. H. Abrams)가 서사적 관례의 하나로서

> 話者는 맨처음에 자신의 논점(argument) 또는 테에마를 진술하고 자신의 대사업을 하는 데에 靈感을 불어넣어 주도록 뮤우즈나 引導者를 불러낸 다음, 뮤우즈에게 敍事詩的 질문(epic question)을 하는데, 이 질문에 대한 대답이 엄격한 의미에서 敍事의 시작이 된다.[43]

라고 한 것에 따르면, '지리기'는 바로 작자 이승휴가 처음에 진술한 논점이며, 테에마에 해당된다. 따라서 '지리기' 다음에 나오는 '전조선기'부터가 엄격한 의미에서 敍事部가 된다. 그러므로 '지리기'는 〈제왕운기〉

---

43) M. H. 애브람스. 최상규 역, 『문학용어사전』(대방출판사, 1987), p.82.

하권의 導入部로서, 序詞(prologue)에 해당된다.

다음으로 「本朝」의 끝에 나오는 작자의 소감을 피력한 부분을 살펴보자.

惟願億萬年	원하옵건대 억만 세월에
長守富與貴	길이길이 부귀를 지키소서.
梁唐晉漢周	양·당·진·한·주나라와
宋金皆失轡	송과 금나라 모두 망하였으니,
歷遠御群民	오래도록 많은 백성 다스린
仁邦能有幾	어진 나라 몇이나 있는가?
自慶逢明時	밝은 시대 만난 것을 경사로 여겨
臣承休謹記	신하 승휴는 삼가 적노라.

〈제왕운기〉의 대부분의 대문은 먼저 각국의 흥망사를 기록하고, 이어서 그 사실에 대한 작자의 의지를 피력한 것으로 끝맺고 있다. 즉 '先述其事, 己意斷之'型의 구성을 이루고 있다. 따라서 위의 인용 대목은 「本朝」의 사실에 이은 작자 자신의 감회를 읊은 것으로 볼 수 있으나, '己意斷之'가 아니라는 점에서 여타의 것과는 성격상의 차이가 있다. 이것은 「本朝」의 내용만을 받는 것이 아니라, '지리기'로부터 시작된 우리 민족의 전 역사를 받아 미래에 대한 작자의 희망과 바램을 나타낸 것이다. 다만 억만 세월에 길이길이 부귀를 지키는 데 따른 책임이 당대의 충렬왕에게 무겁게 지워져 있을 뿐이다.

인용 부분은 8행으로 되어 있어 '지리기'의 8행과 그 형태적 중량감에서 서로 조화·대응되고 있다. 내용에 있어서도 '지리기'의 "밭 갈고 우물 파는 예의의 나라"를 받아 "오래도록 많은 백성 다스린 어진 나라 몇이나 있는가?"라고 서술함으로써 序詞와 대응관계에 있다. 그러므로 위에서 인용된 8행은 「本朝」만의 結詞가 아니라 〈제왕운기〉 하권 전체의 주제를 수렴하고 응집하여 총결하는 結詞(epilogue)로 작용하고 있다.

그러므로 〈제왕운기〉 하권의 本詞는 서사인 '지리기'와 결사인 마지막 8행을 제외한 나머지 부분이 될 것이다. 이 본사는 단군의 전조선, 기자의 후조선, 위만조선, 사군, 삼한, 신라, 고구려, 후고구려, 백제, 후백제, 발해, 고려의 순서로 서술되어 있어 본 작품의 서사부에 해당된다.

그런데 우리 민족의 전 역사를 하나의 編年으로 묶어 서술하지 않고 각국을 독립적으로 서술한 이유는 『사기』와 『삼국사기』의 영향을 들 수도 있겠으나, 그것보다는 각국의 흥망사를 통해 하나의 역사법칙을 제시하고자 했기 때문이 아닌가 한다. 즉 霸道政治는 멸망이 필연적이라는 당위성을 각국의 흥망사를 통해 입증하고자 한 것이다. 상권 병서에서 "옛부터 제왕들이 서로 잇고 주고받으며 흥하고 망했던 일은 세상을 다스리는 군자들이 알지 않으면 안 되는 것이다"44)라고 했으니, 이 서사부는 '先述己意'에 대한 '事實證之'의 기능을 하고 있는 셈이다.

이제 이러한 작품의 구성원리가 지니는 의미를 생각해 보자. 작자 이승휴는 본 작품을 이러한 구성원리에 의하여 서술하여 본 작품이 크게 세 갈래의 방향에서 이해되어져야 한다는 점을 시사하고 있다. 첫째, 각국의 흥망한 연대를 밝히고자 한다는 '幷序'에 의해 작품을 이해하도록 한 것이니, 이것은 춘추사관에 입각하여 역사의 교훈성과 資治機能을 내세우고자 한 것이다. 둘째, 서사에 의해 작품을 이해하도록 한 것이니, 이것은 민족의식을 고취하고자 한 것이다. 셋째, 결사에 의해 작품을 이해하도록 한 것이니, 작자의 현실인식에 바탕하여 충렬왕에 대해 諷諫을 하고자 한 것이다. 이럴 때, 본사에 해당하는 서사부는 본 작품을 세 가지 방향에서 이해하는 데 구체적인 사실로서 기능한다.

---

44) "自古, 帝王相承授受興亡之事, 經世君子, 所不可不明也.", 〈제왕운기〉 상권 幷序.

이러한 세 갈래의 방향을 본 작품의 기본되는 인식세계로 보고 구체적인 논의를 전개하고자 한다.

4. 〈제왕운기〉의 인식세계와 표현양상

4.1. 역사의 교훈성과 사실의 전형화

이승휴는 유학의 기본사관인 春秋史觀에 입각하여 역사를 해석하고자 하였다. 그는 〈제왕운기〉의 창작동기를 밝히는 과정에서 두 번에 걸쳐 『春秋』에 대해서 언급하고 있다.[45] 즉 이승휴는 공자가 『춘추』를 지은 뜻에 따라 본 작품을 창작하게 되었다는 것이다.

『맹자』에서는 "세상이 쇠퇴하고 정도가 희미해져 사악한 학설과 포학한 행위가 일어나, 신하로서 그 임금을 죽이는 자가 있고, 자식으로서 그 아비를 죽이는 자가 있다. 공자께서 이를 두려워하여 『춘추』를 지으셨다."[46]라고 하였다. 그러므로 春秋史觀은 역사 사건 속에서 유교적인 의리와 명분을 찾아서 어떤 일이 옳은 것이고 어떤 일이 그른 일이었나를 밝혀내고 亂臣賊子에 대해서는 筆誅를 하자는 데 목적을 두고 있다.[47] 그러기에 일찍부터

나라를 갖고 있는 사람은 『춘추』를 몰라서는 안된다. (만약에 모른다면) 면전에서 讒言하는 자가 있어도 간파하지 못하고, 배후에 역적

---

45) 주 34), 41) 참고.
46) "世衰道微, 邪說暴行有作, 臣弑其君者有之, 子弑其父者有之, 孔子懼, 作春秋.",
　　『孟子』滕文公 下.
47) 고병익, 「유교사상에 있어서의 진보관」, 『史觀이란 무엇인가』(청람문화사, 1980),
　　p.266.

이 있어도 눈치채질 못한다. 남의 신하가 된 사람도 『춘추』를 몰라서
는 안된다. (만약에 모르면) 일을 맡아 해나가는 데 그 마땅히 해야
할 일을 모르고, 變怪의 사건을 만나도 적절히 대응할 줄을 모른다.[48]

라고 했다. 이 말은 곧 역사의 資治機能에 대해 언급한 것이다.

이승휴는 이와 같은 목적을 달성하기 위해 역사적 사실을 어떻게 수
용·해석하고 형상화하고 있는가를 살펴보자.

첫째, 國家興亡을 典型化하고 있는 점을 지적할 수 있다. 여기에서
는 고구려, 백제, 신라의 경우를 그 예로 들어 본다. 이승휴는 각국의
역사를 발단·중간·종결이라는 서사적 구성방식에 의해서 서술하고 있
다. 발단에서는 각국의 시조의 탄생·창업설화를, 중간에서는 번영의 형
세를, 종결에서는 멸망의 원인과 과정을 서술하고 있다. 분량면에서 보
면, 고구려의 경우에는 창업시조인 동명왕의 一代記(34행)를 읊은 발단
부에, 신라의 경우에는 찬란한 문화와 태평한 사회상(22행)을 읊은 중간
부에 더 큰 비중을 두고 있는 등 상대적인 차이는 있으나, 각국의 흥망
의 과정은 전형화되어 있다. 그 가운데서 각국의 명망의 원인을 살펴보
면, 고구려의 경우에는 淵蓋蘇文의 弄奸·寶藏王의 失政·唐軍의 協攻
을, 신라의 경우에는 弓裔와 甄萱의 배반을, 백제의 경우에는 義慈王의
실정과 당군의 협공을 들고 있다. 한 국가가 멸망에 이르는 데에는 한
두가지만의 원인이 아닌 보다 복잡한 사정이 깔려 있겠지만,[49] 본 작품
에서는 君王의 失政을 그 제일차적인 원인으로 꼽고 있다.

---

48) "有國者, 不可以不知春秋, 前有讒而弗見, 後有賊而不知, 爲人臣者, 不可以不知春
   秋, 守經事而不知其宜, 遭變事而不知其權.", 『史記』, 「太史公自序」.
49) 『삼국사기』에서는 三國의 멸망의 원인으로, 신라의 경우는 佛道의 신봉과 末王의
   失政을, 고구려의 경우는 地勢의 불리, 隋·唐에 대한 불손한 태도, 내부의 虐政을,
   백제의 경우는 義慈王의 학정, 신라와 고구려와의 불화, 중국에 대한 陽從陰違 등을
   들고 있다.

이처럼 산문의 역사기록에서는 개별적인 사실이 영사시인 본 작품에
서는 전형적인 사실로 바뀌어 있다. 個別性은 역사를 통해서 나타난다
면, 典型性은 시를 통해서 나타난다.50) 그러므로 영사시에서 개별적인
역사를 전형화함으로써 독자들에게 역사의 교훈을 보다 효과적으로 전
달할 수 있을 것이다. 본 작품의 일차적인 독자가 군왕(충렬왕)인 점을
생각하면, 이승휴는 충렬왕에게 과거에 일어났던 개별적인 역사적 사실
이 당대에도 일어나고 있고, 앞으로도 얼마든지 일어날 수 있는 전형성
을 지니고 있다는 점을 환기시키고자 한 것이다.

후군고장우실도 後君高藏又失度 뒷 임금 보장왕이 또 법도를 잃으니
안능부정여인정 安能復定輿人情 나라의 인심들이 어찌 다시 안정켔나. (高句麗)

지영일구급의자 持盈日久及義慈 번성한 지 오래되어 의자왕 때에 이르러
색취성감실왕도 色醉聲酣失王度 여색과 음악에 취하여 왕의 법도 잃었다. (百濟)

이승휴는 이러한 서술을 통해, 군왕이 법도를 잃고 실정을 저지르면
나라가 망하고 만다는 역사적 교훈을 선명히 부각시킴으로써 충렬왕에게
경각심을 불러일으키고자 한 것이다. 결사 끝에서 "양·당·진·한·주
나라와, 송과 금나라 모두 망하였으니, 오래도록 많은 백성 다스린 어진
나라 몇이나 있는가?(梁唐晉漢周, 宋金皆失轡. 歷遠御群民, 仁邦能有幾.)"라고
한 것도 그러한 역사적 교훈을 결론적으로 강조한 말에 다름 아니다.

---

50) Robert Scholes & Robert Kellogg는 역사의 개별성과 문학의 전형성에 대하여
다음과 같이 설명하고 있다. "The superiority of poetry over history was its
ability to present not actuality its but the typical. Whereas history was
limited to describing events as they actually happend, poetry could
present hypotetical events as they might well happen." 『The Nature of
Narrative』(Oxford University Press, Inc. 1966), p.120.

군왕이 법도를 잃어 멸망에 이르는 경우는 중국도 마찬가지다. 이승휴는 〈제왕운기〉의 상권 중에서 다음과 같이 읊고 있다.

後主惑於張麗華　　후주가 장씨 미인 여화에게 혹하여
爲築臨春幷結綺　　그를 위해 임춘각과 결기각을 지었도다.
韓檎虎躍萬兵來　　한금호 뛰어들고 만병이 닥쳐오니
井底雖深那得避　　景陽井 깊다 하나 어떻게 피할소냐. (梁)

煬帝負惡又窮奢　　양제는 모질고도 사치를 다 하여
龍舟泛向淸江戲　　용주를 띄워 놓고 강놀이를 즐기었네.
錦帆輕颺楊花風　　비단 돛대 휘날리고 버들꽃 나부끼는데
泣血蒼生方背刺　　피 눈물 속 백성들은 가시찔린 듯 아파했네. (隋)

豫王荒於色與禽　　예왕은 女色 밝혀 짐승과 한가진데
偶至鴨江聊目躓　　우연히 鴨江에 이르러 스스로 패하였다. (遼)

둘째, 反歷史的 人物을 典型化하고 있는 점을 들 수 있다.

이승휴는 중국사에 첨가한 '史臣曰'의 형식을 빌어 신하가 갖추어야 할 德目으로 儉德·義·忠·勇·淸德을 제시하고 있다.[51] 이러한 입장에서 군왕에 대한 신하의 도리를 저버리고 군왕을 배신하거나 국정을 농간한 신하를 준열히 비판하고 있다.

먼저, 衛滿朝鮮이 멸망하게 된 것은 위만이 "漢을 배반하고 準을 쫓았으니 앙화가 마땅하다.(背漢逐準殊宜然)"라고 서술하였고, 주인 보고 미친개 짖듯 덤벼든 궁예와 견훤(裔萱向主行狂吠)은 후고구려와 후백제를 건

---

51) "史臣曰, 何之儉德 流裕後昆者乎.", 〈제왕운기〉 상권. 蕭齊.
　　"史臣曰, 震之四知淸德豈無效歟, 積善之家必有餘慶者矣.", 〈제왕운기〉 상권. 隋.
　　"史臣曰, 廣之盡忠於漢而戰不侯者, 非義勇之積不能動天地也……凡忠義之家無以無效無念.", 〈제왕운기〉 상권. 唐.

국했지만, 오래가지 못한 것은 인과응보임을 암시하고 있다.

역사가의 관찰력, 곧 사실을 선택하는 능력을 史識[52]이라고 한다면, 역사문학의 작가가 사실을 선택하고 강조하는 관점도 그의 역사관이나 현실관에 바탕을 둘 것이다. 이러한 점에서 본다면, 이승휴가 반역사적 · 부정적 인물로 고구려의 淵蓋蘇文을 선택하여

蓋蘇文者乘時進	蓋蘇文이란 자가 때를 타고 나와
令色巧言爲寵卿	영색과 교언으로 寵臣이 되었네.
姦回掌上弄國柄	간사하게 나라 권세 손바닥에 농간하고
臨事方便誅良貞	일에 임하여 제멋대로 옳은 신하 죽였네.
擅權中外日肆虐	안팎에 권세 휘둘러 갈수록 포악하니
民墜塗炭邦基傾	백성은 도탄에 빠지고 나라 기초 기울었다.

라고 6행에 걸쳐 비교적 상세하게 기술하고 있는 것도 그의 역사관이나 현실관에 기인한다. 고구려의 번영의 형세를 "자손들 번성하고 대대로 이어 다스리니, 때때로 강물과 맑음을 다투었다.(枝繁葉茂承承理, 時與江水爭澄淸)"라고 단 2행으로 간략하게 기술하고 있는 것에 비한다면, 연개소문에 대한 작자의 관심은 대단한 것이다.

역사는 단순한 과거의 일이 아니라 현재와 관련해서 새로운 의미와 해석을 낳게 해 준다는 점을 생각하면, 연개소문의 행위를 강조한 것은 그것을 통해 문란한 당대의 정치 현실을 문제삼기 위함일 것이다. 이승휴는 영유왕을 시해하고 많은 신하를 살해한 연개소문을 亂臣賊子의 대표적인 인물로 보고, 그를 통해 당대의 난신적자를 비판하고 있다. 또 한편으로 그들을 구별하지 못하는 충렬왕에게 人事의 기강을 가리며, 嫌疑를 구별하고 시비를 밝힐 것을 경계하고자 한 것이다.

---

52) 두유운, 앞의 책, p.26.

4.2. 민족의식의 고취와 영웅의 구체적 형상화

이승휴가 살다 간 13세기는 민족의 일대 수난기였다. 고종 18년 (1231)에 시작된 28년 간의 對蒙抗爭 기간 중 "민중의 심리의 歸一과 민중의 에네르기의 축적에 의한 민족적 저항정신이 발산"[53]된 三別抄亂 도 있었으나, 고려는 결국 항복하고 말았다. 그리하여 고려의 왕은 독립된 왕국의 통치자가 아니라 元 皇室의 駙馬로 전락하고 말았으니, 왕은 '祖'나 '宗'을 붙여 廟號를 지을 수 없고, 대신 '王'자를 사용하게 되었다. 거기에다가 元에 대한 충성심을 표시하기 위해 '忠'자를 덧붙여야 하는 수모를 겪게 되었다. 이처럼 고려는 자주권을 상실함에 따라 백성들은 정신적·물질적 고통을 당하지 않을 수 없었다.

이와 같은 민족의 수난에 처하여 민족에 대한 일대 각성이 일어났으니, 〈제왕운기〉는 이러한 각성 하에서 민족정신을 고취하려는 의도에서 창작된 것이다.

이승휴는 먼저 민족사의 재인식을 통해 자신의 의도를 달성하고자 하였다. 그는 본 작품의 序詞에 해당하는 '地理紀'의 서두에서 "요동에 하나의 천지가 따로 있으니, 중국과 뚜렷하게 구별된다.(遼東別有一乾坤, 斗與中朝區以分)"라고 하여 민족의 자부심을 드높이고 있다.

그 다음 주목할 만한 사실은 檀君神話의 수용이다. 〈제왕운기〉는 『삼국유사』와 함께 단군에 관한 사실을 최초로 한국사의 체계 속에 넣고 있다. 『삼국유사』가 단군조선에 관한 사실을 불교적 입장에서 재구성해 놓았음[54]에 비해, 〈제왕운기〉는 민간신앙적 입장에서 이전부터 전수되어 온 단군신화를 그대로 수용하고 있다.[55] 또, "요임금과 같은 무진년

---

53) 이우성, 앞의 논문, p.91.
54) 최상천, 「『삼국유사』에 나타난 국가계승의식의 검토」, 『한국전통문화연구』 제1집(효성여자대학교 한국전통문화연구소, 1985), p.246.

에 나라를 세웠다.(並與帝高興戊辰)"라고 하여 그 개국년대를 중국과 대등한 것으로 인식하고 있다.

이처럼 〈제왕운기〉는 우리나라의 독자성을 부각시키는 데에서 출발하여 시조로 단군을 가장 먼저 내세우고, 이어서 後朝鮮에 대해 언급하고 있다. 본 작품에서 箕子朝鮮을 후조선이라고 명명하고 있으며, 이 기자조선에서 三韓으로 연결됨을 은근히 나타내고 있는 데에서 민족중심의 역사계승56)을 느끼게 된다. 扶餘·沃沮·濊貊 등 북방계열의 부족연맹체에 대한 서술에서, "임금들은 누구의 후손인가, 대대의 계통 역시 단군으로부터 이어졌다.(此諸君長問誰後, 世系亦自檀君承)"라고 하여, 단군을 우리 민족의 공동의 시조로 내세우면서 조선을 시원으로 하는 역사계승의식을 보여주고 있다.

여기에서 '紀'자의 사용과 그 의미에 대해서 잠시 살펴볼 필요가 있다. 〈제왕운기〉 하권 전체를 통하여 대문 章頭에 '紀'자가 사용된 곳은 地理紀·前朝鮮紀·高句麗紀·後高句麗紀·百濟紀 다섯 곳뿐이다. 박두포 교수는 "遼東別有一乾坤上, 地理紀三字脫. 初誰開國啓風雲上, 前朝鮮紀四字脫."57)이라는 기록에 의거하여 각 문단명에 모두 '紀'자를 붙이고 있으나,58) 이것은 작가의 의도를 그르치는 것이 된다. 앞의 기록에서 보듯이, '紀'자가 빠진 곳을 정확히 지적하고 있는 이승휴가 新羅와 같은 대문 장두에 그것이 빠져 있음을 모를 리가 없다. 그렇다면, '紀'자의 사용에는 각별한 의미가 있었을 것이다. 그것에는 단군조선→고구려(백제)→후고구려→고려로 이어지는 北方系國家의 위치를 부각시킴으로

---

55) 유경아, 앞의 논문, p.560.
56) 하현강, 「고려시대의 역사계승의식」, 이우성·강만길 편, 『한국의 역사인식(上)』(창작과 비평사, 1985), p.209.
57) 주 42)와 같음.
58) 박두포 교수는 앞의 논문(1966)에서 '東國'을 地理紀로부터 渤海에 이르기까지 11 文段으로 나누고 그 모두에 '紀'자를 붙이고 있다.

써, 은연중에 이러한 흐름을 正統으로 부각시키려는 의도가 내재해 있었을 것이라고 짐작된다. 그러한 의도는 고구려의 옛 땅을 회복하여 광대한 민족국가를 세우고자 한 고려의 건국정신과 상통하는 것이다. 신라에 '紀'자를 사용하지 않은 것은, 사용할 경우에 신라 통일의 의의가 드러나는 대신 고려 건국의 의의가 그만큼 낮게 평가될 수도 있기 때문이다.

실제, 이승휴는 간략한 서술과 의도적인 표현을 통해 신라의 삼국통일의 의미를 약화시키고 있다. 신라의 삼국통일에 대해서

二十九代春秋王 29대 김춘추 무열왕은
請兵於唐平麗濟 당나라에 청병하여 고구려와 백제를 평정하였다.

라고 단 2행으로 간략히 서술하고 있다. 역사를 신라 중심으로 이해할 때 삼국통일은 국가적 대업으로서 그 벅찬 감격을 단 2행으로는 도저히 표현할 수 없을 것이다. 그러나 이승휴는 그 의미를 의도적으로 약화시키고자 한 것이다. 신라의 사회·문화면을 22행에 걸쳐 서술하고 있음에 비한다면 다분히 의도적임을 알 수 있다. "請兵於唐平麗濟"를 통해, 우리는 삼국통일에 대한 이승휴의 인식이 어떠한 것인가를 엿볼 수 있다. 그는 신라의 삼국통일은 국가통합의 의미는 있으나, 민족통일의 의미는 없는 불완전한 것으로 파악하고 있다. 이에 비해, 고려 태조의 後三國統一에 대해서는

因仕裔之朝 인하여 궁예의 조정에 벼슬하여
太祖除元帥 태조께서 원수로 제수받았네.
不戰服諸方 싸움 없이 사방을 복종시키니
功業昌而熾 공업이 번창하고 성하였다.

裔乃日肆虐　　궁예는 날로 방자하고 포학해지니
民心如鼎沸　　민심은 물이 끓는 듯하였다.
惟時四功臣　　이때에 네 공신이
深嗟塗炭隆　　도탄에 빠진 민생 탄식하였다.
契丹神冊三　　거란의 신책 삼년
朱梁貞明四　　주량의 정명 4년.
戊寅六月望　　무인년 6월 보름날
端然同擧義　　단연히 함께 거사하였다.
詣我太祖家　　우리 태조의 집에 나아가
推戴卽大位　　임금으로 추대하였다.
不期而會者　　기약 없이 모인 사람이
三千步與騎　　보병 기병 삼천이었다.
若旱之望雲　　가뭄에 구름 바라듯이
四方爭俟喜　　사방이 다투어 기다리고 기뻐하였다.
徂征十八年　　정벌한 지 18년에
三韓同一軌　　삼한은 하나로 통일되었다.
垂衣八年間　　다스리기 8년만에
文物禮樂備　　문물과 예악이 갖추어졌네.

라고 하여, 통일의 과정과 그에 따른 감격을 비교적 상세하게 서술하고 있다. 특히 "徂征十八年, 三韓同一軌"라고 읊고 있음이 주목된다. 이때 三韓의 개념은 왕조중심의 국가적 개념이라기보다 종족 내지 지역적 개념으로 국가를 포용할 수 있는 것이다.[59] 이승휴는 고려의 후삼국통일을 국가통합보다는 민족통일의 의미가 더 강한 것으로 받아들이고 있는 셈이다. 즉 고려에 의한 삼국통일은 삼국의 유민뿐만 아니라 발해의 유민까지를 동족으로 포섭하였기 때문에 영역적·민족적으로 명실 공히

---

59) 김광수, 「고려건국기 일국가의식의 이념적 기초」, 변태섭 편, 『고려사의 제문제』(삼영사, 1986), p.488.

통일되었다고 본 것이다.

그리고 이승휴는 후삼국통일과 관련하여 사실의 重疊的 표현을 통해 역사적 의미를 강조하고 있다.

이승휴는 신라 말미에서 경순왕의 納土歸附를 들어,

知機能弱信多哉　기미를 알고 약한 길 취했으니 참으로 장한 일
嘆未足處臣無替　부족한 것 탄식하며 신하 노릇 변함 없었네.

라고 하여, 경순왕이 백성들을 전쟁에 몰아넣지 않고 항복한 일을 찬양하였다.

그리고 후백제기 말미에서 다시 한 번, "갸륵하도다. 신라왕이 거취를 안 것은.(美矣羅王知去就)"이라고 하여 경순왕의 납토귀부를 찬양하고 있다. 또, 「本朝」에서도 "태조께서 원수 되어, 싸움 없이 사방을 복종시켰다.(太祖除元帥, 不戰服諸方)"라고 재삼 강조하여 고려 태조의 통일의 의미가 신라처럼 외세의 도움으로 이루어진 무력통일이 아니라 모든 나라가 스스로 귀의하여 이루어진 민족의 평화적 통일임을 강조하고 있다.

王建은 泰封의 신하이며, 태봉은 신라의 叛賊인 까닭에 왕건은 신라왕이 재위하는 동안에는 신라의 반적으로 간주되고 있었다. 이러한 점은 춘추사관에 입각하여 신하의 도리를 강조하고 있는 이승휴의 입장에서는 상당히 장애요소로 받아들여졌을 것이다. 이러한 점을 극복하고 태조의 위업을 칭송하기 위해서는 중첩적·부연적인 표현이 필요했을 것이다. 그렇기에 전조선·고구려·후고구려·백제에 '紀'자를 붙이면서도 신라에는 붙이지 않은 것은 北方志向的인 역사의식을 내세우고자 한 점 이외에도, 역사를 신라 중심으로 이해하려 할 때 고려 건국이 갖는 의미가 저하될 뿐 아니라 고려 태조의 삼국통일도 그 도덕적 당위성을

획득하기 어려웠기 때문일 것이다.

고구려, 백제의 멸망의 원인으로 군왕의 실정을 꼽고 있는 이승휴가
유독 신라에 대해서는 末王의 실정을 무시하고,

<blockquote>

九百九十二年來　　구백 구십 이년 동안
五十六王能稱制　　쉰 여섯 임금이 나라를 다스렸네.
至今餘慶猶不窮　　지금까지 남은 경사 오히려 끝이 없고
鸞臺·鳳閣流苗裔　　난대와 봉각에 후손들이 늘어 있다.

</blockquote>

라고 서술한 것도 경순왕의 납토귀부에 근거를 부여하고, 고려 왕건의
건국을 미화하기 위해 그 전제로서 내세운 것이다.

그럼, 다시 이승휴의 北方志向的인 역사의식을 논의하기 위해 고구
려에 대해 살펴보자. 고구려에 대한 서술에서 가장 주목되는 것은 ‘동명
왕설화’가 상당한 분량으로 서술되어 있다는 점이다. 동명왕설화는 당시
의 유학자들에 의해 ‘황당하고 기괴한 일.(荒唐奇詭之事)’로 간주되면서 이
야기조차 되지 못하였다. 그러므로 유학자 金富軾은 『삼국사기』를 편찬
하면서 “국사는 세상을 바로 잡는 글이니 크게 이상한 일은 후세에 보일
것이 아니다.”라고 하여 그것을 대폭 생략하였던 것이다.60) “國史에 근
거하여 허튼 말을 버리고 이치에 맞는 것을 취한다.(謹據國史……去浮辭,
取正理)”는 이승휴의 서술태도에서 본다면, 동명왕설화는 배격되거나 소
략히 서술되어야 마땅할 것이다. 그러나 “去浮辭, 取正理”의 서술원칙을
내세웠다 하더라도 민족의식의 고취와 관련된 내용에서는 그러한 원칙
에서 벗어나 있다. 그는 동명왕설화를 역사적 사실로 간주하고 있을 뿐

---

60) “僕嘗聞之笑曰, 先師仲尼, 不語怪力亂神. 此實荒唐奇詭之事, 非吾曹所說……金公
富軾, 重撰國史, 頗略其事. 意者公以爲國史, 矯世之書, 不可以大異之事, 爲示於
後世, 而略之耶.”, 李奎報, 〈東明王篇〉幷序, 『東國李相國集』 권3.

만 아니라 상세히 서술하고 있다.

본 작품의 동명왕에 대한 서술 머리에 "本紀云 …… 文順公 東明詩云 ……"이라는 細註가 있고 보면, 이승휴는 『구삼국사』의 「동명왕본기」와 이규보의 〈동명왕편〉을 소재로 취하고 있음을 알 수 있다. 여기에서는 〈동명왕편〉과 본 작품의 해당기록을 대비해 봄으로써 그 표현양상을 살펴보기로 한다.

본 작품에서 동명왕설화의 서사 단계는 ① 고귀한 혈통→② 신이한 탄생→③ 비범한 성장→④ 투쟁에서의 승리→⑤ 입국→⑥ 신이한 승천으로 되어 있다. 이것을 이규보가 이해한 聖人의 일생과 草創君의 일생의 서사단계[61]와 대비해 보면, '신이한 징표'가 "아버지는 해모수 어머니는 유화인데, 하느님의 손자요 하백의 외손.(父解慕漱母柳花, 皇天之孫河伯甥)"이라고 하여 '고귀한 혈통'으로 바뀌어 있을 뿐, 신성스런 草創君의 일생의 서사 단계와 부합하고 있다. "皇天之孫河伯甥"은 〈동명왕편〉의 "天孫河伯甥"을 그대로 詩化한 것이라는 점에서, 본 작품이 〈동명왕편〉의 기록을 충실히 수용하고 있음을 알 수 있다. 동명왕과 비류국 송양과의 투쟁 대목을 통해 이 점을 좀 더 살펴보자.

> 咄哉沸流王　애달프다 비류왕이여
> 何奈不自揆　어째서 스스로 헤아리지 못하고
> 苦矜仙人後　굳이 선인의 후예인 것만 자긍하고
> 未識帝孫貴　천제의 손자 존귀함을 알지 못하였나.
> 徒欲爲附庸　한갓 부용국으로 삼으려 하여
> 出語不愼葸　말하는 데 삼가거나 겁내지 않네.

---

61) 이규보는 〈동명왕편〉에서 聖人의 一生의 典型을 ① 신이한 징표→② 신이한 탄생→③ 신이한 행적→④ 신이한 승천의 네 단계로, 신성스런 草創君의 一生의 典型을 ① 신이한 징표→② 신이한 탄생→③ 비범한 성장→④ 투쟁에서의 승리→⑤ 입국의 다섯 단계로 이해하였다.

未中畫鹿臍　　그림 사슴의 배꼽도 맞히지 못하고
驚我倒玉指　　옥가락지 깨지는 것에 놀랐다.
來觀鼓角變　　와서 고각이 변색한 것을 보고
不敢稱我器　　감히 내 기물이라 말하지 못하였다.
來觀屋柱故　　집 기둥이 묵은 것을 와서 보고
咋舌還自愧　　말 못하고 도리어 부끄러워했다.
東明西狩時　　동명왕이 서쪽으로 순수할 때
偶獲雪色麂　　우연히 눈빛 고라니를 얻었다.
倒懸蟹原上　　해원 위에 거꾸로 달아매고
敢自呪而謂　　감히 스스로 저주하기를
天不雨沸流　　하늘이 비류에 비를 내려
漂沒其都鄙　　그 도성과 변방을 표몰시키지 않으면
我固不汝放　　내가 너를 놓아 주지 않을 것이니
汝可助我憤　　너는 내 분함을 풀어다오.
鹿鳴聲甚哀　　사슴의 우는 소리 심히 슬퍼
上徹天之耳　　위로 천제의 귀에 사무쳤다.
霖雨注七日　　장마비가 이레를 퍼부어
霈若傾淮泗　　주룩주룩 회수 사수를 기울이는 듯
松讓甚憂懼　　송양이 근심하고 두려워하여
沿流謾橫葦　　흐름을 따라 부질없이 갈대 밧줄을 가로 뻗쳤다.
士民競來攀　　백성들이 다투어 와서 밧줄을 잡아당겨
流汗相愕眙　　땀을 흘리며 서로 쳐다보았다.
東明卽以鞭　　동명왕이 곧 채찍을 들어
畫水水停沸　　물을 그으니 곧 멈추었다.
宋讓擧國降　　송양이 나라를 들어 항복하고
是後莫予訾　　이 뒤로는 우리를 헐뜯지 못하였다. <동명왕편>

沸流國王松讓者　　비류국왕 송양이
禮以後先開國爭　　개국의 선후로 예를 다투었다.
尋爲大雨所漂突　　얼마 뒤에 큰 비에 표몰되어

擧國款附輸忠誠　　나라 들어 귀부하여 충성을 다하였다. <제왕운기>

〈동명왕편〉에서는 비류국 소양이 동명왕에게 附庸을 요구하자, ⓐ 활쏘는 무예로써 재주를 겨룸, ⓑ 비류국의 고각을 가져와 색칠함, ⓒ 썩은 나무로 궁실 기둥을 삼음, ⓓ 비류국에 7일간 비가 오도록 하는 4단계를 거치니 송양이 항복한 것으로 되어 있다. 〈제왕운기〉에서는 이상의 4단계 중에서 ⓓ의 단계만을 서술하고 있으나, '인물의 형상→실행→실행의 결과로 생긴 상태'의 세 요소를 다 갖추고 있다. ⓐ, ⓑ, ⓒ의 3단계를 생략했다고 해서 〈동명왕편〉을 충실히 수용하지 못했다고 말할 수는 없다. 통사적 구성방식에 의해 우리 민족의 역사를 집약적으로 서술하고 있는 본 작품에서 〈동명왕편〉의 내용을 빠짐없이 詩化할 수는 없기 때문이다. 『삼국사기』에서는 '실행'의 단계로서 ⓐ만을 내세우고 있음[62)]에 비해, 본 작품에서는 ⓓ를 내세운 것은 〈동명왕편〉의 의도와 부합한다.

〈동명왕편〉에서는 비류국의 鼓角을 가져와 "빛깔을 오래 된 것처럼 검게 하는(色暗如故)" 트릭을 쓴 대목은 대폭 삭제하여 "와서 고각이 변한 것을 보고, 감히 내 기물이라 말하지 못하였다.(來觀鼓角變, 不敢稱我器)"라고 기술하고, 눈빛 고라니를 蟹原에 거꾸로 매달아 저주하여 비가 오도록 하는 대목은 『구삼국사』의 기록에 의거하여 거의 완전히 詩化하고 있다. 전자의 경우는 동명왕의 神聖性이 훼손되는 것을 막고자 한 때문이며, 후자의 경우는 동명왕의 신성성을 드러내고자 한 때문이다. 이승휴도 詐術로써 得國을 도모하는 것은 모범적·이상적 君王像이 아니라는 이유에서 고각탈취에 따른 트릭부분을 생략하는 대신, ⓓ를 '실행'의

---

62) "王忿其言, 因與之鬪辯, 亦相射以校藝, 松讓不能抗.", 『삼국사기』 권13, 「高句麗本紀」 제1.

대표적인 것으로 수용했을 것이다.

이처럼 본 작품에서는 〈동명왕편〉과는 분량상의 차이는 있으나, 각 서사단계를 충실히 밟고 있어서 민족영웅의 형상을 구체화시키고자 힘쓰고 있다.

이승휴가 동명왕설화에 역사적 비중을 크게 두고 있는 이유는 무엇인가? 이 점은 이승휴의 당대가 민족의 수난기로서 민족정신이 쇠미해지고 민족이 존망의 위기를 맞이한 난해한 시대였다는 점에서 이해할 수 있다. 엘리아데(M. Eliade)가 말한대로 사람들의 한 시기의 정체와 오염이 말썽이 되고 그리하여 쇄신이 필요할 때마다 신화적 원형이 반복된다63)는 사실과, 혼돈과 불안, 무질서와 어둠이 또 한 번 文化英雄을 부른다64)는 사실을 생각할 때, 동명왕설화는 어둡고 혼란한 당대의 현실을 극복하기 위해 민족정신을 고취하려는 이승휴의 의도에 크게 부합되기 때문에 강조된 것이다.

그런데 天孫인 동명성왕이 세운 나라도 후대의 왕들이 실정을 저지름에 이르러서는 멸망하지 않았던가. 이 때, 草創君의 신성성이 강조되면 될수록 그 멸망은 더욱 더 충격적일 수 있다. 이승휴는 고구려 멸망의 역사적 교훈을 통해, 受命君인 太祖65)가 창업한 고려도 후대왕이 실정을 저지르면 멸망하고 만다는 사실을 忠烈王에게 환기시킴으로써 守成君의 책임을 다할 것을 勸戒하고자 한 것이다. 본 작품에서 동명왕설화가 강조된 또 하나의 이유는 이러한 사실에서 이해될 수 있을 것이다.

---

63) 김열규, 『한국문학사』(탐구당, 1983), p.365에서 재인용.
64) 김열규, 같은 책, 같은 곳.
65) "自古受命君, 孰不非常類, 惟我皇家系, 於此尤奇異.", 〈제왕운기〉 하권, 「本朝君王世系年代」.

4.3. 현실비판과 사실의 반어적 표현

이승휴가 〈제왕운기〉를 창작한 1287년(충렬왕 24)을 전후한 고려는 대내적으로 왕권의 실추에서 오는 정치의 문란, 궁중과 귀족들의 사치·퇴폐 행위·겸병·가렴주구 등의 심화로 말미암아 백성들은 도탄에서 헤어날 수 없는 암울한 시대적 상황에 처해 있었다.

[1] 그러한 난세를 앞장 서서 헤쳐 나가야 할 忠烈王은 국사에 전념하지 않고 개인의 향락에 탐닉하고 있었으며, 元公主 또한 극심한 사치를 누렸다.

감찰사에게 또 말하기를……또 홀치와 응방이 다투어 가며 궁중 잔치를 베푸는데, 금을 오려서 꽃을 만들고 실을 꼬부려서 봉을 만드는 등 사치가 극도에 달하여 이루 형언할 수가 없습니다. 한때의 오락을 위하여 쓸데없는 비용을 내는 것보다는, 상국의 법을 준수하여 간단하게 장만하는 것이 낫지 않겠습니까? 가령 음악을 연주하는 데도, 항간의 저속한 소리를 물리치고, 교방의 법대로 악곡을 올리게 하는 것이 온 나라의 바라는 바입니다.[66]

또 이러한 사치를 위해 백성들에게 과다하게 징수하니 백성들이 많이 원망하고 한탄하였다.

공주가 환관을 각 도에 보내어 인삼과 잣을 구하게 하였다. 앞서 공주가 인삼과 잣을 배당시켜 거두고 강남에 보내어 매매하여 매우

---

66) "監察司, 又言……忽赤, 鷹坊, 爭設內宴, 剪金爲花, 蹙絲爲鳳, 窮奢極侈, 不可形言. 與其縱一時之娛, 費於無用, 孰若遵上國之法, 簡而易供, 聲樂, 則斥委巷之俚音, 進敎坊之法曲, 一國之望也.", 『高麗史節要』 권20, 忠烈王 6년.

이익을 보았기 때문에, 특히 환관을 보내어 비록 생산되지 않는 지방
까지도 다 징수해 들이게 하니 백성들이 많이 원망하고 한탄하였
다.67)

　② 忠烈王은 築造사업에 백성들을 내몰아 농사철을 불문하고 여러
해 동안 혹사하였다.

　　왕이 공주와 함께 새 궁궐에 행차하였다. 대목이 아뢰기를, "역군
들이 3년간이나 하루도 쉬지 못하였으니, 처자가 어떻게 살아가겠습
니까? 지금 농사철이 되었으니, 우선 놓아 보내 주시기 바랍니다."라
고 하였으나, 좇지 않았다.68)

　③ 忠烈王은 政事에 힘쓰는 대신 가뭄이 극심한 때, 백성들의 원망
은 아랑곳없이 사냥에 정신을 팔았다.

　　계유일에 왕과 공주가 서해도에서 사냥하였는데, 사냥에 참가한 騎
馬가 1천 5백명이나 되었다. 재상이 아뢰기를, "가뭄이 극심하고 백성
들은 바야흐르 농사에 바쁘니, 아마도 이번 행차가 民怨을 초래할 듯
하오며, 또 지금은 짐승들도 새끼치는 계절이오니 사냥하는 것을 중
지했으면 합니다."라고 하였으나, 왕이 노하여 듣지 않았다.69)

　④ 이러한 亂局일수록 귀족들이나 탐관오리들의 발호는 극심하였다.

---

67)　"公主, 遣宦官諸道, 求人蔘松子. 先是, 公主科斂人蔘松子, 送江南買賣, 甚獲利,
　　故特遣內臣, 雖不産之地, 悉皆徵納, 民多怨咨.", 같은 책, 권21, 忠烈王 21년.
68)　"王與公主, 幸新宮. 木匠曰, 役徒三年, 不得一日之息, 妻兒, 何以爲生. 今當農時,
　　乞且放歸, 不廳.", 같은 책, 권20, 忠烈王 6년.
69)　"癸酉, 王及公主, 獵于西海道, 獵騎一千五百. 宰相諫曰, 旱旣太甚, 民方耘耔, 竊
　　恐此行, 召斂民怨, 且禽獸時方胎孕, 不可獵也. 王怒不廳.", 같은 책, 권21, 忠烈
　　王 13년.

을유일에 왕이 공주·세자와 함께 평주 온정에서 사냥했는데, 공
궤·접대하는 비용이 이루 말할 수 없었다. 이때 권문 귀가에서 백성
들의 토지를 침노해 빼았으니, 간사한 백성이 세력에 붙어 부역을 면
하는 자가 많아서 모든 徵發과 娶斂으로 평민들은 고통이 더하였
다.70)

이승휴는 「本朝」의 말미에서 이러한 忠烈王代에 대해

　組業更輝光　　조업은 다시 빛이 나고
　皇恩遠漸漬　　황은은 멀리 젖어 왔네.
　青史頌康哉　　청사는 편안함을 칭송하고
　蒼生歌樂只　　창생은 즐거움을 노래한다.

라고 읊고, 결사의 끝 2행에서는

　自慶逢明時　　밝은 시대를 만난 것을 경사로 여겨
　臣承休謹記　　신하 승휴는 삼가 적노라.

라고 읊고 있다. 이것을 표면적 의미 그대로 받아들이는 것이 마땅하다
고 한다면, 아무런 문제도 없다. 문제는 그것이 당대의 현실을 反語的으
로 표현하고 있다는 데 있다.

어리석은 백성들까지도 암울한 현실을 직시하고 있는 시대상황에 처
하여 당대의 지식인이었던 이승휴가 둔감할 리 없다. 그렇기에 그는
1280년에 충렬왕의 실정과 附元勢力家의 횡포를 비판한 10事를 상소하
였으나, 파직되어 三陟의 頭陀山 아래로 돌아와 은거하게 된 것이다.

---

70) "乙酉, 王與公主世子, 獵于平州溫井, 供億之費, 不可勝言. 時, 權貴, 侵奪民田,
　　姦氓附勢, 多免賊役, 凡諸徵發, 平民苦之.", 같은 책, 권20, 忠烈王 11년.

이승휴는 그러한 자기의 행위와 그에 따른 결과에 대해 「進呈引表」에서

    은총을 내리심을 힘 입고서 바른 말로써 임금께 간언하다가 팔자
사납게 도리어 벼슬을 물러나게 되었사옵니다. 슬프옵니다. 임금님을
뵈옵고 만수무강하심을 빌 수 없사옵니다.[71]

라고 고백하고 있다. 그렇다면 이승휴가 「本朝」의 말미와 결사의 끝에
서 충렬왕대를 태평성대로 표현한 것은 전날의 태도를 바꾸어 曲筆阿世
하고자 했기 때문인가. 청렴과 강직으로 일관된 정치의식을 지녔던 이
승휴의 기질을 생각한다면 그러한 해석은 합당치 않다.

    이승휴가 上疏文에서와는 달리 본 작품에서 당대의 현실을 反語的으
로 표현한 것은 정치적 메시지와 詩的 메시지의 성격상의 차이를 인식
한 데에서 그 이유를 찾아 보아야 할 것이다. 王道에 편벽이 있을 경우,
상소문에서는 一身을 돌보지 않고 절실하고 지극한 내용으로 直言을 토
로해야 한다. 즉 直諫의 强硬性이 들어 있어야 한다.[72] 그리하여 독자
의 의식을 전환시켜서 말하는 사람의 의도대로 움직여 정치목적에 저항
없이 도달하고자 하는 것이 정치적 메시지의 목적이다.[73] 그러나 이승
휴는 이미 10事의 상소를 올렸다가 목적을 이루기는커녕 파직당하는 쓰
라림을 맛보았었다. 이때부터 그는 이제까지 60평생 종사해 온 국가의
安危나 조정의 得失 등 國事와 世論에 일절 입을 다물겠다고 하고,[74]

---

71) "數恩行, 以淸絲補袞, 乃緣命薄, 返得身閑, 嗟, 無計於覩天, 喜祝齡之有地.", 「帝
    王韻紀進呈引表」.
72) 유협 저·최신호 역, 『문심조룡』(玄岩社, 1975), pp.97~100.
73) 강남주, 「한국시의 수용미학적 연구 시론」, 『논문십』 인문·사회과학편 제37집(부산
    수산대학, 1986), p.78.
74) "國家安危, 朝廷得失, 圖讖雜言, 莫霑脣舌, 杖節是非, 分符善惡, 郡人所行, 亦莫
    論說.", 이승휴, 「村居自誡文」, 『動安居士集』 雜著一部.

나아가 그 당시에 말이나 글에 꺼리거나 피하는 것〔時諱〕이 자못 많아 저촉되기 쉽기 때문에 글쓰기를 삼가고자 하였다.75) 이러한 입장을 지닌 이승휴지만 우국의 충정을 토로하지 않을 수 없을 때, 정치적 메시지(상소문)와는 다른 문학적 메시지(詠史詩)를 택할 수밖에 없었을 것이다.

당대의 현실을 반대적으로 표현한 것은, 영사시의 표현면에서 본다면, 直述的 방법이 아닌 翻案의 방법을 취한 것이라고 봐도 무방할 것이다. 사실을 있는 그대로 드러내지 않고 變容시켜 나타낼 때 정치적으로 문제되지는 않을 것이다. 결사에서

歷遠御群民　오래도록 많은 백성 다스린
仁邦能有幾　어진 나라 몇이나 있는가?

라고 한 것도, 왕도정치는 민심을 얻는 것이고, 패도정치는 백성의 원망과 한을 낳게 하여 멸망할 것이라는 내용을 시적으로 표현한 것에 다름 아니다.

詩人은 반역을 충동함이 없이 통치자가 그의 소행을 수정하도록 움직이게 하려는 희망 속에서 백성들의 질곡에서 통치자가 주의를 기울이도록 해야 한다. 이러한 목적을 달성하기 위하여 시인은 공개적으로 정부를 공격하기보다는 諷諭와 寓言을 사용해야만 한다. 이러한 것을 諷諫이라고 한다.76)

이러한 점에서 본다면, 이승휴는 仁義에 기초한 도덕정치를 펴야 하

---

75) "業已爲儒, 嘲吟風月, 縱未全除, 毋輕下筆, 時諱頗多, 庸知不觸.", 이승휴, 같은 글, 같은 책.
76) 유약우 저·이장우 역, 『중국시학』(범학도서, 1976), p.94.

는 守成君의 입장에 있음에도 불구하고 사실은 패도정치를 일삼고 있는 충렬왕의 의식을 전환시키기 위해 直諫의 방법이 아닌 諷諫의 방법을 택하고 있다고 하겠다. 본 작품에서 당대의 현실을 반어적으로 표현한 것은 이러한 점에서 이해되어야 할 것이다.

4.4. 사실의 일반화와 개별적 사실의 상호조화

역사가들이 通史를 쓰면서 近世를 자세히, 옛 것을 간단히 쓰는 것은 일반적인 현상이다. 그러나 그것에도 예외는 있다. 그 사회가 당면하고 있는 절실하고 곤란한 문제가 무엇이냐에 따라서 이 곤란한 문제를 해결하고자 할 때, 오랫동안 잊어버렸던 사실은 현재의 상태와 절실하게 합치되면서 중요한 관심사로 사람들의 마음에 다시 나타나게 된다.[77]

이 점은 詠史詩의 작가의 경우에도 마찬가지다. 영사시의 작가가 과거의 특정 사실에 주목하는 것은 그 사실이 작가의 현재적 관심과 불가분의 관계에 있기 때문이다. 이 때, 역사는 단순히 과거의 일이 아니라 현재와 관련해서 새로운 의미와 해석을 낳게 해 준다.

이승휴는 〈제왕운기〉의 상권 병서에서, 역대 제왕들이 서로 잇고 주고받으며 흥하고 망하던 일을 세상을 다스리는 君子들이 알아야 하는 것이나, 古今의 典籍들이 앞뒤가 서로 잘 안맞기 때문에 그 요점을 추려 詩로 나타냄으로써 보기에 편하도록 한다[78]고 하여 표현의 實用性을 내세우고 있다. 역사의 요점을 추린다고 했지만, 〈제왕운기〉에서 그 것을 추리는 정도는 상대적이다.

〈제왕운기〉는 通史系詠史詩에 속한다. 그러기에 이승휴는 본 작품에

---

77) 두유운, 앞의 책, p.36.

78) "自古, 帝王相承授受興亡之事, 經世君子, 所不可不明也. 然古今典籍, 浩汗無涯, 而前後相紛如也. 苟能撮要以詩之, 不亦便於覽乎.", 〈제왕운기〉 상권 幷序.

서 역사의 요점을 추리되, 通史를 쓰는 역사가들과 마찬가지로 近世를 자세히, 옛 것을 간단히 쓰고 있다. 고려의 元宗·忠烈 兩代를 28행에 걸쳐 읊고 있음에 비해, 단군조선을 10행, 가자조선을 12행, 위만조선을 8행으로 읊고 있는 것 등이 그 한 예가 될 것이다.

문제는 그 예외적인 현상과 그것이 지니는 의미에 있다. 과거의 일을 당대 못지 않게, 아니면 그 이상의 분량으로 자세히 서술하고 있는 곳도 있다. 또, 과거 어느 시대를 요약하더라도 서술의 분량상 상대적으로 큰 차이를 보이는 곳도 여러 곳이 있다.

역사에는 커다란 조류가 있어 복잡한 가운데도 질서가 있으니, 국가나 민족은 일어나는 시기(興起時期)가 있고, 전성시기(極盛時期)가 있으며, 쇠퇴하는 시기(衰落時期)가 있다.[79]

이승휴도 각국의 역사를 발단·중간·종결이라는 서사적 구성방식에 의해 서술하고 있는 바, 각각은 興起·極盛·衰落과 일치한다.

여기에서는 고구려와 신라에 대한 서술부분을 통해 몇 가지 점을 살펴보기로 한다.

고구려의 경우는 총 52행으로 되어 있다. 이것을 위에서 말한 서사적 구성방식에 따라 구분하여 그 분량을 살펴보면, 발단부(34행)·중간부(2행)·종결부(16행)로 되어 있다. 총 46행으로 된 신라의 경우는, 발단부(8행)·중간부(22행)·종결부(16행)로 되어 있다. 종결부는 각 16행으로 분량상 균형을 이루고 있으나, 발단부와 중간부에서는 상당한 차이를 보이고 있다.

여기에서 우리는 두 가지 문제점을 제기할 수 있다. 첫째, 이승휴가 역사의 요점을 간추린다고 하면서, 과거 東明王 一家의 三代記를 자기 당대의 것 이상으로 자세히 서술하고 있는 이유는 무엇인가? 둘째, 705

---

79) 두유운, 앞의 책, pp.238~239.

년의 고구려의 역사(B.C 37~A.D 668)와 992년의 신라의 역사(B.C 57~ A.D 935)의 차이를 감안한다 하더라도 중간부에 대한 서술의 엄청난 차이는 무엇을 의미하는가?

이러한 현상은 이승휴가 고구려의 역사에서는 동명왕의 神聖性과 건국의 위업(발단부)을 파악하는 데 초점을 두고 있다면, 신라의 역사에서는 찬란한 문화(중간부)를 파악하는 데 역점을 두고 있는 데에 기인하는 것이다.

동명왕에 대한 서술이 지니는 의미는 앞의 「民族意識의 鼓吹와 史實의 強調」에서 살판 바 있으므로, 여기에서는 번영의 형세를 읊은 중간부를 살펴보기로 한다.

枝繁葉茂承承理	자손들 번성하여 대대로 이어 다스리니
時與江水爭澄淸	때때로 강물과 맑음을 다투었다. (高句麗)

風淳俗美都局平	풍속은 아름답고 곳마다 태평하여
聖君賢相臨相繼	성군현상 자리잡아 대대로 이어지네.
義皇上世何以加	복희씨의 옛 세상과 무엇이 다르리까?
朝野肅穆無欺弊	조야가 공경하니 속임질 전혀 없다.
士女熙熙分路行	남녀가 화락하여 좌우로 길 나누며
行不賫糧門不閉	양식 없이 여행하고, 문 닫는 법 전혀 없다.
花朝月夕携手遊	화조월석 좋은 시절 손 잡고 놀고 놀아
別曲歌詞隨意製	별곡가사 노래들을 마음대로 지어 읊네.
惑感鳩林惑金櫝	계림에 느끼고 금궤에도 응하여서
昔氏金氏相承遞	석씨, 김씨 번갈아 왕위를 이어 받았네.
二十九代春秋王	29대 김춘추 무열왕은
請兵於唐平麗濟	당나라에 청병하여 고구려와 백제를 평정하다.
庚信金公是功臣	유신 김공은 참으로 공신이니
得妙兵書精虎藝	신묘한 병서 받아 무예에 밝았도다.

文章何人動中華	문장은 어느 누가 중화를 움직였나?
淸河致遠方延譽	청하공 최치원이 이름을 떨쳤다네.
釋焉元曉與相師	불도에는 원효와 의상이 있어
心與古佛相符契	마음은 옛 부처와 서로 맞았다.
弘儒薛侯製吏書	홍우유 설총이 이두를 지어내니
俗言鄕語通科隸	속언과 방언까지 글자로 적게 되었네.
聖賢雜還來贊襄	성현들 모여 들어 君을 돕고 정사하니
蠢蠢黔蒼皆踐禮	어리석은 천민들도 모두 예를 지켰다. (新羅)

28王, 705년에 걸친 고구려의 역사는 전체 54행으로 서술되어 있다. 그 중에서 발단부(34행)는 동명왕─유리의 2대, 종결부(16행)는 연개소문(영류왕), 보장왕의 2대의 서술이며, 그 나머지 24대에 걸친 오랜 세월은 단 2행으로 압축되어 있다. 신라의 중간부를 22행에 걸쳐 서술하고 있음과 대조해 볼 때 이것은 엄청난 축약이다.

그런데, 엄청난 축약과는 상반된 상세한 서술은 독자들로 하여금 이 대목을 주의 깊게 읽도록 한다.

이승휴는 22행에 걸친 신라의 중간부에 관한 서술에서 사실의 일반화와 개별적 사실을 병치시킴으로써 서술의 조화를 마련하고 있다.

이승휴는 1행에서는 신라의 사회상을, 2행에서는 정치상을 서술한 다음, 3행에서는 이 두 가지를 아울러 서술하고 있다. 이때의 서술방식은 사실을 일반화하는 것이다. 즉 그것은 '풍속이 순미한 태평'한 사회와, '聖君賢相이 대대로 잇는' 어진 정치로 표현되었다. 역사의 요점을 추려 시로 나타내고자 한 이승휴의 입장에서 보면, 1∼3행의 표현은 사실의 일반화를 통해 역사의 요점을 성공적으로 추린 것이 될 것이다.

그런데, 이승휴는 이 정도에서 그치지 아니하고 4∼20행에서는 구체적이며 개별적인 사실을 서술하고 있다. 즉 4∼8행에서는 '풍속이 순미한 태평'한 사회상에 대한 개별적인 사실을, 9~20행에서는 '聖君賢相이 대대로 잇는' 정치상에 대한 개별적인 사실을 서술하고 있다. 동일한 역사 사실을 두고 '일반화와 개별적 사실'로 이중적으로 표현하고 있는 것은 역사의 요점을 추린다는 입장과는 배치되는 듯한 인상마저 준다.

그러나, 역사를 이해하고 기억하는 과정에서, 일반화는 사실에 대한 적절성을 부여하는 반면, 개별적인 사실은 일반화에 생명력을 줌으로써 일반화와 사실은 상호 조화를 이룬다.[80] 그러므로 이승휴는 일반화와 개별적 사실의 상호 조화를 통해 숲만 보고 나무를 보지 못하거나 나무만 보고 숲을 보지 못하는 위험을 제거하면서 서술의 묘를 살리고 있는 것이다.

고구려의 번영의 형세를 단 2행으로 축약하고 있음에 비해, 신라의 그것을 22행에 걸쳐 서술하고 있음은 파격적이다. 이것은 고구려측의 자료가 결핍되었음에 비해, 삼국 중에서 신라의 문적이 가장 많이 남아 있기 때문이기도 하겠지만, 본 작품에서의 의미는 각별한 것이다. 詠史詩의 작가가 "하나의 모랄을 지적하거나 현재의 정치적 사건에 대한 논평을 위한 구실로서 어떤 역사적 사건을 인용"[81]한다고 한다면, 신라의 도덕적·문화적·정치적 우수성에 대한 격찬은 바로 이승휴 당대의 비도덕적이며, 모순되고 불합리한 정치·사회에 대한 간접적 비판일 수 있는 것이다.

이승휴는 본 작품에서 漢四郡에 대해 서술하면서

胥匡以生理自絶　　서로 도와 사는 도리 저절로 끊어져
風俗漸醨民未安　　풍속은 점점 경박해져 백성은 편치 못하네.

---

80) 로버트. V. 다니엘스·정경현 역, 『역사학입문』(지식산업사, 1983), p.58.
81) 유약우, 앞의 책, p.75.

라고 한 바 있다. 이를 통해서도 사회의 도덕성과 백성의 생활상에 대한 그의 관심의 정도를 읽을 수 있다. 사회가 혼탁해지면 일차적으로 백성이 불안한 것이다. 이러한 인식을 지닌 이승휴이기에, 충렬왕대의 사회가 혼탁하면 할수록 '풍속이 아름답고 곳마다 태평하여 聖君賢相이 대대로 이어지는' 신라의 정치·사회상은 당대의 현상과 절실히 대조되면서 중요한 관심사로 떠오른 것이다.

5. 맺음말

이상에서 〈제왕운기〉의 성격을 살펴본 다음, 그것을 바탕으로 역사의 문학화라는 관점에서 작품의 실상을 이해하고자 하였다. 그 요지를 간추리면 다음과 같다.

(1) 일반적으로 詠史詩는 역사를 읊은 시로 인식되어 왔다. 그러나 영사시는 역사적 사실을 읊는 것만으로는 그 기능을 온전히 수행할 수 없으며, 역사적 사실을 읊는 것과 함께 작가의 情(意志), 곧 역사와 세계에 대한 작가의 인식을 투영시켜야 한다. 이러한 영사시는 역사의 문학화라는 관점에서 인식되고 연구되어야 한다.

(2) 기존의 연구에서는 〈제왕운기〉의 성격을 몇 가지로 파악하고 있으나, 그것은 敍事詩계열과 詠史詩계열로 대별될 수 있다. 그런데, 장르種의 개념인 서사시와 내용상의 개념인 영사시는 그 성격상 같은 선상에서 논의하기는 어렵다. 〈제왕운기〉를 창작동기·독자의 반응·시적 표현의 세 가지 면에서 살펴보면, 영사시적 성격을 농후하게 지니고 있음을 알 수 있다. 서사시로서의 한계를 보여 주고 있는 〈제왕운기〉를, 단지 서사적 형식을 취하고 있다는 이유만으로 서사시로 규정하기보다

는 서사적 양식을 취한 영사시로 보는 편이 작품의 성격을 보다 분명히 해 줄 것이다.

(3) 〈제왕운기〉 하권은 외부적으로는 그 형식마저 다른 「東國君王開國年代」와 「本朝君王世系年代」로 확연히 구분되어 있다. 그러나 작품에 내재된 몇 가지 단서에 의하면, 이 양자는 하나의 통합체로 받아들여져야 한다. 이러한 전제하에서 본 작품의 구성원리를 살펴보면, 작가가 처음 東國의 배경을 읊으면서 논점을 밝힌 導入部인 序詞(prologue), 각국의 興亡史를 서술한 敍事部인 本詞, 작가의 소감을 피력한 結詞(epilogue)로 되어 있다. 이러한 구성논리는 본 작품이 역사의 교훈성·민족의식·현실인식의 세 가지 방향에서 이해되어져야 함을 의미한다. 이상의 세 가지가 바로 이승휴가 본 작품에 투영시키고자 한 인식세계이다.

(4) 이승휴는 春秋史觀에 입각하여 역사를 수용·해석하여 군왕을 포함한 당대의 독자들에게 역사의 교훈성을 일깨우고자 하였다. 그것을 위해 사실(國家興亡)과 인물(否定的 人物)을 전형화하는 방법을 채택하고 있다.

그리고, 민족정신이 쇠미해져 가는 수난기를 맞아 민족의식을 고취하기 위해 우리 민족의 자주성과 독립성을 강조하면서, 민족중심의 역사계승의식을 보여 주고 있다. 한편, 민족영웅의 구체적 형상화를 통해 민족의식을 고취하면서 충렬왕에게 守成君의 책임을 다 할 것을 권계하고자 하였다.

이승휴는 仁義政治를 펴지 않고 覇道政治를 일삼는 충렬왕의 의식을 전환시키기 위하여 정치적 메시지(直諫의 上疏文) 대신 문학적 메시지(諷諫의 詠史詩)를 채택하여 혼란한 당대를 태평성대로 표현하고 있다. 이와 같이 사실을 反語的으로 표현한 것은 時諱에 저촉되는 것을 피해 直述的 방법이 아닌 翻案의 방법을 채택한 데 기인한다.

역사는 단순히 과거의 사실이 아니라 현재와 관련해서 새로운 의미와 해석을 낳게 해 준다. 이러한 점에서 볼 때, 본 작품이 서로 다른 세 가지 인식세계를 공유하고 있음에도 불구하고, 그 근저에는 충렬왕대를 『春秋』가 지어지던 쇠미한 시대와 동일시하면서 諷諫의 성격이 주류를 이루고 있다.

(5) 본 연구는 〈제왕운기〉를 '역사의 문학화'라는 관점에서 이해하고자 하였으나, 중국의 역사를 읊은 상권을 논외로 한 외에도, 연구의 대상으로 한 하권도 세밀하게 분석하지 못한 한계를 지닌다. 상·하권 전체를 거시적 관점에서 조망하면서 부분을 천착해 나가는 작업은 後稿로 미룬다.

제 4 장

이제현의 영사시론과 영사시

1. 머리말

고려 후기의 대표적 문인인 李齊賢(1287~1367)은 漢詩・小樂府・長短句・古文・批評 등 다방면에 걸쳐 작품을 남겼다. 이제현의 문학의 특징은 이러한 다양성과 함께, 신유학을 배운 신흥사대부 문인으로서 진지한 문학정신을 보여주고 있다는 점에 있다.

이에 따라 이제현의 문학에 대한 연구는 당대의 여타 문인들에 비해 활발히 이루어졌다. 사학 쪽의 연구까지를 포함할 경우, 현재까지 80여 편 이상의 연구 논문이 발표되었고, 그 성과 또한 상당하다.1) 기왕의 연구 성과로 해서 이제현의 문학의 전반적인 성격과 특징은 대체적으로 밝혀졌다. 그러므로 앞으로는 기존의 연구 성과를 바탕으로 보다 심도 있는 연구가 이루어져야 할 것이다.

필자는 이러한 입장에서 이제현의 영사시를 주목하였다. 문학사적으

---

1) 김건곤, 『이제현의 삶과 문학』(이회출판사, 1996), p.8.

로 볼 때, 고려 후기에 이르러 영사시가 본격적으로 창작되기 시작하였다. 역사를 읊은 영사시가 왜 고려 후기에 이르러 역사문학으로 다양하게 모색되면서 집중적으로 대두되고 있는가 하는 것은 그 시대·사회적 상황과 밀접히 관련된다. 이제현이 살다간 시대는 외세의 억압 밑에서 정치적 갈등이 격화되고, 사회·경제적 모순까지 누적되어 혼란이 거듭되던 위기의 시대였다. 역사에 대한 관심은 급격한 변혁의 시대, 즉 시대의 커다란 전환이라는 위기사태에 직면하여 고조된다.[2] 그러므로 의식 있는 지식인이라면 이러한 시대 상황에 처해 역사에 대해 깊은 관심을 갖게 마련이다. 고려 후기의 문인들 중 이제현 외에도 李穀[3]이나 李穡[4] 등이 다수의 영사시를 창작하게 된 것은 이러한 점과 관련하여 이해할 수 있다.

이제현은 50여 수의 영사시를 남겼다. 기왕의 연구 중에서 그의 영사시를 전반적으로 다룬 것으로는 이화숙,[5] 김건곤[6] 교수의 논문이 있고, 부분적으로 다룬 것으로는 곽 진[7] 교수의 논문 외에 최두식,[8] 김성기,[9] 박경신[10] 교수의 논문이 있다.

---

2) 호리고메 요조 저·박시종 역, 『역사를 보는 눈』(개마고원, 1993), p.25.
3) 李穀의 『稼亭集』 권15에 27수의 영사시가 실려 있다.
4) 李穡의 『牧隱詩藁』에는 50여 수의 영사시가 실려 있다.
5) 이화숙, 「익재 영사시 연구」(이화여자대학교 대학원 석사논문, 1983)
6) 김건곤, 『이제현의 삶과 문학』(이회문화사, 1996)의 'Ⅲ. 이제현의 시세계' 중 1-1) '역사에 대한 관심과 詠史·懷古'. 위 논문의 해당 부분은 개별 논문의 형식을 갖춰 김건곤, 「이제현의 역사시 연구」, 김건곤 외 3인 공저, 『고려시대 역사시 연구』(한국정신문화연구원, 1999)에 수록되어 있음.
7) 곽 진, 「여말 영사시에 나타난 역사인식의 특징 -익재 이제현의 경우-」, 『한문학보』 제2집(우리한문학회, 2000)
8) 최두식, 「고려말의 영사시」, 『석당논총』 제14집(동아대학교 석당전통문화연구원, 1988). 이 논문에서는 이제현·이색·정도전의 영사시를 다루었는데, 이제현의 경우는 6편을 개별적으로 살피는 데 그쳤다
9) 김성기, 「이제현의 시문학 연구」(서울대학교 대학원 박사논문, 1990). 이 논문에서는 '현실과 역사의 함축'이라는 면에서 3편을 다루는 데 그쳤다. 이 내용은 이후, 김성기,

이러한 연구 성과는 이제현이 역사에 대해 남다른 관심을 갖고 역사의 문학화를 시도하였다는 점을 생각할 때, 소략한 감이 든다. 이제 위의 논문 중에서 이제현의 영사시만을 다룬 논문을 개략적으로 살펴보고자 한다. 이화숙 교수는 이제현의 史觀과 그의 영사시에 나타난 역사의식을 국가관·대외관·군신관 등으로 나누어 고찰하였다. 곽 진 교수는 이제현의 영사시의 한 특징으로 '정통론의 전개'라는 면에 주목하여 5편을 다루었다. 이에 비해, 김건곤 교수는 이제현의 역사의식과 역사시 작법 등을 살피고, 50여 수 전체를 개관한 다음, 그의 영사시의 세계를 국가·임금·신하·인륜·처세 등으로 나누어 고찰하였다. 그러므로 김건곤 교수의 논문에 의해 이제현의 영사시의 전체적인 양상이 대체적으로 밝혀질 수 있었다. 그러나 이 논문으로 이제현의 영사시의 연구가 완결된 것은 아니라고 생각한다. 엄밀한 의미에서 볼 때, 김건곤 교수의 논문은 이제현의 영사시에 대한 연구가 본 궤도에 오를 수 있는 기틀을 마련하였다는 점에서 연구사적 의의를 지닌다고 보겠다. 그러므로 이제현의 영사시를 보다 철저하게 분석하여 그 성격과 작품적 실상을 밝히는 후속 작업이 요청된다.

본 연구에서는 이제현의 영사시에 대한 접근 방법을 기왕의 방법과는 달리 하고자 한다. 선행 연구를 살펴본 바, 역사 쪽에서는 역사의식에 국한하여 고찰하였고, 문학 쪽에서는 주로 문학적 입장에서 작품을 부분적으로나 전체적으로 다루었다. 작품 전체를 다룬 경우에는 소재별·주제별로 접근하여 작품의 전반적인 이해라는 면에서는 일정한 성과를 거두었으나, 한 작가의 영사시의 특성을 집약적으로 부각시키지는

「이제현 시의 '言外意'」, 『개신어문연구』 제16집(개신어문학회, 1999)에 재수록되었다.

10) 박경신, 「이제현의 시세계」, 한국한시학회편, 『한국한시작가연구 1』(태학사, 1995) 이 논문에서는 이제현의 시세계를 다루면서 4편의 영사시를 살피는 데 그쳤다.

못하였다. 특히 역사의식이나 영사시 작법에 대해서도 언급하고 있지만, 배경적 고찰에 머물고 말아 작품과의 상관성을 해명하는 데까지 나아가지는 못했다. 이에 따라 본 연구에서는 이제현의 역사의식과 영사시론을 살핀 다음, 그의 영사시를 역사의식과 영사시론과의 유기적 관계에서 접근하여 그 특성을 살펴보고자 한다.

2. 이제현의 역사의식과 영사시론

2.1. 이제현의 역사의식

이제현은 고려 후기의 대표적 문인이자 역사가다. 그는 충목왕 때 『本朝編年綱目』을 증수하였고, 충렬왕·충선왕·충숙왕의 『三朝實錄』을 수찬하였다. 공민왕대에는 정계에서 은퇴한 후에, 백문보·이달충과 함께 『國史』를 편찬하였다. 그러나 대부분 散逸되어 그 전모를 알 수 없다. 현재는 이 가운데 고려왕들에 대한 「史贊」과 「忠憲王世家」·「諸妃傳序」·「宗室傳序」·「金公行軍記」 등이 그의 문집인 『益齋亂藁』에 전한다.11) 그리고 이제현은 『櫟翁稗說』의 전반부에 해당하는 歷史部에서 고려의 역사와 현실문제를 진지하고 심도 있게 다루었다.12)

이제현의 史學에 대한 연구로는 益齋史學의 성격을 전반적으로 다룬 김철준 교수의 논문,13) 이제현의 정치활동에 대한 연구를 통하여 史學

---

11) 이에 대한 개략적인 내용은 정구복, 「이제현의 역사의식」, 『진단학보』 제51호(진단학회, 1981)이 참고 된다.

12) 심호택, 「『櫟翁稗說』의 稗說的 성격과 구조」, 『한문교육연구』 제15호(한국한문교육학회, 2000), p.253. 자세한 내용은 같은 논문의 'Ⅲ. 『역옹패설』의 내용' 참고.

13) 김철준, 「익재 이제현의 史學」 『동방학지』 제8호, 1967 ; 『한국사학사연구』(서울대학교 출판부, 1990)에 재수록.

思想을 지적한 민현구 교수의 논문,14) 그의 저술로부터 역사의식을 추출하고자 한 정구복 교수의 논문,15) 「史贊」을 분석하여 그의 역사의식을 도출해 내고자 한 탁봉심 교수의 논문16) 등이 있다. 이들은 대체로 이제현의 역사관을 儒者 중심의 高麗史觀의 정립으로 보고 있으나, 대외적인 관념과 역사의 내재적인 발전이라는 상반되는 측면에서 평가를 내림으로써 상이한 견해를 피력하고 있다.

이러한 점을 고려할 때, 益齋史學의 성격을 규명하는 것은 쉬운 문제가 아니다. 사학계에서도 인정하고 있듯이, 현존하는 단편적인 자료만으로 그의 사학사상을 규명하기는 어렵다. 그러므로 본 연구에서는 기왕의 연구 성과를 통해 이제현의 역사의식을 이해하고자 하며, 다만 본 연구의 성격과 관련된 몇 가지 점에 대해서 논의하고자 한다.

이제현은 고려 초기와 중기의 대표적인 유학자들인 崔承老·崔冲·金富軾의 史論을 그대로 인용하고 있는 데에서 보이듯이 고려시기 유교사관을 계승·발전시키고 있다.

이제현은 왕권의 순조로운 계승과 왕실의 안정을 중시하고 天命을 받은 고려왕조가 영원히 보존되기를 염원하였다. 그는 인군의 덕목으로 현명한 신하의 등용 등 몇 가지 점을 제시하여 유교적인 정치이념을 실현하여야 함을 역설하였다. 그리고 신하는 이러한 군주권의 실현에 힘을 아끼지 않아야 한다고 했다. 왕권을 위협하고 천단하였던 무신란이나 국왕의 명을 거역하였던 삼별초난은 부정적으로 파악하였다.

이제현은 대외관에 있어서는 강경책보다 화평외교를 중시하여, 역사상에 나오는 송·요·금 등과의 외교관계 정립과 우호관계를 칭찬하고

---

14) 민현구, 「익재 이제현의 정치활동」, 『진단학보』 제51호(진단학회, 1981)
15) 정구복, 앞의 논문.
16) 탁봉심, 「이제현의 역사관-그의 '史贊'을 중심으로-」, 『이화사학연구』 제17·18합집 (이화사학연구소, 1988)

있다. 비록 그의 저술에는 원의 압제하에서 자주성을 보이는 측면이 없지 않으며, 원의 정치적 간섭에 대해서도 소극적이나마 반대한 흔적이 보이고 있으나, 그는 근본적으로 유교주의자로서, 중국 중심의 세계주의·보편주의에 침잠하였다.

이제현은 유교적인 도덕관념과 합리주의 정신에 의해 역사를 연구하고 서술하고자 하였다. 따라서 이제현의 역사관은 유교사관을 기저로 하여 합리적인 유교사관을 더욱 발전시키고 있다. 이러한 발전적인 측면은 최승로나 김부식의 유교사관과 비교할 때 더욱 분명하게 드러나는데, 그것은 이제현이 일정하게나마 신유학의 영향을 받고 있기 때문일 것이다.[17]

우리가 역사를 읽고 공부하는 목적은 무엇인가? 그것은 오늘의 문제를 해결하는 데 도움을 얻고자 함이다. 우리는 장래의 결단을 위한 근거를 구하고자 과거를 되돌아보는 것이며, 과거에 물음을 던지는 것이다.[18] 즉 역사는 현재적 관점에서 새로운 눈으로 과거를 돌아보는 것이다. 이러한 점과 관련하여, 이제현의 역사인식 내지 역사이해의 일면을 「策問」을 통해서도 살펴볼 수 있다. 이제현은 1353년에 知貢擧가 되어 과거를 관장하게 되자 시험과목을 詩賦에서 策問으로 바꾸었다.[19] 그는 이 「책문」을 통하여 근본적으로 제도 개편을 통한 민생의 안정과 국가 기능의 회복을 제시하였다.[20]

아래의 글은 이제현이 과거 응시생들을 대상으로 출제한 「책문」 가운데 하나이다.

---

17) 이상의 이제현의 역사관에 대한 기술은 박인호, 『한국사학사대요』(이회문화사, 1998), pp.65~66.의 내용을 요약한 것임.
18) 호리고메 요조 저·박시종 역, 앞의 책, p.79.
19) "李齊賢·朴孝修典擧, 革詩賦, 用策問.", 『高麗史』 권73, 志27 選擧1 科目1 忠肅王 7년 6월.
20) 정구복, 앞의 논문, p.245.

묻노라. 『논어』를 읽을 때는 언제나 여러 제자들이 물은 것을 자신
이 직접 묻는 것처럼 하고, 부자(공자)의 말을 오늘날 귀로 듣는 것처
럼 여겨야 한다. 또 역사서를 읽을 때에는, 임금과 신하의 관계와 어
떤 일의 기회에 대하여 자신이 그런 경우에 처한 듯이 하여, 어떻게
하는 것이 옳고 어떻게 하는 것이 옳지 않은가를 판단한 뒤에야 바야
흐로 유익한 바가 있게 될 것이다.[21]

이제현은 역사적 사실을 단순히 과거의 일로 보아서는 안 된다고 하
였다. 과거의 역사적 사실을 오늘날의 관점에서 파악하여 자신이 그러
한 처지에 있다면 어떻게 처신해야 옳은가를 판단해야 한다고 했다. 이
제현이 역사에 대해 남다른 관심을 가졌던 것은 과거의 역사를 통해 오
늘의 문제를 해결하는 데 도움을 얻고자 함이었다. 그는 그렇게 하기 위
해서 언제나 자신을 역사의 현장 내지 중심에 놓고 이해하여야 한다고
했다. 이 말은 모든 역사 판단의 기초를 이루는 것은 현재의 실천적 요
구와 현재의 시대상황이므로, "모든 역사는 현재의 역사"[22]라고 한 말
과도 통한다. 그러므로 이제현의 위의 글은 역사의 현재성을 강조한 것
이 된다.

위의 인용문에서 "어떤 일의 기회에 대하여 자신이 그런 경우에 처
한 듯이 하여야 한다."라는 대목이 갖는 의미에 대해서 생각해 보자. 이
대목은 王夫之가 "몸을 옛날의 시세에 두되 자기가 몸소 만난 것처럼 하
며, 옛날에 꾀했던 것을 연구하고 염려하되 자기가 몸소 맡았던 것처럼
한다."[23]라고 말한 내용과 상관된다. 왕부지의 이 말은 곧 역사의 상상

---

21) "問讀論語, 每以諸弟子所問, 作己問, 而以夫子之言, 作今日耳聞. 其讀史, 亦於君
　　臣之際, 事機之會, 以身處之, 如何而可, 如何而不可, 然後方有所益.", 『益齋亂藁』
　　권9下, 「策問」.
22) B.Croce, 『History as Story of Liberty』(Cleveland, Ohio : Meridian Book,
　　1955), p.19. 손영호, 『역사의 이해』(학지사, 1999), p.155.에서 재인용.

을 말하는 것이다. '몸을 옛날의 시세에 두되 자기가 몸소 만난 것으로 삼은' 다음에 옛날의 시세는 눈앞에 펼쳐져 나타나게 되는데, 역사에 있어서의 시세는 반드시 역사적인 상상에 의해서 이해해야 한다. 역사의 상상을 통해 세밀한 연구작업으로는 밝혀낼 수 없는 진리를 밝혀낼 수 있는 것이다.24)

이러한 점에서 본다면, 이제현이 위의 「책문」에서 말한 내용은 역사적 상상에 의해서 역사적 진리를 이해하고자 한 것에 다름 아니다. 이제현은 역사의 현재성, 역사해석의 다양성, 역사의 현재성이 갖는 의미와 목적 등에 대해 오늘날의 역사학에서 다루는 내용과 차이가 없을 정도로 역사인식의 면에서 상당한 경지에 도달하고 있다.

2.2. 이제현의 영사시론

이제현은 다수의 영사시를 남겼을 뿐만 아니라, 영사시 작법에 대해서도 자신의 견해를 피력한 바 있다. 그러므로 그의 영사시를 해명하려고 할 경우에는 아울러 살펴보아야 한다. 제시하면 다음과 같다.

옛사람들이 역사에 대하여 읊은 작품이 많이 있는데, 만약 쉽게 이해하여 쉽게 싫증이 난다면, 그것은 역사적 사실을 곧바로 서술하여 새로운 뜻이 없기 때문이다.25)

이제현은 영사시는 소재의 속성상 그 내용을 쉽게 이해할 수 있어

---

23) 王大之, 『讀通鑑論』 권20. 卷末敍論 4. 두유운 저·권중달 역, 『역사학연구방법론 (증보신판)』(일조각, 1984), p.210.에서 재인용.
24) 두유운 저·권중달 역, 같은 책, pp.210~215.
25) "古人多有詠史之作, 若易曉而易厭, 則直術其事, 而無新意者也.", 『역옹패설』 후집 2.

싫증이 나므로, 그 한계를 뛰어넘기 위해서는 '直述其事'를 피해 '新意'를 담을 수 있는 방법을 모색해야 한다고 하였다. 그런데 문제는 그 방법이 무엇이냐 하는 점이다. 위의 영사시론에 대한 기왕의 견해들을 살펴보자.

　① 김건곤 : 역사적 사실을 5언이나 7언으로 나열하여 直述하게 되면 그 사실 자체를 전달하는 의미가 없으므로, 시인으로서 혹은 역사가의 관점에서 그 사실에 대하여 느끼는 감정 즉 나름대로의 평가를 시도하여 새로운 의미를 부여해야 한다는 것이다. [26]

　② 박경신 : 이런 관점에서 익재는 역사적 사실이나 인물에 대해서 새롭게 해석하고 새로운 의미를 부여하는 영사시라야만 의미가 있다는 생각에 이르게 되는 것이다.[27]

　③ 김성기 : 역사 사실을 시의 대상으로 취하는 경우에 '直述其事'를 피하여 그러한 역사 사실에 대한 일반 의미의 전달 외에, 시인으로서 새로운 해석을 하고, 새로운 의미를 부여하는 것이 필요하다는 것을 말하고 있다. 그것은 역사 사실에 대한 시인의 관점에서의 재해석이며, 결국은 시인이 처한 현실과 사실의 세계를 관계지어서 의미를 부여하게 된다.[28]

　④ 윤상림 : 詠史詩에서 '新意'의 중요성이 언급되는 것은 영사시들이 제재의 성격상 단순한 서술에 그치고 말아 작품으로서의 독창성이나 참신성이 뒤떨어짐을 지적한 것이다. 영사시도 詩인 이상은 '신의'가 있어야만 쉽게 싫증이 나지 않고 여운이 있는 좋은 작품이 될 수 있다는 것이다.[29]

이처럼 연구자들은 영사시에서 '直述其事'를 피해 '新意'를 부여하는

---

26) 김건곤, 앞의 논문, 김건곤 외 3인 공저, 같은 책, p.94.
27) 박경신, 앞의 논문, p.298.
28) 김성기, 앞의 논문(1999), pp.130~131.
29) 윤상림, 「익재의 시론 연구 -함축과 여운을 중심으로-」, 『동양고전연구』 제12집(동양고전학회, 1999), p.123.

방법을 두고 견해의 차이를 보이고 있다. ①에서는 사실에 대하여 ‘나름대로의 평가’를 시도하는 것으로, ②에서는 ‘새롭게 해석’하는 것으로, ③에서는 ‘새로운 해석’이라고 하고, 이것은 역사적 사실을 시인이 처한 현실과 관계지어서 의미를 부여하는 ‘재해석’이라고 보았다. 역사사실에 대한 ‘나름대로의 평가’, ‘새롭게 해석’, ‘새로운 해석(재해석)’이라는 말은 구체적으로 무엇을 뜻하는가? ③에서는 ‘새로운 해석’의 의미를 ‘재해석’이라고 규정하였는데, ①·②에서의 의미도 ‘역사의 재해석’을 말하는 것인지는 분명하지 않다.

‘역사의 재해석’이라는 말이 갖는 본래적 의미는 기존의 전통적인 역사학자들의 견해에서 일탈하여 독자적으로 역사를 해석하는 것이다. 노재준 교수는 일반적으로 역사를 재해석한 시를 詠史翻案이라고 하고, “시인이 詠史翻案詩를 짓는 것은 역사의 해석에 있어서 거의 정론이 되어버린 사건이나 인물평가에 대해서 새로운 시각으로 재조명하려는 의도에서 출발한다.”[30]라고 하였다. 즉 정론이 되어 버린 인물평가를 새롭게 하는 것을 역사에 대한 재해석이라고 하고, 이를 번안이라고 보았다. 그런데 번안에 대해서는 이와는 다른 견해가 있어 주목된다. 범황은

혹은 그 사람의 생애를 개괄하기도 하고, 혹은 그 일을 공교롭게 들어보기도 한다. 어진 사람은 반드시 흠모하여 본보기로 삼고, 어질지 못한 사람은 반드시 깎아내려 말하거나 억눌러서 경계로 삼되, 앞의 내용에 확실하지 않은 사람은 반드시 번안하여 진술하여야 한다. 각박하여 두터움을 상하게 하거나, 평범하고 진부하여 기이함이 없거나, 없는 것을 있는 것처럼 말하여 사람의 마음을 감복시키지 못하는 일은 기피하여야 한다.[31]

---

30) 노재준, 「杜牧詩 연구」(연세대학교 대학원 박사논문, 1997), pp.185~186.
31) "詠史題 : 或槪括其人之生平, 或偶擧其事. 賢者須欽慕取法, 不賢者須貶抑

라고 하여 영사시는 역사적 인물을 흠모하거나 비판하는 것을 주된 내용으로 삼는다고 했다. 그러면서 그는 인물평가가 확정되지 않은 경우에 반드시 翻案法을 사용해야 한다고 했다. 그러므로 번안법은 이미 정론화되어 버린 역사 사실이나 인물을 재해석하는 것이 아니라, 정론화되지 않은 역사 사실이나 인물을 작가 나름대로 평가하는 것이 된다. 이제현이 영사시론에서 말한 '直述其事'는 直用法을 말하며, 그러한 '直述其事'를 피해야 한다는 것은 바로 翻案法을 사용하라는 말에 다름 아니다. 그렇게 해야만 독자의 흥미를 끌고 그들을 감복시킬 수 있게 된다.

독자들은 잘 알려진 역사사실을 直述한 영사시를 읽게 되면 쉽게 싫증을 내게 마련이다. 영사시는 단순히 역사 사실만을 읊어서는 그 본래적 기능을 수행할 수 없으므로 거기에는 작가의 감정이나 의지가 담겨야 한다. 그러므로 '直述其事'하지 않는다는 것은 과거의 역사를 현재적 관점에서 이해하여 작품에 작가의 감정이나 의지를 담는 것이라고 보아도 무방할 것이다. 이렇게 영사시가 그 보편적 성격에 충실할 때, 독자의 흥미를 끌 수 있게 된다. 알란 네빈스(Allan Nevins)는 역사는 시대의 변화에 따라 매 세대마다 새롭게 해석되기 때문에 생동감이 있어 단조롭거나 지루함이 없다[32]고 했다. 즉 기왕의 역사해석을 그대로 수용해서는 생동감이 없어 단조롭거나 지루한 역사가 된다는 말이다. 이 말은 역사뿐만 아니라 역사를 소재로 한 영사시에도 그대로 적용된다. 역사를 새롭게 해석한 영사시가 될 때, 독자의 흥미를 끄는 살아 있는 시가 될 수 있다.

그런데 문제는, 독자들의 흥미를 끌기 위해 '新意'를 창출하기 위해

示戒, 前案未確者, 須翻案出陳. 忌在刻薄而傷厚, 庸腐而無奇, 誣罔而不能服人之心.", 范況, 『中國詩學通論』(臺北, 商務印書館, 民國 63년), p.180.
32) Allan Nevins, 『The Gateway to History』, p.33. 손영호, 앞의 책, p.167.에서 재인용.

서는 반드시 역사를 재해석해야만 하는가 하는 점이다. '直述其事'하지 않는다는 것은 역사의 재해석만을 의미하지 않는다. 굳이 역사를 재해석하여 기왕의 해석을 뒤집지 않더라도 독자의 흥미를 끌 수 있다. 역사적으로 잘 알려진 인물을 다루더라도, 역사적 평가의 면에서는 특별한 관심을 끌지 못하던 지극히 개인적인 사실에서도 새로운 의미를 추출할 수 있다. 그 한 예로서 逸話를 들 수 있다. 일화는 역사적 진실을 밝혀내어 후세에 전하는 것과는 상관없이 실존한 인물의 일상생활에서 일어난 재미나거나 독특한 사건이다.33) 일화는 역사적 사건으로서의 의미보다는 흥미거리로서의 의미가 더욱 강하다. 이렇듯 역사적 진실과는 일정한 거리를 갖고 있어 특별한 의미를 갖지 못하는 일화에 역사적 의미를 부여할 수 있다. 이것이 굳이 역사의 재해석은 아니라 하더라도 인물의 성격을 새롭게 형상화한 것이 된다. 즉 기왕의 역사 해석과는 상관없이 '새로운 의미', 즉 신의를 창출하게 되는 것이다. 또 그러한 시적 소재를 참신한 표현이나 다양한 문학적 형상화의 방법을 사용함으로써 얼마든지 독자들의 흥미를 끌거나 시적 긴장을 유지할 수 있다.

　이상에서 논의한 내용을 정리해 보자. 이제현의 영사시론을 통해 논의된 '신의' 창출의 방법은 세 가지 정도로 이해된다. 첫째, 기존의 잘 알려진 사실을 새롭게 해석하는 경우이다. 이것은 역사의 재해석에 해당된다. 이때는 잘 알려진 사실 중에서도 어느 부분을 주목하는가? 또 그것이 갖고 있는 현실적 의미를 어떻게 파악하는가에 신의 창출의 성패가 달려 있다. 둘째, 역사적으로 미처 주목받지 못하던 사실에 새로운

---

33) 이강옥 교수는 일화를 실존한 인물에서 포착할 수 있는 특별한 사연을 언어화한 것으로 정의하고, 서술의 궁극적 목표에 있어 逸史가 역사적 진실을 밝혀내어 후세에 전하는 것을 목표로 한다면, 逸話는 일상생활 과정에서 일어난 재미나거나 독특한 사건을 알리는 것을 목표로 한다고 설명하였다. 이강옥, 『조선시대 일화 연구』(태학사, 1998), pp.42~43.

의미를 부여하는 경우이다. 이것은 역사의 재해석과는 다른, 새로운 해석이 된다. 그 한 예로서 일화를 들 수 있다. 셋째, 기왕의 영사시와 같은 소재를 시화하더라도 그것을 새롭게 표현하는 경우이다. 이것은 시적 구조나 수사법 등의 면에서 찾아질 수 있을 것이다.

그러므로 이제현의 영사시론의 성격을 해명하는 작업은 단순히 그 몇 줄이 지니는 의미를 유추하는 데 머물러서는 안 된다. 그의 영사시론은 실제 작품과의 관계 속에서 이해되어야 한다. 또한 이제현의 영사시를 그의 영사시론을 무시한 채 별도로 이해하려고 해서도 안 될 것이다. 그의 영사시론과 영사시는 상호 유기적인 관계 속에서 이해되어야 한다. 이렇게 영사시론과 실제 작품과의 상관성을 구체적으로 살펴볼 때, 이제현의 영사시의 작품적 특성이 해명될 것이다.

3. 이제현의 영사시의 특성

3.1. 역사 이해의 현재적 관점

(1) 현실의식의 표출

이제현은 영사시에서 당대의 현실을 비판하기 위해 보다 완곡한 방식을 사용한다. 부정적 인물의 貶刺를 통해 당대의 문제를 환기하기보다는, 긍적적 인물을 褒揚한 다음, 부정적 사례를 거론하는 대조적 수법을 통해 자기의 현실의식을 표출하고 있다.

다음의 시를 통해 이러한 점을 살펴보자.

一片荒橋石　　한 조각 묵은 다리 주춧돌에다
誰留國士名　　그 누가 국사의 이름 새겨 두었나.
山含千載憤　　산 빛은 천년의 분함을 머금은 듯하고
日照九泉誠　　햇살도 황천의 정성을 비추는 듯해라.
不爲恩難報　　임금의 은혜 갚기 어렵다 하여
徒求事易成　　일만 쉽게 이뤄지기를 구하지 않았소.
此言眞有激　　그의 말 참으로 찔림이 있어
邪佞合心驚34)　　간사하고 아첨하는 자들 놀랐으리라.

　　이 시는 이제현이 예양교를 지나가다가 豫讓과 관련된 역사35)에 감발하여 지은 시이다. 시적 화자는 2구에서 국사의 이름을 누가 새겼느냐고 의문을 제기하고 있지만, 새긴 자가 누군가 하는 것은 중요한 문제가 아니다. 그러나 이러한 의문구의 사용은 "바위에 글자가 새겨져 있구나"하는 유의 진술이 갖는 단순함 이상의 의미를 지닌다. 시적 화자는 예양이 피살된 역사의 현장을 벅찬 가슴으로 돌아본 것이다. 1·2구는 주관성이 강한 의문구를 지녔지만 그래도 객관적인 묘사이다. 그러나 3·4구는 시적 화자의 심리가 투영되어 있는 주관적인 묘사이다. 시적 대상에 대한 심리적 파악이 그 기조를 이룰 때, 이처럼 대상의 지배적 인상을 구체적으로 표현하게 된다. 언제나 늘 그러한 자연이지만, 시인에게는 '천년의 분을 머금은 듯한 산빛'이요, '황천의 정성을 비추는 듯

---

34) 〈豫讓橋〉, 『익재난고』 권1.
35) 豫讓은 전국시대 智伯의 國士로, 趙 襄子가 지백을 죽이고 지씨의 종족을 멸하자, 그 원수를 갚기 위해 충성을 다했던 인물이다. 즉 온 몸에 옻칠을 하여 나환자처럼 꾸미고 숯을 삼켜 벙어리가 된 다음, 시장에서 걸인 행세를 하며 양자를 노렸다. 마침 그를 알아본 친구가 "조 양자를 섬기다가 기회를 노려 복수하면 쉬울 터인데 왜 이런 고생을 하는가?"라고 하자 그는 글을 써서 대답하기를 "내가 이 짓을 하는 것이 매우 어렵다는 것을 안다. 그러나 내가 이렇게 하는 뜻은 장차 후세의 신하가 되어 두 마음을 품는 자를 부끄럽게 하려고 해서이다."라고 하고는 끝내 충절을 지켰으나, 뒤에 양자를 죽이려고 다리 밑에 숨었다가 결국 발각되어 피살되었다.

한 햇살'로 파악된 것이다. 시적 화자의 진한 감동이 '山'과 '日'에 감정 이입된 것이다. 전반 4구가 '景'이라면, 후반 4구는 '情'이다. 이제현은 이 시에서 예양의 복수극의 전말을 구체적으로 진술하는 대신, 5·6구 에서 피 토하는 예양의 육성을 직접 인용함으로써 의로움에 대한 예양 의 정념을 극대화하고 있다. 여기까지의 내용은 예양의 충절을 찬양· 흠모한 것이다.

그러나 이제현이 이 시에서 결과적으로 말하고자 하는 내용은 마지 막 두 구에 있다. 간사하고 아첨하는 자들은 예양의 이 말을 생각하면 찔림이 있어 놀랄 것이라고 했다. 여기에서 지칭하는 邪侫한 자들은 특 정 시대, 특정한 인물을 가리키는 것이 아니다. 과거의 역사적 사실을 당대의 관점에서 파악하고자 한 이제현이고 보면, 예양의 말을 통해 고 려 당대의 邪侫한 자를 비판하고자 하였을 것이다. 당대의 조정에는 權 臣·姦臣·邪臣으로 지칭되는 무리가 가득 차 있었다.[36] 그러므로 이 시는 과거의 역사 사실을 현재적 관점에서 파악하여, 긍정적 인물과 부 정적 인물의 대조를 통해 당대의 문제를 비판한 시이다.

다음의 시에서도 대조적 수법이 사용되고 있다.

英名萬古感人心　　뛰어난 명성 만고에 빛나 사람들의 마음을 감동시키니
泰華山高河水深　　태화산처럼 높고 황하수처럼 깊어라.
杜口圖生應不億　　입 다물고 목숨이나 지키려고 한 자들 수없이 많지만
誰將齒髮到如今[37]　그 누구의 이와 머리털이 아직도 남아 있으랴.

이 시의 대상은 일차적으로 관용봉이다. 관용봉은 고대 夏의 충신으 로, 桀 임금이 酒色에 빠져 정사를 돌보지 않자 直諫하다가 끝내 피살

---

36) 李 穀, 「臣說」, 『稼亭集』 7. 참조.
37) 〈關龍逢墓〉, 『익재난고』 권2.

된 인물이다. 李穀은, 직신은 군주가 허물이 있으면 그것을 간언하고 일에 잘못이 있으면 말하여 오직 그 임금이 不義에 빠질까를 걱정하고 오직 그 백성이 무고하게 죽을까를 걱정하는 사람으로서, 죽을 때까지 직간하기를 멈추지 아니한 관용봉과 비간을 으뜸이라고 했다.38)

이제현은 1구에서 직간의 대표적 인물인 관용봉의 고사를 회고한 다음, 2구에서는 최대의 찬사를 동원하여 襃揚하고 있다. 그러나 작가가 이 시에서 말하고자 하는 궁극적 의도는 3·4구에 있다. 과거의 역사적 사실을 당대의 관점에서 파악하고자 한 이제현이고 보면, 3구의 내용은 신하의 직분을 다하지 않고 목숨을 부지하기에 급급한 자들이 들끓고 있는 당대의 현실을 지적한 것에 다름 아니다. 4구에서는 그렇게 비굴하게 산 자들의 삶을 썩어 없어질 이와 머리털로 비유하고 있다. 만고에 빛나는 이름과 썩어 없어질 육신의 날카로운 대비를 통해, 신하된 자로서 해야 할 도리가 진정 무엇인지를 보여주고자 하였다. 그러므로 이 시 역시 과거의 역사 사실을 현재적 관점에서 파악한 다음, 대조를 통해 신하의 직분을 다하지 않고 목숨을 부지하기에 급급한 당대의 신하들을 비판하고자 한 작품이다.

(2) 처세관의 표출

이제현은 과거의 역사적 사실을 오늘날의 관점에서 파악하여 자신이 그러한 처지에 있다면 어떻게 처신해야 옳은가를 판단해야 한다고 했다. 이것은 바로 처세관에 대한 언급이다. 이와 관련하여 몇 작품을 살펴보자.

---

38) "何謂直臣. 君有過則强諫之, 事有闕則昌言之, 惟恐其君陷於不義, 惟慮其民死於無辜. 謇謇諤諤, 斃而後已, 龍逢比干, 當爲稱首.", 李穀, 「臣說」, 『稼亭集』 권7.

秦家圖籍漢山河　　진나라의 圖籍, 漢 산하를 보존한 공이
功比曹參百倍加　　조참에게 비하면 백 배나 낫네.
白首年來還見繫　　백수의 늘그막엔 구속이 되었으니
只應羞殺召平瓜[39]　다만 소평과에겐 부끄러운 일이지.

　　소하는 패현의 관리로 있으면서, 유방을 잘 돌봐 주어 돈독한 신뢰 관계를 맺었다. 유방이 함양으로 진입하자, 모든 장수는 금은보화가 가득한 창고로 달려갔으나, 소하는 먼저 궁으로 들어가서 진나라의 圖籍 文書들을 수집하여 보관하였다. 이로 인하여 유방은 진나라의 모든 사정을 알게 된 것이다. 이 시의 1·2구에서는 소하의 이러한 활약상을 높이 사고 있다.

　　소하는 승상으로 후방을 잘 경영하였을 뿐만 아니라, 전 재산을 군자금으로 제공하고, 일족의 자제들을 전선으로 내보내어 유방을 도왔다. 유방은 이러한 소하를 깊이 신뢰하였다. 더구나 소하는 자신의 자리에 만족하여 야심 따위는 손톱만큼도 품지 않았다. 군신관계에서 이보다 더 이상적인 관계는 없을 것이다. 그러나 그것만으로 다 되는 것은 아니었다. 소하는 공동의 목표를 달성한 후에도 유방과의 신뢰관계를 유지하기 위해 눈물겨운 고심을 하지 않으면 안 되었다. 유방은 황제에 오르고 나서 반란군을 진압하기 위해 전장에 나설 때마다 사신을 보내어 본국의 소하의 근황을 물었다. 이에 식객의 한 사람이 유방이 혹시 소하가 반란을 일으키지나 않을까 경계하고 있음을 알고서 소하에게 자신의 평가를 떨어뜨리라고 충고하였다. 소하에게 明哲保身의 길을 알려준 것이다.

　　그 뒤 유방은 소하를 상국으로 제수하고, 식읍을 더 주는 등 그를 우대하였다. 많은 동료들이 축하해 주었으나, 召平만은 애도를 표하였

---

39) 〈蕭何〉, 『익재난고』 권4.

다. 소평은 소하에게 황제로부터 의심받는 일을 삼가하라고 충고하였다. 소하가 이러한 충고를 따랐음에도 불구하고, 황제는 소하가 상림원을 요구하는 것을 두고 상인들로부터 뇌물을 받았다고 의심하고는 그를 구금해 버렸다. 그 후 황제는 상림원 일은 소하가 백성을 위해서 한 것이라는 해명이 있자 그를 풀어주었다. 유방과 소하, 이 두 사람의 신뢰관계에서도 이런 사태가 일어난 것이다. 임금과 신하의 관계는 그만큼 어려운 것이다.

앞에서 살펴보았듯이, 영사시에서는 잘 알려진 사실 중에서도 어느 부분을 주목하는가. 그리고 그것이 갖고 있는 현실적 의미를 어떻게 파악하는가 하는 문제는 중요하다. 이제현은 이 시의 1·2구에서 소하의 공을 높이 사고 있으나, 결과적으로 그가 주목한 것은 소하의 처세이다. 이러한 이제현의 태도를 통해 그의 처세관과 현실인식의 면을 엿볼 수 있다. 이제현은 앞에서 인용한 「策問」에서, 역사서를 읽을 때에는 군신관계에 유의하여 자신이 그러한 처지에 있다면 어떻게 처신해야 옳은가를 판단해야 한다고 했다. 이러한 점과 관련지어 볼 때, 결국 이 시는 신하된 자는 임금으로부터 의심받는 일은 하지 말아야 된다는 것을 말하고 있다. 설령 그것이 백성을 위한 것이라고 하더라도 임금으로부터 의심을 받아서는 안 된다는 것이다. 그것이 군신간의 윤리에 맞는 것이며, 신하로서는 명철보신하는 길이라는 것이다.

다음의 시를 통해서도 이제현의 처세관의 일면을 엿볼 수 있다.

病瘡餘痛九州同   병들고 상처 입음 구주가 매한가지
兪扁何施藥砭功   유편인들 어떻게 치료할 수 있을까.
不作歌呼終日醉   노래 부르고 종일토록 취하지 않았다면
膠西枉見白頭翁40)   교서에 백두옹 본 것이 쓸데없었으리.

조참 역시 유방을 반란군의 지도자로 올려 세운 중심인물의 한 사람이다. 조참이 소하의 뒤를 이어 승상이 된 후, 膠西의 백두옹, 즉 蓋公을 맞이하여 그에게서 黃老術에 의한 治道를 듣고는 그 영향을 받아 종일토록 술이나 마시고 모든 것을 간섭하지 않아 화를 입지 않았다. 3·4구는 바로 이러한 내용을 이른 말로서, 결국 조참이 보신책을 잘 강구했다는 뜻이다.

조참은 소하의 뒤를 이어 승상으로 기용되자 소하가 정한 법제와 규범을 준봉하여 무엇하나 변경하지 않았다. 과묵하고 중후한 인물을 골라서 승상부의 관리로 등용하고, 명성을 올릴 셈으로 엄하게 법을 집행할 만한 인물은 용서 없이 목을 잘랐다. 더욱 관리들에게 사소한 과실이 있어도 일절 책망하지 않았다. 그래서 승상부 안에는 언제나 화기애애하여 아무런 문제도 일어나지 않았다고 한다. 조참은 9년간 제나라의 승상 자리에 있으면서 전적으로 黃老術에 따른 정치를 행하여 명재상이라 칭해졌다고 한다.

이제현은 이 시의 3·4구에서, 밤이고 낮이고 늘 술만 마셨지 정무에는 도무지 몸을 담지 않았던 것 같은 조참의 태도를 긍정적으로 보고 있다. 개공은 조참에게 黃老術의 비결을 말하면서 "治道는 淸淨을 귀하게 여긴다. 그러면 백성은 스스로 化한다."라고 하였다. 이제현은 조참의 태도를 한결같이 '無爲淸淨'에 철저했던 것으로 파악하고 있다.

이상의 시에서, 이제현이 명철보신의 처세관에 관심을 보인 것은 고려 말의 정치·사회적 혼란기에 자신의 처세방향을 두고 고민했던 태도와 무관하지 않을 것으로 보인다.[41]

---

40) 〈曹參〉, 『익재난고』 권4.
41) 이제현이 曹頫의 난 후에 소인배들이 날뛰므로 屛迹不出하여 『역옹패설』을 저술한 것이나, 趙日新의 시기를 피하기 위해 발을 다친 것을 핑계로 4번이나 箋을 올려 致仕한 것 등이 그 예가 될 것이다. 김건곤, 앞의 논문, p.118.

3.2. 역사 해석의 두 가지 관점

(1) 역사의 재해석

역사는 시대의 변화에 따라 매 세대마다 새롭게 해석되는 것을 그 특성으로 한다. 이제현도 이러한 점을 인식하고 있었음은 앞에서 그의 영사시론를 살피면서 알 수 있었다. 이제현은 역사의 재해석을 통해 '新意'를 창출하고자 하였다.

이 점과 관련하여 다음의 시를 살펴보자.

岡巒廻合井陘口	양쪽 봉우리 마주 닿는 정형 어귀에
驅馬崎嶇登翠阜	가파른 푸른 언덕 말 몰고 올라가네.
英雄事去幾千載	영웅이 가버린 뒤 몇천 년 되었어도
尙有威名凜如在	늠름한 그 이름 아직도 살아 있어라.
却憶淮陰布衣時	그 옛날 회음후 미천하던 시절엔
風雲壯志無人知	풍운을 품은 씩씩한 뜻 아는 사람 없었건만
一朝登壇輔眞主	하루아침에 대장군 되어 임금을 보필하자
下視噲等如嬰兒	번쾌의 무리 따윈 어린애처럼 깔보았지.
火旂焰焰驚趙壁	붉은 깃발 아래 조나라 진영을 놀라게 하니
鯨鯢血汚蓮花鍔	고래 같은 장수의 피 그의 칼을 적셨네.
燕齊草木靡餘風	연나라 제나라도 초목처럼 휩쓸었으니
劉項乾坤傾一諾	유방과 항우마저 그의 한마디에 달렸었지.
千金不購廣武君	천금을 들여서 광무군을 사오지 않았다면
萬全奇策誰當陳	만전의 계책 누가 말했으랴.
乃知百戰戰必勝	백 번 싸워도 싸울 때마다 꼭 이긴 까닭은
不在多多益辦	군사가 많을수록 좋기 때문이 아니라
只在屈己能從人[42]	다만 자신을 굽히고 남의 말을 잘 들었기 때문이라오.

---

42) 〈井陘〉, 『익재난고』 권1.

이 시는 유방의 천하통일에 공헌한 대장군 한신의 군사적 활약상을 회상하고 그 인물됨을 읊은 시이다. 이 시에서 한신의 인물됨을 평하는 핵심어는 3구의 "영웅"이다. 이제현은 한신을 영웅이라고 칭하고, "威名凜"이라고 했다. 5구~12구에서는 한신의 활약상을 박진감 있게 그리고 있다.

이처럼 이 시에서의 한신에 대한 평가는, 시적 진술의 양적인 면에서 볼 때, 군사적 강인함에 비중을 두고 있다. 그런데 이제현은 13·14구에서, 勇將의 모습과는 썩 어울리지 않는 策略家로서의 한신을 부각시키고 있다. 그리고 끝 3구에서는 한신의 적절한 처신을 더 높이 사고 있다. 이처럼 이제현은 한신의 '책략'과 '처세'를 강조함으로써 '영웅'의 본래적 모습과는 다른 점을 부각시키고 있다. 이것은 영웅에 대한 관습적 사고를 뒤엎는 것이 된다. 이 작품에서의 영웅은 뛰어난 무예와 함께 책략과 처세에 밝은 인물이라는 새로운 내포적 의미를 갖는다.

종래 '多多益辦'의 의미는 백전백승하기 위해서는 군사가 많을수록 좋다는 것이다. 그러나 이제현은 이러한 종래의 해석과는 달리, 다만 "屈己能從人"이라고 하여 진정한 영웅은 자신을 굽히고 남을 잘 따르는 데에 있다고 했다. 백전백승하기 위해서는 군사력이 필요한 것이긴 해도, 그것은 가변적일 수 있다. 그러나 지략과 겸손은 군사력보다 약해 보이지만, 결과적으로 더욱 중요하다고 본 것이다.

이 점은 한신에 대한 역사적 평가와 거리가 있다. 사마천은 한신을 평하여, 그가 도리를 배우고 겸양하여 자기의 공로를 자랑하지 않고 자기의 능력을 자랑하지 않았더라면 좋았을 것이라고 하고, 천하가 안정된 뒤에 반역을 꾀하였으니, 일족이 전멸한 것도 마땅하다고 하였다.43)

---

43) "太史公曰 (중략) 假令韓信學道, 謙讓不伐己功, 不矜其能, 則庶幾哉. 於漢家勳, 可以比周召太公之徒. 後世血食矣. 不務出此, 而天下已集, 乃謀畔逆, 夷滅宗族,

190   고려시대 역사문학 연구

그러나 이제현은 이 시에서 한신의 생애에서 어느 특별한 사실만을 수용하고 있다.

결국 한신의 인물에 대한 새로운 평가는 이제현의 역사인식 내지 현실인식에 의해 내려진 것이다. 이제현은 마지막 구의 시적 진술을 통해 현실에 순응하고자 하는 자신의 처신을 합리화하고 있다. 이제현은 자신의 입장이나 역사·현실관을 직접 진술하지 않고도 영웅의 이미지를 변용함으로써 우리에게 간접적으로 전달하고 있는 것이다.

다음의 시를 통해서도 '역사의 재해석'의 모습을 확인할 수 있다.

> 夫子曰, 三人有我師, 十室有忠信. 孟嘗之客, 盖三千焉, 豈無一賢智奇謀之士, 而獨賴鷄鳴狗盜者, 然後脫身於孤秦乎. 抑其好客, 有類於葉公之好龍, 而簪玉履珠者, 亦似龍而已耶. 鷄鳴狗盜, 技之賤者. 二客能處衆而無愧意, 旣成功而無矜言, 固自有過人之量, 其處卑自汙, 投機致用, 豈以此矯衆客之浮誇, 而激孟嘗之汎取耶. 是則未可知也.
>
> (孔子는 "세 사람이면 나의 스승감이 있고, 열 집이면 忠信한 분이 있다."라고 말씀하셨다. 맹상군의 빈객은 대개 3천 명이나 되었는데도, 어찌 어질고 지모 있는 선비가 한 명도 없어서, 오직 닭의 울음을 흉내내고 좀도둑질을 잘하는 자에게 힘입은 다음에야 강한 秦나라부터 몸을 벗어났단 말인가? 그렇다면 그 빈객을 좋아한 것이 섭공(葉公)이 용을 좋아한 것과 같아서, 그 당시 높은 대우를 받던 자들 역시 거짓 용일 뿐이었더냐. 닭의 울음이나 흉내내고 좀도둑질이나 잘하는 것은 기예 중에 미천한 것이다. 그러나 이 두 빈객은 여러 사람들 속에 끼었어도 부끄러움이 없었고, 성공한 후에도 한 마디 자랑의 말이 없었으니, 이들은 진실로 남보다 나은 역량을 지닌 이로서, 낮은 자리에 스스로 묻히고 기회를 보아 재주를 발휘한 것은 혹시 이것으로써 여러 빈객들의 과장하여 헛자랑하는 것을 바로잡고, 맹상군이 함부로 많은 손님을 불러들인 것을 풍자하고자 한 것인가? 그것은 알

不亦宜乎.",「淮陰侯傳」,『사기』권92 열전 제32.

수 없는 일이다.)

孟嘗賓客三千少	맹상군은 빈객 삼천 명도 적다는 듯이
連鑣結軌臨淄道	말과 수레를 연결하여 임치 길을 메웠네.
大冠如箕劍柱頤	큰 갓은 키〔箕〕 같고 칼은 턱을 괴며
然諾相傾泰山倒	승낙하는 말에 서로 감복됨이 태산보다 무겁네.
咸陽塵土令人老	함양의 먼지가 사람을 늙혀
天涯去夢迷芳草	나라를 떠나온 신세 돌아갈 꿈 아득하였으리.
孤鶴投籠不自由	외로운 학이 새장 속에 갇혔으니 자유롭지 못하고
猛虎得肉寧辭飽	사나운 범이 고기를 물었으니 어찌 그냥 두려고 했겠는가.
馮驩無魚空自歎	풍환은 고기 없다고 쓸데없이 탄식이라
雍門有琴且勿彈	옹문은 거문고 있어도 다시는 타지 말라.
冀闕天深函谷遠	기궐은 하늘처럼 깊고 함곡관은 먼데
誰膏吾車度千山	뉘 있어 나의 수레에 기름칠하여 1천 산을 넘을꼬.
張陣應慚養卒口	張耳와 陳餘도 말 모는 종의 구변에 부끄럼 당하였고
毛薛亦讓屠兒手	毛公과 薛公도 백정 솜씨보다 못하였네.
丈夫有志無賢愚	대장부가 뜻 있으면 잘나고 못남이 없나니
莫惜黃金鑄鷄狗[44]	황금을 아끼지 말고 닭과 개의 황금상을 만들어라.

이 시는 맹상군과 관련된 ‘鷄鳴狗盜’[45]의 고사를 시화한 것이다. 이 고사성어가 형성된 역사적 배경에 대해서는 역사서[46]에 나타나 있다. 이를 요약하면, 전국시대에 齊나라 孟嘗君이 秦나라에 가서 억류당했을 때, 그의 식객 가운데 한 사람이 개처럼 꾸미고 흰여우 갖옷을 훔쳐 왕의

---

44) 〈函關行〉, 『익재난고』 권2.
45) ‘계명구도’ 고사성어의 의미에 대해서는 심호택, 「『通鑑節要』 이해의 시각」, 『한문교육연구』 제10호(한국한문교육학회, 1996)과 「한문교육에서의 주제 지도의 방향」, 『한문교육연구』 제12호(한국한문교육학회, 1998) 참고.
46) 자세한 내용은 『사기』 권75 열전 제14. 「孟嘗君傳」에 실려 있다. 이 내용은 『十八史略』·『通鑑節要』 등에 요약되어 전한다.

寵姬에게 뇌물로 주고 풀려났으나, 닭이 울어야 관문을 통과할 수 있었으므로 어느 식객이 닭 울음소리를 흉내내어 빠져올 수 있었다고 한다.

먼저, 이 시의 전체적인 내용을 살펴보자. 1구~4구에서는 맹상군이 사람을 가리지 않고 식객을 대우한 모습을, 5구~8구에서는 진나라에 초대받아 간 맹상군이 위기에 처한 모습을, 9구~10구에서는 식객 중의 풍환과 옹문의 모습을, 11구~12구에서는 맹상군이 진나라의 함곡관에 이르러 절체절명의 위기에 처한 모습을, 13구~14구에서는 종이나 백정보다 못한 선비들의 모습을 서술하고, 마지막 15구~16구에서는 잘난 체하는 대장부의 허상을 풍자하였다.

다음으로, 이 시에서의 역사해석과 그것이 지닌 의미에 대해서 생각해보자. 맹상군은 사람들을 잘 포용하고 예로 대했다는 점에서, 『사기』 이래 오랫동안 찬탄의 대상이 되어 왔다. 그러다가 북송의 사마광이 『資治通鑑』을 저술하면서 맹상군의 養士 문제를 신랄하게 비판했고, 왕안석은 「讀孟嘗君傳」을 지어서 맹상군의 양사와 함께 계명구도의 행위를 맹렬하게 비판하였다.47)

이제현은 맹상군을 어떻게 평가하고 있는가? 이제현은 이 시의 幷序의 전반부에서, 맹상군이 식객들을 끌어모았으나 위기 상황에서는 아무 소용이 없었음을 들어 빈객을 대하는 위선을 폭로하였다. 이러한 해석은 맹상군을 비판한 왕안석의 견해와 통한다는 점에서 새로운 해석이라

---

47) "세상에는 모두 일컫기를 맹상군이 선비를 얻는데 유능했는지라 선비들이 이 때문에 그에게 歸附하였고 마침내 그(선비들)의 힘에 의지하여 虎豹와 같은 秦나라에서 탈출할 수 있었다고 하지만 아니다. 맹상군은 다만 鷄鳴狗吠 따위나 하는 무리의 우두머리일 뿐이다. 어찌 선비를 얻었다고 말할 수 있겠는가? 그렇지 않고 齊나라의 막강한 권력을 휘둘러 한 사람의 선비만 얻었더라도 南面하여 秦을 제압할 수 있을 것 아늘 오히려 鷄鳴狗吠하는 사람 따위의 힘을 취하겠는가? 계명구폐 따위로 성문을 빠져 나오는 짓은 선비들이 할 바가 아닌 것이다." 심호택, 앞의 논문(1998), p. 76.에서 재인용.

고 할 수는 없다. 그러나 역사사실을 새롭게 해석하고자 한 이제현의 자세는 병서의 후반부에 나타난다. 왕안석은 계명구폐한 식객들을 부정하였음에 비해, 이제현은 그들을 속 깊은 인물로 이해하여 긍정하였다. 이제현은 일단 계명구도를 천한 기예라고 하였지만, 그 사람들은 부끄러움이 없고, 성공 후에도 자랑하지 않았으니 이들이야말로 남보다 나은 역량을 지닌 사람이라고 호평하였다. 그리고 낮은 자리에 묻혀 있다가 재주를 발휘한 그들의 행위에 큰 의미를 부여하였다. 즉 그들은 과장하여 헛자랑을 일삼는 식객들의 폐습을 바로잡고, 함부로 식객들을 많이 불러들인 맹상군도 잘못임을 풍자하고자 하였을 것이라고 보았다.

사마광·왕안석 등은 두 식객을 부정적인 인물로 파악하거나 아니면 아예 무시하여 버렸다. 그러나 이제현은 이들을 긍정적이며, 주체적인 인물로 받아들이고 있다. 오늘날의 사전에서조차도, '계명구도'의 고사성어를 "行世하는 사람이 배워서는 아니 될, 천한 기능을 가진 사람",[48] "보잘것없는 기능을 가진 사람",[49] "야비하게 남을 속이는 꾀"[50] 등 부정적인 의미로 파악하고 있는 점을 생각할 때, 이제현의 이러한 시각은 참으로 신선한 것이라고까지 할 수 있다.

평소 빈둥거리면서 명예나 뽐내는 일반 식객들의 허상은 9구의 풍환을 통해서 나타난다. 맹상군의 식객인 풍환은 맹상군이 자기를 후하게 대접하지 않은 데에 불평을 품고 칼을 두드리며 "긴 칼아 ! 돌아가자, 식사에 생선 반찬이 없구나."라고 노래하였다. 그러나 풍환은 뒷날 크게 활약하여 맹상군을 위기에서 구하였다. 그러므로 풍환이 평소 아무 것도 하지 않고 빈둥거렸다고 해서 풍환을 결코 바보 취급해서는 안될 것

---

48) 이희승, 『국어대사전』 수정증보판(민중서관, 1990)
49) 大漢韓辭典編纂室 편, 『敎學 大漢韓辭典』(교학사, 1998)
50) 한글학회, 『우리말 큰 사전』(어문각, 1992)

이다. 그런데도 이 시에서 역사적 진실과는 달리 풍환의 일면만을 부각시킨 것은 식객의 허상을 폭로하고자 한 의도 때문이다.

이 시의 주제는 마지막 두 구에 있다. 인간에 대한 평가는 인물의 잘나고 못남에 달려 있는 것이 아니고, 그 사람이 뜻을 품고 있느냐 없느냐에 달려 있다고 했다. 그 예로서 13구에서 장이와 진여가 천역을 맡은 종보다 못하다고 하였고, 14구에서는 전국시대 위나라 신릉군의 문객인 모공과 설공이 백정인 도아보다 못하다고 하였다. 결국 이 두 구의 의미는 아무리 천한 신분이라도 뜻을 품고 이에 따라 바르게 행동하면 그 사람이 바로 대장부라는 말이다. 마지막 구는, 닭과 개가 황금의 가치가 있다는 말로서 일종의 풍자적 표현이다. 이 말은 아무리 대장부니 유식하니 하며 잘난 체하더라도 뜻이 없다면 대장부이기는커녕 닭과 개, 즉 '계명구도'에 나오는 광대나 도둑보다 못하다는 날카로운 풍자적 의미를 지닌다. 이것은 '新意'이다. 이것은 역사를 재해석하고, '계명구도'의 두 식객을 새롭게 평가함으로써 얻어진 것이다.

論功豈啻破强吳　공을 논한다면 어찌 오나라를 깨뜨린 것뿐이랴
最在扁舟泛五湖　작은 배 오호에 띄워 숨어버린 게 으뜸이네.
不解載將西子去　그때 서시를 싣고 가지 않았더라면
越宮還有一姑蘇[51]　월나라 궁중에도 姑蘇臺 하나 세웠을 테지.

춘추시대 월나라 대부인 범려는 임금 구천을 도와 오나라를 멸망시킨 다음, 더 이상 월나라나 구천에 대해서는 아무런 미련이 없었다. 범려는 월나라를 버리고 제나라로 망명하였다. 이에 구천은 범려에게 귀국할 것을 종용하면서 제나라로 유혹 반 협박 반의 말을 사자를 보내

---

51) 〈范蠡〉, 『익재난고』 권3.

전했다. 범려는 거부하고 받아들이지 않았다. 구천이 곤란과 고생을 같이할 수는 있어도 태평 시대를 함께 지낼 수 없는 인물임을 간파하고 있었기 때문이다.

이러한 범려의 처세는 『老子』에서 말한 明哲保身의 철학과 통한다.52) 이러한 처세철학을 익히기 위해서는, 자신의 처해 있는 정황에 대한 적확한 판단이 서 있지 않으면 안 된다. 이런 점에서 본다면, 『사기』 전체에 등장하는 영웅과 현자 가운데 出處進退에 범려보다 더 뛰어난 사람은 없을 것이다.

일반적인 영사시에서 범려에 대한 관심은 공을 이룬 후 떠나간 그의 처세관에 쏠려 있다. 이에 대한 평가는 긍정53)과 부정54) 양면이 있어 왔다. 이제현은 이 시의 2구에서 범려의 처세관을 긍정하고 있다. 그러나 3·4구에서는 은퇴한 범려의 처세관 자체보다는, 월왕이 서시를 총애하지 못하도록 그녀를 데리고 떠난 행위에 초점을 맞추고 있다.

기왕의 영사시에서 서시가 시적 대상이 될 경우에는 전통적으로 '女禍論' 내지 '西施亡國論'으로 이해되어 왔다. 즉 전통적인 시각에서는 오나라 망국의 책임을 서시에게 돌렸다. 그러나 여색에 미혹되어 실정을 저지르게 된 군주의 책임이 더 크다. 아무리 서시가 아름답다고 하더라

---

52) 『도덕경』 제9장에서는 "功을 이루고 물러남이, 天道니라(功遂身退, 天之道)"라고 했고, 제44장에서는 "足됨을 알면 辱됨이 없고, 止임을 알면 위태롭지 않느니라(知足不辱, 知止不殆, 可利長久)"라고 하였는데, 범려의 처세도 이러한 것으로 이해된다. 모리 야 히로시 저·문병항 역, 『미처 읽지 못한 분을 위한 『史記』 講談』(삼환기획, 1992), pp.99~102.

53) 이색은 〈鴟夷子歌〉에서, "(전략) 乃知鴟夷子, 用心與人別. 成功不退多禍機, 先獲黃石公秘訣. 五湖煙月無天邊, 千古遺風吹不絶."이라고 하여, 성공하고 물러나지 않으면 禍의 기틀이 됨을 알고서 물러난 범려의 남다른 처세를 높이 사고 있다. 〈鴟夷子歌〉, 『동문선』 권8.

54) 杜牧이 〈雲夢澤〉이라는 시에서 범려를 "곧바로 표연히 오호로 떠나가니, 시종일관 충성 바친 郭汾陽만 못하네.(直使飄然五湖去, 未如終始郭汾陽)"라고 비판한 것이 그 한 예이다. 『역옹패설』 후집2.

도 군주가 미혹되지만 않았다면, 망국에까지 이르지는 않았을 것이다. 그러나 이제현은 과거에 오나라에서 일어났던 개별적인 역사적 사실이 월나라에서도 반드시 일어날 것이라고 보았다. 그러므로 서시를 데리고 떠나 군왕이 미색에 빠질 위험을 미연에 방지한 범려의 공이 무엇보다 크다고 한 것이다. 이처럼 역사의 '개별성'은 그것이 시화될 때 '전형성'을 확보하게 된다. 그러므로 임금이 여색에 미혹되면 어느 나라라도 망국에 이르게 되고 말 것이라는 사실을 암시하고 있다. 이러한 사실은 당대 이 땅에서도 일어나고 있고,55) 또 앞으로도 충분히 일어날 수 있는 '전형성'을 지닌다.

이제현이 이 시에서 월나라를 '女禍論'에서 구한 범려의 공이 제일이라고 한 것은, 결국 창업보다 수성이 어렵고, 수성하기 위해서는 임금이 제대로의 역할을 해야 한다는 점을 말하고자 한 것이다.

(2) 역사의 새로운 해석

역사에 대한 새로운 해석은 역사의 재해석과는 다르다. 앞의 「이제현의 영사시론」에서 살펴보았듯이, 역사적 의미와는 일정한 거리가 있는 逸話 등을 통해서도 대상 인물의 성격을 새롭게 형상화할 수 있으며, 이것 역시 '新意' 창출과 밀접하게 관련된다. 이 점과 관련하여 다음의 시를 살펴보자.

---

55) 임금이 女色에 빠져 퇴폐행위를 저지른 예로 충혜왕을 들 수 있다. 충혜왕은 '荒淫無道'하다는 평가를 들을 만큼 관료들의 부인이나 공주까지 강간하는 경우가 있었다.(『高麗史節要』 권25, 忠惠王 ; 『高麗史』 권124, 열전37 嬖幸2 閔渙. 참조) 이러한 충혜왕을 이어 즉위한 충목왕은 전대의 파행적인 정치운영의 극복이란 과제를 안고 있었다. 이런 상황 하에서 이제현이 개혁의 주체로 등장하게 된다. 김인호, 『고려후기 士大夫의 經世論 연구』(혜안, 1999), pp.99~100.

重士憐窮義自深　가난한 선비 가엾게 여기니 義가 스스로 깊었거늘
豈將一飯望千金　어찌 한 그릇 밥 가지고 천금을 바랐으랴.
歸來却責南昌長　돌아와선 도리어 남창 정장을 꾸짖었으니
未必王孫識母心　왕손도 빨래하던 부인의 마음을 알지 못했네.

婦人猶解識英雄　아낙네도 오히려 영웅을 알아보고
一見慇懃慰困窮　처음 만나 곤궁한 처지 은근히 위로했건만.
自棄爪牙資敵國　범 같은 장수 내버려 적국에 보태 줬으니
項王無賴目重瞳[56]　항우의 한 눈에 눈동자 둘이라지만 쓸데없구나.

　　한신은 한나라 고조 유방을 도와 왕조 창업의 대사업을 달성한 공신
이다. 그에게는 불우했던 젊은 시절 漂母와 관련된 일화가 있다. 그 시
절 성 아래에서 낚시를 하던 한신에게 빨래하던 한 여인이 수십 일 동
안 밥을 주었다. 한신이 언젠가는 그 은혜를 갚겠다고 사의를 표하자,
여인이 성을 내며, "대장부가 스스로 밥을 먹지 못하여 내가 王孫을 불
쌍히 여겨 밥을 주었으니 어찌 보답을 바라리오."라고 말하였다. 여기에
서 말하는 대장부는 제 구실을 하는 사내를 뜻하며, 왕손은 젊은이에 대
한 경칭이다. 그때까지 누구도 한신을 제 구실을 하는 사내로 취급해 준
적이 없었다. 하물며 왕손이라고 불러주는 일 따위는 없었다. 여인이 한
신에게 밥을 준 것은 다만 그를 불쌍히 여겼기 때문이다.
　　이제현은 제1수의 1·2구에서 이러한 사실을 '直述'하였다. 그러나
제2수의 1구에서는 그 사실을 '飜案'하였다. 『사기』「회음후열전」에 의
하면, 표모는 한신을 영웅으로 보거나 영웅이 될 재목으로 보지는 않았
다. 그녀가 왕손 운운한 것은 한신이 가난하지만 장래가 기대되는 청년
이라고 여겨 단지 격려하려는 것에 불과하였다. 이러한 일은 불우한 시

---

56) 〈淮陰漂母墓〉, 『익재난고』 권1.

절의 한신 개인에게는 특별한 일인지는 몰라도, 역사적인 차원에서는 큰 의미가 없는 것으로, 일종의 일화에 지나지 않는다. 그럼에도 불구하고 이 시에서는 표모의 행위를 항우와 견줄 정도의 역사적 의미를 지닌 행위로 격상시켜 놓았다. 3구에서 "여인도 오히려 영웅을 알아보았다."라고 사실을 변용한 것은 여인과 항우의 식견을 대조하여 항우의 잘못을 강조하기 위해서이다. 이와 같이 제2수는 현명한 사람과 어리석은 사람을 대조시켜 흥미를 유발하는 한편으로, 한신을 제대로 평가하지 못하여 높이 쓰지 않은 항우의 용인술이 잘못되었음을 날카롭게 비판하고 있다. 일개 아녀자조차도 한신의 인물됨을 아는데, 천하를 차지하려는 항우가 그것을 모른다는 것은 잘못되었다는 것이다.

역사적 사실은 객관적 사실이지만 시의 대상으로 선택되면서 지향성을 지닌다. 따라서 시의 대상이 된 그것은 기존의 사실이라는 측면과 시인의 지향이라는 측면의 양쪽에 관계된다.[57] 이런 의미에서 볼 때, 위의 시의 항우에 관한 언급을 단순히 개별적 역사 사실로만 파악해서는 안 된다. 시대를 막론하고 패자들에게 공통되는 것은 모두가 인재등용에 열심이었고, 뛰어난 보좌역을 얻었다는 점이다. 이러할 때 문제가 되는 것은, 임금이 상대가 과연 인재라고 할 만한 인물인지 아닌지를 꿰뚫어 볼 수 있는 안목을 갖고 있느냐 않느냐 하는 것이다. 임금에게 필요한 것은, 자기 자신의 능력보다도, 오히려 상대의 인물을 꿰뚫어 볼 수 있는 안목이다.

결국 위의 제2수의 의미는 인재등용의 문제가 누차 거론되던 이제현 당대의 현실과 관련지어 보는 것이 합당할 것이다.

다음의 시도 '역사의 새로운 해석'이라는 점에서 이해할 수 있다.

---

57) 김성기, 앞의 논문(1999), p.137.

蘇秦學鬼谷	소진이 귀곡 선생에게 배웠으나
適取勞其生	다만 자기의 일생만 고달프게 하였네.
起來佩相印	일어나 승상의 인을 찼으니
足使妻嫂驚	아내와 형수로 하여금 놀라게 하였네.
胡爲任寸舌	어이하여 세 치의 혀를 가지고
抵死談縱橫	죽도록 종횡만을 말했던가.
便有二頃田	가령 저에게 두 이랑의 밭이 있었다 하여도
知渠不躬耕58)	그는 반드시 몸소 밭 갈진 않았으리.

소진은 전국시대에 秦나라에 대항할 방책인 合從策을 제시한 인물이다. 그는 鬼谷 선생 문하에서 권모술수학을 익혀, 세 치의 혀끝에 자기의 모든 것을 걸었던 인물이다. 그는 벼슬을 살고자 여러 나라를 유세하며 돌아다녔으나, 입에 풀칠조차 못하고는 고향으로 되돌아왔다. 소진의 형제와 형수는 그의 초라한 행색을 보고 비웃었다. 마침내 여러 나라의 왕들을 교묘히 설득하여 합종의 동맹을 맺고, 재상의 지위를 획득하게 된다. 그 뒤 소진이 고향인 낙양을 지나게 되었는데, 이 때 지난날 소진의 무능함을 비웃었던 형수들도 얼굴을 숙이고 먹을 것을 바쳤다. 소진이 형수에게 어째서 그렇게 굽실거리느냐고 묻고는, "나는 똑같은 사람인데, 가난할 때에는 나를 경시하더니 부귀해지자 친척이 나를 경외하는구나. 하물며 일반 사람들이야 오죽하랴. 만일 내게 낙양의 성곽밖에 두 이랑의 밭만 있었더라도 어찌 여섯 나라의 재상의 인을 허리에 찰 수 있었으랴."라고 말하고, 즉시 천금을 풀어 일족과 친구들에게 나누어 주었다고 한다.

이 시는 이러한 일화를 시화한 것이다. 그런데 역사적으로 볼 때, 소진이라고 하면 우선 합종책과 관련하여 '鷄口牛後'의 고사가 연상된다.

---

58) 〈古風〉의 제5수, 『익재난고』 권3.

그러나 이 시에서는 정작 잘 알려진 이 고사보다는 소진의 개인적 일화에 관심하고 있다. 이제현은 이 시의 1·2구에서 소진의 삶을 두고 고달프다고 하여, 벼슬에 집착한 소진의 삶의 자세를 부정적으로 파악하였다. 5·6구에서는 "어이하여 세 치의 혀를 가지고, 죽도록 종횡만을 말했던가."라고 의문을 던진다. 소진이 그렇게 한 이유는, 3구에서 말한 바와 같이 개인적인 출세를 위한 것에 불과한 것이지 그 이상도 그 이하도 아닌 것이다. 소진의 이러한 면모를 통찰한 이제현이기에, '낙양의 성곽밖에 두 이랑의 밭만 있었더라면 농부의 생활에 만족하였을 것'이라는 그의 말을 부정한 것이다.

사마천은 『사기』「소진열전」에서, 소진이 평민의 신분에서 몸을 일으켜 6국을 연결하여 합종을 맺게 한 것은 그의 지혜가 남들보다 뛰어났기 때문이라고 칭찬하였다. 이 시에서는 이러한 역사적 사실이나 소진의 역할에 관심하기보다는 그의 개인적 삶과 관련된 일화에 초점을 맞추고 있다. 이제현은 소진과 관련된 역사적 의미를 재해석하는 대신, 일화 속의 소진의 발언의 의미를 나름대로 새롭게 해석하고자 하였다. 이에 따라 이제현은 기왕의 평판과는 달리, 소진이란 인물을 오직 고달픈 자신의 삶을 보상받기 위한 일종의 보상심리에 의해 벼슬에 집착한 부정적인 인물로 평가하고 있다. 이제현은 이 시를 통해, 자신의 출세만을 위해 권모술수를 부리는 당대의 모리배의 허상을 폭로하고자 하였을 지도 모른다.

다음의 시도 '역사의 새로운 해석'이라는 점에서 이해할 수 있다.

甕牖繩樞去故園　　옹유 승추로 고향을 떠나
魚書狐火起中原　　어서 호화 계략 꾸며 중원에서 일어났네.
只應燕雀譏鴻鵠　　연작이 홍곡을 기롱하였으나

一去都忘壟上言[59] 한번 간 뒤엔 농상의 약속 잊고 말았네.

진섭은 漁陽에 防戍하러 갈 인부 900명을 거느리고 가다가 大澤鄕에서 큰비를 만나 기한 내에 목적지에 도착할 수 없게 되자, 시기를 어겨 참수당하느니 大名을 세우자며 진나라의 학정에 처음으로 반기를 든 인물이다.

1구에서의 "甕牖繩樞"는 깨진 항아리로 창문을 만들고 새끼로 지도리를 맨다는 뜻으로 미천함을 비유한 말이다.[60] 2구에서의 "魚書狐火"는 진섭이 처음 기병하였을 때, 천하의 환심을 사기 위해 그물에 걸린 고기 뱃속에 "진승이 왕이 된다."는 글을 써넣어 소문이 나게 하였으며, 또 오광은 叢祠에 불을 지르고 여우 울음을 내면서 "진승이 왕이 된다."라고 외치게 한 것을 말한다.[61] 1·2구는 진섭이 세계의 전면에 나서는 과정을 시간의 추이에 따라 그 핵심을 요약해 놓은 것이다. 3구는 진섭이 젊은 시절 소작인이 되어 남의 밭을 갈면서 다른 농부에게 "燕雀이 어찌 鴻鵠의 뜻을 알랴."라고 한 말을 가리킨다. 3구는 시제상으로 보아 1·2구의 사건이 있기 전에 있었던 일이다. 그러나 이제현은 서술의 시간을 역전시켜 逸話 속의 한 장면을 1·2구의 역사적 사건과 바로 연결시킴으로써 이 일화를 역사적 의미를 지닌 것으로 격상시켜 놓았다. 이에 따라, '연작' 운운한 진섭의 말은 자신의 의지를 키우는 단순한 말에서 큰 정치적 문제를 암시하는 말로 차원을 달리하게 된다. 그러므로 '홍곡의 큰 뜻'은 진섭이 대택향에서 군사를 일으킬 때, "왕후장상이 어찌 종자가 따로 있겠는가.(王侯將相寧有種乎)"라는 말과 같은 무게를 지닌다. 왕후장상은 누구나 될 수 있는데, 참새는 그것을 알 리가 없으나 홍

---

59) 〈陳勝〉, 『익재난고』 권4.
60) 賈誼, 「過秦論」.
61) 「陳涉世家」, 『사기』 권48.

곡은 알고 있다는 것이다.

진섭은 현재의 세계 중심을 인정하지 않고, 낡은 세계를 쓰러뜨리고 스스로가 중심이 되고자 하였다. 그는 단순한 비판자가 아닌 행동가로서 스스로 세계의 전환의 열쇠를 쥐고 왕후장상이 되어 역사적 인물이 된 것이다. 이런 의미에서 「진섭열전」을 두지 않고, 「진섭세가」를 둔 것이며, 그것도 새로운 세계로의 전환이라는 의미에서 「孔子世家」 다음에 나오는 13명의 '世家'의 맨 처음에 둔 것이다.62)

이제현은 새로운 시대로의 전환이라는 큰 역사적 의미를 지닌 진섭을 시화하면서, 그의 긍정적인 면보다는 권모술수를 부리는 신의 없는 인물로 희화시켜 놓았다. 이것은 현재의 세계를 전면적으로 무너뜨리고자 해서는 안 되며, 점진적으로 개혁하는 것이 바람직하다고 보는 이제현의 역사의식과 현실의식의 소산이다.

3.3. 역사 사실의 문학적 형상화

(1) 사실의 대조

시적 형상화의 면에서 이제현의 영사시를 볼 때, 주목되는 점의 하나는 사실을 대조하고 있는 점이다. 앞에서 〈豫讓橋〉와 〈關龍逢墓〉를 통해서 살펴보았듯이, 이제현은 긍정적 인물을 다룰 경우에도 찬양·흠모의 襃揚에 그치지 않는다. 그는 긍정적 인물을 포양한 다음, 부정적 인물을 거론하는 대조적 수법을 통해 자기의 현실의식을 표출하고자 하였다. 〈蕭何〉에서는 후방의 경영에 힘쓴 소하와 전장에서 侍大將으로서 활약한 조참을 대조하여 인물을 평가하고 있다. 〈函關行〉에서는 인물을

---

62) 다케다 다이준 저·이시헌 역, 『사마천과 함께 하는 역사기행-史記의 世界-』(하나미디어, 1993), pp.127~133.

賢·愚로 대조하고 있다. 특히 〈淮陰漂母墓〉에서는 일화적 인물인 표모의 행위에 역사적 의미를 부여하여, 인물을 제대로 평가하지 못한 항우와 대조시킴으써 시적 효과를 높일 수 있었다.

다음의 시는 한 인물의 善·惡을 대조한 경우이다.

出跨淮陰志頗奇　회음에서 출과한 그 뜻 기특하였고
亦知王業匪人爲　왕업은 사람마다 되는 것 아님도 알았네.
欲令螻蟻翻溟渤　개미에게 바다를 뒤집게 하려 하였으니
晩計何殊乳臭兒[63]　만년 계획 젖먹는 아이와 뭐 다를까.

이 시에서 한신에 대한 인물 평가는 褒와 貶의 두 가지 점에서 이루어졌다. 앞의 〈井陘〉에서 한신을 영웅시하고, 그 인물됨을 포양한 것과는 다르다. 역사적 인물은 다양한 성격을 지녀, 全善인 경우·全惡인 경우·善의 행위와 惡의 행위가 함께 행해진 경우가 있을 수 있다. 그러나 인물의 일대기가 아닌, 중요한 史實의 부분을 수용하여 쓴 영사시에서는 포양위주 또는 폄자위주로 나타나는 게 일반적 현상이다.[64] 이런 점에서 볼 때, 한신의 일대기를 다루지 않은 칠언절구의 짧은 시에서, 한 인물을 褒·貶한 것은 주목된다. 이러한 것은 한신이라는 한 인물이 가진 상반되는 점을 대조적 수법을 통해 부각시켰기 때문이다.

1구는 한신이 초년에 남의 사타구니 밑을 기어 지나갔다는 유명한 일화[65]를 말한다. 모든 사람이 한신을 겁쟁이라고 욕하였지만, 그는 묵묵히 굴욕을 참았다. 장대한 뜻이 있어 일시의 굴욕을 감내할 수 있었으

---

63) 〈韓信〉, 『익재난고』 권4.
64) 김영숙, 「이복휴의 역사의식과 『海東樂府』의 포폄양상」, 『대동한문학』 제15집(대동한문학회, 2001), p.235.
65) 「淮陰侯傳」, 『사기』 권92 열전 제32.

며, 마침내 유방의 천하통일에 공헌할 수 있었던 것이다. 이러한 한신이 지만 천하가 안정된 뒤에 반역을 꾀하여 일족이 전멸되는 화를 입게 되었으니, 3·4구에서는 이 점을 시화하고 있다.

(2) 다양한 수사법의 사용

이제현은 영사시에서 역사에 감발된 자신의 감정과 의지를 효과적으로 표현하기 위해 다양한 수사법을 구사하고 있다. 수사학은 말로써 남을 설득하는 기술이라고 할 수 있다. 이제현은 이러한 수사법을 적절히 구사하여 독자들을 설득시켜, 자신이 의도하는 바를 얻고자 하였다.

이 점과 관련하여 다음의 시를 살펴보자.

吾愛晉朝祁大夫	내가 진나라 기 대부를 사모함은
爲君能擧午與狐	임금 위해 祈午와 解狐를 추천한 때문이다.
乾坤自有公道在	천지간에 본래 공정한 도리 있는데
肯以恩怨爲賢愚	어찌 은혜와 원수로써 잘나고 못남을 따지랴.
不敎遺直困陸沉	정직한 사람을 어려움에 빠지지 않게 하고서
拂袖一去雲無心	소매를 떨치고 사심 없이 구름처럼 떠났네.
當時囁呫來相謝	귀에 대고 속삭이며 찾아와서 감사드렸다면
叔后豈是眞知音	叔后인들 참다운 벗이라고 하랴.
嗟哉此道日已微	아아, 이런 도리가 갈수록 없어져
對面九疑多是非	구의산을 대한 듯 시비가 많네.
臨岐弔古一長嘆	갈림길에서 옛일을 생각하고 슬퍼하며 길게 탄식하니
吾非斯人誰與歸[66]	내가 이 사람 아니고 그 누구와 함께 돌아가랴.

---

66)〈過祁縣感祁奚事〉,『익재난고』권1.

이 시는 춘추시대 晉의 賢大夫인 기해가 공정한 도리로 인물을 추천한 것을 회상하고, 이를 통해 인재등용이 불공정한 당대의 현실을 개탄한 작품이다. 이제현은 1구에서는 '나'〔吾〕라고 하여 이 시의 주체가 자신임을 독자에게 분명하게 말하고 있다. 이에 따라 2구에서 기대부를 사모하는 까닭을 단정적인 어조로 말하게 된 것이다. 가정법이나 의문법으로 된 문장도 단정적이므로,67) 7구에의 가정이나 8구의 의문도 역시 단정적이라고 하겠다. 자신의 입장이 단정적일수록 모순투성이인 현실에 절망하게 된다. 9구에서의 "嗟哉"는 일종의 영탄법이다. 여기에서 북받치는 감정을 독자에게 헤프게 늘어놓는 대신, "嗟哉"라는 감탄사를 간결하게 사용하여 강렬한 감정을 토로하고자 하였다. 10구에서의 "九疑山"은 일종의 비유적인 표현이다. 구의산은 중국 호남성 영원현에 있는데, 아홉 봉우리가 비슷하기 때문에 '九疑'라 이름하였다. 그러므로 이 시에서의 '九疑'는 의심이 많음을 비유적으로 표현한 것이다. 마지막 구에서는 설의법을 사용하고 있다. 설의법은 이미 물음 속에 그 답이 들어 있기 때문에 의문은 아니다. 이제현은 이러한 설의법을 통해, 상대방의 주의를 끌어 호소하며 자신의 의도를 효과적으로 나타내고자 하였다. 기해와 같은 현인이 없는 당대의 현실을 직접 거론하기보다 설의법을 구사함으로써 부정의 뜻이 더욱 강해진다.

이상에서 이제현 영사시에 있어서 역사사실의 형상화 방식의 특성을 크게 두 가지의 면에서 살펴보았다. 대상 작품에서 거론된 인물들은 기왕의 영사시에서도 시적 소재가 되었던 인물들이다. 그러나 이제현은 기왕의 영사시와 같은 소재를 시화하더라도 시적 구조나 수사법 등을 통해 그것을 새롭게 표현하고자 하였다. 이 점은 이제현의 영사시론에

---

67) 고우공·매조린 저, 홍인표·우재호 역, 「唐詩의 構文, 用語, 그리고 心象(下)」, 『중국어문학』 제14집(영남중국어문학회, 1988), p.348.

서 논의된 '신의' 창출의 방법 중 새로운 표현에 해당된다.

4. 맺음말

본 연구에서는 이제현의 역사의식과 영사시론을 살핀 다음, 그의 영사시를 역사의식과 영사시론과의 유기적 관계에서 접근하여 그 특성을 살펴보았다. 이상에서 논의된 내용을 정리하면 다음과 같다.

(1) 고려시기 유교사관을 계승·발전시킨 이제현은 고려왕조의 보존과 유교적인 정치이념의 실현을 희구하였다. 이제현은 역사의 현재성을 강조하여, 과거의 역사적 사실을 오늘의 관점에서 파악하여 자신이 그러한 처지에 있다면 어떻게 처신해야 옳은가를 판단해야 된다고 하였다. 역사의 현재성에 대한 자각은 과거의 역사를 통해 당대의 현실을 진단하고, 역사를 다양하게 해석할 수 있는 바탕이 되었다.

(2) 이제현은 영사시론에서, 영사시의 속성적 한계를 지적하고, 그 한계를 뛰어넘기 위해 '直述其事'를 피해 '新意'를 담을 수 있는 방법을 모색해야 한다고 하였다. 이제현의 영사시론을 통해 논의된 '신의' 창출의 방법은 세 가지 정도로 이해된다. 첫째, 기존의 잘 알려진 사실을 새롭게 해석하는 경우이다. 이것은 역사의 재해석에 해당된다. 이때는 잘 알려진 사실 중에서도 어느 부분을 주목하는가. 또 그것이 갖고 있는 현실적 의미를 어떻게 파악하는가에 '신의' 창출의 성패가 달려 있다. 둘째, 역사적으로 미처 주목받지 못하던 사실에 새로운 의미를 부여하는 경우이다. 이것은 역사의 재해석과는 다른, 새로운 해석이 된다. 그 한 예로서 일화를 들 수 있다. 역사적 진실과는 일정한 거리가 있는 일화 등에 의미를 부여할 때, 기왕의 역사해석과는 상관없이 '신의'를 창출할

수 있다. 셋째, 기왕의 영사시와 같은 소재를 시화하더라도 그것을 새롭게 표현하는 경우이다. 시적 구조나 수사법 등을 모색함으로써 작가의 감정이나 의지를 새롭게 표현할 수 있다.

(3) 이제현의 영사시의 특성을 역사의식·영사시론과 관련하여 크게 세 가지의 면에서 살펴보았다.

첫째, 역사 이해의 현재적 관점이다. 이제현은 영사시에서 당대의 현실을 비판하기 위해 보다 완곡한 방식을 사용하였다. 부정적 인물의 貶刺를 통해 당대의 문제를 환기하기보다는, 긍적적 인물을 褒揚한 다음, 부정적 사례를 거론하는 대조적 수법을 통해 자기의 현실의식을 표출하고 있다. 이제현은 역사적 인물 중에서, 특히 임금과 관련되거나 신하의 직분과 관련된 처세에 관심하였다. 이것은 바로 자신의 처세관의 표출이다.

둘째, 역사 해석의 두 가지 관점이다. 이제현은 역사는 시대의 변화에 따라 매 세대마다 새롭게 해석되어야 함을 인식하고 있었다. 그는 기존의 잘 알려진 사실을 재해석하여 '新意'를 창출하고자 하였다. 한편, 그는 역사적으로 미처 주목받지 못하던 사실에 새로운 의미를 부여하고자 하였다. 이것은 역사를 새롭게 해석하는 것이다. 그는 역사적 의미와는 일정한 거리가 있는 일화 등을 통해 대상 인물의 성격을 새롭게 형상화하여 '신의'를 창출하고자 하였다.

셋째, 역사 사실의 형상화 방식이다. 이제현은 역사 사실을 시적으로 형상화하기 위해 사실을 대조하는 방법을 사용하였다. 그는 긍정적 인물과 부정적 인물, 현명한 인물과 어리석은 인물 등 인물을 상호 대조할 뿐만 아니라, 한 인물 안에서도 긍정적인 면과 부정적인 면을 대조함으로써 시적 효과를 극대화하고 있다. 또한 이제현은 다양한 수사법을 사용하여 역사에 대한 자신의 감정과 뜻을 독자들에게 효과적으로 전달하고자 하였다.

제2부 『삼국사기』 열전의 성격과 문학성

제 1 장

〈溫達傳〉의 가치체계와 의미구조

1. 머리말

사마천의 『사기』는 고대적 인간상을 문학으로 생생하게 그려내어 문학적으로 부활시켰다는 점에서 고대 傳記文學의 전범으로 본다. 이러한 점은 『사기』가 인물 중심으로 역사를 기술하는 紀傳體를 그 서술양식으로 채택하면서 가능하게 된 것이다.

『삼국사기』는 편찬양식으로 바로 이러한 기전체를 취하고 있다. 『삼국사기』 열전은 기본적으로 역사기록이지만, 열전이라는 점에서 이미 문학작품으로서도 관심을 끌기에 충분하다. 『삼국사기』 열전에서는 다양한 인물들을 선택하고, 그들의 행적을 서술하면서 사건의 현장을 실감나게 표현했다. 그러므로 사람의 일생에 대해서 구체적인 관심을 가지고 그 서술방식을 갖가지로 모색한 열전은 역사와 문학의 거리를 충분히 좁히고 있다.

특히 『삼국사기』 열전의 〈온달전〉·〈설씨녀전〉·〈도미전〉 등 몇몇 작품은 그 구성의 긴밀성이나 인물의 형상화, 갈등구조, 성격·심리묘사 등에서 어느 정도 소설성을 갖추고 있는 것으로 이해되고 있다. 일찍이 조선 후기의 金澤榮은 〈온달전〉이 고려의 산문에서 제일 걸작으로 『戰國策』이나 『史記』 가운데 두어도 구분하기 어려울 정도로 뛰어나다고 격찬한 바 있다.[1] 이러한 지적에 걸맞게 〈온달전〉은 그 문학성으로 해서 『삼국사기』 열전 중에서 비교적 다른 작품보다 많이 연구되어 왔다.[2]

이러한 연구 성과에서 보듯이 『삼국사기』 열전 중에서 단일 작품으로 〈온달전〉만큼 활발히 연구된 작품도 드물 것이다. 〈온달전〉은 『삼국

---

1) "三國史之文, 能樸古, 能豊厚, 能疎宕, 有活動之氣. 如溫達一傳, 置之戰國策史記之中, 幾不可辨, 何如其可貴也.", 『金澤榮全集』 陸.
   "高麗文之傑作, 當以金文烈公溫達傳爲第一." 金澤榮, 『韶濩堂集』 권8, 雜言 3.
2) 지금까지 〈온달전〉에 관한 연구는 ① 역사·시대상황과의 관련성 검토, ② 후대문학의 수용양상에 관한 연구, ③ 설화적인 관점에서의 연구, ④ 傳奇小說과의 관련성 연구, ⑤ 문체·수사학적 연구 등 다양하게 진행되어 왔다. 〈온달전〉 관련 논문은 다음과 같다.
   이기백, 「온달전의 검토」, 『백산학보』 제3호(1967)
   김영숙, 「악부의 온달열전 수용양상」, 『영남어문학』 제14집(영남어문학회, 1987)
   김현룡, 「온달 설화고찰」, 『학산 조종업박사 화갑기념논총』(태학사, 1990)
   임재해, 「온달형설화의 유형적 성격과 부녀갈등」, 『민족설화의 논리와 의식』(지식산업사, 1992)
   윤경수, 「〈온달전〉의 후세문학에의 수용양상」, 『한국한문학연구』 제12집(한국한문학회, 1992)
   ______, 「〈온달전〉의 현대적 고찰 -온달과 평강공주의 인간상을 중심으로-」, 『연민학지』 제1집(연민학회, 1993)
   조수학, 「초기 傳系小說 고 -설씨녀와 온달전을 중심으로-」, 『영남어문학』 제24집(영남어문학회, 1993)
   임기환, 「온달·서동 설화와 6세기의 사회」, 『역사비평』 제3호(1993. 가을)
   김대숙, 「온달전의 구비문학적 이해」, 『한국설화문학연구』(집문당, 1994)
   김창룡, 「고구려의 문학 Ⅱ- 바보온달과 평강공주」, 『연민학지』 제2집(연민학회, 1994)
   진재교, 「『삼국사기·열전』 분석의 한 시각 - 〈온달전〉의 경우」, 『한국한문학연구』 학회창립20주년기념 특집호(한국한문학회, 1996)
   김도련, 「삼국사기의 문예적 성과와 사료적 가치」, 『한국 고문의 원류와 성격』(태학사, 1998)
   이창식, 「온달전승의 구비적 전개와 계승」, 이창식 편, 『온달과 단양』(단양문화원, 1999)

사기』 열전이 지닌 문학성과 그것의 장르적 성격을 해명하는 데 중요한 자료로 인식되어 왔다. 그러나 이 작품의 성격을 두고 설화·열전·전기 등 다양한 시각이 뒤섞여 있는 점만 보더라도 이 작품의 실상이 제대로 규명되었다고 보기는 어렵다. 그러므로 〈온달전〉의 작품적 실상을 구체적으로 논의하기에 앞서 우선적으로 살펴져야 할 사항은 그 장르적 성격을 어떻게 볼 것이냐 하는 문제이다. 〈온달전〉에 설화적 요소가 가미되어 있다는 점만으로 이 작품을 설화로 보기는 어렵다. 더욱이 이 작품에 대한 논의는 傳史와 함께 소설사에도 관련이 있는 것이기에 학계의 중요한 쟁점이 되어 왔다.3) 그러나 〈온달전〉이 어느 정도 소설성을 갖추고 있다는 점을 인정한다 하더라도, 이 점이 이 작품을 열전이라는 양식의 범주를 완전히 벗어날 수 있게 해주는 충분조건은 되지 못한다.

그러므로 〈온달전〉의 가치체계와 의미구조를 밝혀보고자 하는 본 연구에서는 우선 이 작품의 성격에 대해 살펴보고자 한다. 후술하겠지만, 필자의 견해는 〈온달전〉은 열전이라는 속성에 입각하여 이해되어야 한다는 것이다. 『삼국사기』 열전에서는 표면적으로 내세울 수 있는 명분은 분명히 해두었으나, 인물의 행적을 실제로 다룬 데서는 명분과는 다른 이면적 주제가 얽혀 있다고도 한다.4) 그러나 우리는 표면적으로 내세운 명분을 무시하고 『삼국사기』 열전을 논하기는 어렵다. 교훈성을 내세우는 『삼국사기』 열전의 성격에 비춰본다면, 〈온달전〉 역시 당대의 가치관을 대변하고 있다.

기왕의 연구에서는 〈온달전〉의 갈등구조를 주체적인 삶을 추구하려

---

3) 최근에 와서는 〈온달전〉을 두고, 傳奇小說에서 역사자료로 채택되었을 것이라는 견해 (박희병, 「羅麗時代의 傳奇小說」, 『한국전기소설의 미학』(돌베개, 1997), p.117.) 와 함께, 그 구성·문체·갈등구조·주제의식 등에서 한 편의 傳奇로 보자는 견해(소인호, 『한국전기문학연구』(국학자료원, 1998), p.114.)가 제기되었다.
4) 조동일, 『한국문학통사 1』(제3판) (지식산업사, 1994), p.369.

는 공주와 그것을 막는 부왕 사이의 갈등, 즉 '父女간의 갈등'에 주목하여 이해하고자 하였다. 그러나 본 연구에서는 그러한 갈등을 다른 각도에서 이해하고자 한다. 〈온달전〉에 등장하는 인물들의 갈등구조는 곧 그들이 지닌 삶의 양식이나 가치관 사이의 갈등이요 대립인 셈이다. 〈온달전〉의 이와 같은 갈등구조는 당대의 시대정신과 저술의도에 입각하여 이해되어져야 할 것이다. 그러므로 본 연구에서는 〈온달전〉이 열전으로서 지니는 의미를 파악하기 위해 등장인물들의 가치지향의 문제와 함께, 이것이 '이야기의 형식'을 취하고 있다는 점에서 그 설화적 구조와 의미를 해명해 보고자 한다.

2. 〈온달전〉의 성격과 근본지향

여기에서는 〈온달전〉의 성격과 이 작품이 근본적으로 지향하는 바가 무엇인가를 밝혀보고자 한다. 앞에서 〈온달전〉의 성격을 두고 다양한 시각이 혼재하고 있다고 했다. 이를 구체적으로 말하면, 열전·설화·傳奇·初期 傳系小說·傳奇系의 傳 등 몇 갈래로 구분해 볼 수 있을 것이다.

첫째, 열전이라고 하는 서사문법을 중심으로 하면서 그 문학성을 연구하고자 한 경우이다. 이에 관한 대부분의 연구는 『삼국사기』 열전 전반을 연구대상으로 하는 가운데 부분적으로 〈온달전〉을 언급하였을 뿐, 이 작품의 성격에 관해서는 특별히 관심하지는 않았다. 『삼국사기』 열전을 열전이나 傳문학으로 파악하면서 그 소설성이나 서사문학성에 주목하는 경향이 주류를 이루어 왔다.5)

---

5) 심정섭, 「삼국사기열전의 문학적 고찰」, 『문학과 지성』 제10권 1호(문학과 지성사, 1979)
　　권오성, 「삼국사기 열전의 문학적 연구」(영남대학교 대학원 석사논문, 1981)

둘째, 〈온달전〉이 양식화된 열전이라는 점을 별로 고려하지 않고 설화적인 관점에서 파악하고자 한 경우이다.6) 이러한 관점에서 〈온달전〉을 이해하려는 시도는 작품 이해의 폭을 확장시켜 준 것이기는 하지만, 과연 이러한 방법으로 열전 양식을 지닌 〈온달전〉을 얼마만큼 정확히 이해할 수 있는가 하는 점은 의문으로 남는다. 〈온달전〉이 설화적 색채를 강하게 띠고 있다고 해서 이것이 〈온달전〉을 설화로 보아야 하는 충분조건은 될 수 없다.

〈온달전〉이 지닌 설화성은 史料의 측면에서 설명할 수 있다. 역사는 역사가가 일반적으로 史料라고 불리는 역사사실에 근거하여 쓴다. "史料가 없으면 역사도 없다"라고 할 정도이다. 김부식이 『삼국사기』를 편찬할 때에도 이 점은 절실하였을 것이다. 베른하임(Ernst Bernheim)은 모든 사료를 전설과 유물의 두 가지로 구분하고, 전설은 "그 사건으로부터 말이 전해져 내려와서 사람들의 견해를 거쳐서 중복되어 나온 것"7)이라고 하였다. 사마천 역시 本紀·世家·列傳을 쓸 때에는 적지 않은 신화·전설 재료를 운용하였고, 또 인물 사적을 기술할 때에는 약간의 문학적 창작 방법을 취했기 때문에 많은 인물의 전기는 문학적 색채가 농후한 것이다.8) 『사기』 열전 양식은 원래 입전 대상에서 인물과 사건을 포괄적으로 취급할 뿐만 아니라, 입전 자료에 있어서도 정통의 역사 기록과 함께 구전적인 민간의 설화 자료를 결코 배제하지 않는 것이 그 일반적 성격이다.9) 『삼국사기』 열전은 엄밀한 의미에서 사실기술보다는 민간전승까지 끌어들인 설화적 서술을 더 많이 지니고 있다.10) 이런

주명희, 「『삼국사기 열전』을 통해 본 초기 傳의 양상」, 『한국고전문학연구』(백영 정병욱선생 환갑기념논총 Ⅲ) (신구문화사, 1983) 등이 대표적이다.

6) 앞의 〈온달전〉 관련논문 중에서 설화 내지 구비문학적 관점에서 다룬 논문을 말한다.

7) 두유운 저·권중달 역, 『역사학연구방법론』(일조각, 1986), p.138에서 재인용.

8) 장소강 저·이홍진 역, 『중국고전문학창작론』(법인문화사, 2000), p.162.

9) 곽정식, 『한국 전문학의 이해』(경성대학교 출판부, 1998), p.5.

점들에 비추어 볼 때 〈온달전〉에서의 설화 수용은 충분히 가능한 일이
다. 그렇다면, 〈온달전〉에 보이는 설화적인 요소는 사료의 수용이란 면
에서 검토할 성질의 것이지, 이 점으로 인해 작품 자체가 '설화'일 수는
없는 것이다.

　셋째, 〈온달전〉을 傳奇小說로 보는 관점이다. 조동일 교수는 소재가
흥미롭고 표현까지 아주 실감나는 〈온달전〉은 훌륭한 傳奇라고 평가할
만하다11)고 하여 작품 자체를 전기로 보았다. 박희병 교수는 시각을 달
리하여

　　「최치원」·「조신전」·「호원」　이외에도 『삼국사기·열전』(三國史
　記·列傳)의 「온달」(溫達)이나 「설씨녀」(薛氏女) 같은 작품도 원래 나
　말여초에 전기소설로 창작된 원작(原作)이 있었는데 그것이 김부식(金
　富軾)의 시대에 이르러 역사편찬의 자료로 채택되면서 다소의 수정이
　가해진 결과가 아닐까 생각한다.12)

라고 하여, 〈온달전〉의 바탕이 되었을 원작이 전기소설이라고 보았다.
박교수는 현전하는 작품 그 자체를 두고서 그 장르를 '전기소설'로 규정
하는 것은 문제가 있다고 하고서, 그 원작을 전기소설로 이해한다고 했
다. 그러면서 『삼국사기』 열전의 〈온달전〉과 〈설씨녀전〉은 원작을 축약
하는 방향에서 '다소의 수정'이 가해진 결과로 추정했다. 그러나 박교수
는 계속되는 글에서 〈온달전〉과 〈설씨녀전〉 등을 나말여초의 전기소설
의 명단에 올려놓고 있다. 이 때 지적된 두 작품은 열전의 그것을 말하
는지, 그것의 원작을 말하는지가 분명치 못하다. 〈온달전〉의 원작이 존

---

10) 조동일, 앞의 책, p.393.
11) 조동일, 같은 책, p.395.
12) 박희병, 앞의 책, p.117.

재했을 가능성을 완전히 배제하기란 어렵다고 하더라도, 그것의 존재 가능성을 시사해주거나 신빙케 해주는 어떠한 자료도 발견되지 않는 현 상황하에서 그 수정의 정도까지를 언급하는 것은 그야말로 추론의 단계를 벗어날 수 없을 것이다.

소인호 교수는 〈온달전〉을 전기의 범주에서 다룰 수 있는 작품이라고 하면서, 이 작품은 현실적 소재를 기본 바탕으로 꾸며진 한 편의 전기로 볼 수 있다고 하였다. 그리고 "史書의 편찬 과정에서 기존의 전기작품들이 혼입될 가능성은 충분하며, 그렇지 않다 하더라도 문체나 구성원리, 세부 묘사 등에서 볼 때 설화적 내용이 전기의 관습에 따라 재구성된 것으로 파악될 수 있다."라고 하고, 사료로 취택되는 과정에서 사관에 의해 전기가 의도적으로 변개되었을 가능성을 말하였다.13)

두 분 교수의 견해에는 부분적인 차이는 있지만, 〈온달전〉의 바탕이 되었을 사료로서의 傳奇의 존재를 인정하고 있다는 점은 공통된다. 문제는 〈온달전〉이 지니고 있는 소설적 경향을 '원작의 존재'와 관련하여 이해해야 할지, 아니면 열전이 지닌 속성으로서 '허구화의 지향'이라는 점에서 이해해야 좋을지 하는 것이다. 이러한 점은 열전의 사료선택의 문제와 '허구화의 지향'이라는 열전의 속성을 검토하는 과정에서 어느 정도 방향이 잡히리라 생각한다.

넷째, 〈온달전〉을 초기 傳系小說로 보고자 하는 관점이다. 이와 관련하여 조수학 교수는

전계소설과 傳과를 구분하는 요건은 첫째, 전은 사회의 공익성을 주지로 하는 데 비하여 전계소설은 개인의 인생문제에 주안점을 두었고, 둘째, 전은 사실을 위주로 하는 합리적 성향을 띠는 데 비하여

---

13) 소인호, 앞의 책, p.114.

> 전계소설은 흥미적인 요소를 가미시키기 위하여 殊異的 성향을 띤
> 다.14)

라고 하면서 〈온달전〉을 이 조건에 해당하는 전계소설로 보았다. 조교수
는 〈온달전〉이 왜 『삼국사기』 열전에 실렸는지 의심스러울 정도로 무엇
을 사회의 공익으로 대두시켰는지 애매모호하며, 史傳的 주제는 거의
찾기 어렵고, 견강부회가 심한 이 이야기는 처음부터 소설로 쓰여진 것
을 그대로 史官의 자료수집에 섞여서 사전에 수록된 듯하다고 하였다.
그리고 바보가 아닌 온달을 두고 "爲愚溫達"이라고 한 점, 온달의 장사
때 공주가 관을 어루만지는 부분 등을 들어 작가가 의식적으로 개입시킨
흥미소라고 보았다.15) 조교수 역시 〈온달전〉의 원작의 존재를 인정하였
다는 점에서 앞의 박교수의 견해와 일맥상통하나, 원작을 수정이나 축약
등이 없이 그대로 사전에 수록하였다는 점과 그 원작을 전기소설이 아닌
초기 전계소설로 본 점이 다르다. 그런데 열전의 양식적 성격을 좀 더
융통성 있게 이해하고, 〈온달전〉의 가치체계를 면밀히 분석한다면, 조교
수가 입론의 근거로 내세운 몇 가지 점, 즉 흥미적 요소의 개입 문제나
사전적 주제가 무엇이냐 하는 문제는 해명되어질 수 있을 것이다.

다섯째, 〈온달전〉을 傳奇系의 傳으로 보고자 하는 관점이다. 이와
관련하여 진재교 교수는

> 「온달전」은 그 내용과 작품의 성격상 說話도 있고 또한 역사 사실
> 도 있으며 傳奇的인 내용이 착종되어 있는 것이 사실이다. 그럼에도
> 우리가 그간 「온달전」의 문학적 성격을 파악할 때, '說話'나 '傳奇'나
> 하는 두 축을 보다 중요시한 것이 사실이다. 하지만 문제되는 것은

---

14) 조수학, 앞의 논문, 앞의 책, p.25.
15) 조수학, 같은 논문, 같은 책, pp.17~19.

> ‘說話’냐 ‘傳奇’냐 하는 양축이 아니라, 즉 일반적인 ‘列傳’이냐 아니
> 면 ‘傳奇’냐 하는 것이 더 중요한 문제가 되는 것이다.16)

라고 하였다. 진교수는 〈온달전〉이 일반 ‘열전’의 성격이 선명함을 지적하면서, 〈온달전〉이 담고 있는 설화가 지니는 ‘전기’의 면모를 살펴 그 문학적 성격에 접근하고자 하였다. 진교수는 이러한 입장에서 〈온달전〉의 문학적 성격을 傳奇的인 색채가 농후한 傳이라 한다면 타당하겠으나, 傳奇작품으로는 규정지을 수 없다고 하면서 〈온달전〉을 ‘傳奇系의 傳’에 속한다고 보았다.17) 일반 열전의 성격이 선명한 〈온달전〉을 傳奇로 보지 않으려는 점은 필자의 견해와 같다. 그러나 과연 작품의 얼마만한 부분이 傳奇的인 것이기에 전기적 색채가 농후한 傳이라고 하는지? 그 부분이 전기가 아닌 다른 면으로 설명되어질 수 있다면, 굳이 ‘傳奇系’라는 말을 쓸 필요가 있을는지 궁금하다.

　이상에서 〈온달전〉의 성격을 두고 기왕에 논의되어 온 바를 검토하였다. 필자의 견해를 말하자면, 〈온달전〉은 史傳인 열전으로 보아야 한다는 것이다. 여러 논자들에 의해 그들의 입론의 근거로 제시된 사항들도 열전 양식의 범주나 속성 안에서 큰 무리 없이 받아들여질 수 있다면, 굳이 이 작품을 소설로까지 보아야 할 것인가 하는 의문이 든다. 물론 한국소설의 발생시점을 羅末麗初로 보자는 연구자들이 있는 것은 사실이고, 그 주장들은 직관적 관찰에 의존하고 있기는 하지만 수긍되는 점이 없지 않다. 그러나 〈온달전〉의 원작이 존재했을 가능성을 시사해 주거나 신빙케 할 만한 근거가 새롭게 제시되지 않는 한에 있어서는 원작 운운하는 것은 섣부른 판단이 아닌가 한다. 〈온달전〉은 史傳인 열전

---

16) 진재교, 앞의 논문, 앞의 책, p.306. 주 4).
17) 진재교, 같은 논문, 같은 책, p.331.

으로 보고 그 작품적 성격과 문학적 가치를 이해하는 것이 좋을 것이다.

우리가 〈온달전〉을 史傳인 열전으로 이해하고자 할 때, 『삼국사기』의 편찬동기인 '교훈성'[18]을 떠나서 이 작품을 논의하기는 어렵다. 貶보다는 褒를 중요시하는 『삼국사기』 열전의 입전태도[19]는 전이 추구하는 도덕적 진실성이 궁극적으로는 한 인물의 입전을 통하여 작가가 지향하는 규범적 인간상 창조에 바탕을 두고 있음[20]과 무관하지 않을 것이다. 그러므로 본 연구에서는 〈온달전〉이 지향하는 바를 규범적인 인간상의 창조라고 보고 여기에 따라 인물들의 가치지향을 살펴보고자 한다. 이 점은 〈온달전〉에 등장하는 인물이 지닌 삶의 양식이나 가치관 사이의 갈등과 대립을 통해 보다 효과적으로 전수되고 있다.

한편, 『사기』 열전이 한 인물이 지닌 의미의 전체상〔始末〕을 밝혀내려는 인간 해석을 지향하고 있음에 비추어, 〈온달전〉 역시 그 주제와 의미는 행적부를 중심으로 하는 온달의 일대기를 설화적 구조에 따라 분석함으로써 도출될 수 있을 것이다.

3. 〈온달전〉의 인물과 가치체계

열전은 인물과 사건을 교훈적이고 실제적인 역사서술의 대상으로 인

---

18) 김부식은 「進三國史記表」에서 『삼국사기』의 편찬동기와 목적을 분명히 하고 있다. 즉, 이에 의하면 중국의 경우와 같이 '우리 역사'를 다시 써서 '後世의 教訓'을 삼겠다는 것이다. 특히 '왕의 치적, 신하의 충성, 백성의 도리'가 역사서술의 내용이며, 따라서 3자간의 책무를 통해 국가의 安危가 결정되기 때문에 우리는 역사 속에서 교훈을 찾는다는 것이다. 신형식, 『삼국사기 연구』(일조각, 1984), pp.10~11.
19) 주명희, 「『삼국사기』 열전의 소설사적 위상」, 성오 소재영교수 환력기념논총 간행위원회 편, 『고소설사의 제문제』(집문당, 1993), p.407.
20) 성기옥, 「「傳」의 장르론적 검토」, 『울산어문논집』 제1집(울산공과대학 국어국문학과, 1984), p.87.

식함으로써 기록문학으로서의 서술자의 입전의식과 서술의도, 즉 個性 價値의 표현이 아주 중요시된다.21) 이 때 작가의 가치화 의지는 규범적 인간상을 창조하는 것이다.22) 그러므로 여기에서는 〈온달전〉에서 작가가 창조하고자 했던 규범적 인간상의 면모를 살펴 그 가치체계를 규명하고자 한다.

『삼국사기』의 편자인 김부식이 그 많은 구비·문헌전승 자료 중에서 상당수의 인물을 설정할 때는 그 자신의 인물평가 기준이 있었을 것이다. 즉 역사를 귀감으로 파악한 후, 왕과 신하 그리고 백성의 3자 간의 인간도리나 행동규범의 원리를 강조하고자 한 김부식의 역사서술 법칙과 관련해서 볼 때, 〈온달전〉 역시 개인의 행적을 통해 백성의 행동규범을 제시한 것으로 볼 수 있다.

그렇다면, 김부식은 〈온달전〉에서는 백성의 행동규범 중 무엇에 주목하였던 것인가? 김부식은 忠·信·義의 윤리관을 강조하는 것으로 열전의 기본되는 편찬의도를 삼았다. 〈온달전〉이 들어 있는 5권은 특히 忠의 실제적 표징으로서 諫과 殉國 및 信義를 계속 강조하려는 忠義列傳이다.23) 온달의 경우는 미천한 처지의 인물이 노력 끝에 성공하여 나라를 위해 목숨을 바쳤다는 점에서 가치가 부여된다. 그렇다고 해서 〈온달전〉이 담고 있는 가치체계를 忠과 殉國의 면만으로 온전히 설명할 수 있을 것인가?

앞에서 말한 행동규범이니 윤리관이니 하는 것은 결국 가치관을 말하는 것이다. 忠·信·義니 忠·孝·烈이니 하는 것은 결국 중세의 가치관을 대변하는 것이 된다. 〈온달전〉에 등장하는 인물들의 갈등구조는

---

21) 곽정식, 앞의 책, p.102.
22) 성기옥, 앞의 논문, 앞의 책, p.88.
23) 신형식, 앞의 책, p.347.

곧 그들이 지닌 삶의 양식이나 가치관 사이의 갈등이요 대립인 셈이다. 그러므로 〈온달전〉이 열전으로서 지니는 의미를 파악하기 위해서는 바로 인물간의 가치관의 대립·갈등 양상을 천착해 보는 것이 첩경일 것이다.

『삼국사기』 열전에는 각양각색의 인간상이 등장한다. 열전이란 그야말로 다양한 인간상이 펼치는, 인간의 살아있는 생생한 모습을 기록한 것이다. 그러므로 주어진 대로 삶을 순응적으로 살아간 평범한 인물들은 열전에 오르기 어렵게 된다. 인간의 삶의 양식이 제각각 다르듯이 열전의 인물들 또한 제각각의 삶을 살아간다. 그러면서 그들이 열전에 입전된 것은 중세적 가치관에서 볼 때, '무엇을 해야 할 것인가', '어떻게 살아갈 것인가'하는 문제를 스스로에게 끊임없이 던지면서 살아갔던 인물이기 때문이다. 전자의 물음이 주어진 삶에 대한 가치판단을 행하기 위해 요구되는 가치의 기준에 대한 물음이라면, 후자의 물음은 주어진 삶에 만족하지 않고 적극적으로 가치 있는 삶을 찾는 경우에 제기되는 가치판단에 대한 물음이다.[24]

따라서 '어떻게 살 것인가'라는 물음은 삶의 지향성을 밝힌다는 점에서 모든 인간에게 필연적으로 제기되는 문제로서, 열전의 인물들이라고 해서 예외일 수는 없는 것이다. 삶의 지향점을 밝힌다는 것은 '삶의 양식(form of life)'에 윤리적인 가치판단을 개입시킴으로써 바람직한 삶을 영위하게 함을 말한다. 이렇듯 '어떻게 살 것인가'라는 물음은 자신이 현실적으로 취할 수 있는 여러 행동 중에서 어떠한 것을 선택해야 할 것인가라는 답변뿐만 아니라, 때로는 심적인 태도의 측면에서도 어떤 의지나 마음가짐 등을 선택해야 할 것인가에 대한 답변을 요구한다.[25]

---

24) 김중신, 『소설감상방법론 연구』(서울대학교 출판부, 1995), p.27.
25) 유호종, 「가치판단 방법의 정당화에 대한 연구」(서울대학교 대학원 석사논문, 1993),

〈온달전〉에는 온달과 온달모, 평강왕과 평강공주가 등장한다.

먼저, 온달과 온달모의 경우를 살펴보자. 〈온달전〉의 서두에는 온달
의 인물에 대해서 다음과 같이 묘사되어 있다.

> 온달은 고구려 평강왕 때의 사람이다. 용모가 비루하여 웃을 만하
> 나 마음은 밝았다. 집안이 몹시 가난하여 항상 밥을 빌어 어머니를
> 봉양하였고, 찢어진 옷을 입고 해어진 신발을 신고 시정간에 돌아다
> 니니 그 당시의 사람들이 보고서 바보 온달이라고 했다.[26]

이와 같은 묘사는 바로 온달이라는 인물의 인간상과 그 인물의 심리
까지를 설명해 주고 있다. 집안이 몹시 가난한데다 용모도 못생겼으나
마음은 밝았다는 것은 미천한 인물인 온달의 낙천적인 면모를 보여준다.
衣食住의 사정이 이러한 온달이고 보면 심리적으로 박탈감을 느끼고,
"만족감과 박탈감의 간극으로 인한 정서적 자극을 야기"[27]할 만도 하다.
〈백결선생전〉에서 그의 아내는 만족감과 박탈감의 간극으로 인한 정서
적 자극을 받는다. 그리하여 남들은 방아 찧을 곡식이 있음에 비해 그렇
지 못한 자신의 신세를 한탄하지만, 백결선생은 그로 인해 어떠한 심리
적 갈등이나 충격을 받지 않는다. 온달의 경우도 그 둘 사이의 간극이
컸음에도 불구하고 정서적 자극이나 심리적 충격 같은 것을 느끼지 못
한다. 오히려 마음이 밝았다고 했다. 바보였으니까 그러할 것이라고 보
아버릴 수도 있을 것이다. 그러나 온달은, 뒤에서 평강공주와의 대화에
서도 알 수 있지만, 결코 바보가 아니다. 온달의 경우는 심리적 충격이

---

    p.4. 참조.

26) "溫達, 高句麗平岡王時人也. 容貌龍鐘可笑, 中心則睟然. 家甚貧, 常乞食以養母,
    破衫弊履, 往來於市井間, 時人目之爲愚溫達.", 〈온달전〉, 『삼국사기』 제45 열전
    제5.

27) 김중신, 앞의 책 p.28.

없으니 갈등도 없다.

이 점을 좀더 구체적으로 논의하기 위해 〈온달전〉과 〈백결선생전〉을 대비해 본다. 두 전에서 주인공들은 집안이 가난하여 해어진 옷을 입고 있었는데, 그 당시의 사람들이 〈온달전〉에서는 '바보'라 했고, 〈백결선생전〉에서는 '선생'이라고 했다. 온달을 '바보'라고 한 것은 일차적으로 온달의 용모가 못생겼고 외모가 우스꽝스럽다는 점에 기인한다. 그러나 온달의 경우는 심리적 충격이나 갈등이 없다. 백결선생의 아내가 만족감과 박탈감의 간극으로 인한 정서적 자극을 받고 남편을 졸라대지만, 백결선생은 그로 인해 어떠한 심리적 갈등이나 충격을 받지 않는다.

〈백결선생전〉에서 가장 인상적인 부분은 백결선생의 아내가 방아 찧을 곡식이 없음을 한탄하자 백결선생이 위로하는 대목28)이 될 것이다. 이 대목은 바로 앞 부분에서 압축된 문장29)으로 암시된 평소의 백결선생의 삶의 현장을 구체적으로 부연시켜 확장 서사하는 例話이다. 이 예화를 통하여 앞의 압축된 사실이 실제 모습으로 행위됨으로써 비로소 극적인 현장감을 야기시킬 수 있게 된 것이다.30)

〈온달전〉에서 온달 모자의 삶의 현장을 구체적으로 서사하여 극적인 현장감을 불러 일으키는 부분은 다음과 같다.

이에 공주는 보물 팔찌 수십 개를 팔꿈치에 매고 궁궐을 나와 혼자 길을 가다가, 한 사람을 만나 온달의 집을 물어 그 집에 이르렀다. 눈먼 노모가 있음을 보고 앞으로 가까이 가서 절하고 그 아들 있는

---

28) "歲將暮, 鄰里舂粟, 其妻聞杵聲曰, 人皆有粟舂之, 我獨無焉, 何以卒歲. 先生仰天嘆曰, 夫死生有命, 富貴在天, 其來也不可拒, 其往也不可追, 汝何傷乎. 吾爲汝作杵, 聲以慰之. 乃鼓琴作杵聲.", 〈백결선생전〉, 『삼국사기』 제48권 열전 제8.
29) "居狼山下, 家極貧, 衣百結若懸鶉, 時人號爲東里百結先生. 嘗慕榮啓期之爲人, 以琴自隨, 凡喜怒悲歡不平之事, 皆以琴宣之.", 〈백결선생전〉, 같은 책, 같은 곳.
30) 주명희, 앞의 논문, 앞의 책, p.414.

제 2 부 『삼국사기』 열전의 성격과 문학성 **225**

곳을 물으니, 노모가 대답하기를 "우리 아들은 가난하고 또 추하여, 貴人이 가까이할 인물이 못됩니다. 지금 그대의 냄새를 맡으니 향기가 이상하고, 손을 만지니 부드럽기 풀솜과 같으니 반드시 천하의 貴人이요. 누구의 속임수로 여기에 오게 되었소? 내 자식은 굶주림을 참지 못하여 산으로 느릅나무 껍질을 벗기러 간지 오래인데 아직 돌아오지 않았소."라고 하였다. 공주가 나와 걸어서 산 밑에 이르러 온달이 느릅나무 껍질을 지고 오는 것을 보고, 공주가 더불어 마음속에 품은 바를 말하니 온달이 성을 내며, "이는 어린 여자가 행동할 바가 아니다. 반드시 사람이 아니라 여우와 귀신이다. 내 곁으로 오지 말라."라고 하며 그만 돌아보지도 않고 갔다. 공주는 혼자 (온달의 집으로) 돌아와 사립문 아래에서 자고, 이튿날 다시 들어가서 모자에게 자세한 것을 말하였는데, 온달은 우물쭈물하며 결정을 내리지 못하였다. 그 어머니가 말하기를 "내 자식은 지극히 누추하여 貴人의 배필이 될 수 없고, 내 집은 지극히 가난하여 貴人이 거처할 곳이 못 되오."라고 하였다. 공주가 대답하기를 "옛 사람의 말에, 한 말 곡식도 방아 찧을 수 있고, 한 자 베도 꿰맬 수 있다고 하였습니다. 마음만 같다면 어찌 반드시 부귀한 후에야 함께 지낼 수 있겠습니까?"라고 하였다.31)

이상은 평강공주가 부왕과의 갈등으로 궁을 쫓겨 나온 뒤, 온달을 찾아가서 그와 결연하는 대목이다. 분량으로 보아 〈온달전〉 전체의 1/4을 차지할 정도로 다른 대목보다는 비교적 자세히 서술되어 있다. 이에

---

31) "於是, 公主以寶釧數十枚繫肘後, 出宮獨行. 路遇一人, 問溫達之家, 乃行至其家, 見盲老母, 近前拜, 問其子所在. 老母對曰, 吾子貧且陋, 非貴人之所可近. 今聞子之臭, 芬馥異常, 接子之手, 柔滑如綿, 必天下之貴人也. 因誰之佊, 以至於此乎. 惟我息不忍饑, 取楡皮於山林, 久而未環. 公主出行, 至山下, 見溫達負楡皮而來. 公主與之言懷, 溫達悖然曰, 此非幼女子所宜行, 必非人也, 狐鬼也. 勿迫我也, 遂行不顧. 公主獨歸, 宿柴門下. 明朝更入, 與母子備言之, 溫達依違未決, 其母曰, 吾息至陋, 不足爲貴人匹. 吾家至簍, 固不宜貴人居. 公主對曰, 古人言, 一斗粟猶可春, 一尺布猶可縫, 則苟爲同心, 何必富貴然後可共乎.", 〈온달전〉, 『삼국사기』 제45 열전 제5.

비해 미천한 인물인 온달이 공주와 결혼한 뒤 뛰어난 능력을 획득하는
과정은 관심이 큼에도 불구하고 다음과 같이 상대적으로 소략하게 서술
되어 있다.

> 처음 말을 살 때에 공주는 온달에게 이르기를 "절대로 시장 사람
> 의 말을 사지 말고, 꼭 國馬로서 병들고 파리하여 내다 파는 것을 사
> 오도록 하시오."라고 하니 온달이 그 말대로 하였다. 공주가 부지런히
> 먹이고 기르니 말이 날로 살찌고 건장해졌다.[32]

이 대목의 소략함과 비교해 볼 때, 결연부분의 상세한 서술은 〈온달
전〉 전체의 서술구조 속에서 어떠한 의미를 지니고 있는가?

온달 모자는 문면에 드러난 외형적 묘사와는 달리 정반대의 성격과
선명한 개성을 지니고 있다.[33] 온달은 궁을 뛰쳐나온 어린 공주를 합리
적인 언변으로 꾸짖고 설득할 정도이다. 온달의 모는 시각 장애자임에
도 불구하고 공주의 신분을 쉽게 파악하는 예지를 지니고 있으며, 온달
과의 결연을 바라는 공주를 논리적으로 설득할 정도이다. 특히 온달의
모는 "우리 아이는 매우 가난하고 비천하니 그대와 같은 귀한 사람이 가
까이 할 수 없다."라고 거절한다. '굶주림을 참지 못할' 정도로 어려운
형편임에도 불구하고, 굴러온 행운을 탐하지 않고, 자기의 분수를 알아
냉정히 거절할 줄 아는 인물이다.

온달 모자는 가난하고 미천한 신분이지만, 그들은 자신의 주어진 삶
에 충실하며 요행이나 과욕을 부리지 않는 합리적인 인물이다. 이들은
자기의 생활의 윤리에 충실한 구체적인 인간이지 관념 속에 존재하는

---

32) "初買馬, 公主語溫達曰, 愼勿買市人馬, 必擇國馬病瘦而見放者, 而後換之. 溫達如
　　其言. 公主養飼甚勤, 馬日肥且壯.", 〈온달전〉, 『삼국사기』 제45 열전 제5.
33) 진재교, 앞의 논문, 앞의 책, p.312.

도식적인 인간은 아니다. 그들은 도식적인 유가이념보다는 일상화된 덕
목을 실천하는 인물들이다. 김부식은 〈온달전〉에서 주어진 삶에 순응하
면서 살아가는 일반 백성들의 순박한 행동을 통해 백성들의 행동규범을
제시하고자 한 것은 아닐까? 그러한 의도에서 온달 모자의 삶의 현장을
구체적으로 서술하고 있는 것이다. 평강공주가 궁을 쫓겨 나온 뒤, 온달
을 찾아가서 결연하는 대목이 다른 대목보다 비교적 상세하게 서술되어
있는 것도 이 점과 무관하지는 않을 것이다.

온달의 인물의 성격과 특성은 이상의 것만이 아니다. 온달이라는 인
물의 특성은 두 가지 기능을 가진다. 그 중 하나는 '부차적'인 역할이고,
나머지 하나는 '본질적'인 역할이다.[34) 가치체계의 면에서 본다면, 〈온
달전〉의 도입부에서 자기 생활의 윤리에 충실하며 순박하게 살아가는
인간상이 부차적인 역할이며, 종결부에서 국가를 위해 순국하는 숭고한
인간상이 본질적 역할이다. 온달의 본질적 역할에 대해서는 후술하고자
한다.

다음으로 평강왕과 공주의 경우를 살펴보자. 기존의 연구에서는 이
들 사이의 갈등에 주목하였다. 갈등은 "어떤 사실이나 현상에 대하여 상
반된 주장이나 판단으로 말미암아 주체와 대상이 긴장관계에 놓이게 되
고 이 관계가 점차 심화되어 구체적인 대결의 형태로 전개되는 것"[35)이
다. 이런 점에서 인간의 갈등은 상호배타적인 두 개 이상의 가치가 서로
대립될 때 극대화된다.

이들 사이의 갈등에 대해 임재해 교수는

---

34) "전체 목적에 필요한 특질의 하나를 나타내는 것이 부차적인 역할이라면, 전체를 결
　론적으로 종합하는 것이 본질적인 역할이다." 케네스 버크, 「네 가지 비유법」, 주네
　트·리쾨르·화이트·채트먼 외 지음, 석경징·여홍상·윤효녕·김종갑 엮음, 『현대
　서술 이론의 흐름』(솔출판사, 1997), p.170.
35) 김중신, 앞의 책, p.28.

　　온달형설화는 한 아버지의 딸이지만 그 아버지에게 매여 있지 않
고 주체적인 삶을 추구하려는 자아와, 이를 인정하지 않고 딸을 아버
지의 자의적인 통제 아래 두려는 세계 사이에서 부딪치는 부녀간의
갈등에 의하여 이야기가 전개된다.36)

라고 하면서, 아버지의 삶에 예속되지 않은 채 독자적인 삶의 가치를 실
현해 나가려는 딸의 주체의식이 온달설화의 속뜻이라고 보았다.37)
　〈온달전〉에서의 부녀간의 갈등은 필연적이라고 보고 있는 김대숙 교
수는 인물의 성격과 갈등구조를 통해서 〈온달전〉이 '發福說話'의 한 유
형이라고 지적하면서,

　　<온달전>에서는 평강의 결혼을 놓고 상부 고씨냐 온달이냐를 결
정하는 일인데 이런 문제는 같은 집단 내의 다른 세력 간의 정치적
갈등으로 풀이된다.38)

라고 하여, 〈온달전〉에 나타난 갈등을 역사적으로 해석하기에 이르렀다.
　이 두 분의 견해는 〈온달전〉을 설화적 측면에서 유형구조의 분석을
통해 접근하고자 했다는 공통점을 지닌다. 의미 있는 성과라고 하겠으
나, 자료에 대한 접근태도와 시각에 따라서는 이와 다른 견해도 나올 수
있을 것이다. 여기에서는 〈온달전〉의 갈등양상을 열전이 갖는 교훈성의
측면에 맞추어 해명하고자 한다.
　忠·孝·烈의 유교적 윤리는 김부식 당대의 시대정신이었다. 그러므
로『삼국사기』는 이러한 유교적 형식윤리를 강조하는 입장에서 기술된

---

36) 임재해, 앞의 논문, 앞의 책, p.340.
37) 임재해, 같은 논문, 같은 책, p.352.
38) 김대숙, 앞의 논문, 앞의 책, p.143.

史書라고 하겠다. 이러한 시각에서 본다면, '온달형설화'를 부녀간의 갈등구조로 파악하고, 주체적인 삶을 실현해 나가려는 딸의 주체의식이 온달설화의 속뜻이라는 견해는 '온달형설화'라는 유형적 이해를 넘어 〈온달전〉에까지도 해당될 수 있는지는 의문이다. 열전인 〈온달전〉의 갈등구조의 이해는 당대의 시대정신과 저술의도에 입각하여 이해되어져야 할 것이다. 평강공주가 上部高氏에게 시집가라는 부왕의 명을 따르기를 거부한 그 자체만 문제삼는다면, 보모에게 순종해야 한다는 효의 정신에 위배된다. 그러나 등가적 가치 사이에서 그 어느 하나의 선택을 강요받는 경우라면, 문제는 달라진다.

우리는 그 한 예로서 薛氏女의 경우를 본다. 설씨녀는 신의와 효도 사이에서 갈등한다. 이러한 설씨녀의 갈등은 효와 정절 그리고 신의라는 당대의 절대적 가치 속에서 갈등하는 것이다. 이러한 가치는 본래 등가적 가치이지만, 이 작품과 같이 상대적 가치로서 작용하여 선택을 강요당하게 될 때 그 갈등은 한층 심각한 것이 된다. 설씨녀의 아버지는 종군 나간 嘉實이 기한 내에 돌아오지 않자, 딸에게 다른 집안에 시집갈 것을 강요한다. 이에 대해 설씨녀는 "신의를 저버리고 食言하는 것이 어찌 인정이겠습니까? 아버지의 명을 감히 끝까지 따르지 못하겠사오니 다시 말씀하지 마십시오."[39]라고 하였다. 이러한 설씨녀의 의지는 효의 이념보다 인간적인 신의와 정절을 더 큰 가치로 설정하였던 것이다.

평강공주는 부왕이 상부고씨에게 시집가라고 하자,

> 대왕께서 항상 말씀이, "너는 반드시 온달의 아내가 된다."라고 하셨는데 지금 무슨 까닭으로 전의 말씀을 고치시나이까? 匹夫도 食言

---

39) "棄信食言, 豈人情乎. 終不敢從父之命, 請無復言.", 〈설씨녀전〉, 『삼국사기』 제48 열전 제8.

을 하지 않으려 하거늘 하물며 至尊이겠습니까? 그러므로 王者는 戲
言이 없다고 하는 것입니다. 지금 大王의 명령은 잘못된 것이오니 小
女는 감히 받들지 못하겠습니다.[40]

라고 하였다. "필부도 식언을 하지 않으려 한다"는 말은 설씨녀의 경우
를 통해서도 짐작할 수 있다. 그러므로 평강왕과 공주 사이의 이러한 갈
등은 주체적 삶을 실현하고자 하는 딸을 두고 벌이는 부녀간의 갈등으
로만 볼 수 없다. 이러한 갈등은 일차적으로 등가적 가치를 지닌 당대의
가치 사이에서 일어나는 평강공주 내부의 갈등이다. 그러나 문면에는
이 내부 갈등의 모습이 나타나 있지는 않다.

평강공주는 자신의 주체적인 삶을 주장하기보다는, 王의 信義를 문
제삼고 있는 것이다. 그녀는 자신의 결혼을 둘러싼 부왕과의 갈등을 단
순히 부녀간의 갈등이라는 편협된 시각으로 보고 있지는 않다. 그녀는
'아버지'란 말은 한번도 쓰지 않고, '大王'・'至尊'・'王者'라는 객관적인
용어를 쓰고 있다. 이러한 말들은 '匹夫'라는 말과는 대립관계에 있다.
그녀는 '匹夫의 신의'와 '대왕의 식언'을 첨예화된 대립관계 속에서 파악
하고 있는 것이다. 그녀는 제기된 문제를 부녀간・가족간의 사적인 情
誼라는 차원에서 파악하지 않고, 국가사회의 신의라는 보다 승화된 공
적인 차원에서 문제삼고 있는 것이다. 딸의 태도가 이러함에도 불구하
고, 부왕은 '나의 가르침', '나의 딸'이라고 하면서 이 문제를 부녀간의
사적인 갈등의 차원에서만 이해하고 있는 것이다. 이처럼 평강공주는
'信義'는 上下의 계층을 초월하여 지켜야 할 절대가치라고 보고 있다. 이
에 비해 왕은 평강공주의 깊은 뜻을 헤아리지 못하고, 단순히 부모의 명

---

40) "大王常語, 汝必爲溫達之婦, 今何故改前言乎. 匹夫猶不欲食言, 況至尊乎. 故曰, 王
者無戲言. 今大王之命, 謬矣, 妾不敢祗承.", 〈온달전〉, 『삼국사기』 제45권 열전 제
5.

을 거역하는 몹쓸 딸로만 파악하는 아둔함을 보여준다.

〈花王戒〉에서 국왕에 대한 도덕적 권위를 강조하고 있는 설총은, 국왕도 道德律의 지배권 밖에 초연할 수 없는 존재인 것으로 생각했다. 유교에 의하면 어떤 신분이나 정치적 지위나를 막론하고 모든 사람이 절대적인 도덕률의 지배 밑에 놓이게 되는 것이다.41) 이런 점에서 본다면, 평강공주의 말은 王者는 食言은 물론 戲言을 해서도 안 되며, 공사간에 신의를 지켜야 한다는 것이다. 이것이 지켜지지 않는다면 아무리 아버지의 명이라고 해도 따를 수 없다고 본 것이다. 평강공주는 왕이 노하여 "네가 나의 가르침을 따르지 않으니 진정 내 딸이 될 수 없다. 어찌 함께 살 수가 있겠느냐? 마땅히 네가 가고 싶은 대로 가거라."42)라고 할 지경에 이르러서도 뜻을 굽히지 않고, 궁을 나와버린다. 그러나 공주는 왕이 절연을 선언했다고 해서 부녀간의 연을 끊지는 않는다. 그녀는 온달이 주어진 역할을 통해 왕으로부터 "나의 사위"라는 인정을 받음으로 해서 부왕의 사랑을 회복하는 한편으로 부왕의 잘못을 깨우치기에 이른다.

김부식에게 있어 진정한 효의 의미는 부친이 인간적 신의를 잃지 않도록 하는 데 있다고 본 듯하다. 부모의 잘못을 보고도 그를 깨우치지 못하면 그 또한 불효라고 보는 儒家의 전통적 효의 관념을 드러내 주고 있다.43) 결국 평강공주는 왕이 戲言으로 한 말일지라도 아버지를 대신해서 그것을 지키고, 온달을 통해 국가에 충성함으로써 궁극적으로는 효를 실천한 셈이다.

---

41) 이기백, 「신라 골품제하의 유교적 정치이념」, 『신라사상사연구』(일조각, 1986). p.228.
42) "王怒曰, 汝不從我敎, 則固不得爲吾女也. 安用同居. 宜從汝所適矣.", 〈온달전〉, 『삼국사기』 제45권 열전 제5.
43) 이정진, 「傳의 미의식 양상에 관한 연구」, 국어국문학회 편, 『고전산문연구 2』(태학사, 1998), p.154.

이처럼 〈온달전〉은 왕과 평강공주 사이의 갈등을 노출하면서 상반된 두 개의 가치체계를 나타내 보인다. 효와 신의는 등가적 가치이지만, 왕은 신의를 저버리면서까지 딸에게 효의 실천을 요구하고 있다는 점에서 두 사람 사이의 가치관은 양립하기 어렵다. 왕은 공주를 上部高氏에게 시집보내려 한다. 그것은 애정을 매개로 한 것이 아닌 일종의 정략적 결혼이다. 공주가 바보 온달에게 시집가려는 것은 그와 같은 정략적 결혼에 대한 반대이며, 아무리 공주의 신분이라 하더라도 애정만 있으면 서민과도 결혼할 수 있다는 입장이다.

결혼에 대한 평강공주의 가치관이 어떠한지는 온달모와의 대화 속에서 살필 수 있다. 그녀가 온달을 찾아가서 자신의 마음을 표하자, 온달모는 집안의 가난함과 신분의 미천함을 내세워 거절한다. 즉 온달모가 신분상의 귀천의 엄정성을 내세워 거절하자 평강공주는 "옛 사람의 말에, 한 말 곡식도 방아 찧을 수 있고, 한 자 베도 꿰맬 수 있다고 하였습니다. 마음만 같다면 어찌 반드시 부귀한 후에야 함께 지낼 수 있겠습니까?"44)라고 하여, 마음만 같다면 빈부귀천은 문제될 것이 없다고 하였다.

이러한 대목은 强首가 조강지처를 버리지 않았다는 〈강수전〉의 이야기를 연상케 한다. 강수가 20세가 되었을 때, 그의 부모가 아름답고 행실이 좋은 여자에게 장가들기를 권하자, 강수는 再娶는 옳지 못하다는 이유로 이를 거절한다. 그의 아버지가 크게 노하자, "가난하고 천한 것은 부끄러운 바가 아닙니다. 道를 배우고 이를 행하지 않는 것이 진실로 부끄러운 바입니다."45)라고 하였다.

---

44) "古人言, 一斗粟猶可春, 一尺布猶可縫, 則苟爲同心, 何必富貴然後可共乎.", 〈온달전〉, 『삼국사기』 제45권 열전 제5.

45) "貧且賤, 非所羞也. 學道而不行之, 誠所羞也.", 〈강수전〉, 『삼국사기』 제46권 열전 제6.

엄격한 골품제 밑에서 신분을 기준으로 엄격한 通婚圈이 형성되었을 신라 당대에 이러한 不文律을 깨뜨리고자 하는 강수나, 上部高氏에게 시집가기를 명하는 부왕의 명을 도덕률을 내세워 거절하는 평강공주는 인간의 가치판단의 기준을 신분적인 것에서 도덕적인 것으로 옮겨가고자 했다는 면에서 상통하는 면이 있다.

〈온달전〉에서 공주는 효와 신의라는 두 가지 가치체계 중에서 한쪽 편을 선택하고 있다. 그러나 본문의 속뜻은 공주가 내세우는 신의의 실현에만 있지 않다. 다시 말해서 본문은 신의라는 하나의 가치체계를 선택함으로써 효라는 다른 가치체계를 완전히 배제하고 있지는 않다. 도입부에서 두 가지 가치체계를 두고 왕과 공주 사이에 야기된 갈등도 온달에 의해 제3의 가치체계인 '忠'이 실현되면서 완전히 해소된다. 전반부에서 신의가 강조되고 있지만, 본문의 종국적 선택은 순국하는 온달의 숭고한 정신을 통해 소위 '忠'이라는 이데올로기의 실천에 있다. 그러므로 〈온달전〉의 본뜻은 충과 순국에 있는 것이다.

작품의 전반부에서 온달은 주어진 대로의 삶을 살아가는 현실순응적인 인물로 묘사되어 있다. 온달이 끝내 이러한 삶에 그쳤다면 열전에 오르지 못했을 것이다. 온달은 전반부에서 물리적 삶을 유지하기 위한 본능적 의지에 따라 살아갔다. 그러나 후반부에서는 윤리적 가치, 즉 忠의 실현을 위해 목숨까지 던지는 의식적·목적적 지향의지를 보여준다. 외적으로부터 국가를 수호하는 것이 화급한 시기에 백성으로서 '무엇을 해야 할 것인가?', '어떻게 살아 갈 것인가?'의 문제를 온달은 순국을 통해 극명하게 보여 준 것이다.

4. 〈온달전〉의 구조와 의미

기존의 연구에서, 〈온달전〉은 허구성(문학성)과 사실성(역사성)이라는 상이한 성격의 내용이 결합된 것으로 보아 왔다. 즉 평강공주가 궁에서 쫓겨 나와 온달과 결연하는 부분은 허구성이, 온달이 능력을 발휘하고 무공을 세운 뒤 전사하는 부분은 역사성이 담겨 있는 것으로 인식되어 왔다. 역사적으로 실재했던 인물의 생애를 다루는 史傳은 기본적으로 객관적 사실을 지향하는 속성을 지닌다. 그렇다면 열전인 〈온달전〉에 허구성이 가미됨으로써 史傳으로서의 의미가 훼손되는 것인가? 이 점은 역사 일반과 다른 傳 양식의 속성으로 이해되어져야 한다.

과거의 역사서술은 객관성에 대한 인식의 한계에 따라 이차적 사료인 口傳과 傳承 등을 거의 무비판적으로 수용하여 왔다. 이 점은 역사 서술이 사실 지향의 경험적 충동에만 충실할 수 없었음을 보여주는 현상이다. 이와 같은 외적 요인에도 불구하고, 역사 서술이 허구화를 지향할 수밖에 없었던 근본요인은 역사 기록이 서술의 형태로 발전한 데 있다고 해야 될 것이다. 한 인물의 객관화에 대한 한계와 함께 자료의 제약에 따라 서술자의 주관성의 개입이나 허구화의 지향은 필연적이다. 요컨대, 사실성과 허구성을 동시에 갖추지 않고서는 역사 서술 자체가 불가능한 것이다. 사마천의 『사기』 열전은 그 자체로 대립적인 지향, 즉 사실 지향과 허구 지향의 내재적 충동을 포괄하는 양식이었다.46) 〈온달전〉이 지닌 허구성도 이러한 관점에서 이해될 수 있을 것이다.

허구성과 사실성이라는 상이한 성격을 지닌 부분들이 〈온달전〉이라는 하나의 작품 속에서 융합될 수 있게 된 이유는 무엇인가? 〈온달전〉에서 설화와 역사가 자연스럽게 결합될 수 있는 까닭은, 그것이 바로

---

46) 곽정식, 앞의 책, pp.17~25. 참조.

'이야기의 형식'을 취하고 있기 때문이다.

> 역사가가 사건들을 보고하는 데 아무리 객관성을 지니고 있고 또 사적 증거를 아무리 분별력 있게 평가한다 해도, 또한 사건들의 시기를 아무리 세심하게 헤아린다 하더라도 그가 리얼리티에 이야기의 형식을 부여하는 데 실패한다면 그의 이야기는 올바른 역사가 되지 못한다.[47]

이처럼 리얼리티를 내세우는 역사에서도 '이야기의 형식'을 취하는 것은 본질적이다. 그러므로 설화와 역사가 결합된 열전에서는 사실적인 역사조차도 설화와 함께 '이야기의 형식' 속에 용해될 수 있는 것이다.

문학작품을 '작품답게' 만드는 것은 작가가 '말하려고 하는 바'가 '어떠한 방식으로 말해졌는가'라는 점에 있으며, 이것이 소위 문학성을 이루는 기초적 토대를 이룬다.[48] 김부식은 열전인 〈온달전〉에서 자기가 말하고자 하는 바를 '이야기의 형식'을 통해 말하고 있는 것이다.

이러한 점에서 〈온달전〉을 단순히 史書로서만이 아니라 문학성을 지닌 문학작품으로서 이해할 수 있는 가능성이 열리는 것이다. 이 점은 허구성과 사실성을 '이야기의 형식'을 통해 접맥한 〈온달전〉의 문학적 형상성의 문제와 직결될 것이다.

이제 '이야기의 형식'이란 문제에 대해서 살펴보자. 원래 이야기란 그 내용이 길든지 짧든지 간에 반드시 하나의 기본골자를 가지고 있는데, 이 기본골자 또는 이야기의 줄거리를 설화적 구조라고 부른다.[49]

---

47) 헤이든 화이트, 「리얼리티 제시에서의 서술성의 가치」, 주네트·리쾨르·화이트·채트먼 외 지음, 석경징·여홍상·윤효녕·김종갑 엮음, 앞의 책, p.184.
48) 이 점에 대해 정상균 교수도 "『삼국사기』에 서술되어 있는 바 '이야기가 어떤 이야기이며 어떻게 이야기되고 있는가?'가 서사문학상 문제의 전부"라고 한 바 있다. 정상균, 『한국중세서사문학사』(아세아문화사, 1999), p.24.

프롭(V.Propp)에 의하면 모든 이야기는 그 무엇이 결핍되어 있을 때 발단된다고 했다. 사실 모든 설화는 부정적인 그 무엇이 발생하기 때문에 시작된다. 그 무엇이 결핍되어 있거나 상황이 부정적일 때 이야기가 시작되며, 또한 주인공이 결핍된 요소를 찾아오거나 부정적인 상황을 바로잡게 되는 것이다. 이렇게 모든 설화란 부정적인 그 무엇에서 긍정적인 그 무엇으로 변형(transformation)됨을 이야기하고 있다.[50] 어떤 이야기나 '처음'과 '마침' 사이에는 반드시 '변화된 사건들'이 있다. 그러므로 본문을 분석하는 작업은 '처음'(도입부)과 '마침'(종결부) 사이에 발생하는 변형을 찾아내는 것이다.[51]

이제 〈온달전〉의 이야기의 줄거리를 살펴보자. 이야기의 줄거리를 살피는 작업은 아래의 순서로 할 수 있을 것이다. 우선 〈온달전〉의 본문 안에서 '처음'에 어떤 종류의 불행한 일이나 혹은 그 무엇이 '결핍된 상태'가 있는지 따져보아야 한다. 그 다음 본문 안에서 어떤 변형이 발생했는지를 살펴보아야 한다. 끝으로 본문의 '끝에 와서' 결핍된 상태가 과연 변형되어서 그 결핍이 메워졌는지를 확인해 보아야 한다.

그리고 이 변형들이 '어떻게' 실현되었는가를 살펴보아야 한다. 그 다음에 본문 안에서 일어난 변형의 결과를 인정해 주는 행위가 어떻게 나타나는 가를 살펴보아야 한다. 다시 말해 어떤 방식으로 주인공이 이룩한 공적을 인정해 주는 행위가 발생되었는가를 주의 깊게 찾아보자는 것이다.

〈온달전〉의 설화적 구조를 분석하기 위해서는 아래의 순서대로 질문을 제기해 볼 수 있다.

---

49) 서인석, 『성서와 언어과학』(성바오로 출판사, 1984), p.473.
50) 서인석, 같은 책, p.422.
51) 서인석, 같은 책, p.445.

① 결핍 혹은 불운의 상황은 무엇인가?
② 결핍들이 과연 메워졌는가?
③ 누가 이 변형의 혜택을 받았는가?
④ 이야기 안에서 이런 변형을 발생시킨 주체는 누구인가?
⑤ 이야기 안에서 발신자는 누구인가?
⑥ 어떻게 인정의 행위가 이야기 안에 나타나는가?

먼저 ①부터 살펴보자. 온달의 '가난'과 '미천한 신분'을 결핍으로 볼 수 있는가? 온달 모자에게는 먹을 음식도 입을 옷도 없으며 시력도 없다(온달모)는 무수한 결핍들이 있다. 그러나 그들은 이 많은 결핍으로부터 벗어나고자 하는 강한 욕망을 갖고 있지 않다. 온달은 가난한 현실에 처해 있으면서도 심리적 충격이나 갈등도 없이 오히려 마음이 밝았다고 했다. 즉 현실에 순응하고 있다는 것이다. 온달이 허기를 참지 못하여 느릅나무 껍질을 캐는 행위는 물리적 삶을 유지하기 위한 본능적 의지로서 慾望의 차원이 아니라 欲求의 차원인 것이다. 그러므로 온달이 처한 상황을 결핍이나 불운이라고 보기 어렵다.

그러면 평강공주에게 일어난 불행한 일은 무엇이며, 결핍된 상황은 무엇인가? 공주는 부왕과의 가치관의 차이로 인해 上部高氏와 결혼하라는 부왕의 명령을 거절했고, 따라서 왕궁으로부터 쫓겨나는 불행한 일을 겪게 된다. 16세 결혼적령기에 이르렀으나, 상부 고씨와의 혼인을 거부함으로 해서 배우자가 없으며, 온달과 결연했어도 '왕실로부터 인정을 받지 못하는' 결핍된 상황에 놓이게 된다.

왕의 경우에는, 공주가 어려서 잘 울었으므로 사대부의 처가 될 수 없고 바보 온달에게나 시집보내야겠다고 하였다. 이것은 어디까지나 戱言이었다. 그러나 공주가 상부 고씨에게 시집가라는 명령을 따르기보다는 신의를 내세움에 따라 사랑하는 딸과 부녀의 정을 끊고 궁에서 내치는 가슴 아픈 불운을 맛보게 된다.

②를 보자. 온달이 전쟁에서 큰공을 세우자 왕은 정식으로 예를 올려 사위로 삼는다. 공주는 부왕으로부터 온달과의 혼인을 인정받게 됨으로써 왕궁으로 복귀할 수 있게 되었다. 공주의 결핍이 메워지고 불운의 상황이 해소된 것이다. 이에 따라 사랑하는 딸과 헤어졌던 부왕의 불운의 상황도 해소된다.

③을 보자. 우선적으로 혜택을 입은 자는 평강공주이다. 부왕의 명령에 따라 출궁했으나, 그것은 부왕과의 가치관의 차이에서 온 것일 뿐 결코 부녀의 정을 끊고자 한 것은 아니다. 쫓기듯 궁을 나왔지만, 남들이 바보라고 손가락질하는 온달을 지아비로 삼아 훌륭한 장수가 되도록 내조함으로써 부왕으로부터 사위로 인정받게 된 것이다. 이것은 공주가 궁을 나설 때 지녔던 애초의 포부가 남김없이 실현된 것이다. 이로써 부왕에게 자신의 판단이 옳았음을 인정받게 된 것이다. 그리고 온달도 혜택을 입는다. 미천한 처지였던 그는 공주와 혼인한 뒤, 수렵행사에서 두각을 나타내었고, 後周와의 전쟁에서 큰공을 세워 大兄의 작위를 받게 된다. 은총과 영화가 더욱 커지고 위엄과 권세가 날로 성하게 되었다. 그리고 임금도 혜택을 받게 된 셈이다. 온달의 활약에 따라 국가의 위기를 무사히 넘겼으며, 온달을 사위로 인정함으로써 전날의 食言을 거두게 되었다. 이로써 "바보 온달에게로 시집보내겠다"라고 한 戲言을 실천하였으니 그 또한 결과적으로 신의를 지킨 셈이 되었다.

④를 보자. 누가 이런 변형의 작업을 이룩하는가? 이 '어떤 사람'이 바로 변형 작업의 주체요 영웅인 것이다. 이 주체는 물론 온달이다. 앞에서 살펴보았듯이 온달은 자원하여 전장에 나감으로써 '忠'이라는 가치를 실현하려는 의식적 지향의지를 가지고 있다. 그런데 어떤 행동을 실

현하기 위해서는 지식·의지·능력이 반드시 필요하다. 온달에게 능력을 제공한 사람은 평강공주이다. 그렇다고 해서 "온달 이야기의 실제적 주인공은 평강공주"[52]라고까지 볼 수는 없다. 물론 〈都彌傳〉에서처럼 傳의 표제인물과 실제적 입전 대상이 동일하지 않은 경우도 있지만, 〈온달전〉과는 다른 상황이다. 그러면 〈온달전〉에서 평강공주는 어떤 기능을 하는 인물인가? 이 점은 다음의 ⑤에서 살펴보겠다.

⑤를 보자. 발신자는 이야기 안에서 모든 일을 발단케 하는 원인을 제공한다. 흔히 동화에서 이 발신자는 영웅을 물색하여 결핍을 메우게 하는 역을 담당하고 있다. 여기에서 발신자는 이야기를 발단케 하고, 자신의 결핍을 메우기 위해 온달과 결혼한 뒤 그에게 능력을 제공한 평강공주이다.

⑥을 보자. 온달이 관청 퇴역마를 사다가 잘 먹여 駿馬로 만들어 타고 수렵행사에서 능력을 발휘하자, 왕이 그를 불러 이름을 듣고 감탄하기에 이른다. 이어 後周와의 전쟁에서 큰공을 세움에 따라 사위로서 인정을 받고, 大兄의 작위를 받음에 따라 은총과 영화가 더욱 커지고 위엄과 권세가 날로 성하게 되었다.

이상의 분석을 통하여 〈온달전〉에서 발생한 변형이 해명된 셈이다. 이제 논의된 내용을 단계별로 정리해 보자. 하나의 이야기가 구성되기 위해서는 (최소한) 하나의 초장적 상태 ⓐ와 하나의 종장적 상태 ⓑ와 그리고 (한 명의 작용주체에 의해 실현된) 변형의 한 작용이 요구된다. 이 핵심적인 변형의 작용을 실현하기 위해서는 하나의 설화적 프로그램이라고 부르는 것을 구성하는 조종·권능·실행·비준의 4단계가 필요하다.[53] 이에 따라 〈온달전〉에 나타난 4단계를 나타내면 다음과 같다.

---

52) 이정진, 앞의 논문, 앞의 책, p.164.
53) 서인석, 『기호학 교육론』(성바오로 출판사, 1989), pp.223~224.

▶ **조종** : 발신자인 평강공주는 작용주체인 온달의 의무감과 의지를
유발시킨다. 그녀는 처음 온달을 만나 설득하여 결연한 다
음, 온달에게 그가 실현해야 할 가치들에 대한 지식을 주지
시키고 또한 예의 주체인 온달로 하여금 행동하도록 한다.
▶ **권능** : 주체인 온달은 능력을 취득하게 되는데, 비루먹은 말을 사
서 준마로 기른 공주의 역할에 크게 의지하고 있다. 발신자
인 공주는 작용주체의 능력의 취득에까지 기능하고 있다.
▶ **실행** : 온달이 준마를 타고 사냥솜씨를 발휘하여 왕의 칭찬을 받
고, 전쟁에서 큰공을 세우는 부분은 실행에 해당한다.
▶ **비준** : 여기에서는 주체가 투신하여 얻은 가치와 그 주체를 인정
한다. 이 비준은 인식적인 것(사위로 인정)과 실용적인 것
(대형의 벼슬을 줌)의 두 가지로 나타나 있다.

앞에서 어떤 이야기의 '처음'과 '마침' 사이에는 반드시 '변화된 사건
들'이 있으므로 본문을 분석하는 작업은 '처음'(도입부)과 '마침'(종결부) 사
이에 발생하는 변형을 찾아내는 것이라고 했다. 〈온달전〉의 도입부는
부왕과 공주가 가치관의 차이로 갈등을 일으켜 공주가 출궁하는 대목이
다. 종결부는 온달이 자원하여 군사를 이끌고, 신라에게 점령당한 땅을
회복하기 위하여 출전하였다가 流矢를 맞고 전사하여 장례를 지내는 대
목이다. 도입부·종결부와 그 사이에 발생한 변형을 분석해 본 결과,
〈온달전〉은 "① 결핍의 상황→② 결핍의 극복→ ③ 결핍의 해소·지양
이라는 민간전승적 서사담의 기본단위"[54]와도 무관하지 않음을 알 수
있었다. 이 점 역시 앞에서 말한 '이야기의 형식'이란 점에서 이해된다.
이상의 분석을 통해서, 우리는 크게 두 가지 점을 확인할 수 있었다.
첫째, 〈온달전〉은 도입부에서 효와 신의라는 등가적 가치를 둘러싸고

---

54) 김열규, 『한국문학사』(탐구당, 1983), p.78.

부왕과 공주가 갈등을 일으킴으로써 사건이 발단되지만, 변형을 거쳐 종결부에서 온달이 순국함으로써, 종국적으로 제3의 가치체계인 ‘忠’이라는 이념을 보다 높이 사고 있다. 이것이 바로 이 작품의 설화적 구조요 그 의미인 것이다. 둘째, 〈온달전〉은 설화와 역사, 허구성(문학성)과 사실성(역사성)을 ‘이야기의 형식’을 통하여 적절히 구조화함으로써 문학적 형상화에 성공하고 있다.

5. 맺음말

〈온달전〉은 『삼국사기』 열전의 문학성과 그 장르적 성격을 해명하는 데 중요한 자료로 인식되어 주목을 받아 왔다. 그러나 이 작품의 성격을 두고 다양한 시각이 뒤섞여 있는 실정이다. 그러므로 〈온달전〉의 가치체계와 의미구조를 밝혀 보고자 하는 본 연구에서는 작품적 실상을 논의하기에 앞서 우선 이 작품의 성격에 대해서 살펴보고자 하였다. 그리고 〈온달전〉이 열전으로서 지니는 의미를 파악하기 위해 등장인물의 성격과 가치지향의 문제와 함께, 이것이 ‘이야기의 형식’을 취하고 있다는 점에서 그 설화적 구조와 의미를 해명하고자 하였다. 이상에서 논의된 내용을 정리하면 다음과 같다.

(1) 기왕의 연구에서는 〈온달전〉의 성격을 두고 열전·설화·傳奇·초기 傳系小說·傳奇系 傳 등 다양한 시각이 있어 왔다. 기왕의 견해를 검토한 결과 각각의 견해들은 일면 수긍되는 점도 없지 않았다. 그러나 여러 논자들에 의해 입론의 근거로 제시된 사항들도 추론의 단계를 크게 벗어나지 못하거나 어느 일면만을 강조한 것이기도 하였다. 〈온달전〉이 어느 정도 소설성을 갖추고 있다는 점을 인정한다 하더라도,

이 점이 이 작품을 열전이라는 양식의 범주를 완전히 벗어날 수 있게 해주는 충분조건은 되지 못한다. 그러므로 〈온달전〉이 열전의 양식의 범주 안에서 무리 없이 받아들여질 수 있음에도 불구하고 굳이 직관적 관찰 등에 의해 달리 보고자 하는 것은 섣부른 판단이다. 〈온달전〉은 史傳인 열전으로 보고 그 작품적 성격과 문학적 가치를 이해하여야 할 것이다.

(2) 〈온달전〉이 지향하는 바는 규범적인 인간상의 창조이다. 그러므로 〈온달전〉에서 작가가 창조하고자 했던 규범적인 인간상의 면모와 함께 인물들의 가치지향을 살펴 그 가치체계를 규명하고자 하였다.

먼저 온달 모자를 보자. 그들은 가난하고 미천한 신분이지만, 자신의 주어진 삶에 충실하며 요행이나 과욕을 부리지 않는 합리적인 인물이다. 이들은 자기의 생활의 윤리에 충실한 구체적인 인간이며, 도식적인 유가이념보다는 일상화된 덕목을 실천하는 인물이다.

다음으로 평강왕과 공주의 경우를 보자. 본 연구에서는 〈온달전〉의 갈등구조를 딸의 주체의식에 따른 부녀간의 갈등으로 이해하고자 한 기왕의 연구 태도와는 달리 당대의 시대정신과 저술의도에 입각하여 이해하고자 하였다. 평강공주는 자신의 주체적인 삶을 주장하기보다는, 왕의 신의를 문제삼고 있다. 그녀는 부왕과의 사이에서 제기된 문제를 부녀간의 情誼라는 차원에서 파악하지 않고, 국가사회의 신의라는 보다 승화된 공적인 차원에서 문제삼고 있는 것이다.

이처럼 〈온달전〉은 왕과 공주 사이의 갈등을 노출하면서 상반된 두 개의 가치체계를 나타내 보인다. 그러나 작품의 속뜻은 공주가 내세우는 신의의 실현에만 있지 않다. 작품의 전반부에서는 신의가 강조되고 있지만, 본문의 종국적 선택은 순국하는 온달의 숭고한 정신을 통해 소위 '忠'이라는 이데올로기의 실천에 있다. 온달은 전반부에서 물리적 삶을 유지하기 위한 본능적 의지에 따라 살았다. 그러나 후반부에서는 윤리적 가치, 즉 忠의 실현을 위해 목숨까지 던지는 의식적·목적적 지향의지를 보여준다.

(3) 〈온달전〉에서 설화와 역사가 하나의 작품 속에 자연스럽게 결합될 수 있는 까닭은 '이야기의 형식'을 취하고 있기 때문이다. 이러한 점에서 〈온달전〉을 단순한 史書로서만이 아니라 문학작품으로서 이해할 수 있는 가능성이 열리게 된다. 이 점은 '이야기의 형식'을 통한 문학적 형상성의 문제와 직결된다.

〈온달전〉의 설화적 구조를 '도입부'의 결핍된 상황이 무엇이며, 그 다음 어떤 변형이 일어났으며, '종결부'에서는 결핍된 상태가 과연 메워졌는지를 중심으로 살펴보았다. 이러한 분석을 통해 크게 두 가지 점을 확인할 수 있었다. 첫째, 〈온달전〉은 도입부에서 효와 신의라는 등가적 가치를 둘러싸고 부왕과 공주가 갈등을 일으킴으로써 사건이 발단되지만, 변형을 거쳐 종결부에서 온달이 순국함으로써, 종국적으로 제3의 가치체계인 '忠'이라는 이념을 보다 높이 사고 있다. 이것이 바로 이 작품의 설화적 구조요 그 의미인 것이다. 둘째, 〈온달전〉은 설화와 역사, 허구성(문학성)과 사실성(역사성)을 '이야기의 형식'을 통하여 적절히 구조화함으로써 문학적 형상화에 성공하고 있다.

제 2 장

〈薛氏女傳〉의 인물형상과 서사방식

1. 머리말

『삼국사기』 열전 중에서 〈설씨녀전〉·〈온달전〉·〈도미전〉 등은 여타 작품에 비해 그 문학적 형상성이 뛰어남으로 해서 각별히 주목을 받아왔다. 특히 90년대에 들어서서 우리 소설사의 시원을 소급하는 문제가 학계의 관심사로 떠오르면서, 위의 세 작품을 어느 정도 소설성을 갖추고 있는 것으로 이해하던 단계를 넘어 그 자체를 傳奇로 보기에 이르렀다.

〈설씨녀전〉 등을 전기로 보고자 하는 데에는 연구자들 나름의 이유가 있겠으나, "羅末麗初 傳奇發生論"에 집착한 감이 없지 않다. 나말여초의 작품들이 지닌 전기적인 면모에 관심하면서, 우리 소설사의 시원을 소급해 나가려는 적극적인 자세에는 공감한다. 이러한 논의의 출발점이 된 〈최치원〉의 장르적 성격에 대해서는 傳奇로 보고자 하는 견해가 상당한 설득력을 얻고 있음은 사실이다. 그럼에도 불구하고 〈최치원〉은 소설이 아니라 설화라는 견해가 최근에 다시 제기되고 있는 점1)을 감안한다면, 특히 '열전' 소재 작품의 장르적 성격에 대한 문제는 쉽게 추론하거나 단언할 수 없을 것이다. 초기소설사의 구도를 설계하려는 의욕이 앞선 나머지 작품에 대한 구체적인 점검을 소홀히 할 수는 없는 것이다. 史傳인 〈설씨녀전〉 등을 전기로 보는 것이 과연 합당한가 하는 문제는 지금이라도 논의되어야 할 것이다.

그렇다고 해서 본 연구는 나말여초 전기발생론을 둘러 싼 논쟁에 뛰어들거나, 이의를 제기하기 위해 쓰여지는 것은 아니다. 그러한 논쟁에서 비켜서서, 다만 〈설씨녀전〉의 작품적 실상을 해명하기 위해서는 우선적으로 그 장르적 성격에 대한 이해가 있어야 하겠기 때문이다.

이 작품의 장르적 성격에 대해서는 연구자에 따라 설화·열전·전기 등 다양한 시각으로 보아 왔다.[2] 그 중에서 전기성에 주목한 것만 들어보자. 몇몇 연구자들은 이 작품이 史傳에서는 파격적이라 할 남녀의 결연담이면서 허구성을 띠고 있다는 점에 주목하여, 이 작품의 원작의 존재를 상정하고, 그 자료를 傳奇[3]로 보든지, 아예 작품 자체를 傳奇[4]로 보았다.

이것 외에 〈설씨녀전〉의 문학적 측면을 다룬 연구는 부분적으로 이루어졌다. 그 가운데에서 이 작품의 구성방식과 인물의 성격을 살핀 논문,[5] 초기 傳系小說로 본 논문,[6] 애정모티프에 주목한 논문,[7] 미의식

---

1) 최근에 와서 〈최치원〉의 서술구조를 분석한 결과, 이 작품은 소설이 아니라 설화에 속하는 작품이라는 견해(안창수, 「태평통재 소재 최치원의 소설성 검토」, 『영남어문학』 제32집. 영남어문학회, 1997)가 제시된 바 있다.

2) 기왕의 연구에서 〈설씨녀전〉의 장르적 성격을 언급한 내용은 「2. 〈설씨녀전〉의 전거 사료와 장르적 성격」에서 자세히 살펴보겠다.

3) 박희병, 『한국전기소설의 미학』(돌베개. 1997), p.117.

4) 박희병, 같은 책, p.121.
   소인호, 『한국전기문학연구』(국학자료원, 1998), p.107.
   이헌홍, 『고전소설강론』(세종출판사, 1999), p.39.

5) 강진옥, 「삼국 열녀전승의 성격과 그 서사문학적 의의」, 사재동 편, 『한국서사문학사

중 숭고미에 주목한 논문,8) 이 작품에 나타난 윤리적 쟁점과 의미를 다
룬 논문9) 등은 이 작품의 성격을 이해하는 데에 도움이 된다. 그러나
이들 논문들은 〈설씨녀전〉만을 대상으로 하여 문학적 면모를 세밀하게
살핀 것이 아니기에 작품의 실상을 제대로 해명하지 못한 한계가 있다.
이러한 형편에서, 〈설씨녀전〉의 인물의 성격·구성·주제·모티프 등을
살핀 황인덕 교수의 논문10)은 작품의 이해를 심화시켜 주었다는 점에
서 주목된다. 그러나 이 논문은 〈설씨녀전〉을 극본적 성격에 바탕을 둔
것이라는 전제하에서 출발한 것이기에, 시각에 따라서는 극본이란 면에
경도되어 이해하려고 한 경직성이 문제될 수 있다.

　이상에서 살펴본 바와 같이, 〈설씨녀전〉에 대한 연구는 직접·간접
으로 그 장르적 성격을 해명하는 작업과 관련되어 있다. 이에 따라 본
연구에서는 먼저, 그 장르적 성격을 이해하기 위해 기왕의 연구자들의
견해의 타당성 여부를 살펴보고자 한다. 이와 관련하여 이 작품의 전거
사료의 성격에 대해서도 살펴볼 것이다.

　본 연구에서는 이어서 〈설씨녀전〉의 작품 자체를 면밀히 읽고 분석
하여, 등장인물의 성격과 인물의 형상화의 방법 및 서사방식 등을 살펴
보고자 한다. 이러한 작업을 통해 기왕에 제기된 문제들을 점검해 볼 수
있을 것이며, 열전으로서의 작품의 실상도 어느 정도 밝혀볼 수 있을 것

　　의 연구Ⅱ』(중앙문화사, 1995)
6) 조수학, 「初期 傳系小說 考–설씨녀와 온달전을 중심으로–」, 『영남어문학』 제24집(영
　남어문학회, 1993)
7) 박태상, 「패설류에 나탄 '애정모티프' 연구」, 『조선조 애정 소설 연구』(태학사, 1996)
8) 이정진, 「傳의 미의식 양상에 관한 연구」, 국어국문학회 편, 『고전산문연구2』(태학사,
　1998)
9) 박경렬, 「『삼국사기』 열전에 나타난 남녀결연의 윤리적 쟁점과 그 의미」, 김현룡 외, 『한
　국문학과 윤리의식』(박이정, 2000)
10) 황인덕, 「〈설씨녀〉전의 극본적 성격 시고(상)」, 『한국민속학』 제22집(민속학회, 1989)
　　＿＿＿, 「〈설씨녀〉전의 극본적 성격 시고(하)」, 『한국민속학』 제23집(민속학회, 1990)

이다.

2. 〈설씨녀전〉의 전거사료와 장르적 성격

여기에서는 〈설씨녀전〉의 장르적 성격과 함께 전거사료의 문제를 다루고자 한다. 앞에서 〈설씨녀전〉의 성격을 두고 다양한 시각이 뒤섞여 있다고 했다. 이를 구체적으로 말하면, 설화·열전·초기 傳系소설·傳奇系 소설·傳奇 등 몇 갈래로 구분해 볼 수 있을 것이다.

첫째, 〈설씨녀전〉을 설화로 보는 관점이다. 김태준은 『삼국사기』에 기재된 설화의 핵심 되는 것은 열전 중 45·47·48권에 수록되어 있다고 하였다. 그가 〈설씨녀전〉을 포함한 이 작품들이 문학성을 지니고 있다고 본 근거는

> 이와 같은 儒家의 안목으로 엄정하게 選取한 史記에도 모래 속에 黃金粒이 반짝이는 셈으로 건조한 가운데도 豊潤한 설화가 간간히 끼여 있다. 용감한 三國武士譚과 질박한 三國戀愛譚은 오늘까지 독자로 하여금 깊은 흥미를 짜아내게 한다.[11]

라는 주장에서 드러난다. 이러한 언급으로 미루어 김태준은 열전을 '전' 문학으로서의 가치보다 설화적 가치를 더 의의 있는 것으로 받아들이고 있음을 알겠다.

이후 박두포 교수는 『삼국사기』 열전은 역사인 동시에 설화문학이라 간주하고 동시에 傳記라고 규정하며, 앞으로 "傳記說話"라고 부르자고

---

11) 김태준, 『조선소설사』(학예사, 1939), p.32.

제안하였다.12)

90년대에 들어와서, 박용식 교수는 『삼국사기』 열전에 수록된 〈설씨녀전〉을 비롯한 몇몇 작품을 설화로 보고 그것들은 "오랜 세월 동안 口傳되다가 문자화된 것으로, 후대 소설문학에 많은 영향을 끼친 것으로 보인다."13)라고 하였다.

이들은 〈설씨녀전〉은 구전설화가 문자로 정착된 것으로, 〈설씨녀전〉 역시 설화라고 보았다. 즉 이 작품을 구전설화가 載錄된 것으로 본 것이다. 이들은 서술자가 설화를 바탕으로 전을 기술하였다고 할지라도, 서술자가 전이라고 하는 독자적 장르의 형식을 빌어 그가 인식한 세계를 재현14)하고자 했을 때, 단순히 구전설화를 문자로 정착시키는 데 그쳤겠는가 하는 점은 전혀 고려하지 않았다. 〈설씨녀전〉이 열전이라고 하는 독자적인 서사양식이며, 거기에는 일정한 편찬의도를 가진 서술자의 입김이 작용되었을 것15)이라는 점을 고려해야 할 것이다.

구비설화는 그 나름의 이야기 방식과 언어적 질서, 그리고 그로부터 우러나오는 미적 형상을 가지고 있는 서사체이다. 반면에 글로 씌어지는 순간 더 이상 설화가 아니라 자기 나름의 고유한 서사체로 전환한다.16) 그러므로 〈설씨녀전〉은 설화를 전거사료로 하여 입전되었으나, 열전 양식이 갖는 서사기법에 의해 문자화되면서부터 더 이상 설화일

---

12) 박두포, 「삼국사기 열전의 설화성-전기설화로서의 성립에 대하여」, 『논문집』 제1집 (청구공전, 1964)
13) 박용식, 「삼국시대의 설화 연구와 소설사적 문제」, 성오 소재영교수 환력기념논총간행위원회 편, 『고소설사의 제문제』(집문당, 1993), p.399.
14) 김균태, 「傳의 장르적 고찰」, 『우전 신호열선생 고희기념논총』(창작과 비평사, 1983), p.218.
15) "전이 추구하는 도덕적 진실성이 궁극적으로 한 인물의 입전을 통하여 작가가 지향하는 규범적 인간상 창조에 바탕을 두고 있다" 성기옥, 「「傳」의 장르적 검토」, 『울산어문논집』 제1집(울산공과대학 국어국문학과, 1984), p.87.
16) 정출헌, 『고전소설사의 구도와 시각』(소명출판, 1999), p.15.

수는 없게 된 것이다.

둘째, 〈설씨녀전〉을 열전으로 보는 관점이다. 기왕의 『삼국사기』열전 연구는 열전이라고 하는 서사문법을 중심으로 하면서 그 문학성, 즉 소설성이나 서사문학성에 주목하는 경향이 주류를 이루어 왔다.17) 이러한 연구에서는 『삼국사기』열전 전반을 대상으로 하는 가운데 부분적으로 〈설씨녀전〉을 언급하였을 뿐, 이 작품의 성격에 대해서는 특별히 문제의식을 갖지 않았다.

〈설씨녀전〉을 열전의 관점에서 이해한 대부분의 연구들은 "나말여초 전기발생론"에 대한 열띤 논의가 전개되기 전의 것들이다. 이 작품의 성격을 傳奇로 보자는 견해가 몇몇 논자들에 의해 제기되고 있는 현 시점에서 이 작품을 열전으로 보고자 한다면, 열전 이외의 장르적 관점이 갖는 그 나름의 논리를 넘어설 수 있어야만 할 것이다. 그리하여 열전으로서의 위치를 다진다고 하더라도, 여러 면에서 특이성을 지닌 이 작품을 열전이라는 양식 안에서 어떻게 자리매김할 것인지도 살펴져야 할 것이다.

셋째, 〈설씨녀전〉을 초기 傳系小說로 보는 관점이다. 조수학 교수는 이 작품을 전계소설로 보는 이유는 ① 국가나 사회의 공익적 측면보다 개인의 행복을 추구하는 사랑의 성취에 주안점이 놓여 있는 점, ② 가실이 군역을 떠나는 이별 장면에 의도적인 흥미소가 개입되고, 신표를 통해 복선을 깔고 있는 소설적 작위와 구성, ③ 등장 인물의 개성의 부

---

17) 심정섭, 「삼국사기열전의 문학적 고찰」, 『문학과 지성』제10권 1호(문학과 지성사, 1979)
권오성, 「삼국사기 열전의 문학적 연구」(영남대학교 대학원 석사논문, 1981)
주명희, 「「傳」의 양식적 특징과 소설로의 수용 양상」(서울대학교 대학원 박사논문, 1986)
이정진, 「〈傳〉의 서술양식과 소설로의 변용에 관한 연구」(원광대학교 대학원 박사논문, 1992)

조·플롯·화려한 문어체, ④ 전계소설의 전형적인 단락의 유지, ⑤ 사
회현실의 반영 등을 들고 있다.[18]

그리고 전계소설과 傳을 구분하는 요건으로

> 첫째, 전은 사회의 공익성을 주지로 하는 데 비하여 전계소설은 개
> 인의 인생문제에 주안점을 두었고, 둘째 전은 사실 위주로 하는 합리
> 적 성향을 띠는 데 비하여 전계소설은 흥미적인 요소를 가미시키기
> 위하여 殊異的 성향을 띤다.[19]

는 점을 지적하였다.

『삼국사기』 열전은 주로 爲國忠節을 중심으로 한 인물을 크게 앞세
워 亂世를 극복하려는 정신적인 교훈을 삼으려는 것으로 이해되고 있
다.[20] 그럼에도 불구하고 열전 속에는 국가적인 인물은 아니지만 입전
된 인물도 적지 않다. 편찬자는 그들 개인의 인생에서 국가·사회의 공
익성이라는 거창한 의미까지는 아니더라도 일정한 교훈적인 의미를 찾
아내고 있다. 이 경우에는 벌써 한 개인의 인생문제일 수만은 없으며,
사회현실이 일정 부분 반영되기 마련인 것이다.[21]

그리고 '信物話素'나 '養馬話素' 등은 소설적인 것이기 이전에 구비전
승되어 온 인습적인 성격이 더 크다. 그러므로 신표나 흥미소의 개입 등
은 이 작품의 입전의 전거사료가 설화일 가능성을 높여주는 것이 된다.
따라서 용의주도한 줄거리로 구성되며, 줄거리라고 하는 일정한 인과는

---

18) 조수학, 앞의 논문, pp.10~13.
19) 조수학, 같은 논문, p.25.
20) 신형식, 『삼국사기 연구』(일조각, 1984), p.341.
21) 〈설씨녀전〉은 고대인의 戀談으로서 뿐만 아니라, 그 당시 일반 백성의 辛苦가 그려
　　져 있다는 점에서도 주목된다. 특히, 〈설씨녀전〉은 신라인의 군역문제를 살필 수 있
　　는 몇 안 되는 사료 중의 하나로서 국사학계의 많은 주목을 받아 왔다. 이에 대해서
　　는 이문기, 『신라병제사연구』(일조각, 1997), pp.228~237. 참조.

리에 의해 서술되는 문학적 이야기(story)로서 흥미를 높여주는 설화의 성격22)에 주목할 때, 조교수에 의해 소설적 면모로 지적된 몇 가지 점은 오히려 설화적인 측면에서 이해될 수 있을 것이다.

그리고 전이 사실지향의 합리적 성향만 띠는가 하는 점을 생각해 보자. 과거의 역사서술은 사실지향에만 충실할 수 없고, 허구화를 지향할 수밖에 없었다. 그러한 근본요인은 역사기록이 서술의 형태로 발전한 데 있다. 한 인물의 객관화에 대한 한계와 함께 자료의 제약에 따라 서술자의 주관성의 개입이나 허구화의 지향은 필연적이다. 요컨대, 사실성과 허구성을 동시에 갖추지 않고서는 역사 서술 자체가 불가능한 것이다. 사마천의 『사기』 열전은 그 자체로 대립적인 지향, 즉 사실 지향과 허구 지향의 내재적 충동을 포괄하는 양식이었다.23) 그러므로 열전의 양식적 성격을 좀 더 융통성 있게 이해하고, 〈설씨녀전〉을 면밀히 분석한다면, 이 작품을 굳이 초기 전계소설로 보아야 할 당위성은 그만큼 약화될 것이다.

넷째, 〈설씨녀전〉을 전기계 소설로 보는 관점이다. 이가원 교수는 〈설씨녀전〉을 전기적 요소를 지닌 "傳奇系 小說"이라고 부르고 있다.24) 여기에서 말한 "전기계 소설"은 '소설' 가운데 '傳奇'의 요소를 뚜렷이 이어받은 일군의 작품을 묶어 '소설'의 한 하위유형을 지칭하는 것25) 정도로 이해할 수 있을 것이다. 그러나 이교수는 전기적 요소란 구체적으로 어떠한 것이며, 〈설씨녀전〉의 어떠한 면이 전기의 요소를 뚜렷이 이어받은 것인지에 대해서는 언급하지 않았다. 그러므로 이 관점에 대해서

---

22) 임재해, 「설화 자료에 의한 역사연구의 방법 모색」, 최래옥 외, 『설화와 역사』(집문당, 2000), pp.36~37.
23) 곽정식, 『한국 전문학의 이해』(경성대학교 출판부, 1998), pp.17~25. 참조.
24) 이가원, 『조선문학사』(상책) (태학사, 1995), pp.239~240.
25) 장효현, 「傳奇小說 연구의 성과와 과제-장르 개념과 장르사의 문제」, 『민족문화연구』 28호(고려대학교 민족문화연구소, 1995), p.1.

는 다음의 전기적 관점에서 한꺼번에 논의하고자 한다.

다섯째, 〈설씨녀전〉을 傳奇로 보는 관점이다. 박희병 교수는

> 『삼국사기·열전』(三國史記·列傳)의 「온달」(溫達)이나 「설씨녀」(薛
> 氏女) 같은 작품도 원래 나말여초에 전기소설로 창작된 원작(原作)이
> 있었는데 그것이 김부식(金富軾)의 시대에 이르러 역사편찬의 자료로
> 채택되면서 다소의 수정이 가해진 결과가 아닐까 생각한다.[26]

라고 하여, 〈설씨녀전〉의 바탕이 되었을 원작이 전기소설이라고 보았다. 박교수는 현전하는 작품 자체를 두고서 그 장르를 '전기소설'로 규정하는 것은 문제가 있다고 하고서, 그 원작을 전기소설로 이해한다고 했다. 그러면서 『삼국사기』 열전의 〈온달전〉과 〈설씨녀전〉은 원작을 축약하는 방향에서 '다소의 수정'이 가해진 결과로 추정했다. 그러나 박교수는 계속되는 글에서 〈온달전〉과 〈설씨녀전〉 등을 나말여초의 전기소설의 명단에 올려놓고 있다. 이 때 지적된 두 작품은 열전의 그것을 말하는지, 그것의 원작을 말하는지가 분명치 못하다. 〈설씨녀전〉의 원작이 존재했을 가능성을 완전히 배제하기란 어렵다고 하더라도, 그것의 존재 가능성을 시사해 주거나 신빙케 해 주는 어떠한 자료도 발견되지 않는 현 상황하에서 그 수정의 정도까지를 언급하는 것은 그야말로 추론의 단계를 벗어날 수 없을 것이다.

소인호 교수는 〈설씨녀전〉을 전기의 범주에서 다룰 수 있는 작품이라고 하면서, 이 작품은 현실적 소재를 기본 바탕으로 꾸며진 한 편의 전기로 볼 수 있다고 하였다. 그리고 "史書의 편찬 과정에서 기존의 전기 작품들이 혼입될 가능성은 충분하며, 그렇지 않다 하더라도 문체나

---

26) 박희병, 앞의 책, p.117.

구성원리, 세부 묘사 등에서 볼 때 설화적 내용이 전기의 관습에 따라 재구성된 것으로 파악될 수 있다."라고 하고, 사료로 취택되는 과정에서 사관에 의해 전기가 의도적으로 변개되었을 가능성을 말하였다.27)

　　이헌홍 교수는 〈설씨녀전〉을 전기적 성격을 지닌 작품으로 보고, 나말여초의 전기 그 자체이거나 그것의 축약 변개된 작품이라고 했다. 이에 대해 좀 더 구체적으로

　　　이들을 수록하고 있는 현전 문헌의 특성으로 인해 상당 정도의 축약 내지 변개된 상태로 남아있는 작품들이다. 따라서 이들은 '설화성과 소설성을 두루 지니고 있는 전기'라고도 말할 수 있는 자료들이다.28)

라고 하였다.

　　이상의 세 분의 견해에는 부분적인 차이는 있지만, 〈설씨녀전〉의 바탕이 되었을 사료로서의 傳奇의 존재를 인정하고 있다는 점과 그것이 사료로 채택되는 과정에서 변개되었을 것이라고 본 점은 공통된다. 문제는 〈설씨녀전〉이 지니고 있는 소설적 경향을 사료적인 측면에서 이해하고자 할 때, 어느 쪽일 가능성이 높으냐 하는 점이다. 즉 신빙하기 어려운 '원작의 존재'(전기)와 관련하여 이해해야 할 것이냐, 아니면 입전의 전거사료인 설화의 성격과 열전이 속성으로서 '허구화의 지향'이라는 점에서 이해할 것이냐 하는 점이다. 이 점은 다음의 논의를 통해 판단되리라 생각한다.

　　이들은 〈설씨녀전〉에서 보이는 전기적 요소를 구체적으로 지적하지는 않았다. 이로 인해 독자들이 그들의 견해를 이해하고 수용하기에는

---

27) 소인호, 앞의 책, p.114.
28) 이헌홍, 앞의 책, p.39.

한계가 있다. 그러므로 여기에서는 필자 나름으로 '전기'를 보는 시각을
마련하고, 그것을 통해 〈설씨녀전〉을 보았을 때, 과연 그것에 합당한지
를 따져보는 수밖에 없다.

전기소설의 성격을 논의할 때, 그 초점은 '기이함'·'기이성'에 놓여
야 할 것이다. 인간과 주변세계를 바라보는 전기소설의 관습적 시각은
바로 이 '기이함'에 있다. 그것은 귀신의 등장과 같은 환상적 모티프를
수용하는 바탕이 된다. 설령 지극히 현실적인 사건이나 현실적 갈등도
'현실에서 과연 그와 같은 기이한 사건, 혹은 인물이 있을 수 있을까?'하
는 의아심에서 문제가 포착되고 형상화된 것으로 보는 것이다. 그러므
로 '기이함'은 전기소설의 창작 원리로서, 사건 구성·인물 형상·주제
의식 등에 걸쳐 가장 핵심적인 미적 관점인 것이다.[29]

'전기'의 성격을 이상과 같이 파악할 때, 〈설씨녀전〉의 어떠한 면을
'기이성'으로 보아야 할지 망설이게 된다. 이 작품에 대해서 '우연성'이나
'허구성'이 거론될 수는 있을지라도 '기이성'을 찾아보기는 어렵다. 다음
의 인물의 성격 분석에서 밝혀지겠지만, 〈설씨녀전〉의 인물은 전기적
인물이 아니라 열전적 인물이다.

『삼국사기』 열전 중에는 事實談 자체가 서사적 완성도가 높은 경우
도 있고, 설화를 입전전거로 한 결과 서사적 완성도가 높은 경우도 있
다. 그러므로 서사적 완성도가 높다고 해서 연구자 나름의 관점으로 그
작품을 전기로 간주해 보는 것[30]은 재론의 여지가 있다. 작품의 서사적
완성도라는 점을 '문학적 형상화'와 관련지어 볼 수 있다면,

---

29) 「전기소설의 제문제」에 대한 종합토론 중 신재홍 교수의 질문 내용. 『민족문화연구』
　　제28호(고려대학교 민족문화연구소, 1995), p.104.
30) 장효현, 앞의 논문, p.20.

　　설화가 사료로서 공감성을 가지는 데에는 문학적 형상화가 중요한
구실을 한다. 용의주도한 줄거리의 구성이나 감동적인 묘사가 이야기
로서 흥미를 높여준다. 역사는 기술이자 설명이다. 그 설명이 효과적
일 때 설득력도 지니고 공감력도 높인다. 설화는 줄거리라고 하는 인
과논리에 의해 서술되는 문학적 이야기(story)인 까닭에 역사의 설명
을 완벽하게 한다.[31]

　　라는 견해는 주목할 만하다. 이에 따른다면, 서사적 완성도라는 점만 가
지고 그 작품이 전기라고 볼 충분조건은 되지 못한다. 열전의 사료가 설
화일 경우에도 얼마든지 서사적 완성도가 높고, 문학적 형상성이 뛰어
날 수 있는 것이다.

　　몇몇 연구자들이 〈설씨녀전〉을 열전으로 보기보다는 전기로 본 이유
중의 하나는 이 작품이 史傳으로는 파격적이라 할 남녀의 결연담이라는
점이다. 사실 『삼국사기』와 『삼국유사』가 편찬된 12~13세기까지에는
민간에서 남녀 사이의 정분에 얽힌 이야기들이 숱하게 회자되고 있었
다.[32] 열전의 편찬자의 입장에서 보았을 때, 그 많은 구비전승 애정담
중에서는 교훈적인 의미를 지닌 이야기도 있었을 것이다. 이 때 열전의
편찬자는 애정담이라는 외형은 유지하되, 인물을 보다 규범적인 인간상
으로 창조하고자 했을 가능성은 충분히 있는 것이다.

　　이상의 논의 과정에서, 필자는 〈설씨녀전〉의 전거사료를 구전설화로
보고자 하였다. 『사기』 열전 양식은 원래 입전 대상에서 인물과 사건을
포괄적으로 취급할 뿐만 아니라, 입전 자료에 있어서도 정통의 역사 기
록과 함께 구전적인 민간의 설화 자료를 결코 배제하지 않는 것이 그

---

31) 임재해, 앞의 논문, pp.36~37.
32) 김대숙, 「구비전승 애정담의 행방」, 『한국고전여성문학연구』 창간호(한국고전여성문
　　학회, 2000), pp.138~141. 참조.

일반적 성격이다.33) 이런 점들에 비추어 볼 때 『삼국사기』 열전에서도 설화의 수용은 충분히 가능한 일이다. 그렇다면, 〈설씨녀전〉에서 보이는 설화적인 요소는 사료의 수용이란 면에서 검토할 성질의 것이지, 이 점으로 인해 작품 자체가 '설화'일 수는 없는 것이다.

3. 〈설씨녀전〉의 인물의 성격과 형상화 방법

『삼국사기』 열전에는 각양각색의 인간상이 등장한다. 그러나 주어진 대로의 삶을 순응적으로 살아간 평범한 인물은 열전에 오르기 어렵다. 인간의 삶의 양식이 제각각 다르듯이 열전의 인물들 또한 제각각의 삶을 살아간다. 그러면서 그들이 열전에 입전된 것은 중세적 가치관에서 볼 때, '무엇을 해야 할 것인가', '어떻게 살아갈 것인가'하는 문제를 스스로에게 끊임없이 던지면서 살아갔던 인물이기 때문이다.

여기에서는 이러한 점에 관심하여 〈설씨녀전〉의 두 가지 점을 살펴보고자 한다. 첫째, 등장인물들이 자신의 삶을 어떻게 살아갔는가를 살펴 인물의 성격을 파악하고자 한다. 『삼국사기』의 편찬동기인 '교훈성'에 주목하여, 성격 개념을 '윤리적'인 것으로 파악하고자 한다. 아리스토텔레스(Aristoteles)는 "성격은 개인의 선택을 명백히 하는 것"34)이라고 했다. 이때 개인의 선택이란, 행위자의 의지나 기피를 담은 행위이다. 이 같은 행위는 특정한 도덕적 목적을 위한 어떤 움직임을 시작하는 의지적 행동을 의미함으로 해서, 그 윤리적 성격을 명백히 드러낸다. 따라서 행위자로서의 인물은 자신의 행위를 통해서 도덕성이나 사상을 보여준

---

33) 곽정식, 앞의 책, p.5.
34) 아리스토텔레스 저 · 손명현 역, 『시학』(박영사, 1983), pp.64~65.

다.35) 그러므로 본 연구에서는 인물의 성격을 이해하기 위해, 그 인물의 행위를 윤리적 목적과 선택에 관련하여 분석해 보고자 한다. 둘째, 편찬자는 그 인물들을 규범적 인간상으로 창조하기 위해 어떤 형상화 방법을 택하고 있는지를 살펴보고자 한다. 텍스트에서 인물을 구성하고 제시하는 인물 형상화 방법은 통상적으로 두 가지 방법이 있다. '말하기 telling'와 '보이기showing'가 그것인데, 전자는 직접제시로, 후자는 간접제시의 방법으로 얘기된다.36) 〈설씨녀전〉에서 사용된 인물형상화의 방법은 위의 일반적인 방법과는 어떻게 변별될 수 있을지도 관심거리이다.

한 작품이 독자에게 효과적으로 전달되기 위해서는 주요 인물이 정확하게 설정되어야 한다. 〈설씨녀전〉은 여주인공 설씨녀에 대한 인정기술37)로부터 시작한다. 이 부분에서 설씨녀가 열전에 입전될 만한 인물이며, 특히 가실의 '헌신적' 사랑을 받을 만한 가치 있는 인물로 느껴져야만 한다. 좀 더 길게 쓰여진 다른 종류의 이야기에서라면 이것은 그녀가 다른 고귀한 행동을 하는 것을 보여 줌으로써 이루어질 수 있을 것이다. 즉 가실의 헌신의 대상이 될만한 인물로서 그녀를 극화하는 삽화를 집어넣기 위하여 넓은 지면을 할애할 수도 있다. 그러나 이 작품에서는 정확성이나 구체성에 비중을 두기보다는 간결성을 택하고 있다. 그녀의 미덕을 독자에게 전달해 줄 수 있는 경제적인 방법은 화자가 거기에 대해 간략히 설명을 해주고, 그 설명을 적절한 삽화로써 뒷받침하는 것이다.

이러한 사실에 따라 설명과 삽화를 보자. 화자는 그녀를 "얼굴빛이

---

35) 이호, 「인물 및 인물 형상화에 대한 이론적 개관」, 한국소설학회 편, 『현대소설 인물의 시학』(태학사, 2000), pp.9~10.

36) 조남현, 『소설원론』(고려원, 1987), p.34. ; 김천혜, 『소설 구조의 이론』(문학과 지성사, 1990), pp.184~185. 참조.

37) 개인의 인격·인품·자질 등의 인정기술은 전의 기법상 요약에 해당되며, 사건기술은 부연 제시가 되는 것이 전의 일반적 특징이다. 김균태, 앞의 논문, p.217.

단정하고 뜻과 행실을 가다듬고 바로하였다.(顔色端正, 志行脩整)"38)라고
하여, '아름다움 못지 않게 미덕을 갖춘' 여인으로 묘사하고 있다. 화자
는 이어서 "그녀를 보는 이마다 그 어여쁨을 흠모하면서도 감히 범접하
지 못하였다.(見者無不歆艶, 而不敢犯)"라는 일화를 통해서 앞의 설명을 뒷
받침해 주고 있다. 화자는 설씨녀의 모습이나 성격을 독자에게 간략히
설명하고 제시해 주었기 때문에, 우리는 그녀의 행동에 대해 나름대로
의 예상(expectation)과 관심을 갖고 이후의 보다 중요한 삽화로 접근해
갈 수 있다.

이처럼 여자 주인공 설씨녀의 인물의 제시가 성공을 거두자면, 남자
주인공인 가실 역시 정말로 영웅적 인물은 아니지만 그녀와 마찬가지로
훌륭한 인물로 독자에게 보여야 할 것이다. 그러나 지나치게 큰 인물은
군역을 대신할 정도의 역할에 걸맞지 않고, 지나치게 작은 인물은 그가
소원을 성취하기를 바라는 독자의 기대에 부응하지 못한다. 가실의 훌
륭한 행위는 남의 늙고 병든 아버지를 대신하여 종군하였다는 것이다.
생사가 달린 군역을 아무 조건 없이 대신하기를 자청한다는 행위는 쉽
게 이해되지 않는 과도한 행동으로 보여지기 쉽다. 가실의 행동이 과도
하게 보여지지 않게 하려면 그가 도덕적으로 훌륭하다는 것을 제시하기
위한 삽화들을 넣을 수도 있을 것이다. 그러나 그렇게 해서는 이야기가
지나치게 길어지게 되고, 설씨녀에 대해서 간결하게 설명한 것과는 형
평이 맞지 않게 된다. 이런 이유로 화자는 그의 진정한 인물됨에 관하여
간결하게 직접적으로 정보를 제공하고 있다. 가실은 전지적인 화자만이
성공적으로 수행할 수 있는 "정신을 수양한 곧은 남자였다.(養志貞男子)"
라는 말로 묘사된다. 화자의 이러한 직접적이며 권위적인 설명이 있음

---

38) 본문 안에서 인용된 〈설씨녀전〉의 원문은 〈설씨녀전〉, 『삼국사기』 제48권 열전 제8.
   이하 같음

으로 해서 설씨녀에 대한 가실의 願望의 세계는 "애정이란 욕망이 그 어떤 여과도 그치지 않고 곧 바로 표출되는 방식인 전기소설"39)의 세계와는 확연히 구별된다.

가실은 "일찍부터 설씨녀의 아름다움을 좋아했으나 감히 말을 하지 못했다.(嘗悅美薛氏, 而不敢言)"라고 한다. 감히 사모의 정을 말할 수 없었던 것은 그녀가 너무나 조신하고 정숙했기 때문이다. 자신의 심정을 고백하지 못하고 속만 태우고 있던 가실이 설씨녀가 아버지의 군역의 문제로 고민하고 있다는 소문을 들었던 것이다. 이것은 가실에게 큰 관심사가 아닐 수 없다. 설씨녀는 아버지의 군역이라는 불행한 문제에 봉착해 있지만, 가실은 이 문제로 인하여 그녀를 만나볼 수 있게 되었으니 그에게는 오히려 자연스런 기회가 된 셈이다.

그리하여 용기를 내어 설씨녀에게 갔으니, "그대를 사모하고 있기에 차마 근심하는 모습을 볼 수 없어 왔노라."라는 식의 말이 있을 법한데 없다. 다만 "나는 비록 한 나약한 사내지만 일찍이 의지와 기개로써 자부하고 있으니, 원컨대 불초한 몸으로서 그대 아버님의 병역을 대신하려고 하오.(僕雖─儒夫, 而嘗以志氣自許, 願以不肖之身, 代嚴君之役)"라고 말할 뿐이다. 가실은 설씨녀에게 자신의 내밀한 고민을 드러내지 못하고 있다. 가실이 남의 아버지의 군역을 대신하고자 자청한 것은, 문면에 드러난 바에 따르면, 평소 '의지와 기개'가 높았기 때문이라고 밖에 달리 설명할 수 없다. 그러나 겁이 많고 의지가 약한 사나이라는 "儒夫"라는 말과 의지와 기개로써 자부한다는 "志氣自許" 사이에는 모순이 있다. 이러한 모순점을 어떻게 해석할 것인가? 이 점은 규범적인 인간상을 창조하고자 한 열전의 편찬자의 의도에 의한 것으로 보아야 할 것이다. "儒夫"가 물리적·정신적 한계를 지닌 인간의 '보편성'을 말한다면, "志氣自許"

---

39) 박희병, 앞의 책, p.46.

는 그러한 한계를 승화시키는 '특이성'을 말한다. 편찬자는 군역을 대신
코자 하는 가실의 행동의 동기를 '애정'이라는 차원을 넘어선 숭고한 것
으로 설정한 것이다. 즉 열전의 편찬자는 가실을 평범한 인간의 모습에
서 타인과 집단의 안위를 위해서 헌신하고자 하는 숭고한 도덕적 감정
을 지닌 규범적 인간상으로 창조하고자 한 것이다.

가실은 열전적인 인물이다. 그는 일찍부터 설씨녀를 좋아했으나 감
히 말을 하지 못하고 있을 뿐 내면을 겉으로 표출하지 않는다. 그는 설
씨녀가 아버지의 군역의 문제로 애태우고 있는 것을 기회로 그녀에게
접근하기는 했으나, 그녀에게 자신의 내면을 직접적으로 드러내 보이지
않는다. 이 때 그녀의 노부의 군역을 대신하고자 자청한 것은 '맹목과
충동'이 아니라, 그녀에 대한 '헌신적' 사랑과 자기희생적인 숭고한 정신
을 가지고 있었기 때문이다. 전기적 인물은 내면성을 절제하지 못하고
맹목과 충동으로 그 대상을 향해 치달림40)에 비해 가실의 이러한 점은
그가 전기적 인물이 아니라 열전적 인물임을 말해주는 것이다. 아무리
그가 설씨녀를 열렬히 사랑하였다 하더라도 그 위험한 국경 수비를 대
행하려고 자청한 것은 과도한 것으로 비칠 염려가 있다. 그러므로 열전
의 편찬자는 "養志貞男子"·"志氣自許" 등의 표현을 통해 가실을 의리심
이 강하고 숭고한 도덕성을 지닌 열전적 인물로 승화시키고자 하였다.

가실의 갑작스런 출현에 직면하여 예상 밖의 말을 들은 설씨녀의 반
응에 대해서는 "몹시 기뻐하여 들어가 아버지에게 알렸다.("薛氏甚喜, 入告
於父)"라고 간단하게 처리되어 있다. 가실은 설씨녀의 아버지 앞에 나아

---

40) 박희병 교수는 전기적 인간의 특징으로 '고독감'·'내면성'·'소극성'·'문예취향' 등을
　　들고 있다. 그 가운데에서 '내면성'의 면을 보면, 전기적 인간은 대단히 외로운 존재
　　이기 때문에 적합한 대상을 만나면 당장 자신의 속을 상대에게 드러내 보여 주는데,
　　이때 내면성이 절제되지 못하고 필요 이상으로 지나치게 표출된다. 또 전기적 인간
　　은 충동적인 면모를 곧잘 보여 주는데, 연애의 대상을 만나면 걷잡을 수 없는 맹목과
　　충동으로 그 대상을 향해 치달린다고 한다. 박희병, 앞의 책, pp.36~55. 참조.

가서도 "따님을 사랑하기에 군역을 대신하고자 한다."든지, "군역을 대신 마치고 돌아온 뒤 따님과 혼인케 해달라."는 등의 반대급부를 바라는 말은 일절 하지 않고 있다. 그러나 이어서 나오는 설씨녀의 아버지의 말을 통해 볼 때, 설씨 부녀는 가실의 뜻을 알아 본 것 같다. 그는 가실의 은혜에 보답코자 자기 딸을 주겠다고 하였다. 이에 대해 가실은 "감히 바랄 수는 없지만, 이는 저의 소원입니다.(非敢望也, 是所願焉)"라는 말로 반응한다. 이 말을 통해 앞에서 가실이 설씨녀를 흠모하기는 하지만 감히 말을 하지 못한 진의를 짐작할 수 있다. "몹시 가난(貧且窶)"한데다, "군역에 나가면 말을 돌볼 사람이 없을(今我徒行, 無人爲養)" 정도로 어려운 형편인 가실로서는 설씨녀를 흠모하기는 하지만 아내로 맞아들인다는 것은 감히 생각할 수 없는 일로 여겼기 때문이다.

그러나 설씨녀의 아버지가 군역을 대신해 주는 고마움에 대한 보답의 뜻으로 딸과의 결혼을 제안하자, 가실은 당장 결혼할 것을 청하는 적극성을 보인다. 그러나 이러한 적극성도 전기적 인간이 사랑을 성취하는 과정에서 보여주는 충동적 적극성과는 다른 것이다. 전기적 인간은 결연 과정에서 당시의 윤리나 관습을 범하거나 벗어남에 비해, 가실은 설씨녀의 아버지로부터 결혼 승낙을 얻었기에 禮敎에 전혀 어긋남이 없는 것이다.

이에 따라 두 사람이 결혼했다면, 그 뒤의 어떠한 곡절이 있다고 하더라도 이 이야기는 더 이상 의미가 없어지고 말 것이다. 그들의 결혼을 지연시키고 이야기의 전개에 관심을 두도록 하는 것은 설씨녀이다.

설씨녀는 가실이 혼인할 기일을 청하자

혼인은 인간의 큰 윤리이므로 갑자기 할 일이 아닙니다. 제가 이미 마음으로 허락했으므로 죽는다 해도 변함 없을 것이니, 당신이 군역

에 나갔다가 교대해 돌아온 후에 날을 가려 혼례를 치러도 늦지 않을
것입니다.[41]

라고 하며 혼인을 뒷날로 미루자고 한다. 아버지가 결혼을 허락했고, 가
실도 원하여 청혼하였으며, 자신도 "마음으로 허락(心許)"한 터이다. 그
런데도 결혼을 미루는 설씨녀를 어떻게 보아야 할 것인가? 우리는 혼인
을 두고 "人之大倫"이라고 하는 설씨녀의 말에서, 인간의 기본적인 윤리
의식에 대한 섬세한 도덕적 반응을 읽을 수 있다. 그녀는 효라는 문제에
만 미덕을 갖춘 것이 아니라 전반적인 인륜에 대해서도 확고부동한 입
장을 지닌 인물로 표상된다. 우리는 화자가 앞에서 그녀의 미덕에 대해
"뜻과 행실을 가다듬고 바로하였다.(志行脩整)"라고 한 것을 통해 그녀의
사고와 윤리의식을 체험할 수 있었기 때문에 혼인을 미루는 그녀의 행
동을 의심 없이 받아들일 수 있게 된다. 그러므로 이상의 설씨녀의 말은
우선 노부의 군역문제를 해결해 놓고 보자는 얄팍한 심리에서 임시방편
으로 둘러댄 것이 아님을 알 수 있다.

　한편으로 "이미 마음으로 허락했다.(妾旣以心許)"는 그녀의 말속에서
자신에 대한 가실의 헌신적 사랑을 소중히 여기고, 마음으로 받아들이
고 있음을 알 수 있다. 그러나 "心許"가 갖는 보다 중요한 의미는 '설씨
녀의 효심'이다. 아버지의 안위를 걱정하는 설씨녀이기에 가실의 헌신적
행위에 감동한 것이며, 그에 따라 마음으로 허락할 수 있게 된 것이다.

　이어서 두 사람은 거울을 깨어 한 조각씩 나누어 가지고, 가실은 기
르던 말을 맡기고 군역에 나아간다. 일명, '信物話素'와 '養馬話素'이다.
이 모티프는 일종의 복선의 기능을 한다. 그러나 이 모티프는 복선의 기

---

41) "婚姻人之大倫, 不可而倉猝. 妾旣以心許, 有死無易, 願君赴防, 交代而歸, 然後卜
　　日成禮, 未晚也.", 〈설씨녀전〉, 『삼국사기』 48권 열전 제8.

능을 넘어 이 작품의 구조와 주제에 직접적으로 기능한다는 점에서 복선 이상의 의미가 있다. 이 점은 다음 장에서 구체적으로 다루고자 한다.

군역에 나간 가실이 기한을 넘겨 6년이 지나서도 돌아오지 않자, 설씨녀의 아버지는 딸에게 다른 사람에게 시집가기를 권한다. 이에 설씨녀는

> 지난날 아버지를 편안히 하려고 한 까닭으로 억지로 가실과 혼약을 했으며, 가실은 이를 믿은 때문에 종군하여, 여러 해 동안 굶주림과 추위에 고생하고 있습니다. 더구나 적의 국경 가까이 가서 손에 무기를 놓지 않고 범의 아가리에 가까이 있으므로 항상 물릴까 염려되는 처지에 있는데 신의를 버리고 언약을 실행하지 않는다면, 이것이 어찌 사람의 정리이겠습니까? 끝내 아버지의 명을 따르지 못하겠사오니 다시는 말씀하지 마십시오.[42]

라고 하며, 신의를 내세워 거절한다. 이 대목으로 인해 〈설씨녀전〉의 주제를 '부녀간의 갈등'이나 '부권에 대항하는 딸의 주체의식'으로 보기도 한다. 그러나 앞에서 파악한 설씨녀의 성격과 윤리의식을 전제하면서, 주어진 문맥의 의미를 정확히 읽을 필요가 있다. 앞에서 지적하였지만, 설씨녀가 가실과 혼인하기로 '마음으로 허락'한 것은 자신에 대한 가실의 헌신적 사랑을 이해한 것이기도 하지만, 보다 중요한 이유는 상황의 전개를 '효심'이라는 기준으로 판단하였기 때문이다. 위의 인용문에서 보듯이, 설씨녀가 가실과 혼인을 약속한 것은 아버지를 편안하게 하려고 했기 때문이다. 그러면서 "억지로 가실과 혼약을 했다.(强與嘉實約)"라고

---

42) "向以安親, 故强與嘉實約. 嘉實信之, 故從軍累年, 飢寒辛苦. 況迫賊境, 手不釋兵, 如近虎口, 恒恐見咥, 而棄信食言, 豈人情乎. 終不敢從父之命, 請無復言.", 〈설씨녀전〉, 『삼국사기』 48권 열전 제8.

했다. 여기에서 '억지로'라는 말의 의미를 제대로 파악한다면, 설씨녀의 진심을 알 수 있을 것이다. 우선 두 가지 정도로 해석이 가능하겠다.

① 아버지를 편안히 하려고 <u>마음에도 없는</u> 남자와 억지로 혼약하다.
② 아버지를 편안히 하려고 <u>혼인할 의사도 없는데</u> 억지로 혼약하다.

①의 경우에는 혼인의 상대방인 신랑감에 대한 부정적 인식이 깔려 있다. 신랑감이 마음에 들었다면 '억지로' 하는 혼인이 될 수 없다. ②의 경우에 문제시되고 있는 것은 신랑감의 인물됨됨이가 아니라, 혼인 그 자체이다. 이 점은 『삼국사기』 열전 〈孝女知恩〉의 경우를 통해 짐작할 수 있다. 효녀 지은은 신라 한기부 백성 연권의 딸인데, 효성이 지극하였다고 한다. 어려서 아버지를 여위고 홀어머니를 모시기 위해 나이 32세가 되도록 출가를 하지 않고 조석으로 어머니를 보살펴 그 곁을 떠나지 않았으나, 결국은 살림이 쪼들리게 되어 쌀 여남은 섬에 자기 몸을 종으로 팔았다고 한다.43) 〈설씨녀전〉에는 어머니에 대한 언급이 전혀 없으며, 집안의 형편에 대하여 "寒門單族"이라고 한 것으로 보아 그녀 역시 홀로 아버지를 모시고 있는 것으로 보인다. 가난한 집안에 병든 노부를 모시고 있는 설씨녀로서는 "조석으로 어머니를 보살피며 그 곁을 떠나지 아니한(定省不離左右)" 효녀 지은처럼 지극 정성으로 노부를 봉양하겠다는 일념이었을 것이니 결혼은 아예 생각지도 않았을 것이다. 그러나 병든 노부의 군역이라는 절체절명의 위기 상황을 피할 수 있는 길이 혼인이라면, 혼인할 수밖에 없다고 본 것이며, 봉양은 그 후의 문제라고 생각한 것이다. 그러나 노부에 대한 효심은 어쩔 수 없었을 테니 '억지로'라는 표현이 나온 것이다.

---

43) 〈孝女知恩〉, 『삼국사기』 제48권 열전 제8.

그리고 이러한 상황을 제대로 이해하기 위해서는 설씨녀 아버지의 성격에 대해서도 살펴볼 필요가 있다. 가실이 떠난 지 6년이 지난 상황에서, 딸에게 다른 사람에게 시집가기를 권하면서 그가 내세운 이유는 처음 가실과 기약한 3년이 넘었다는 것이다. 더구나 자신은 늙어만 가는데 딸은 장성하고도 배필이 없는 상황(其夫老且耄, 以其女壯而無伉儷)이고 보면, 과년한 딸을 둔 아버지로서는 충분히 그렇게 생각할 수 있을 것이다. 이러한 점은 조선시대에 젊은 나이에 남편을 잃은 딸에게 개가를 권유하는, 현실을 중시하는 부모의 입장44)과도 같을 것이다. 딸의 행복을 생각하는 부모의 입장에서, 생사여부도 확실치 않은 약혼자 가실을 마냥 기다리는 딸을 보기가 안쓰러웠을 것이다. 딸이 신의를 내세워 다른 사람에게 시집가기를 거절하자, 급기야 딸 몰래 마을 사람과 결혼을 약속하고 그 사람을 오게 하기에 이르렀다. 이런 점에서 본다면, 설씨녀의 아버지는 현실논리를 내세워 주어진 삶에 순응하고자 하는 평범하고 보편적인 부모의 모습을 보여주고 있다.

이 때 설씨녀는 굳이 거절하고 몰래 도망가려 했으나 실행하지 못하였다(薛氏固拒, 密圖遁去而未果)고 한다. 이 대목에 대해서 몇 종의 『삼국사기』 번역본에서는

> "가만히 도망가려고 했으나 뜻대로 되지 않았다"45)
> "몰래 도망가려다가 뜻을 이루지 못하였다"46)
> "몰래 도망하려 했으나 이루지 못하였다"47)
> "은밀히 달아날 생각을 했으나 미처 가지 못하고 있었다"48)

---

44) 정운채, 「〈영남효열부전〉의 형성과 윤리의식」, 김현룡 외, 『한국문학과 윤리의식』 (박이정, 2000), pp.309~311. 참조.
45) 이재호 역, 『삼국사기』 3(솔출판사, 1997), p.470.
46) 한국사사료연구소, 『표점 교감본 삼국사기』 하(한글과 컴퓨터, 1996), p.685.
47) 이병도 역주, 『삼국사기』(개정판) 하(을유문화사, 1996), p.470.

등으로 해석하고 있다. 이상의 문면만으로는, 설씨녀가 ① 실제 도망하려는 어떠한 행동을 취했으나, 그 뜻을 이루지 못하였는지, ② 도망하려는 마음을 품었으나, 여의치 못하여 행동으로 옮기지 못하였는지, ③ 도망하려는 마음을 품기는 하였으나, 그 자신 내면의 갈등으로 인해 실행하지 못하였는지가 분명하게 드러나지 않는다. 몇몇 연구자들이 "未果"를 두고, '탈출에 실패'했다49)라고 본 것은 ①의 의미로 해석한 것이다. "未果"의 의미를 이처럼 ①로 볼 것이냐, 아니면 ②나 ③으로 볼 것이냐하는 문제는 그렇게 단순하지 않다. 이 점은 설씨녀의 성격과 직결되는 것이기에 면밀히 살펴져야 한다.

먼저, '탈출을 기도했으나, 실패했다'라고 보는 견해는 수긍하기 어렵다. 이 점은 『삼국사기』 열전 〈김유신전〉에 수록된 〈龜兎說話〉에 나오는 "王怒囚之, 欲戮未果"라는 대목과 견주어 보면 분명해진다. 고구려 왕이 노하여 그(김춘추)를 가두고 죽이려고 했으나, 미처 죽이지 않고 있듯이, 설씨녀도 달아날 생각을 하였으나 실행하지 못한 것이다.

지금까지의 사건 진행을 통해 우리가 읽어 낸 '설씨녀의 효심'을 생각해 보면, 설씨녀는 병든 노부를 혼자 두고 달아날 정도로 모질지 못하다. 아무리 신의를 내세워 아버지의 명을 따를 수 없다고 했지만, 이것은 평강왕과 공주 사이의 갈등과는 다른 것이다. 평강공주가 부왕의 명을 따르지 못하겠다고 하자 부왕은 부녀간의 정을 끊고 딸을 축출하는데, 이 정도라면 주체와 대상 사이의 대결이며, 갈등50)이라고 할 수 있을 것이다. 이에 비해 설씨 부녀의 경우는 다르다. 설씨는 하염없이 가

---

48) 이강래 역, 『삼국사기 II』(한길사, 1998), p.864.
49) 강진옥, 앞의 논문, p.424. 황인덕, 앞의 논문(1990), p.162.
50) 갈등은 "어떤 사실이나 현상에 대하여 상반된 주장이나 판단으로 말미암아 주체와 대상이 긴장관계에 놓이게 되고 이 관계가 심화되어 구체적인 대결의 형태로 전개되는 것"이다. 김중신, 『소설감상방법론 연구』(서울대학교 출판부, 1995), p.28.

실을 기다리는 딸을 안쓰럽게 여기고 있으며, 평범하고 보편적인 부모로서 딸의 장래를 걱정하게 된 것이다. 딸 역시 이러한 아버지의 마음을 모를 리 없었을 것이며, 노부를 모시는 효심은 변함이 없었을 것이다. 이렇듯 서로의 입장을 충분히 이해하고 있으니, 이들 부녀는 대결·갈등의 관계에 있지 않다. 설씨녀가 아버지의 명을 따를 수 없다고 한 대목을 두고 부녀간의 갈등으로 볼 것이 아니라, '신의'를 지키고자 하는 설씨녀의 의지를 강조한 것으로 보는 것이 좋을 것이다.

그리하여 설씨녀는 더 이상 결혼 애기가 없을 것으로 생각했으나, 갑작스레 혼례를 치르게 될 지경에 이르렀으니 그 심정이 어떠했을까? 설씨녀는 도망갈 것이냐 말 것이냐를 두고 내면적으로 갈등하느라 실행하지 못하고 있는 것이다. 그녀의 지극한 효심으로 볼 때, 노부를 혼자 남겨두고 집을 뛰쳐나오기란 쉽지 않았을 것이다. 탈출은 곧 노부의 봉양을 포기하는 것이 되며, 자식된 도리를 저버리는 것이다. 이 때 설씨녀는 효와 정절 그리고 신의라는 당대의 절대적 가치 속에서 갈등한다. 본래 등가적 가치가 상대적 가치로 작용하여 선택을 강요당하게 될 때 그 갈등은 한층 심각한 것이 된다.[51] 이러한 상황에서 그녀는 가치 선택을 강요당하게 되지만, 당대의 절대적 가치 중 그 어느 하나도 저버리지 못한다. 즉 그녀는 인간의 기본적인 윤리의식에 대해 섬세히 반응하는 도덕적인 인물이다. 이리하여 설씨녀는 갈등 끝에 마구간에 가서 가실의 분신인 말을 보았으니, 그 아픔이야 오죽했겠는가.

이 때 마침 가실이 군역에서 돌아왔으나, 모습이 마르고 옷이 남루하여 사람들이 그를 알아보지 못했다. 이에 가실이 거울(신표)을 던져 신원이 확인되자, 집안 사람들이 매우 기뻐했다고 한다. 마침내 다른 날을 택해 혼례를 치르고 해로했다고 한다.

---

51) 이정진, 앞의 논문(1998), p.153.

　서사와 이데올로기를 관련지어 볼 때, 결말이란 텍스트를 산출하는 해당 사회의 문화적 기대를 가장 그럴듯하게 보여주는 것52)이 된다. 따라서 〈설씨녀전〉은 그 결말에서, 적극적으로 가치 있는 삶을 지향한 규범적이고 도덕적인 인물에 대한 그 당시의 독자들의 기대에 충분히 부응하고 있다. 유교가 지배이념이던 중세의 가치관을 충실히 대변하고 있는 셈이다.

4. 〈설씨녀전〉의 서사구조와 서사방식

　〈설씨녀전〉의 서사구조를 밝혀 보기 위해서는 우선 사건의 발단 시점을 옳게 파악해야 한다. 노부가 수자리 당번이 됨에, 딸의 몸으로 이를 대행할 길이 없어 번민하게 되는 단락에서 사건이 발단된다53)고 보는 것이 기왕의 연구자들의 견해이다. 사건의 발단 시점을 그렇게 파악할 때 이 이야기의 서사구조를 과연 온당하게 이해할 수 있는가?

　모든 이야기의 특징은 초장에 모종의 결핍, 즉 부정적인 요소가 나타난다는 것이다. 우여곡절 끝에 이 결핍은 종장에 가서 메워진다. 초장과 종장 사이의 변천과정을 변형이라 부른다. 그러므로 이야기의 줄거리는 '결핍→변형→결핍의 해소'의 순서로 진행된다. 〈설씨녀전〉에서도 결핍이 나타난다. 설씨녀는 병든 노부가 군역에 나가게 되었으나 여자의 몸으로 대신 갈 수 없어 고민에 빠져 있다. 즉 노부를 대신해 군역에 나가 줄 사람이 없다는 것이 결핍된 상황이다. 이 때 소년 가실이 군역을 대신할 것을 자청하고 나섬에 따라 그녀와 약혼을 하게 되고, 군역에

---

52) 제레미 탬블링 저·이호 역, 『서사학과 이데올로기』(예림기획, 2000), p.136.
53) 조수학, 앞의 논문, p.16.

나아가서는 우여곡절 끝에 귀환하여 혼인하고 해로했다는 것이다. 가실과 설씨녀가 혼인하고 해로함으로써 '결핍이 해소'되었다고 본다면, 결핍된 내용은 혼인과 관련된 것이어야 한다. 즉 혼인할 대상이 없거나, 대상이 있다고 하더라도 혼사장애 등에 의해 맺지 못할 상황이 발생할 때, 우리는 그것을 결핍된 내용으로 볼 수 있을 것이다.

이 부분과 관련하여 우리는 서술상의 역전(flash back)에 주목하게 된다. 〈설씨녀전〉의 앞부분의 서술순서를 보면, ① 설씨녀에 대하여 성명·마을·신분·외모·품행·이웃의 인정 등 인물에 대한 인정기술, ② 노부가 수자리 당번이 됨에, 딸의 몸으로 이를 대행할 길이 없어 번민하는 모습 서술, ③ 가실에 대하여 마을·성명·집안·인품에 대한 인정기술, ④ 가실이 군역을 대신하겠다고 자청하는 장면 등이 서술된다. 서술상의 역전된 부분은 가실이 "일찍부터 설씨녀의 아름다움을 좋아했으나 감히 말을 하지 못하였다.(嘗悅美薛氏, 而不敢言)"라는 것으로 ③과 ④ 사이에 끼어 있다. 이 대목의 "嘗"자에 주목하면 가실이 설씨를 좋아한 것은 그녀가 노부의 병역 문제로 근심하기 이전부터임을 알 수 있다. 즉 역전된 부분은 ②의 사건이 있기 전에 있었던 일로서 이야기가 진행되는 중간에 끼어든 것이다. 이 부분이 중간에 끼어들지 않더라도 이야기는 진행된다. 이러한 까닭에 기왕의 〈설씨녀전〉의 구성을 논한 논문에서는 이러한 역전과 그것이 가지는 의미에 대해서는 별달리 주목하지 않았다. 이러한 역전은 현재에 과거 사건을 덧붙임으로써 사건 이해에 필요한 설명을 제공해 준다.54) 여기에서 서술상의 '역전'이 수행하는 기능은 가실의 행동의 동기나 이유를 설명함으로써 사건 진행의 인과관계를 설정해 주는 것이다. 그러므로 〈설씨녀전〉의 서사구조를 제대로 이해하기 위해서는 이 부분을 특히 주목할 필요가 있다.55) 그렇다면

---

54) 김천혜, 앞의 책, p.49.

가실이 설씨녀를 사랑하지만 감히 말을 하지 못하는 안타까운 상황이 바로 초장의 상황이 된다.

이처럼 〈설씨녀전〉의 초장의 상황을 확인하는 작업은 이 작품의 서사구조를 해명하는 데 관건이 된다. 기왕의 연구에서는 〈설씨녀전〉의 서사구조나 플롯에 대해 "잘 짜여진 사건 구조",56) "범상치 않은 인위적 plot"57) 등 대강을 지적하였을 뿐 보다 구체적인 언급은 별로 없었다.

황인덕 교수는 이 작품의 전체 문면에 있어 스토리의 구성 요소들은 개별적인 독자성을 잘 갖추고 있음과 동시에 전후 단계적 접속의 논리성도 유지하고 있다58)고 지적하였다. 이러한 지적은, 이 작품에서 "극적 장면의 전후 연계는 그 사건발전에 있어서 심히 정연한 체계성을 보여주고 있다."59)는 지적과 일맥상통한다. 이들의 견해는 상당히 시사적임에도 불구하고 '전후 단계적 접속의 논리성'이나 '전후 연계의 정연한 체계성'에 대해 구체적으로 해명하지는 않았다.

그러므로 여기에서는 이 작품의 서사구조를 분석하고, 해명하기 위해 '파블라(fabula)'의 이론을 원용하고자 한다.

하나의 파블라는 사건들의 연쇄의 특수단위로 간주되어도 무방하다. 전체로서의 파블라는 과정을 형성하는데, 한편으로는 개별적 사건 역시 하나의 과정 혹은 최소한 과정의 한 부분으로 불릴 수 있다. 모든 파블라는 세 개의 단계로 나뉜다. 과정의 가능성(가상성)과 사건(실현), 그리고 결과(결론)가 그것이다. 세 가지 국면이 모두 필요불가

---

55) 여기에서 '역전'에 주목하는 것은 이것이 서사구조를 해명하는 단서이기 때문이며, 그 자체는 서사방식에 해당된다.

56) 정상균, 『한국중세서사문학사』(아세아문화사, 1999), p.33.

57) 주종연, 『한국소설의 형성』(집문당, 1987), p.25.

58) 황인덕, 앞의 논문(1990), p.163.

59) 리응수, 『조선문학사』(연변교육출판사 발행·한국문학사 영인, 1999), p.81.

결한 것은 아니다. 어떤 가능성은 현실화되기도 하고 그렇지 않을 수
도 있으며, 성공적인 결론이 항상 보장되지도 않는다.[60]

이에 따르면 〈설씨녀전〉의 서술 주기는 다음과 같이 분석된다.
먼저, 가실의 경우를 보자.

   1. 가실은 설씨녀를 흠모한다(가능성)
   2. 그는 감히 말을 하지 못했다(비실현)

다음, 설씨녀의 경우를 보자.

   1. 설씨녀는 아버지의 군역 문제가 해결되기를 기대한다(가능성)
   2. 그녀는 여자의 몸이어서 모시고 갈 수가 없어 다만 스스로 근심
할 뿐이다(비실현)

가실과 설씨녀 모두 문제에 봉착해 있다. 가실의 경우는 설씨녀의
아버지의 군역 문제라는 새로운 상황이 일어남에 따라 일대 전환을 맞
는다. 위의 '비실현'은 가실이 군역을 대신하기를 자청함으로써 서술 주
기의 또 다른 시작을 이끈다.

   1. 가실은 설씨녀에게 자기의 마음을 전하고자 한다(가능성)
   2. 그는 설씨녀의 아버지의 군역을 대신코자 자청한다(실현)
   3. a 설씨녀의 아버지는 그 보답으로 딸과의 결혼을 허락한다(결론)
      b 설씨녀가 귀환 후 결혼하기로 함에 따라 결혼이 연기된다(비
       실현)

---

60) 미케 발 저·한용환 / 강덕화 역, 『서사란 무엇인가』(문예출판사, 1999), p.42.

c 가실의 귀환이 늦어짐에 따라 결혼이 지연된다(비실현)

a로써 서술 주기가 마무리되지 않고, b・c가 따라옴으로써 서술 주기의 또 다른 시작이 있게 된다. c가 있었다고 하더라도 가실의 귀환 전에 별다른 사건이 없었다면 이 이야기는 그 의미가 줄어든다.

설씨녀의 아버지의 경우를 보자.

1. 설씨녀의 아버지는 장성한 딸이 결혼하기를 원한다(가능성)
2. 그는 딸에게 다른 사람에게 시집갈 것을 권한다(실현)
3. 딸이 신의를 내세워 완강히 거절함으로써 실패한다(부정적 결론)

설씨녀의 아버지는 1에 따라 2를 실현코자 했으나, 3에 의해 거부된다. 설씨녀의 아버지가 3의 상황을 수용했다면 서술 주기는 급하게 마무리될 것이다. 설씨녀의 아버지로 볼 때, 3은 서술 주기의 또 다른 시작을 이끄는 부정적인 결론이다.

이 단계를 설씨녀의 입장에서 보면 다음과 같다.

1. 설씨녀는 가실과의 약속을 지키고자 한다(가능성)
2. 아버지의 강권에 신의를 내세워 거절한다(실현)
3. 가실이 귀환하지 않음으로 애태우고 있다(비실현)

앞의 설씨녀의 아버지의 경우에서 보이는 3의 부정적 결론에 따라 다음의 단계가 시작된다.

1. 설씨녀의 아버지는 딸의 결혼을 원한다(가능성)
2. 설씨는 딸 모르게 혼인을 추진한다(실현)

이에 대해 설씨녀는

1. 설씨녀는 가실과의 약속을 지키고자 한다(가능성)
2. 다른 사람이 혼인하러 온 날 도망하고자 한다(실현)
3. 그러나 도망가지 못하고 있다(비실현)

이때 가실이 나타난다.

1. 가실을 자처하는 남자가 나타났다(가능성)
2. a 사람들이 가실을 알아보지 못했다(비실현)
   b 가실이 깨어진 거울을 던져 신분이 확인된다(실현)
3. 다른 날 만나 혼인하고 해로하였다(결론)

파블라의 발전과정에서 사건이 의미를 획득하는 것은 오로지 연쇄 속에서이다. 이러한 관점에 의하면 독립된 한 가지 사실을 사건으로 보는 것은 무리이다.61) 따라서 서술 주기로 볼 때, 〈설씨녀전〉에서의 사건은 그 자체로서의 의미보다는 각 과정이 연쇄에 의해 차례차례 발생하는 연쇄체로서의 의미를 지니고 있다. 그러므로 〈설씨녀전〉은 전후의 사건이 인과관계와 정연한 논리에 의해 구조화되어 있다. 이 작품의 서사구조가 열전의 일반적 서술양식에 비해 특이한 것은 일정한 인과논리에 의해 서술되는 문학적 이야기인 설화를 입전전거로 하였기 때문이다.

이번에는 〈설씨녀전〉에 삽입된 '信物話素'와 '養馬話素'가 작품 속에서 갖는 구조적 의미에 대해서 살펴보자. 이 두 개의 화소에 대해서는 이 작품을 다루는 논문에서 거의 빠짐없이 언급되었다. 특히 '양마화소'에 관해서는 이견이 있어 왔다. 즉 현전하는 작품 자체만으로 '양마화소'

---

61) 미케 발 저·한용환/강덕화 역, 같은 책, p.33.

의 의미는 무리 없이 이해된다는 것과, 말을 두고 떠난 앞부분에 대응되
는 뒷부분이 없다고 보아 구조상의 결함을 문제삼은 것이 그것이다. 이
것에 대해서는 후자의 견해가 먼저 제시되었는데, 작품에서 문제된 부
분을 제시하고 검토해 보자.

> 가실에게는 말 한 마리가 있었는데, 설씨녀에게 이르기를 "이 말은
> 천하의 좋은 말이니, 후에 반드시 쓸 데가 있을 것이오. 지금 내가 가
> 고 나면 기를 사람이 없으니 여기에 두었다가 쓰기 바라오."라고 하
> 고, 드디어 작별하고 떠났다.62)

이와 관련하여 주종연 교수의 견해를 들어본다.

> 사실 여기서 養馬說話는 보다 구체적인 내용의 언급이 없음으로 하
> 여 이야기 속에 구조적으로 참여하지 못하고 있다. 왜냐하면 朱蒙이
> 나 溫達에서 養馬는 救命이나 戰功의 결정적인 역할을 하기에 說話
> 모티브로서의 의미가 있기 때문이다. 그러므로 薛氏女에서는 말〔馬〕
> 에 얽힌 이야기의 한 단원이 채록과정에서 逸失 내지 탈락되었을 가
> 능성이 짙다.63)

다음으로 박희병 교수의 견해를 들어본다.

> 가령 그러한 축약의 흔적을 우리는 「설씨녀」에서 탐지할 수 있다.
> 가실은 떠날 때 자신이 기르던 말을 설씨녀에게 맡기며 "此天下良馬,
> 後必有用"이라는 말을 하고 있는데, 이 말은 하나의 伏線으로서 나중

---

62) "嘉實有一馬, 謂薛氏曰, 此天下良馬, 後必有用. 今我徒行, 無人爲養, 請留之, 以
　　爲用耳, 遂辭而行.", 〈설씨녀전〉, 『삼국사기』 48권 열전 제8.
63) 주종연, 앞의 책, p.41.

의 사건의 전개와 어떤 연관이 있을 듯하다. 그러나 현전하는 작품에서는, 설씨녀의 아버지가 설씨녀를 강제로 다른 남자에게 시집보내려 하자 설씨녀가 마구간에 가 이 말을 보고 "太息流淚"했다는 서술밖에는 달리 관련된 서술을 발견할 수 없다. 고작 이 정도 갖고 작품의 앞에서 "此天下良馬, 後必有用" 운운하지는 않았을 터이다. 아마도 말〔馬〕과 관련된 서술이 가실과 설씨녀가 만나게 되기까지의 과정 아니면 만난 이후의 과정에 더 있었을 듯한데, 열전의 편찬자는 원작의 이 부분을 빼 버린 게 아닌가 싶다. 굳이 그 이유를 추측해 본다면, 열전 편찬자가 이 부분이 설씨녀의 烈行을 드러내고자 한 열전의 편찬의도와 별 관련이 없다고 판단해서가 아닐까 한다.[64]

박교수는 일종의 복선에 해당하는 이 부분과 대응되는 이야기가 나오지 않는다는 점을 주목하여, 설씨녀의 烈行을 드러내기 위한 열전의 편찬의도에서 원작의 후반부 서술이 축약된 것으로 보고, 『삼국사기』 열전에서는 주로 원작을 축약하는 방향으로 수정이 가해졌을 것으로 추정하였다.

이 점에 대하여 소인호 교수는 다음과 같이 반박하였다.

그러나 아끼던 말을 설씨녀에게 맡긴다는 내용은, 대신 군역을 나가는 처지임에도 오히려 그들 부녀의 생활을 염려해 주는 가실의 자기희생적 인간애를 표현한 것으로 해석되어야 할 것이다. 따라서 이 부분을 복선으로 보고 원작의 축약을 주장하는 것은 지나친 비약이 아닌가 한다. 부친의 강요로 타인에게 시집갈 처지에 놓인 설씨녀가 말을 쓰다듬으며 눈물을 흘리는 뒷부분의 내용은, 그와 같은 가실의 따뜻한 마음씨를 회고하는 행위로서 앞부분과 자연스럽게 호응된다

---

64) 박희병, 앞의 책, pp.119~120.

고 할 수 있다.[65]

채록과정에서 일실 내지 탈락된 것인지, 아니면 원작이 축약된 것인지 하는 문제는 원작의 존재 여부를 떠나 현재의 상황으로서는 쉽게 단정하기 어려운 문제이다. 일단은 현전 작품 자체가 사건의 전개상으로 보아 불합리한 것인지, 아니면 그 자체만으로도 자연스럽게 연결될 수 있는지는 생각해 볼 수 있을 것이다. 이 점을 살필 수 있는 자료로서 〈설씨녀전〉이나 '가실설화'를 시적 소재로 한 李匡師의 詠史樂府〈破鏡合〉을 들 수 있다.

해당 작품의 史話를 들어보면 다음과 같다.

> 栗里薛氏父老, 當防秋, 女恨不身代, 少年嘉實願代, 父許以女待其歸嫁之, 分鏡爲信, 留一馬, 行六年未還. 父曰, 始以三年爲期, 可歸它族, 薛固拒之, 日至廐見馬流涕, 及嘉實歸, 形骸枯瘁, 不可知嘉實, 示破鏡, 父遂歸其女.[66]

이 사화는 그야말로 〈설씨녀전〉을 축약해 놓은 것이나 다름없다. 그러나 사건의 핵심은 빠뜨리지 않고 있다. 모티브의 대응면에서 보면, '신물화소'의 경우 '分鏡爲信'은 '示破鏡'에, '양마화소'의 경우 '留一馬'는 '見馬流涕'에 대응하고 있다. 몇 자 안 되는 축약된 史話이지만 사건의 중요한 부분은 빠뜨리지 않았다고 볼 때, '양마화소'는 '신물화소'와 함께 이 이야기의 중요한 부분을 이루고 있음을 알 수 있다. 그야말로 사건의 뼈대만 남긴 이 사화에서 '양마화소'는 있어도 그만 없어도 그만인 것이

---

65) 소인호, 앞의 책, p.111.
66) 李匡師의 〈破鏡合〉의 사화. 김영숙, 『한국영사악부연구』(경산대학교 출판부, 1998), pp. 200.에서 인용.

아니라 꼭 있어야 할 부분이며, '留一馬'·'見馬流涕'의 대응관계 속에서 모티프로서의 기능을 충실히 수행하고 있다고 보아야 할 것이다. 이러한 점은 사화에 이어 나오는 시를 통해서 더욱 설득력을 얻는다. 李匡師는 가실이 거울을 신표로 나누어 가진 뒤의 상황을 가실의 목소리를 빌어 다음과 같이 시화하고 있다.

又有絶影馬   또 절영마 한 필 있으니
行地性馴良   다니는데 길이 잘 들렸소.
步兵無所乘   걷는 병사에겐 탈 필요 없으니
爲解紫絲韁67) 붉은 실의 고삐를 풀어 드리리다.

이 부분을 통해 〈설씨녀전〉에서 가실이 자기의 말〔馬〕을 두고 "後必有用"이라고 말한 의미를 짐작할 수 있다. 앞에서 인용한 박희병 교수의 견해와는 달리 말〔馬〕은 그 후에 더욱 의미심장한 의미를 지니는 것이 아니다. 가실이 떠나면서 말을 두고 간 것은 '길이 잘 들린 말을 두고 갈테니 필요할 때 잘 타고 다니라'는 것 이상은 아닐 것이다. 그러나 이 말 속에는 자기의 애마를 자기의 분신처럼 보아달라는 뜻도 있었을 것이다. 이 부분과 대응되는 내용은 〈破鏡合〉의 뒷부분에서 다음과 같이 시화되어 있다.

擧身就皁棧   몸을 일으켜 검은 마판에 나아가니
馬鳴如相迎   맞이하는 듯 말은 우네.
刷鬣復益芻   말 갈퀴를 긁으며 다시 꼴을 주고
參欷具彷徨   한숨 지으며 함께 방황하네.
汝惟知苦心   너가 오직 쓰라린 이 마음을 알고

---

67) 이광사 〈破鏡合〉의 원문과 번역은 김영숙, 같은 책, p.202.에서 인용.

汝惟見涕眶	너가 오직 눈물을 보이는구나.
對立愬心事	대해 서서 심사를 하소연하기를
日日以爲常	날마다 언제나 하네.
一日朝開鏡	하루는 아침에 거울을 열어 보니
光輝若新鎊	새로 닦은 것처럼 빛이 나네.
下階視其馬	계단을 내려와 그 말을 보니
躞蹀欲飛揚	발굽을 긁으며 날을 듯 하네.
中心不知解	마음속을 이해하지 못하여
延頸勞遠望68)	목을 빼어 애써 멀리 바라보네.

이상의 내용을 통해서 알 수 있듯이, 이 이야기에서의 말〔馬〕이 갖는 상징성은 가실의 분신이면서 설씨녀와 동일시되어 나타난다.

따라서 〈설씨녀전〉의 뒷부분에서 말〔馬〕에 대한 단락이 탈락된 것으로 상정하고 구조적 결함을 지적할 필요성은 그만큼 줄어든다. 〈설씨녀전〉의 '양마화소'는 현전하는 내용 그 자체만으로도 구조적 긴밀성을 잃지 않고 있다.

끝으로 이 작품에서 사용된 서사방식에 대해 살펴보고자 한다.

첫째, 서사의 시간 순서상에서 나타나는 '시간의 불일치'에 대해 살펴보자. 이 장의 앞에서 "嘗悅美薛氏, 而不敢言"에서 "嘗"자에 주목하여 서술상의 역전을 지적하였다. 이 작품에서 이 대목의 기능은 가실이 설씨녀의 노부의 군역을 대신하고자 자청하게 된 원인을 설명함으로써 사건 진행의 인과관계를 설정해 주는 것이다. 그리하여 사건 진행의 중간에서 이전의 시간대로 거슬러 올라간 것이다. 현재에 과거 사건을 덧붙임으로써 사건 이해에 필요한 설명을 제공해 주는 역전, 즉 시간의 불일치는 문학적 서사의 전통 가운데 하나이다.

---

68) 김영숙, 같은 책, p.206.에서 인용.

둘째, '생략'과 '요약'에 대해 살펴보자.

> 마침 국가에서 사고가 있어 다른 사람을 보내어 교대시키지 않았
> 으므로 가실은 6년 동안이나 오래 머물고 돌아오지 못했다.[69]

이상은 가실이 군역에 나간 뒤의 상황에 대한 서술이다. 여기에서는
'6년'이라고 하여 시간의 경과를 명시하고 있다. 6년간의 상황을 단지
몇 자로 서술하고 있는 것이다. 이와 같이 6년간의 시간을 건너뜀은 사
건의 전개에 '주목할 만한 일이 없는 기간'이기 때문이라고 본다. 그 대
신 〈설씨녀전〉의 서술자는 아주 중요한 장면은 독자에게 아낌없이 보여
주고 있다.

셋째, '회상'에 대해 살펴보자.

> 지난날 아버지를 편안히 하려고 한 까닭으로 억지로 가실과 혼약
> 을 했으며, 가실은 이를 믿은 때문에 종군하여, 여러 해 동안 굶주림
> 과 추위에 고생하고 있습니다. 더구나 적의 국경 가까이 가서 손에
> 무기를 놓지 않고 범의 아가리에 가까이 있으므로 항상 물릴까 염려
> 되는 처지에 있는데 신의를 버리고 언약을 실행하지 않는다면, 이것
> 이 어찌 사람의 정리이겠습니까? 끝내 아버지의 명을 따르지 못하겠
> 사오니 다시는 말씀하지 마십시오.[70]

이상은 설씨녀의 아버지가 딸에게 다른 사람에게 시집가라고 권하
자, 설씨녀가 말한 대목이다. 처음에는 지난 일을 되볼아보는 회상으로
처리되어 있다. 그 다음에는 건너뛴 가실의 6년간의 생활을 직접 목도

---

69) "會國有故, 不使人交代, 淹六年未還.", 〈설씨녀전〉, 『삼국사기』 48권 열전 제8.
70) 주 42)와 같음.

한 것처럼 그리고 있다. 이 대목은 가실이 국경에서 보낸 '6년간'이란 긴 세월의 건너뜀을 채워준다. 이것은 가실의 고생하는 모습을 생생하게 묘사함으로써 그에 따라 신의를 지킴이 마땅함을 강조하고자 한 것이다.

넷째, '장면'과 '요약'에 대해 살펴보자.

〈설씨녀전〉에서는 그 전반부에서는 가실과 설씨 부녀가 상면하여 대화하는 장면을, 후반부에서는 설씨 부녀간의 대화하는 장면을 비교적 상세히 묘사하는 '현장 재현적 서사방식'을 취하고 있다. 그리고 이 두 장면을 바꾸는 것은 '요약'인데, 이 요약은 앞에서 살펴본 '6년'을 언급한 대목이다. 요약은 서사에서 두 장면을 바꾸는 가장 보편적인 방식이며, 서사의 서술에서 가장 탁월한 연결조직이 된다.71)

이상에서 살펴본 것처럼, 〈설씨녀전〉에서 사용된 서사방식은 『삼국사기』 열전의 여타 작품에서는 쉽게 찾아볼 수 없을 정도로 다양함을 알 수 있다. 그리고 서사방식이 다양할 뿐 아니라, 그것이 작품의 구조 속에서 상당히 효과적으로 작용하고 있음도 알 수 있었다.

5. 맺음말

본 연구에서는 〈설씨녀전〉의 작품적 실상을 해명하기에 앞서 작품의 장르적 성격에 대해서 살펴보았다. 이어서 작품 자체를 면밀히 읽고 분석하여, 등장인물의 성격과 인물의 형상화 방법 및 서사구조 등을 살펴보았다. 이상에서 논의된 내용을 정리하면 다음과 같다.

(1) 기왕의 연구에서는 〈설씨녀전〉의 성격을 두고, 설화·열전·초기 전계소설·전기계 소설·전기 등 다양한 시각이 있어 왔다. 기왕의

---

71) 제라르 즈네뜨 저·권택영 역, 『서사담론』(교보문고, 1992), p.86.

견해의 타당성 여부를 살펴본 바, 대부분의 연구자들은 각자의 입장이 앞선 나머지, 작품에 대한 구체적인 분석을 소홀히 한 채, 어느 일면에 집착하여 입론의 근거로 내세우고 있음을 알 수 있었다. 〈설씨녀전〉이 설화적 성격이 강하고, 어느 정도 소설성을 갖추고 있다는 점을 인정하더라도, 이러한 점들이 이 작품을 열전이라는 양식의 범주를 완전히 벗어날 수 있게 해주는 필요충분조건은 되지 못한다. 열전의 양식적 성격과 입전전거로서의 설화의 성격을 이해하고, 작품을 면밀히 분석한다면, 이 작품은 열전의 범주 안에서도 무리 없이 받아들일 수 있을 것이다.

(2) 〈설씨녀전〉은 설화를 입전사료로 한 열전이다. 이 작품이 열전인 점은 등장인물의 성격과 그 인물의 형상화 방법을 통해서도 확인할 수 있었다. 가실은 고상한 뜻을 추구하는 곧은 남자(養志貞男子)로서, 그의 애정은 헌신적이고 자기희생적인 것이기에 전기적 인물이 지닌 욕망과는 다른 진실한 것이다. 열전의 편찬자는 군역을 대신코자 하는 가실의 행동의 동기를 '애정'이라는 차원을 넘어선 숭고한 것으로 설정하였다. 열전의 편찬자는 가실을 평범한 인간의 모습에서 타인과 집단의 안위를 위해서 헌신하고자 하는 숭고한 도덕적 감정을 지닌 규범적 인간상으로 창조한 것이다.

설씨녀는 뜻과 행실을 가다듬고 바로하면서(志行脩整) 매 상황의 전개를 '효심'이라는 기준으로 판단하는 인물이다. 기왕의 연구에서는 설씨녀가 '신의'를 내세우는 대목을 두고, '부녀간의 갈등'을 말해 왔다. 그러나 이들 부녀는 서로의 입장을 충분히 이해하고 있기에, 대립·갈등의 관계에 있지는 않다. 그러나 그녀 자신은 내면적으로 효와 정절 그리고 신의라는 당대의 절대적 가치 속에서 갈등한다. 그녀는 등가적 가치가 상대적 가치로 작용하여 선택을 강요당하게 되지만, 당대의 절대적 가치 중 그 어느 하나라도 저버리지 못하는 인물이다. 즉 그녀는 인간의 기본적인 윤리의식에 대해 섬세히 반응하는 도덕적인 인물이다.

설씨녀의 아버지는 현실논리를 내세워 주어진 삶에 순응하고자 하는 평범하고 보편적인 인물이다. 그러나 그는 자식에 대한 父情이라는 면에서 상황을 파악하고 있기에 기회주의적인 인물이라고까지는 보기 어렵다.

(3) 〈설씨녀전〉이 갖고 있는 연계의 접속성의 논리성이나 정연한 체계성에 주목하고, 이를 구체적으로 분석하여 작품의 서사구조를 이해하고자 하였다. 이 작품의 서술 주기를 살펴볼 때, 이 작품에서의 사건은 그 자체로서의 의미보다 각 과정이 연쇄에 의해 차례차례 발생하는 연쇄체로서의 의미가 강하였다. 그러므로 이 작품은 전후 사건이 인과관계와 정연한 논리에 의해 구조화되어 있는 것이다. 이 작품의 서사구조가 열전의 일반적 서술양식에 비해 특이한 것은 일정한 인과논리에 의해 서술되는 문학적 이야기인 설화를 입전전거로 하였기 때문이다.

〈설씨녀전〉에 나오는 '양마화소'를 두고, 구조면에서의 결함 여부가 논란되었으나, 현전하는 내용 자체만으로도 구조적 긴밀성을 잃지 않고 있다.

〈설씨녀전〉에서는 역전·생략·회상·요약·장면 등 다양한 서사방식이 사용되고 있으며, 그것들이 작품의 구조 속에서 상당히 효과적으로 작용하고 있다.

제 3 장

〈都彌傳〉의 인물형상과 서술방법

1. 머리말

『삼국사기』 열전 중에서 〈도미전〉은 〈온달전〉·〈설씨녀전〉과 함께 그 문학적 형상성이 뛰어남으로 해서 각별히 주목을 받아왔다.

지금까지 〈도미전〉에 대한 연구는 크게 보아서, ① 장르적 성격에 대한 연구, ② 도미설화에 대한 연구, ③ 열녀전승적 성격에 대한 연구 ④ 역사·사회적 측면에서의 연구 등 네 가지 방향에서 진행되어 왔다.

첫째, 〈도미전〉의 장르적 성격에 대해서는 연구자에 따라 설화·열전·전기 등 다양한 시각으로 보아왔다.[1] 특히 〈도미전〉을 傳奇로 보고자 하는 데에는 연구자들 나름의 이유가 있겠으나, "羅末麗初 傳奇發生論"에 집착한 감이 없지 않다. 우리 소설사의 시원을 소급해 나가는 문제가 중요하긴 해도, 작품에 대한 구체적인 점검을 소홀히 한 채 그

---

[1] 기왕의 연구에서 〈도미전〉의 장르적 성격을 언급한 내용은 「2. 〈도미전〉의 장르적 성격」에서 자세히 살펴보겠다.

장르적 성격을 쉽게 추론하거나 단언하기란 어려운 것이다. 그러므로
〈도미전〉의 작품적 실상을 해명하기 위해서는 우선적으로 그 장르적 성
격에 대한 진지한 검토가 이루어져야 할 것이다.

둘째, 도미설화에 대해서는, 문헌자료를 중심으로 도미설화의 전승
양상을 고찰한 연구,[2] 도미설화를 고소설 〈청화담〉에 나오는 도미 삽
화, 박종화의 〈아랑의 정조〉 등과 비교 고찰한 연구,[3] 구전되는 자료를
대상으로 이 설화의 전승양상을 고찰한 연구[4] 등이 이루어졌다. 이러한
연구들은 史傳인 〈도미전〉 자체를 구체적으로 분석한 것은 아니지만,
이 작품을 이해하는 시각을 넓혀주었다는 점에서 일정한 의의가 있다.[5]
그러나 구비문학의 한 특징인 구비성에 한정하여 도미설화의 전승양상
을 다룬 결과만으로는 〈도미전〉의 성격과 특성을 해명하기 어렵다.

셋째, 〈도미전〉의 열녀전승적 성격에 대한 연구[6]에서는 〈도미전〉
등을 열녀설화로 정의하고, 한국 서사문학의 전통 속에서 여성인물을
이해하고자 하였다. 그러나 〈도미전〉을 열녀전이라는 고정된 시각으로

---

2) 정상박, 「도미부부 설화 전승고」, 『국어국문학』 제8집(동아대학교 인문과학대학, 1988)
　　노태조, 「도미전승의 유통 양상」, 『국문전기연구』(중앙문화사, 1991)
3) 장덕순, 「도미설화와 〈아랑의 정조〉」, 『한국설화문학연구』(서울대학교 출판부, 1970)
　　최래옥, 「관탈민녀형 설화의 연구」, 장덕순선생회갑기념논문집 간행위원회, 『한국고전
　　산문연구』(동화문화사, 1981)
　　김낙효, 「도미설화의 소설화 고찰」, 『봉죽헌 박붕배선생 정년기념논문집』(동간행위원
　　회, 1992)
　　박상란, 「도미설화, 그 전승의 맥락」, 김태준·김승호 편, 『우리 역사인물 전승 Ⅰ』
　　(집문당, 1994)
4) 최운식, 「「도미설화」의 전승 양상」, 『한국 서사의 전통과 설화문학』(민속원, 2002)
5) 도미설화를 '官奪民女型 설화'로 이해한 최래옥 교수의 견해는 주목할 만하다. 최래옥,
　　앞의 논문, p.92.
6) 강진옥, 「삼국 열녀전승의 성격과 그 서사문학적 의의」, 사재동 편, 『한국서사문학사
　　의 연구Ⅱ』(중앙문화사, 1995)
　　＿＿＿, 「열녀전승의 역사적 전개를 통해 본 여성적 대응양상과 그 의미」, 한국고전여
　　성문학회 편, 『조선시대의 열녀담론』(월인, 2002)

보고자 한 점, 열녀전승의 역사적 전개과정을 기술하는 가운데 〈도미전〉
을 언급한 관계로 작품 자체를 집중적으로 다루지 못한 점 등이 아쉬운
점이다.

넷째, 역사 · 사회적인 측면의 연구7)에서는, 〈도미전〉을 5세기 후반
의 백제시대에 맞추어 작품의 역사적 의의와 백제 농민의 사회 경제적
지위에 대해 살펴보고자 하였다. 그러나 이 연구는 사료의 한계로 인해
추측의 범위를 넘지 못하고 논리의 비약이 심하다는 점이 그 한계로 지
적될 수 있다.

이상에서 개략적이나마 〈도미전〉에 대한 연구사를 검토하였다. 그
결과, "나말여초 전기발생론"이 활발히 논의되고 있는 현 시점에서, 이
작품의 장르적 성격을 해명하는 작업이 무엇보다 긴요하다고 본다. 이
에 따라 본 연구에서는 먼저, 〈도미전〉의 장르적 성격에 대한 기왕의 견
해들의 타당성 여부를 살펴 그 장르적 문제를 규명하고자 한다. 이어서
〈도미전〉의 작품 자체를 면밀히 읽고 분석하여, 등장인물의 성격과 형
상화의 방법 및 서술방법 등을 살펴보고자 한다. 이러한 작업을 통해 기
왕에 제기된 문제들을 점검해 볼 수 있을 것이며, 열전으로서의 작품의
실상도 어느 정도 밝혀볼 수 있을 것이다.

2. 〈도미전〉의 장르적 성격

〈도미전〉의 장르적 성격을 두고 연구자에 따라 설화 · 열전 · 전기 등
다양한 시각으로 보아 왔다. 여기에서는 기왕의 견해들의 타당성 여부

---

7) 양기석, 「≪삼국사기≫ 도미열전 소고」, 최몽용 · 심정보 편저, 『백제사의 이해』(학연
   문화사, 1991)

를 살펴보고자 한다.

첫째, 〈도미전〉을 설화로 보는 관점이다. 김태준은 『삼국사기』 열전에는 〈도미전〉을 포함하여 豊潤한 설화가 간간이 끼여 있다고 하면서, 설화의 핵심되는 것은 열전 중 45·47·48권에 수록되어 있다고 하였다.8) 이러한 언급으로 미루어 김태준은 열전을 '전'문학으로서의 가치보다 설화로서의 가치를 더 의의 있는 것으로 받아들이고 있음을 알겠다.

김용덕 교수는 〈도미전〉에 대해, "論贊마저 생략되어 있어 列傳이라는 형식규범을 적용하기보다는 차라리 순수한 설화 그 자체라 보아야 옳다."9)라고 하였다.

박용식 교수는 『삼국사기』 열전에 수록된 〈도미전〉을 비롯한 몇몇 작품을 설화로 보고, 그것들을 "오랜 세월 동안 口傳되다가 문자화된 것으로, 후대 소설문학에 많은 영향을 끼친 것으로 보인다."10)라고 하였다.

이들은 〈도미전〉을 구전설화가 정착된 것으로 보고, 〈도미전〉 역시 설화라고 보았다. 즉 이 작품을 구전설화가 載錄된 것으로 본 것이다. 이들은 서술자가 설화를 바탕으로 '전'을 기술하였다고 할지라도, 서술자가 '전'이라고 하는 독자적 장르의 형식을 빌어 그가 인식한 세계를 재현11)하고자 했을 때, 단순히 구전설화를 문자로 정착시키는 데 그쳤겠는가 하는 점은 전혀 고려하지 않았다. 〈도미전〉은 열전이라고 하는 독자적인 서사 양식이며, 거기에는 일정한 편찬의도를 가진 서술자의 입김이 작용되었을 것12)이라는 점을 고려해야 할 것이다.

---

8) 김태준, 『조선소설사』(학예사, 1939), p.32.
9) 김용덕, 『한국전기문학론』(민족문화사, 1987), p.21.
10) 박용식, 「삼국시대의 설화 연구와 소설사적 문제」, 성오 소재영교수 환력기념논총간행위원회 편, 『고소설사의 제문제』(집문당, 1993), p.399.
11) 김균태, 「傳의 장르적 고찰」, 『우전 신호열선생 고희기념논총』(창작과 비평사, 1983), p.218.
12) "전이 추구하는 도덕적 진실성이 궁극적으로 한 인물의 입전을 통하여 작가가 지향

구비설화는 그 나름의 이야기 방식과 언어적 질서, 그리고 그로부터 우러나오는 미적 형상을 가지고 있는 서사체이다. 반면에 글로 씌어지는 순간 더 이상 설화가 아니라 자기 나름의 고유한 서사체로 전환한다.13) 그러므로 〈도미전〉은 설화를 전거사료로 하여 입전되었으나, 열전 양식이 갖는 서사기법에 의해 문자화되면서부터 더 이상 설화일 수는 없게 된다.

둘째, 〈도미전〉을 열전으로 보는 관점이다. 기왕의 『삼국사기』 열전 연구는 열전이라고 하는 서사문법을 중심으로 하면서 주로 그 문학성, 즉 소설성이나 서사문학성에 주목하였다.14) 이러한 연구에서는 『삼국사기』 열전 전반을 대상으로 하는 가운데 부분적으로 〈도미전〉을 언급하였을 뿐, 이 작품의 성격에 대해서는 특별히 문제의식을 갖지 않았다.

〈도미전〉을 열전의 관점에서 이해한 대부분의 연구들은 "羅末麗初 傳奇發生論"에 대한 열띤 논의가 전개되기 전의 것들이다. 이 작품의 성격을 傳奇로 보는 견해가 몇몇 논자들에 의해 제기되고 있는 현 시점에서 이 작품을 열전으로 보고자 한다면, 열전 이외의 장르적 관점이 갖는 그 나름의 논리를 넘어설 수 있어야만 할 것이다. 그리하여 열전으로서의 위치를 다진다고 하더라도, 여러 면에서 특이성을 지닌 이 작품을 열전이라는 양식 안에서 어떻게 자리매김할 것인지도 살펴야 할 것이다.

하는 규범적 인간상 창조에 바탕을 두고 있다." 성기옥, 「「傳」의 장르적 검토」, 『울산어문논집』 제1집(울산공과대학 국어국문학과, 1984), p.15.

13) 정출헌, 『고전소설사의 구도와 시각』(소명출판, 1999), p.15.

14) 심정섭, 「삼국사기 열전의 문학적 고찰」, 『문학과 지성』 제10권 1호(문학과 지성사, 1979)

권오성, 「삼국사기 열전의 문학적 연구」(영남대학교 대학원 석사논문, 1981)

주명희, 「「傳」의 양식적 특징과 소설로의 수용양상」(서울대학교 대학원 박사논문, 1986)

이정진, 「〈傳〉의 서술양식과 소설로의 변용에 관한 연구」(원광대학교 대학원 박사논문, 1992)

셋째, 〈도미전〉을 전기계의 전으로 보는 관점이다. 임형택 교수는 이 작품을 傳奇小說的 특징을 지닌 '傳奇系의 傳'으로 규정하였다.15) 여기에서 말한 '전기소설'은 '소설' 가운데 '傳奇'의 요소를 뚜렷이 이어받은 일군의 작품을 묶어 '소설'의 한 하위유형을 지칭하는 것16) 정도로 이해할 수 있을 것이다. 그러나 임교수는 전기적 요소란 구체적으로 어떠한 것이며, 〈도미전〉의 어떠한 면이 전기소설적 특징을 지닌 것인지에 대해서는 언급하지 않았다.

넷째, 〈도미전〉을 傳奇로 보는 관점이다. 이동환 교수는 〈도미전〉·〈온달〉·〈설씨녀〉·〈백운제후〉는 傳奇的 양식의식으로 지어진 원작에 역사편찬자의 첨삭이 개입해 들어간 소산일 것이라고 추측하였다.17) 이어 윤채근 교수는 이러한 관점에 기반하여, 〈도미전〉 등은 傳奇的 원형에 傳의 서술의식이 어떤 형태로건 작용되었을 것이라고 추단하였다.18)

소인호 교수는 〈도미전〉을 傳奇의 범주에서 다룰 수 있는 작품이라고 하면서, 이 작품은 사료의 부족을 메우기 위해 지괴나 전기의 일부가 취택되는 과정에서, 비현실적 요소가 제거되고 史傳的 원리에 의한 개입이 이루어지는 등 변개를 거친 작품이라고 보았다.19)

이헌홍 교수는 〈도미전〉을 전기적 성격을 지닌 작품으로 보고, 나말여초의 전기 그 자체이거나 그것의 축약 내지 변개된 작품이라고 했다. 그리고 좀더 구체적으로 '설화성과 소설성을 두루 지니고 있는 전기'20)

---

15) 임형택, 「『삼국사기·열전』의 문학성-「김유신전」을 중심으로」, 『한국한문학연구』 제12집(한국한문학연구회, 1989), p.27.
16) 장효현, 「傳奇小說 연구의 성과와 과제-장르 개념과 장르사의 문제」, 『민족문화연구』 28호(고려대학교 민족문화연구소, 1995), p.1.
17) 이동환, '4. 문학', 「고려 전기의 교육과 문화」, 『한국사』 17(국사편찬위원회, 1994), p.201. 참고.
18) 윤채근, 『소설적 주제, 그 탄생과 전변』(월인, 1999), p.67.
19) 소인호, 『한국전기문학연구』(국학자료원, 1998), p.114.
20) 이헌홍, 『고전소설강론』(세종출판사, 1999), p.39.

라고 말할 수 있다고 하였다.

이상의 네 분의 견해는 부분적인 차이는 있지만, 〈도미전〉의 바탕이 되었을 사료로서의 傳奇의 존재를 인정하고 있다는 점과 그것이 사료로 채택되는 과정에서 변개되었을 것이라고 본 점은 공통된다.

〈도미전〉을 전기로 보고자 한다면, 이 작품이 왜 전기로 분류되고 규정되는지에 대해 확실한 이유를 제시해야 할 것이다. 기왕의 논의에서는 이 점이 분명히 해명되지 못하였다. 소인호 교수가 〈도미전〉에서 보이는 전기적 요소에 대해 간략히 언급한 것[21] 이외에는 이 작품의 전기적 면모에 대해 별달리 언급하지 않았다. 이로 인해 독자들이 그들의 견해를 이해하고 수용하기에는 한계가 있다. 그러므로 필자 나름으로 '전기'를 보는 시각을 마련하고, 그것을 통해 〈도미전〉을 보았을 때, 과연 그것에 합당한지를 따져보고자 한다.

전기소설의 성격을 논의할 때, 그 초점은 '기이함'·'기이성'에 놓여야 한다. 인간과 주변세계를 바라보는 전기소설의 관습적 시각은 바로 이 '기이함'에 있다. 그것은 귀신의 등장과 같은 환상적 모티프를 수용하는 바탕이 된다. 설령 지극히 현실적인 사건이나 갈등도 '현실에서 과연 그와 같은 기이한 사건, 혹은 인물이 있을 수 있을까?'하는 의아심에서 문제가 포착되고 형상화된다. 그러므로 '기이함'은 전기소설의 창작 원리로서, 사건 구성·인물 형상·주제의식 등에 걸쳐 가장 핵심적인 미적 관점인 것이다.[22]

'전기'의 성격을 이상과 같이 파악할 때, 〈도미전〉의 어떠한 면을 '기

---

21) 소인호 교수는 "呼天慟哭, 忽見孤舟, 隨波而至"를 〈도미전〉 내의 유일한 전기적 화소라고 보고, 여기에서 초월적 존재의 도움과 같은 기이함을 느끼게 해준다고 하였다.(소인호, 앞의 책, p.112.) 그러나 이 대목을 과연 전기적 요소로 볼 수 있는지에 대해서는 논란의 여지가 있다.

22) 「전기소설의 제문제」에 대한 종합토론 중 신재홍 교수의 질문 내용. 『민족문화연구』 제28호(고려대학교 민족문화연구소, 1995), p.104.

이성'으로 보아야 할지 망설이게 된다. 작품 중에는 나오는 "하늘을 우러러 통곡하자, 뜻밖에 배 한 척이 물결을 따라 이르렀다.(呼天慟哭, 忽見孤舟, 隨波而至)"는 것이나 "그 남편을 만났는데 아직 죽지 않았다.(遇其夫未死)" 등을 두고 '우연성'이나 '허구성'을 거론할 수는 있을지라도 '기이성'을 논의하기는 어렵다.

〈도미전〉의 원작으로 전기를 상정하거나 〈도미전〉 자체를 전기로 보는 입장과는 다른 견해도 제시되었다. 박희병 교수는 설화가 소설적 면모를 띤다고 해서 그것이 무조건 전기소설은 아니라고 하면서, 〈도미전〉의 원작은 설화가 다소 소설적 면모를 갖게 된 경우이되, 전기소설로 창작된 것은 아니라고 하였다. 이어서 〈도미전〉은 축조법·문제의식·문체 등에서 전기소설의 일반적 표징을 갖고 있지 않다[23]고 지적한 것은 적절한 것이라고 본다.

이제 『삼국사기』 편찬자의 사료 인식태도와 관련하여 〈도미전〉의 장르적 성격을 살펴보고자 한다. 『삼국사기』에 투영된 역사의식이나 유교의식 등 모든 문제를 김부식 개인의 것으로 귀속시키는 데에는 논란의 여지가 있다. 그러나 이 사서는 김부식의 책임 하에 편찬된 것이어서, 전부는 아니더라도 論贊은 물론 전체적인 골격이나 기본적인 논점, 서술 방향 등에서 그의 사고와 의식이 절대적으로 반영되었을 것으로 추측된다.[24] 그러므로 김부식의 사고와 의식세계를 살펴보는 것은 『삼국사기』 열전을 이해하는 데 도움이 될 것이다.

김부식이 인종의 명을 받아 이 사서를 편찬한 것은 그의 나이 70세이던 1145년(인종 23)이다. 우리는 장년 이후 김부식이 지향했던 세계관

---

23) 박희병, 『한국전기소설의 미학』(돌베개, 1997), p.119.
24) 고병익, 「삼국사기에 있어서의 역사서술」, 이우성·강만길 편, 『한국의 역사인식(상)』(창작과 비평사, 1976), pp.37~38.

의 일단을 〈仲尼鳳賦〉를 통해 확인할 수 있다. 〈중니봉부〉는 그 제목이 암시하는 것처럼, 가장 상스러운 봉황새에다 '人倫之傑'인 공자를 비겨서 찬양한 글이다. 김부식은 이 작품의 끝 부분에서 소년시절 조충전각의 사장에 전념했으나 장년에 와서는 전모, 즉 경전을 좋아하여 읊조리는 한편, 공자와 같은 인물이 되기를 기약함으로써 유교적 세계관을 확고히 했다.[25]

이러한 김부식이 중세의 전형적인 유교적 사관을 지니게 된 것은 자연스러운 일이다. '述而不作'이라는 유가적 사고방식에 의하면 역사를 주관적으로 서술할 수는 없다. 따라서 편사자의 견해가 반영될 수 있는 방식으로는 오직 기입될 사실들의 선택·삭제 등에 국한된다.[26] 김부식으로 대표되는 당시의 유학자들은 怪力亂神을 말하지 않는다는 공자의 생각을 충실히 따라 황당하고 기괴한 일은 입에 담지 않았다.[27] 따라서 김부식은 사실무근의 꾸며낸 이야기로서, 奇異性을 그 성격으로 하는 傳奇小說을 사료로 인정하지는 않았을 것이다. 더욱이 김부식이 '述而不作'이라는 입장에 서 있고 보면, 그가 '矯世之書'로 생각한 국사에 괴이한 전기소설을 창작하여 수록한다는 것은 있을 수 없는 일이다. 김부식은 문헌기록이든 전승된 설화든 그 내용을 유교적 합리주의에 의해 검토하여 취사선택하였다.

이상의 논의를 통하여, 필자는 〈도미전〉을 열전으로 보았다. 장르 혹은 문학 유형은 "작가를 규제하지만 또 반대로 작가로 해서 규제되는 관습적인 규칙이다."[28] 작가가 작품을 다른 곳이 아닌 어떤 부류에 집어

---

25) "小儒, 靑氈早傳, 鏤管未夢, 少年攻章句之彫篆, 壯齒好典謨而吟風, 鑽仰遺風勗劼 深期於附鳳." 김부식, 〈仲尼鳳賦〉, 『東文選』 권1.

26) 고병익, 앞의 논문, p.38.

27) "僕嘗聞之笑曰, 先師仲尼, 不語怪力亂神. 此實荒唐奇詭之事. 非吾曹所說.", 이규보, 〈동명왕편〉 병서, 『동국이상국집』 전집 권3.

28) Rene Wellek and Austin Warren, Theory of Literature(New York ： Brace

넣는 것은 작품에 질서를 부여하는 것이며, 작품을 규정하는 것이고, 작품을 통제하는 것이다.29) 이런 점에서 본다면, 김부식이 〈도미전〉을 『삼국사기』 열전에 집어넣은 것은 분명히 열전의 장르적 관습을 의식한 결과이다.

김부식은 「進三國史記表」에서 "고기는(…)사적이 빠져 있다."30)라고 하여, 사료적 한계에 따른 역사서 편찬의 어려움을 토로하였다. 그러므로 김부식은 기존의 사서를 최대한 참고하고자 했지만, 전승되던 인간의 기억에 크게 의존할 수밖에 없었을 것이며, 이에 따라 설화가 역사서술에 끼어 드는 것은 불가피하였을 것이다.31) 그렇다고 하여 김부식은 아무런 설화나 취하지는 않았다. 유가적 합리주의적 사관을 지녔던 김부식은 『삼국사기』 열전을 편찬하면서 불분명하고 허랑한 설화적 이야기는 배제하였다.32)

김부식이 이러한 서술태도를 지녔음에도 불구하고 어떤 설화를 사료로 취했다면, 거기에는 그만한 의미가 있을 것이다. 그가 취한 설화적 사건은 '역사적 사실성' 여부와 상관없이, 진실의 기준으로 보아 '핍진성'을 지녀 '진실이라고 믿어지며', '사실이라고 여겨졌기' 때문이다.33)

설화는 삶 속에 녹아 있는 의식화된 역사로서, 오랜 전승 과정에서

& World, 1962), p.226.

29) 루샤오펑 저·조미원 외 공역, 『역사에서 허구로-중국의 서사학-』(도서출판 길, 2001), p.39.

30) "又其古記, 文字蕪拙, 事迹闕亡.", 김부식, 「進三國史記表」, 『東文選』 권44.

31) 『사기』 열전 양식은 입전 자료에 있어서 정통의 역사 기록과 함께 구전적인 민간의 설화 자료를 결코 배제하지 않는 것이 그 일반적 성격이다. 곽정식, 『한국 전문학의 이해』(경성대학교 출판부, 1988), p.5.

32) 이러한 점은 〈金庾信傳〉에서 "庾信玄孫新羅執事郞長清, 作行錄十卷, 行於世. 頗多釀辭, 故刪落之, 取其可書者, 爲之傳."이라고 한 사실에서도 짐작할 수 있다. 〈김유신전〉, 『삼국사기』 제43권 열전 제3.

33) 서사 담론에서 진실과 사실의 개념에 대해서는, 루샤오펑 저·조미원 외 공역, 앞의 책, pp.35~36. 참고.

사람들에 의해 검증받고 공감된 것으로서 설득력을 지니고 있다.34) 도
미설화 역시 민중들 속에 살아 있는 역사 사료로서 상당한 수용력과 파
급력을 지니고 김부식 당대까지 구비전승되었을 것이다. 이에 따라 김
부식은 서술의 진실성 획득과 교훈성의 추구라는 점에서, 도미설화의
사료적 가치를 인정하여 〈도미전〉을 입전한 것이다.

3. 〈도미전〉의 인물형상

『삼국사기』 열전에는 각양각색의 인간상이 등장한다. 그러나 주어진
대로의 삶을 순응적으로 살아간 평범한 인물은 열전에 오르기 어렵다.
인간의 삶의 양식이 제각각 다르듯이 열전의 인물들 또한 제각각의 삶
을 살아간다. 그러면서 그들이 열전에 입전된 것은 중세적 가치관에서
볼 때, '무엇을 해야 할 것인가', '어떻게 살아갈 것인가'하는 문제를 스
스로에게 끊임없이 던지면서 살아갔던 인물이기 때문이다.

여기에서는 이러한 점에 관심하여 〈도미전〉의 두 가지 점을 살펴보
고자 한다.

첫째, 등장인물들이 자신의 삶을 어떻게 살아갔는가를 살펴 인물의
성격을 파악하고자 한다. 특히 『삼국사기』의 편찬동기인 '교훈성'에 주목
하여, 성격개념을 윤리적인 것으로 파악하고자 한다. 아리스토텔레스
(Aristoteles)는 "성격은 개인의 선택을 명백히 하는 것"35)이라고 했다.
이때 개인의 선택이란, 행위자의 의지나 기피를 담은 행위이다. 이 같은

---

34) 임재해, 「설화의 역사성과 관음사 연기설화의 재인식」, 『한민족어문학』 제41집(한민
    족어문학회, 2002), p.456.
35) 아리스토텔레스 저·손명현 역, 『시학』(박영사, 1983), pp.64~65.

행위는 특정한 도덕적 목적을 위한 어떤 움직임을 시작하는 의지적 행동을 의미함으로 해서, 그 윤리적 성격을 명백히 드러낸다. 따라서 행위자로서의 인물은 자신의 행위를 통해서 도덕성이나 사상을 보여준다.36) 그러므로 본 연구에서는 인물의 성격을 이해하기 위해, 그 인물의 행위를 윤리적 목적과 선택에 관련하여 분석해 보고자 한다.

둘째, 편찬자는 그 인물들을 규범적 인간상으로 창조하기 위해 어떤 형상화 방법을 택하고 있는지를 살펴보고자 한다. 텍스트에서 인물을 구성하고 제시하는 인물 형상화 방법에는 통상적으로 두 가지 방법이 있다. '말하기telling'와 '보이기showing'가 그것인데, 전자는 직접제시로, 후자는 간접제시의 방법으로 얘기된다.37)

한 작품이 독자에게 효과적으로 전달되기 위해서는 주요 인물이 정확하게 설정되어야 한다. 〈도미전〉은 도미부부에 대한 인정기술로부터 시작한다. 이 부분에서 이들이 열전에 입전될 만한 인물로 느껴져야 한다. 좀 더 길게 쓰여진 다른 종류의 이야기에서라면 도입부에서부터 이들 부부의 고귀한 행동을 보다 구체적으로 보여줄 수도 있을 것이다. 그러나 이 작품에서는 정확성이나 구체성에 비중을 두기보다는 간결성을 택하고 있다. 이들 부부의 미덕을 독자에게 전달해 줄 수 있는 경제적인 방법은 화자가 거기에 대해 간략히 설명을 해주고, 그 설명을 적절한 삽화로써 뒷받침하는 것이다.

서술자는 도입부에서 도미에 대해 "비록 편호소민이나 자못 의리를 알았다.(雖編戶小民, 而頗知義理)"라고 인정기술하고 있다. 도미가 상층의 신분이라면 평소 의리를 알았다 하더라도 별달리 주목의 대상이 되지는

---

36) 이 호, 「인물 및 인물 형상화에 대한 이론적 개관」, 한국소설학회 편, 『현대소설의 인물의 시학』(태학사, 2000), pp.9~10.
37) 조남현, 『소설원론』(고려원, 1987), p.34. ; 김천혜, 『소설구조의 이론』(문학과 지성사, 1990), pp.184~185. 참고.

못했을 것이다. 편호소민의 신분임에도 불구하고 의리를 알았다는 데에 의미가 있다. 또 도미의 처를 두고, "그의 아내는 아름답고 또한 절개를 지키는 행실이 있어 이 때 사람들로부터 칭찬을 받았다.(其妻美麗, 亦有節行, 爲時人所稱)"라고 하였다. 도미처 역시 명문가 출신이 아닌 편호소민의 아내였기에 그 정절이 돋보이는 것이다. 한편, '비록'(雖)이라는 표현을 통해, 이 작품이 도덕률을 지키는 하층과 그렇지 못한 상층을 대비적으로 파악하고 있음을 암시하고 있다.

　개루왕은 도미처의 용모가 아름다우며 절개가 대단하다는 소문을 듣고, 도미를 불러들인다. 서술자는 이 대목에서 장면의 수법을 사용한다. 서술자는 작중인물의 어떤 행동이나 감정이나 사고 내용에 대한 구체적인 세부를 제시할 필요성을 느끼고 장면을 사용[38] 한 것이다. 이 장면을 통해서 개루왕과 도미의 인격이 드러나며, 그들의 지배적인 감정에 따른 갈등이 일어난다. 서술자는 작품의 주제를 뚜렷이 구체화하기 위해 장면을 그려 보인 것이다.

　개루왕과 도미가 만나는 장면은 다음과 같이 그들 사이의 대화로 이루어져 있다.

　　개루왕이 이 말을 듣고 도미를 불러서 그에게 말했다. "무릇 부인의 덕은 비록 정조가 곧고 행실이 깨끗한 것으로써 제일로 삼지만, 만약 으슥하고 컴컴한 사람이 없는 곳에서 교묘하게 꾸며대는 말로써 꾀인다면, 마음이 움직이지 않는 사람이 적을 것이다." 도미는 대답했다. "사람의 마음은 헤아릴 수 없지만 제 아내만은 비록 죽는 한이 있더라도 두 마음을 가지지 않을 사람입니다."[39]

---

38) 제랄드 프랭스 저·최상규 역, 『서사학이란 무엇인가』(예림기획, 1999), p.89.
39) "蓋妻王聞之, 召都彌與語曰, 凡婦人之德, 雖以貞潔爲先, 若在幽昏無人之處, 誘之以巧言, 則能不動心者鮮矣乎. 對曰, 人之情, 不可測也. 而若臣之妻者, 雖死無貳者也.", 〈도미전〉, 『삼국사기』 제48권 열전 제8.

우리는 인물들이 타자와 대면하여 하는 말을 통해서, 그 인물에 대한 가장 올바른 정보를 얻을 수 있다. 대화는 어떤 인물에 대해서 직접 간접으로 알도록 해주며, 인물들 상호간에 잠재하고 있는 갈등을 가중시킨다.40) 〈도미전〉의 '핵심적 관심', 즉 주제는 개루왕과 도미의 대화 속에 노출되어 있다.

서술자는 도미의 성격에 대해 서두에서 "자못 의리를 알았다."라고 간략히 서술하였고, 개루왕에 대해서는 별달리 언급하지 않았다. 그러나 우리는 이상의 대화를 통해 개루왕과 도미의 사고 내용을 좀더 구체적으로 짐작할 수 있다.

개루왕의 여성관은 女性卑下的이다. 일찍부터 여성에 대해서는 두 가지 관념이 있다. 절개를 지키고 자기 억제를 잘하는 여성의 관념과 그 반대의 관념, 즉 파괴적이고 위험한 성적 욕망에 사로잡힌 여성의 관념이 그것이다. 개루왕은 부인의 덕은 정절이 우선임을 일단 인정한다. 그러나 개루왕은 여성의 마음(정절)은 고정·불변의 것이 아니라, 환경이 바뀌거나 환경이 여성에게 유리하게 될 때 쉽게 변할 수 있는 가변적인 것으로 보았다. 위에서 인용한 대화에서 개루왕이 한 말의 함의는 도미처의 정절을 인정할 수 없다는 것에 다름 아니다. 즉 도미처의 절행은 으슥하고 컴컴하며 사람이 없는 곳에서 일어난 것이 아니라, 주위에서 듣고 볼 수 있는 열린 공간에서 일어난 것이니, 그 절행의 진실성을 믿을 수 없다는 것이다. 사람의 이목이 차단된 은밀한 환경에서 교묘한 말로써 꾀어 유리한 상황을 제시한다면 안 넘어갈 수가 없다는 것이다.

이에 대해 도미는 일단 "사람의 마음은 헤아릴 수 없다."라고 하여 보편적인 진실을 말한다. 그러나 이어지는 말을 통해 그의 태도가 단호

---

40) 롤랑 부르뇌프·레알 월레 공저, 김화영 편역, 『현대소설론』(현대문학사, 1996), p.327

함을 알 수 있다. 자신의 아내는 주어진 환경이 어떠한 것이거나 또는 그것이 유리하거나 불리하거나를 넘어 죽음에 이르더라도 변치 않을 것이라고 하였다. 인간의 마음에 대한 보편적 진실을 인정하고서도 한 대답이기에 그만큼 강렬할 수 있다. 자기 아내에 대한 언급은 가상의 환경에 대한 것이다. 혹 대화자가 친구 사이라면 할 수도 있는 말이다. 그러나 지금 대화의 상대자가 누구인가. 왕이 아닌가. 임금이 여성의 정조를 믿을 수 없다고 주장하는데, 자기의 아내는 그렇지 않다고 단언하기는 쉽지 않다. 도미는 임금과 마주한 몹시 두려운 상황에 처해 있음에도 불구하고 자신의 아내를 굳게 믿고서 임금 앞에서도 확신에 차 있다. 이것은 부부 사이의 신의는 죽음이라도 갈라놓을 수 없다는 신념에 찬 태도이다. 도미는 편호소민의 신분임에도 불구하고 임금 앞에서도 자기의 주장을 당당하게 펼 수 있는 기개 있는 인물로 형상화되어 있다. 서술자는 이 장면에서 대화법을 적절히 사용하여 개루왕과 도미의 차별적인 성격을 잘 드러내었으며, 갈등관계를 증폭시키고 있다.

기왕의 연구에서는 〈도미전〉에 나오는 백제왕이 기록대로 개루왕인가 아니면 개로왕인가 하는 논의가 있어왔다.41) 이들의 논의에 일리가 있다고 하여, 王名을 교감하거나 아니면 작품의 진실성이나 신빙성을 의심하여야 할 것인가. 역사 사실은 실제로 일어났던 것을 의미하지만, 역사란 종종 진실이라고 믿어졌던 것이다. 역사적 진실은 지금 우리에

---

41) 이병도 교수는 개루왕 때는 고구려와 백제 사이에 大樂浪郡이 존재하고 있을 때이므로 이야기가 맞지 않는다며, 20대 개로왕(455~475) 때를 배경으로 한 이야기가 아닐까 추측하였다.(이병도, 『삼국사기(하)』, 을유문화사, 1983, p.389) 이후 최래옥 교수는 『일본서기』에 나오는 池津媛설화를 도미설화의 변이형태로 보고 〈도미전〉에 등장하는 개루왕이 실제로는 개로왕이라고 하였다.(최래옥, 「현지조사를 통한 백제설화의 연구」, 『한국학논집』 제6집, 한양대학교 한국학연구소, 1984, pp.144~145.) 양기석 교수는 『삼국사기』 개로왕 21년 기사에 나오는 바둑내기 모티프와, 개로왕의 잔학무도한 일면을 들어 개로왕이라고 보았다.(양기석, 앞의 논문, p.276.)

게 의미하는 것처럼 사실과 사건의 신빙성을 의미하지는 않는다. 역사
적 진실은 포괄적으로 공인된 전통에 속하는 것이다.42) 김부식 역시 이
러한 공인된 전통에 의해 전승되어 온 도미설화에서 역사적 진실을 포
착하고 열전에 입전하였다. 『삼국사기』 열전에서 〈도미전〉이 갖는 의미
는 역사의 신뢰성 여부에 있지 않다.

역사를 귀감으로 파악한 후, 왕과 신하 그리고 백성의 3자 간의 인
간도리나 행동규범의 원리를 강조하고자 한 김부식의 역사서술 법칙과
관련해서 볼 때, 〈도미전〉 역시 왕과 개인의 행동규범을 제시한 것으로
볼 수 있다. 도미를 통해서는 의리를, 도미의 처를 통해서는 남편에 대
한 신의를 백성의 덕목으로 제시하였다. 개루왕을 통해서는 민녀를 탈
취하는 부도덕한 임금의 전형적인 모습을 보여줌으로써 임금의 통치자
세를 환기시키고자 하였다.43) 이러한 점에서 본다면, 굳이 개루왕이 아
니어도 좋다. 그러므로 〈도미전〉에서의 개루왕은 임금된 자로서 왕도를
저버리고 부녀자의 정절을 마구 짓밟는 부도덕한 임금의 전형적인 모습
으로 형상화되어 있다.

다음으로 도미처의 성격과 그 형상화 방법에 대해서 살펴보고자 한
다. 이것 역시 장면 묘사에 따른 대화 부분을 중심으로 살펴보고자 한
다. 해당 부분을 제시하면 다음과 같다.

마침내 도미의 부인을 끌어들여 강제로 간음하려 하니, 부인이 말
했다. "이제 이미 남편을 잃어 홀몸으로 능히 스스로 살아갈 수 없습

---

42) 루샤오펑 저·조미원 외 공역, 앞의 책, pp.65~66.

43) 개루왕의 이러한 모습은 〈智異山〉·〈智異山女〉에서, 구례현에 사는 백성의 아내를
강압적으로 후궁으로 들이고자 하는 백제왕의 모습과 같다. 『고려사』 권71, 樂2의
〈智異山〉과 『신증동국여지승람』 권39의 〈智異山女〉 참고. 이들 기록에는 단순히
"百濟王"이라고만 되어 있다.

니다. 하물며 왕을 모시게 되었는데 어찌 감히 명령을 어기겠습니까?
지금은 월경으로 온몸이 더러워져 있으니 다른 날에 깨끗이 목욕을
한 후에 오겠습니다." 왕은 그 말을 듣고 이를 허락했다.[44]

위의 인용문에서 주목되는 것은 남편이 살아 있는 한에서의 정절이
라는 점이다. 도미처가 "지금 남편을 잃고 혼자가 되었으니 절개를 지키
지 못하게 되었습니다. 하물며 왕을 모시게 되었는데 어찌 감히 명령을
어기겠습니까?"라는 말에서 이를 잘 알 수 있다.[45] 고대에도 남편(약혼
자)에 대한 정절이 중요했지만, 후대에까지 회자되던 고대사회의 열녀는
'현재 살아 있는 남편이나 약혼자'에 대한 신의를 지킨 여성들이다.[46]
고대에서는 남편(약혼자)이 죽은 후에 다른 남자와 사는 것은 정절의 면
에서 아무런 문제가 되지 않았다.

개루왕은 물론 도미처 역시 이러한 점을 알고 있었을 것이다. 그렇
기에 개루왕은 도미처가 남편 생존시에는 절행을 보였지만, 이제는 남
편이 죽고 난 뒤인지라 정절에 연연하지 않고 자기를 따를 것이라 믿고
서 허락한 것이다.

당시의 관습에서는 남편 사후에 개가하는 것은 정절상 문제가 되지
않았다. 이러한 시대에서 열녀란 개가할 수 있는데도 개가하지 않은 여
인을 의미했다. 그러므로 남편 사후[47]에 임금에게 몸을 허락하지 않고

---

44) "遂引其婦, 强欲淫之, 婦曰, 今良人已失, 單獨一身, 不能自持. 況爲王御, 豈敢相
   違. 今以月經, 渾身汚穢, 請俟他日, 薰浴而後來. 王信而許之.", 〈도미전〉, 『삼국사
   기』 제48권 열전 제8.
45) 권순형, 「고려시대 혼인제도 연구」(이화여자대학교 대학원 박사논문, 1997),
   pp.84~85.
46) 『삼국사기』 열전 〈설씨녀전〉에 나오는 설씨녀 역시 가실에 대한 신의를 지키려 했다
   는 것이지 다른 남자와 결혼하는 것을 거부하여 자결했다거나 하는 차원은 아니다.
   『삼국사절요』에 있는 白雲·際厚의 이야기도 약혼자에게 신의를 지킨 이야기이다.
47) 도미처는 이후 남편과 재회하게 되지만, 개루왕과 마주한 순간에는 남편이 죽었다고
   믿고 있었다.

목숨을 건 탈출을 감행한 도미의 처는 열녀라 할 수 있다. 그러나 열녀의 개념은 시대에 따라 변모되어 왔다48)는 점에서 보면, 김부식은 〈도미전〉을 통해 정절의 문제만을 부각시키고자 한 것은 아닐 것이다.

도미처의 입장에서 보면, 남편은 자기의 정절을 굳게 믿고서 목숨을 걸고 임금과 신념차원의 대결을 벌이다 죽고 만 것이다. 그러므로 궁녀가 되어 호강할 수 있는 기회를 거부하고 목숨 건 탈출을 감행한 것은 자신을 전적으로 믿고, 그 때문에 죽게 된 남편에 대한 인간적인 정리(신의)를 지키고자 하였기 때문이다.

도미처는 아름다움으로 인해 남자들의 욕망의 대상이 되었다. 그러나 그녀는 아름다움 외에도 고결함·지혜·용기·사랑하는 남편에 대한 신의 등으로 인해, 아름다움과 도덕을 겸비한 보기 드문 이상적인 여성으로 형상화되어 있다.

사실 역사가가 과거의 행위자들에 대해 도덕적 판단을 내리기란 어렵다. 역사가의 시대와 가치체계가 다른 시대의 인물을 역사가가 살던 시대의 도덕적 규범으로 판단한다면 그것은 초역사적인 일이 될 것이기 때문이다. 그럼에도 불구하고 우리 자신의 도덕성을 완전히 배제할 수 없는 경우에는 때에 따라 초역사적이 되지 않을 수 없다.49) 이러한 이유로 해서, 조선시대 이후 오늘날의 학자들에 이르기까지 〈도미전〉을 열녀전으로 보고 있는 것이다.

---

48) 전통적으로 열녀란 개가할 수 있는데도 개가하지 않은 여인을 의미했다. 이후 시대가 점차 어지러워지면서, 열녀란 점차 변고를 만나 毀節의 위험을 당하게 될 때 절개를 지키기 위해 죽은 여인이란 개념으로 변모했다. 『고려사』 열전 열녀편에는 열녀란 변고를 만났을 때 나타나는 양상임을 분명히 했다. 조선조에 들어와서 열녀전은 대부분 순절이나 자결로 줄달음쳐 열녀란 남편을 따라서 혹은 남편을 위해서 죽은 여인을 의미하는 것으로 변질되었다. 이혜순, 「열녀전의 立傳意識과 그 사상적 의미」, 한국고전여성문학회 편, 『조선시대의 열녀담론』(월인, 2002), pp.9~11.
49) 아그네스 헬러 저·강성호 역, 『역사의 이론』(문예출판사, 1988), p.162.

그러나 엄격히 말하면, 〈도미전〉은 열녀의 이야기가 아니라 부부간의 사랑과 신의를 강조한 작품이다. 정절이 문제시되었다면, 전의 명칭이 〈도미처전〉이 되어야 마땅하겠지만, 어디까지나 〈도미전〉이라는 사실은 시사하는 바 있다. 김부식은 아내의 정절 문제, 烈의 문제보다 부부 사이의 신의, 특히 아내에 대한 남편의 흔들리지 않는 믿음을 높이 샀다. 이것이 바로 '도미'를 주인공으로 입전하게 된 이유이다.50)

4. 〈도미전〉의 서술방법

기왕의 연구에서는 〈도미전〉의 서술방식에 대해서 주로 원작인 전기소설을 상정하고 그것을 첨삭·재구성·축약·변개하였을 것이라고 추측할51) 뿐 구체적으로 언급하지는 않았다. 열전적 측면의 연구에서도 〈도미전〉의 서술방식에 대해서 별달리 언급하지 않았다.52)

그러므로 〈도미전〉의 서술방법을 구체적으로 살피는 작업은 그만한 의의가 있을 것이다. 설화는 구전되기 때문에 전승과정에서 여러 요인에 의해 변화한다. 상세히 다룬 부분이 증가하기도 하고, 유사한 사건이 반복되기도 한다. 또 설화의 구조와 의미가 반복·점층을 통하여 확대되거나 축소되기도 한다.53) 이런 사실로 미루어 볼 때, 〈도미전〉의 사료적

---

50) 이혜순, 「김부식의 여성관과 유교주의」, 『고전문학연구』 제11집(한국고전문학회, 1996), p.9

51) 이 점에 대해서는 「2. 〈도미전〉의 장르적 성격」 중 전기소설에 대해 검토한 부분을 참고할 것.

52) 대신 『삼국사기』 열전 전반을 대상으로 그 서사방법 내지 서술양식을 살핀 바 있다. 주명희 교수는 『삼국사기』 열전의 서사방법을 일대기적 서사·현장재현적 서사·논평위주의 서사로 나누었다.(주명희, 앞의 논문, pp.59~82.) 이정진 교수는 설명적 서술(교훈형)과 장면제시적 서술(전달형)로 나누어 살폈다.(이정진, 앞의 논문, pp. 61~82.)

바탕이 된 도미설화는 양적으로 〈도미전〉의 기록보다 상당히 확대된 모습이었을 것으로 생각한다. 그러나 김부식이 취택한 도미설화의 온전한 모습을 알 수 없는 현 상황에서 도미설화의 列傳化 양상이나 그 서술방법을 제대로 규명하기는 어렵다. 이에 따라 본 연구에서는 〈도미전〉을 서사적 흐름에 따라 면밀히 읽어 서술방법의 특징을 살펴보고자 한다.

우선 〈도미전〉의 전문을 서사단락에 따라 나누어 제시하면 다음과 같다.

① 都彌, 百濟人也. 雖編戶小民, 而頗知義理.

② 其妻美麗, 亦有節行, 爲時人所稱.

③ 蓋婁王聞之, 召都彌與語曰, 凡婦人之德, 雖以貞潔爲先, 若在幽昏無人之處, 誘之以巧言, 則能不動心者鮮矣乎. 對曰, 人之情, 不可測也. 而若臣之妻者, 雖死無貳者也.

④ 王欲試之, 留都彌以事, 使一近臣, 假王衣服馬從, 夜抵其家, 使人先報王來. 謂其婦曰, 我久聞爾好, 與都彌博得之. 來日入爾爲宮人, 自此後, 爾身吾所有也. 遂將亂之, 婦曰, 國王無妄語, 吾敢不順. 請大王先入室. 吾更衣乃進. 退而雜飾一婢子薦之.

⑤ 王後知見欺, 大怒, 誣都彌以罪, 矐其兩眸子, 使人牽出之, 置小船泛之河上.

⑥ 遂引其婦, 强欲淫之, 婦曰, 今良人已失, 單獨一身, 不能自持. 況爲王御, 豈敢相違. 今以月經, 渾身汚穢, 請俟他日, 薰浴而後來. 王信而許之.

⑦ 婦便逃至江口, 不能渡, 呼天慟哭, 忽見孤舟, 隨波而至.

⑧ 乘至泉城島, 遇其夫未死, 握草根以喫.

⑨ 遂與同舟, 至高句麗蒜山之下. 麗人哀之, 丐以衣食, 遂苟活, 終於羈旅.

---

53) '설화의 변화 법칙'에 대해서는 김태곤 외 공저, 『한국구비문학개론』(민속원, 1995), pp.92~96. 참고.

이상의 내용은 다음과 같이 정리될 것이다.

① 도미는 백제인으로 편호소민이나 의리를 알았다.
② 도미의 처는 아름답고 절행이 있어 당시 사람들에게 칭찬을 받았
　다.
③ 개루왕이 도미를 불러, 여자의 정절을 불신한다고 하자, 도미는
　자기의 아내를 믿는다고 하였다.
④ 개루왕이 이를 시험코자 도미를 가두고, 가까운 신하를 왕으로 꾸
　며 도미의 처를 난행하려 하자, 도미의 처는 계집종을 보내 수청
　들게 하여 위기를 면한다.
⑤ 왕이 속은 것을 알고는 도미의 눈을 뽑고, 바다 위로 띄워보낸다.
⑥ 왕이 도미의 처를 욕보이려 하자, 월경을 핑계를 대어 위기를 모
　면한다.
⑦ 도미의 처가 탈출하여, 강가에서 배를 탄다.
⑧ 도미의 처는 천성도에서 도미와 해후하여 풀뿌리를 먹으며 살아
　간다.
⑨ 도미부부는 고구려로 망명하여 어렵게 살다가 일생을 마친다.

　①은 입전대상인 도미에 대한 인정기술[54]에 해당한다. 서두부가 이
렇게 간략한 것은 사실을 확보하기가 어렵기 때문이기도 하겠지만, 다
른 이유도 있을 것이다. 〈도미전〉의 핵심은 도미부부 사이의 신의이며,
이들 부부와 개루왕 사이의 갈등이다. 이러한 실질적이고 본질적인 내
용에 곧 바로 들어가기 위해, 서두에서 비본질적이고 중요하지 않는 내
용을 짧게 요약하여 "자못 의리를 알았다."라고 서술한 것이다. 이러한
인물평은 도미가 실제로 의리에 부합된 어떤 행동을 하였기 때문에 내

---

54) 개인의 인격·인품·자질 등의 인정기술은 전의 기법상 요약에 해당되며, 사건 기술
　은 부연 제시가 되는 것이 전의 일반적 특징이다. 김균태, 앞의 논문, p.217.

린 것은 아니다. 이것은 다만 전지적 화자만이 알 수 있는 내용으로서, 화자의 직접적이고 권위적인 설명에 해당한다.

이에 비해 ②에서의 도미처에 대한 기술은 실제 행동에 따른 것이다. 도미처는 절개를 지키는 행실이 있어(有節行) 이 때 사람들의 칭찬을 받았다. 그러므로 도미처의 정절의 문제는 전지적 화자만이 아는 내용이 아니라, 모든 사람이 아는 내용이다.

도미처가 그 절행으로 인해 당시 사람들로부터 칭찬을 받을 정도였다면, 그녀에게 일어난 일은 그렇게 사소한 일은 아니었을 것이다. 그저 그만한 정도의 일이었다면, 사람들의 입에 오르내리지는 않았을 것이다. 도성 안의 내로라하는 바람둥이나 세력가들이 어떻게 좀 해보려고 온갖 수작을 다 부리고 끈질기게 유혹하였건만 그녀는 눈길 한 번 주지 않았던 모양이다. 수차에 걸쳐, 상당히 극적인 일까지 벌어졌을 것이다.

아름다운 여인과 탐욕스런 남성을 둘러싼 이야기는 상당히 흥미로운 것이다. 그러므로 그런 일은 설화에서는 '유사한 사건을 반복'하거나 '상세하게' 다루어질 수 있겠지만, 서술자는 이러한 사실을 두고 "그의 아내는 아름답고 또한 절개지키는 행실이 있어 이 때 사람들로부터 칭찬을 받았다.(其妻美麗, 亦有節行, 爲時人所稱)"라고 간단히 요약하였다. 이러한 요약은 일련의 유사한 사건의 공통자질-여기에서는 '節行'이다-만 제시된다. 즉 '절행'과 관련하여 n번 일어난 일을 한 번 이야기하는 것으로 '요약 반복(iterative) 서사'55)에 해당한다. 흥미로운 내용이지만 짧게 요약한 것은, 그 사이 일어났던 일들을 길게 서술할 경우, 본 작품의 핵심적 갈등인 도미부부와 개루왕과 사이의 갈등의 초점이 흐려질 수가 있다고 보았기 때문이다.

사전 내의 열전이나 단편 인물전의 경우, 짧은 편 폭 내에서 입전

---

55) 제랄드 프랭스 저·최상규 역, 앞의 책, p.89.

인물의 면모를 명확하게 표현해 내기 위해서는 대상인물의 특징을 가장 잘 보여주는 생애 가운데 가장 중요한 사건을 선별하여 집중화하는 기술방식을 취하게 된다.56) 이러한 점에서, 〈도미전〉에서는 인구에 회자된 이야기이지만 짧게 요약하고, 그 대신 개루왕과의 사이에서 일어난 일을 구체적으로 그려 입전 인물의 면모를 표현하였다.

③은 개루왕이 도미를 불러 대화하는 대목이다. 서술자는 이 대목에서, 인물의 행동을 독자의 눈앞에서 벌어지고 있는 것처럼 생생하게 보여 주기 위해 장면의 방식을 사용하였다. 이 장면을 통해서 개루왕과 도미의 인격이 드러나며, 그들의 지배적인 감정에 따른 갈등이 일어난다. 개루왕과 도미가 만나는 이 장면은 그들 사이의 대화로 이루어져 있다. 대화는 그 인물에 대한 가장 올바른 정보를 제공해 주며, 인물들 상호간에 잠재되어 있는 갈등을 가중시킨다. 그러므로 한 작품의 '핵심적 관심'이 노출되는 것은 대화를 통해서이다.

③·④·⑥의 각 장면에는 대립세력이 등장한다. 그러나 ④와 ⑥의 장면에서는 인물 사이의 대립·갈등이 표면화되지는 않았다. 두 세력이 직접 마주치는 것은 ③에서이다. 이런 점에서 본다면, 이 작품의 '핵심적 관심', 즉 주제는 개루왕과 도미의 대화 속에서 찾아보아야 할 것이다.

다시 서술방법의 면을 살펴보자. ③에서 개루왕과 도미 두 사람 사이의 대화는 문면의 내용만으로 끝나지는 않았을 것이다. 여성의 정조를 불신하는 개루왕은 도미의 말에 대해 반박하면서, 과연 둘 중 누구의 말이 맞는지 내기하자고 제안하였을 것이다. 이러한 내용은 ③의 대화 속에는 생략되었지만, ④에서

---

56) 남종진, 「唐代 단편 인물전의 발전 배경 재론」, 『중국학보』 제42집(한국중국학회, 2000), p.24.

왕은 그것을 시험해 보고자 하여, 도미를 (어떤) 일로써 가두어 두
었다.

라고 요약한 것과, ④의 대화 속에 나오는 "도미와 내기를 해 너를 차지
하게 되었다.(與都彌博得之)"라는 말을 통해 알 수 있다. 이어서 가짜 개
루왕과 도미처가 만나는 장면에서 두 사람 사이의 대화가 있은 다음, 도
미처는 자기의 계집종을 꾸며 수청들게 한다. 아무리 자기의 계집종이
라고 하더라도 임금과 동침하도록 시키기는 쉽지 않았을 것이니, 보다
부연된 원설화에서는 계집종을 설득하는 과정이 있었을 것으로 짐작된
다.57)

⑤에서는, 그런 일이 있은 후에 개루왕이 속은 것을 알고 크게 노하
였다고 한다. 이야기 전개상으로 미루어 보면, 이에 앞서 몇 가지 일이
있었을 것으로 보인다.58) 즉, 가짜왕(신하)이 개루왕에게 자초지종을 보
고하는 모습, 개루왕이 의기양양하게 도미에게 "네 계집도 별 수 없더구
면."이라고 하며 큰소리치는 모습, 도미가 집으로 돌아와 자기의 아내가
무사함을 알고 안도하는 모습, 얼마 후에 왕이 속은 것을 알게 되는 과
정과 노발대발하는 모습 등이 이야기되었을 것이다. 그러나 〈도미전〉에
서는 이러한 부분들이 생략되고, 대신

왕이 후에 속은 것을 알고 크게 노하였다.

---

57) 이러한 점은 오영진의 희곡 〈孟進士宅慶事〉을 통해서도 짐작할 수 있다. 이 작품의
   제1막 3장에는, 맹진사가 자기의 딸 갑분이의 몸종인 입분이를 갑분이라고 속여 대
   신 시집보내기 위해 입분이를 회유하는 대목이 있다. 이러한 대목은 사건의 전개상
   필요한 대목이다.
58) 원설화에 이러한 대목이 있다는 근거를 제시하기는 어렵다. 그러므로 추정에 불과하
   다는 지적을 면할 수 없다. 다만 사건 전개의 선후관계나 여러 삽화들의 자연스러운
   연결이라는 점 등을 고려할 때 그 가능성은 충분히 있다고 본다.

라고 요약 서술되어 있다.

⑥에서는, 개루왕의 말은 없고, 도미처의 말만 있다. 아마 원설화에서는 개루왕이 도미가 죽은 사실을 얘기하는 한편으로 도미처를 협박 내지 달래는 대목이 있었을 것이다. 〈도미전〉에서는 이 대목이 생략되어 있다. 이어 도미처는 개루왕에게 월경을 핑계대고 순간의 위기를 모면한다.

⑦은 도미처가 궁궐에서 도망 나와 강가에 이르러 배를 타기까지의 대목이다. 임금의 주목을 받고 있는 도미처가 삼엄한 경비를 피하여 궁궐을 빠져 나오기란 쉽지 않은 일이다. 도미처는 탈출과정에서 궁녀나 수문장들과 맞닥뜨리는 등 숱한 어려움에 직면하였겠지만, 작품에서는 장면을 이용하지 않고 "부인은 곧 도망하여 강어귀에 이르렀다."라고 요약되어 있을 뿐이다. 이렇게 요약한 데에는 그만한 이유가 있을 것이다. 궁궐을 탈출하여 강가에 이르기까지의 도미처의 행동을 세부적으로 묘사하거나, 행동이나 대화를 사용하여 극적 장면을 제시할 경우, 독자들이 믿기 어려워지는 부분이 있기 때문이다. 행동에는 세부적인 묘사가 뒤따르는데, "세부 묘사가 많으면 많을수록 주인공이나 사건이 오히려 진실되지 못하고 비논리적으로 표현될 위험성을 내포한 부분이 있"[59]게 된다. 서술자는 이런 여러 가지 점을 고려하여 요약의 방식을 사용하였을 것이다.

⑧은 도미부부가 재회하는 대목이다. 도미부부의 극적인 재회의 현장을 단지 "남편을 만났는데 아직 죽지 않았다."라고 서술하는데 그치고 있다. 도미처가 천성도에 이르기까지 고생도 많았겠지만, 별로 중요한 일이 아니라고 보아 요약한 것이다. 도미처가 달아나 강어귀에 이르렀으나 건널 수가 없어 하늘을 우러러 통곡하자, 뜻밖에 배 한 척이 물결

---

59) 이상우, 『소설의 이해와 작법』(월인, 1999), p.258.

을 따라 이른 것이나, 또 그들 부부가 천성도에서 재회하게 된 것은 우연히 이루어진 일이다. 이 때의 우연성은 허구성이라는 측면보다는 역사 서사의 성격60)의 면에서 이해될 수 있다.

⑨는 도미부부가 생을 마치기까지의 과정을 그린 대목이다. 서사시간과 서술시간의 면에서 보면, 이 대목은 엄청난 생략과 요약이다. 적어도 수년 또는 수십 년에 걸친 내용을 단 27자로 요약하였다. ③에서 불과 몇 시간 동안의 일이 65자로, ⑥에서 불과 몇 분간의 일이 53자로 서술됨에 비하면, 그 생략과 요약의 폭이 큼을 알 수 있다.

요약이라는 양식은, 이야기 서술이라는 시각에서 볼 때, 별로 중요하지 않다고 여겨지는 사실을 건너뛰어 버리고자 할 때 알맞은 역할을 한다. 이 작품에서 주인공들의 운명의 가장 중요한 대목은 ⑨ 이전에 이미 결판이 났다. 그러므로 이제 주인공들은 독자에게서 멀어져 가버리고, 완전히 사라지기만 하면 되는 것이다. 후일담으로서 행복한 결말을 의도적으로 보이지 않으며, 사실에 바탕을 두어 허구화를 즐기지 않는 열전의 서사정신61)에 따라 이야기의 끝에는 일종의 쓸쓸한 고요만이 퍼져나가고 있다.

이처럼 〈도미전〉의 서술자는 도미설화를 부분에 따라 생략·요약·장면 등의 다양한 서술방법을 사용하여 〈도미전〉을 입전하였다. 이렇게 함으로써 전승되어 오던 설화를 그대로 문자화할 때보다 작품의 주지를 효과적으로 전달할 수 있게 되었다. 특히 요약해야 할 부분과 장면으로 제시해야 할 부분을 정확히 파악하여, 요약→장면→요약으로 서술의 변화를 주면서 유연하게 접속시키고 있다. 〈도미전〉에서 이야기의 흐름의

---

60) 역사 서사는 사건의 필연성을 설명하는 것이 아니라, 이야기를 전개함으로써 쉽게 이해할 수 있도록 하는 것이다. 루샤오펑 저·조미원 외 공역, 앞의 책, p.70.
61) 주명희, 앞의 논문, p.40.

완급을 적절히 조절함으로써 리듬감을 살릴 수 있었던 것은 바로 이 두 가지 서술방식을 다양하게 사용함으로써 가능하였다.

5. 맺음말

본 연구에서는 〈도미전〉의 장르적 성격에 대해서 살펴본 다음, 등장인물의 성격과 인물의 형상화 방법 및 서술방법 등을 살펴보았다. 이상에서 논의된 내용을 정리하면 다음과 같다.

먼저, 〈도미전〉의 장르적 성격을 살펴보았다. 기왕의 연구에서는 〈도미전〉의 성격을 두고 설화·열전·전기 등 다양한 시각으로 보아왔다. 이러한 견해들의 타당성 여부를 살펴본 바, 작품에 대한 구체적인 분석을 소홀히 한 채, 어느 일면에 집착하여 입론의 근거로 내세우고 있음을 알 수 있었다. 〈도미전〉이 설화적 성격이 강하고, 어느 정도 소설성을 갖추고 있다는 점을 인정하더라도, 이러한 점들이 이 작품을 열전이라는 양식의 범주를 완전히 벗어날 수 있게 해주는 필요충분조건은 되지 못한다. 김부식의 사료접근 태도나 열전의 장르적 관습에 대한 이해까지를 고려할 때, 이 작품은 열전의 범주 안에서 무리 없이 받아들일 수 있을 것이다. 그리고 김부식은 서술의 진실성 획득과 교훈성의 추구라는 점에서, 도미설화의 사료적 가치를 인정하여 〈도미전〉을 입전하였다.

다음으로, 〈도미전〉의 인물형상을 살펴보았다. 〈도미전〉은 왕과 개인의 행동규범을 제시한 작품이다. 도미를 통해서는 의리를, 도미의 처를 통해서는 남편에 대한 신의를 백성의 덕목으로 제시하였다. 개루왕을 통해서는 민녀를 탈취하는 부도덕한 임금의 전형적인 모습을 보여줌으로써 임금의 통치자세를 환기시키고자 하였다. 도미는 자기의 아내에 대해 흔들리지 않는 믿음을 지니고, 임금 앞에서도 자기의 신념을 당당하게 펴는 기개 있는 인물로 형상화되어 있다. 도미처는 아름다움 외에도 고결함·지혜·용기·사랑하는 남편에 대한 신의 등으로 인해, 아름다움과 도덕을 겸비한 보기 드문 이상적인 여성으로 형상화되어 있다. 개루왕은 왕도를 저버리고 부녀자의 정절을 마구 짓밟는 부도덕한 임금의 전형적인 모습으로 형상화되어 있다.

열녀의 개념은 시대에 따라 변모되어 왔다는 점에서 보면, 김부식은 〈도미전〉을 통해 정절의 문제만을 부각시키고자 한 것은 아니라고 보았다. 김부식은 아내의 정절 문제, 열의 문제보다 부부 사이의 신의, 특히 아내에 대한 남편의 흔들리지 않는 믿음을 높이 샀던 것이다.

끝으로, 〈도미전〉의 서술방법의 특징을 살펴보았다. 그 결과 〈도미전〉의 서술자는 도미설화를 부분에 따라 생략·요약·장면 등의 다양한 서술방법을 사용하여 입전하였음을 알 수 있었다. 이러한 서술방법을 사용함으로써 전승되어 오던 설화를 그대로 문자화할 때보다 작품의 주지를 효과적으로 전달할 수 있게 되었다. 특히 요약해야 할 부분과 장면으로 제시해야 할 부분을 정확히 파악하여, 요약→장면→요약으로 서술의 변화를 주면서 유연하게 접속시키고 있다. 〈도미전〉에서 이야기의 흐름의 완급을 적절히 조절함으로써 리듬감을 살릴 수 있었던 것은 바로 이 두 가지 서술방식을 다양하게 사용함으로써 가능하였다.

제 4 장

〈朴堤上傳〉의 설화적 구성과 그 역사적 맥락

1. 머리말

본 연구에서는 『삼국사기』 열전 〈박제상전〉의 문학성과 역사성을 살펴보고자 한다.

『삼국사기』 열전이 갖는 문학성에 대한 연구는 〈온달전〉·〈설씨녀전〉·〈도미전〉 등을 중심으로 이루어져 왔다. 그 이유는 이들 전이 기본적으로는 역사기록임에도 불구하고, 그 구성이나 인물의 형상화 등의 면에서 소설에 핍진할 만큼의 문학성을 지니고 있음에 주목했기 때문이다. 이들 입전인물들은 '열전' 외에는 『삼국사기』 어디에서도 찾아볼 수 없는, 설화적 성격을 강하게 띠고 있는 인물들이다.

본 연구에서 다루고자 하는 박제상은 이와는 달리 역사상 실존했던 인물1)로서 4세기~5세기 신라의 대외적 관계와 국내적 문제를 이해하

---

1) 박제상의 활동과 관련된 자료가 『삼국사기』나 『삼국유사』 등 국내의 두 기본 사서에 실려 있을 뿐만 아니라, 8세기에 쓰인 『日本書紀』에도 유사한 내용이 보이는 점, 그리고 박제상 관련 사료에서 보이는 내용이 「광개토왕비」에 실려 있는 그것과 대체로

려고 할 때 빠뜨릴 수 없는 인물이다.

그런데 '박제상의 이야기'는 이러한 문헌기록 안에 갇혀 있지 않고, 한시의 소재로 수용되거나 전설, 민요 등으로 구비전승되면서 지속되어 왔다. 지금까지 이루어진 문학적 연구를 내용별로 나누어 보면, ① 박제상 설화의 성격에 대한 연구, ② 박제상 설화의 전승양상에 대한 연구, ③『삼국사기』〈박제상전〉과『삼국유사』「내물왕김제상」조를 비교한 연구, ④ 〈박제상전〉의 자료적 연구 등이 될 것이다.

①에서는 이 설화를 신라국민의 정신적 결속을 위하여 의도적으로 변화전승된 설화로서, 護國文學의 좋은 표본으로 보았다.2)

②에서는 〈憂息曲〉과 〈鵄述嶺〉에 대한 소재의 근거, 史話의 史書내용 수용양상, 작품의 사화수용양상, 작품의 비교분석을 고찰한 연구,3)『삼국유사』소재 제상설화의 형성원리를 밝히고, 그것의 전승양상을 살핀 연구,4) 박제상 관련 전승의 두 축을 충렬담과 열녀담으로 보고, 각각의 전승양상과 그 의미를 살핀 연구,5) 박제상 전승의 양상과 그 전승에 구현된 忠에 대한 인식을 살핀 연구,6) 한시 · 전설 · 애국계몽기 가사 등을 통해 '박제상 이야기'의 수용양상과 그 의미를 살핀 연구7) 등이 이

합치한다는 점 등의 이유로 박제상의 실재는 거의 의심할 바 없이 받아들여지고 있다. 홍순창 교수는『삼국사기』와『삼국유사』의 관련기록을 들어, 提上은 4세기 중엽에서 5세기 초엽까지 생존한 실존인물이라고 보았다. 홍순창, 「김제상 설화에 대한 일고찰」, 『한국전통문화연구』제2집(효성여자대학교부설 한국전통문화연구소,1986), p.260.

2) 소재영, 「박제상설화」, 『한국설화문학연구』(숭실대학교 출판부, 1989)

3) 김영숙, 「동일소재 영사악부연구-우식곡과 치술령을 중심으로-」, 『교남한문학』제2집 (교남한문학회, 1989)

4) 김기호, 「제상설화의 형성원리와 전승양상」, 『국어국문학연구』제23집(영남대학교 국어국문학과, 1995)

5) 이창우, 「박제상 관련 전승의 두 축」, 이종찬 · 손병국 편, 『우리 역사인물전승 2』(집문당, 1997)

6) 권영호, 「박제상 전승의 양상과 의미」, 『어문학』제75집(한국어문학회, 2002)

7) 엄기영, 「'박제상 이야기'의 수용 양상과 그 의미-인물형상을 중심으로-」, 『민족문화연구』제39호 (고려대학교 민족문화연구소, 2003)

루어졌다.

③에서는 〈박제상전〉과 「내물왕김제상」조의 서사물의 기술태도를 비교한 연구,8) 이 두 자료를 인물형상의 방향과 사건서술의 방식이라는 측면에서 비교 분석한 연구9) 등이 이루어졌다.

④에서는 『삼국사기』 열전의 찬술과정을 연구하는 가운데, 〈박제상전〉의 원자료의 형성과정을 살폈다.10)

이상의 살핌을 통하여, 기왕의 문학적 연구는 〈박제상전〉 텍스트 안에서만 이루어지지 않고, 구비전승과 관련하여 이루어진 것이 많음을 알 수 있었다. 그러므로 열전으로서의 〈박제상전〉을 주목하여 그 텍스트 자체를 면밀히 살피는 연구도 이루어져야 할 것이다.

한편으로 역사학적 연구도 다수 이루어졌다. 이들 연구는 박제상 설화를 통해 4세기~5세기 한일관계사를 재조명하고자 한 연구와 박제상을 통해 5세기 초의 신라의 정치 동향을 살펴보거나 그의 출자와 신분 등을 다룬 연구로 크게 나누어 볼 수 있다.11) 이들 역사학적 연구들은 사료적 부족에서 오는 제약으로 인해 추론의 범위를 크게 넘지 못했다.

본 연구에서는 먼저 〈박제상전〉이 갖고 있는 문학성을 해명하고자 한다. 이를 위해 〈박제상전〉의 구성양상과 서술방법 등을 살펴보고자 한다. 〈박제상전〉은 열전이지만, 그 주된 대상 사료는 문헌적인 사료라기보다는 구비전승된 구전사료일 개연성이 크다. 그러므로 〈박제상전〉

---

8) 임종욱, 「『삼국사기』 열전과 『삼국유사』의 서사물 기술태도 비교」, 『고려시대 문학의 연구』(태학사, 1998)

9) 엄기영, 「『삼국사기』·『삼국유사』 소재 '박제상 이야기'의 비교 고찰」, 『한국문학이론과 비평』 제21집(한국문학이론과 비평학회, 2003)

10) 황형주, 「『삼국사기·열전』 찬술과정의 연구-자료적 원천의 탐구-」(성균관대학교 대학원 박사논문, 2001)

11) 기왕의 역사학 쪽 연구에 대해서는 「4. 〈박제상전〉의 역사적 맥락」에서 살피기로 한다.

의 구성의 면을 통해 설화로서의 가능성을 살피고, 이어서 이러한 고찰을 통해 얻은 성과를 바탕으로 〈박제상전〉의 역사적 맥락을 살펴보고자 한다.

〈박제상전〉을 설화가 역사화된 것으로 볼 수 있다면, 〈박제상전〉의 문학성은 일차적으로 설화논리를 통해 살펴야 할 것이다. 또 이 설화 속에는 분명 역사논리가 투영되어 있을 것이기 때문에 〈박제상전〉의 역사적 맥락을 이해하기 위해서는 설화논리를 면밀히 분석하여 설화논리에 내장된 역사논리를 포착할 수 있을 것이다.12)

2. 〈박제상전〉의 설화적 구성

〈박제상전〉은 일찍부터 『삼국유사』의 「내물왕김제상조」와 대비되어 논의되어 왔다. 그 중에 하나는 사실성과 허구성(설화성)에 대한 것이다. 이 점과 관련하여, 황형주 교수는 〈박제상전〉이 사실성과 객관성을 유지한 기록물을 원자료로 하였음에 비해, 「내물왕김제상」조는 민간전승을 거치면서 설화적인 요소와 신라인의 정서가 크게 배어 들어간 기록물을 원자료로 하였을 것이라는 견해를 제시하였다. 요컨대 〈박제상전〉은 사실적으로 기록되어 전승된 반면, 「내물왕김제상」조는 변개되고 부연되어 설화로서 전승된 양상을 보여주고 있어, 전자를 '사실성의 유지'로, 후자를 '설화로의 변개'로 보았다.13)

---

12) 본 연구의 방법론과 세부적으로 일치하지는 않지만, 설화성을 띤 역사자료를 설화논리와 역사논리를 한꺼번에 포괄하는 시각으로 다루고자 하는 방법론은 신태수 교수에 의해서도 시도된 바 있다. 신태수, 「〈도화녀·비형랑〉설화의 구성원리와 대칭적 세계관의 방향」, 『대칭적 세계관의 전통과 서사문학』(새문사, 2007), p.68. 참조.
13) 황형주, 앞의 논문, pp.72~81.

황형주 교수는 "〈박제상전〉은 『삼국사기』 본기의 사료와는 별도로 전해온 행적기록물을 원자료로 삼아 찬술하였음을 확인하였다."14)라고 했지만, 과연 그렇게 단언할 수 있겠느냐는 의문이 든다. 그 행적기록물이 현존하지 않고, 또 그 행적기록물의 찬술 여부조차 확인할 수 없는 현 상황하에서 "사실성과 객관성을 유지한 행적기록물"을 상정하는 것은 조심스러울 수밖에 없다. 설령 〈박제상전〉의 원자료가 되는 행적기록물이 박제상이 죽은 후 오래지 않은 5세기에 찬술되었다 하더라도, 그 기록물이 근 700년 뒤인 김부식 당대까지 온전하게 전해 내려오기란 현실적으로 어려울 것이다.15)

김부식은 온전한 문헌 기록이 전래되지 않은 형편에서, 당대까지 '전승되던 인간의 기억'16)에 크게 의존하여 서술했을 것이라고 본다. 그러므로 〈박제상전〉의 사료는 전래된 문헌기록이기보다는 전승되어 오는 구비자료일 가능성이 더 크다고 본다. 사료적인 형편이 이러하다면, 〈박제상전〉의 설화성을 배제하고 사실성과 객관성만을 논의하는 데 머물 수는 없다. 〈박제상전〉 자체가 갖고 있는 설화성도 논의되어야 할 것이다.

모든 설화는 일련의 인간적 흥미거리가 되는 사건을 단일한 플롯을 가진 단일체로 집성시킨 이야기(discourse)로 되어 있다. 설화는 연속성

---

14) 황형주, 같은 논문, p.73.
15) 김부식은 「進三國史記表」에서 신라·고구려·백제 삼국의 古記는 문자가 거칠고 졸렬하며 사적이 빠지고 없어졌다(文字蕪拙, 事迹闕亡)고 하여, 전래된 사료의 영성함을 지적하였다. 오늘날 역사학 쪽에서는 가계와 관직을 서술한 〈박제상전〉의 서두 기록은 연대기적으로 볼 때 세대간의 차이가 너무 크다는 이유로 그 신빙성을 의심하기도 한다. 김용선, 「박제상소고」, 『전해종박사화갑기념사학논총』(일조각, 1979), pp.605~606. 참조.
16) 박희병 교수는 전승되던 인간의 기억에 크게 의존해야 했던 시기에는 설화가 역사 속에 끼어드는 것은 불가피하며, 신빙성의 문제에 극도로 과민한 史傳에서조차 그 자료적 제약과 관련하여 설화적 허구가 끼어들 수 있다고 보았다. 박희병, 『조선후기 傳의 소설적 성향 연구』(성균관대학교 대동문화연구원, 1993), pp.68~69.

이 없는 곳에서는 있을 수 없고, 또 플롯을 가진 단일체로 집성되지 않고는 존재할 수 없다. 그리고 인간적인 흥미가 내포되지 않은 곳에서는 설화는 존재할 수 없다.17)

한 인물의 이야기인 열전의 서술은 이야기식 서술이라고 할 수 있다. 이야기식 서술이 갖는 의미에 대한 다음의 견해는 주목할 만하다.

> 이야기식 서술이란 역사적 사건의 경과과정들이 의미를 지닐 수 있게끔 포착하는 것을 목적으로 하는 형식이고, 한 걸음 더 나아가 역사적 서술의 타당성 척도는 문학적 장르 내지는 예술적 문체에 의해 결정된다.18)

이야기식 서술은 무엇인가가 시작하여 마침내 종결된다는 식의 일정한 경과과정을 그린다. 역사서술의 형식을 연대기적 서술·편년사적 서술·이야기식 서술의 세 가지로 구분한 화이트(Hayden White)에 의하면, 이야기식 서술에서야 비로소 사건들은 서로 관련되고, 무형체적 역사의 흐름으로부터 벗어나 발단·중간·결말로서 의미가 부여되는 발전과정의 형태로서 제시된다. 사건경과에 부여되는 질서는 문학이론적으로 이야기하자면 '구성'(plot)이며, 이야기식 서술을 만드는 방식은 '구성화'(emplotment)이다. 이러한 방식을 통해 사건들은 자신들이 원래 가지고 있지 않던 성질, 즉 발단·중간·결말상태라는 성질을 부여 받게 된다.19)

'박제상 이야기'가 설화로서 수 세기를 전해 내려올 수 있었던 것은

---

17) 클로오드 브레몽, 「설화가능성의 논리」, 김병욱 편·최상규 역, 『현대 소설의 이론』(대방출판사, 1983), p.140

18) 한스 위르겐 괴르츠 지음·최대희 옮김, 『역사학이란 무엇인가』(뿌리와 이파리, 2003), p.282.

19) 한스 위르겐 괴르츠, 같은 책, p.283.

그것이 갖고 있는 역사적 의미와는 별도로 인간적 흥미를 내포하고 있기 때문이다. 그러므로 '박제상 이야기'를 이야기식으로 서술한 〈박제상전〉의 설화성은 구성화의 방식이라는 측면에서 살펴볼 수 있다.

기왕의 연구에서도 〈박제상전〉의 구성에 대해서 살폈다.[20] 권영호 교수는 그 대강을 '인물의 가계와 관직 - 당대 상황 - 인물의 업적(활약상) - 결과'의 순으로 기술되어 있다고 보면서, 당대 상황을 박제상이 과업을 맡게 되는 발단으로, 행적에 대한 보상과 후일담을 결과로 보았다. 특히 그 중에서도 인물의 활약과 희생을 서술한 부분을 여덟 단락으로 구분해 볼 때 전개가 논리적이고 연결이 긴밀하다고 하였다. 박제상의 활약상에 대한 서술은 일련의 사건의 연결이어서 한 편의 이야기를 연상하게 할 수도 있다고 지적하였다.[21]

그러나 '한 편의 이야기'로서 〈박제상전〉이 갖는 구성적인 실상은 서술 순서에 따라 단락을 구분해 보는 것만으로는 제대로 밝히기 어렵다. 그러므로 여기에서는 〈박제상전〉의 구성을 설화적 구성이라는 측면에서 살펴보고자 한다.

〈박제상전〉은 박제상의 일대기를 대상으로 입전한 것이 아니라 '王弟의 구출'이라는 활약상을 중심으로 입전한 것이다. 〈박제상전〉의 중심 이야기인 '왕제 구출' 사건을, 브레몽(Claude Bremond)이 「설화가능성의 논리」에서 사용한 과정[22]에 따라 살펴보면, '이뤄야 할 向上→向上의

---

20) 『삼국유사』 「김제상조」의 망부석설화를 대상으로 提上說話의 서사구조를 살핀 김기호 교수의 연구는 〈박제상전〉을 대상으로 한 것이 아니기에 본 연구에서는 논외로 하였다. 김기호, 앞의 논문, 참조.

21) 권영호, 앞의 논문, pp.79~82.

22) 본 연구에서는 클로오드 브레몽이 앞의 논문에서 '설화가능성의 논리'를 살피면서 사용한, '이뤄야 할 향상→향상의 과정→이루어진 향상', '악화의 가능성→악화의 과정→발생된 악화' 등의 진행 과정을 통해 〈박제상전〉의 설화적 구성을 살펴보고자 한다.

과정→이루어진 向上'이라는 순서로 전개되고 있음을 알 수 있다. 이제 〈박제상전〉의 문맥에 따라 구체적으로 살펴보자.23)

사건의 발단부에서는 먼저 "실성왕 원년 임인(402)에 신라는 왜국과 강화했는데, 왜왕이 내물왕의 아들 미사흔을 인질로 삼기를 청했다."라고 하였다. 국가간에 강화조약을 맺었음에도 불구하고 일방적으로 인질을 요구한 이 대목은 국가간의 관계에 '惡化 가능성'이 있음을 언급한 대목이다. 이어 "실성왕은 일찍이 내물왕이 자기를 고구려에 볼모로 보낸 것을 한스럽게 여겨 그 아들에게 원한을 풀려고 한 까닭으로 왜왕의 청을 거절하지 않고 보냈다."라고 하였다. 실성왕으로서는 원한을 푼 것이 되지만, 실성왕에 이어 왕이 된 눌지왕의 입장으로 보면 이 대목은 '惡化의 과정'으로 받아들여진다.

이어 눌지왕은 현명하다고 알려진 세 사람의 지방의 干을 불러 "내 두 아우가 왜국과 고구려에 인질로 가서 여러 해가 되어도 돌아오지 않으므로 형제의 정리로서 보고 싶은 생각을 그칠 수 없다."라고 근심을 토로한다. 이 대목은 '발생된 惡化'에 대해 언급한 대목이다. 이러한 근심을 풀기 위해서는 "그들을 살아 돌아오게 하는 것"이라고 했는데, 이 것은 곧 '이뤄야 할 向上'을 말한 것이다. 그 다음에 이어지는 고구려와 왜에 인질로 간 왕제를 구출하는 대목은 '向上의 과정'을 서술한 것이며, 그 결과 두 동생이 돌아오게 되자 눌지왕이 "형제들을 모아 술자리를 베풀고 매우 즐거워했다."라는 대목은 '이뤄진 向上'을 언급한 대목이다.

그러므로 〈박제상전〉은 '악화의 가능성→악화의 과정→발생된 악화'의 과정이 간략히 제시된 데에 이어서 '이뤄야 할 향상→향상의 과정→이루

---

23) 서두에서 박제상의 가계와 관직을 서술한 대목에 대해서는 「4. 〈박제상전〉의 역사적 맥락」에서 살피기로 하고, 설화적 구성을 논의하는 이 자리에서는 일단 제외하기로 한다.

어진 향상'의 순으로 전개되는 설화적 구조로 이루어져 있다고 보겠다.

〈박제상전〉에서 이뤄진 향상의 결과 受益者가 있다. 수익자는 두 아우가 돌아오자 매우 즐거워하면서 스스로 〈憂息曲〉을 지어 부르고 춤을 춘 눌지왕이다.

눌지왕이 두 아우가 인질로 가 여러 해 동안 돌아오지 않으므로 형제의 정리로서 보고 싶은 생각을 그칠 수 없게 된 상태는 '결함의 상태'이다. 이 결함의 상태를 해소하기 위해서는 이것을 막는 장애물을 제거해야만 한다. 그런데 이 장애물은 그냥 기다리고 있다고만 해서 운 좋게 제거될 장애물이 아니다. 이 장애물을 제거하기 위해서는 가능한 수단이 필요하다.

눌지왕은 그 자신 장애물을 제거할 수단을 갖고 있지 않다. 그 수단으로써 辯士를 얻어 가서 두 아우를 맞아오려고 생각하고(思得辯士往迎之) 있는 정도이다. 그렇다고 해서 신하 중에서 누가 변사로서 적임자인지 알고 있었던 것도 아니다. 한 나라의 왕이라고 하더라도 성취해야 할 과업을 단독적으로 수행하거나 그 스스로 변사를 골라 은밀히 임무를 맡기는 등 주도적으로 이끌어갈 능력이 없었던 것이다. 눌지왕은 이러한 상황에서 변사를 구하기 위해 水酒村의 干 伐寶靺과 一利村의 干 仇里迺와 利伊村의 干 波老 등 현명하고 지혜 있다는 세 사람을 통해 적임자를 추천받고자 했다. 이들은 歃良州의 干 박제상이 "강직하고 용감하고 지모가 있음(剛勇而有謀)"을 들어 그를 적임자로 추천하였다.

이에 눌지왕은 박제상을 불러 "세 신하의 말을 일러주고 가기를 청하였다.(告三臣之言而請行)"라고 서술되어 있다. 임금이 신하에게 명령한 것이 아니라 도움을 요청한 것으로 되어 있다. 이에 대해 박제상은 "제가 비록 어리석고 불초합니다만, 감히 명령을 받들지 않겠습니까?(臣雖愚不肖, 敢不唯命祗承)"라고 하여 명령으로 받아들이고 있다. 눌지왕이 박제상에게 군신관계라는 상하관계의 입장에서 명령한 것이 아니라, 일종의 수평관계에서 부탁을 한 셈이고, 박제상은 임금의 명이라고 했지만, 실제적으로는 그 부탁을 받아들인 셈이다. 눌지왕이 수동적인 입장에서 부탁하였다면, 박제상은 능동적인 입장에서 그 부탁을 수락한 것이다.

눌지왕과 박제상의 대화를 이렇게 해석할 수 있다면, 눌지왕은 수동적인 수익자로서, 박제상은 이니시어티브를 쥔 능동적인 행위자로서 한 사람의 '동맹자'로 볼 수 있을 것이다. 그러므로 이후 전개되는 일련의 임무 수행 과정의 이니시어티브는 박제상에게 넘어가게 되어, 눌지왕은 박제상이 하고자 하는 대로 따라야만 되는 상황에 놓이게 된다.

이 점은 눌지왕이 고구려에 가서 辯士로서 능력24)을 충분히 발휘하여 복호와 같이 돌아온 박제상에게 한 말과, 이에 대해 박제상이 한 말을 통해서도 알 수 있다. 눌지왕은 "내가 두 아우를 생각함이 좌우의 두 팔과 같았는데 이제 다만 한 팔만 얻었으니 어찌하면 좋겠는가?"라고 하였다. 눌지왕은 왜에 인질로 가 있는 미사흔마저 구출하고 싶지만, 복호의 경우에서처럼 박제상에게 가기를 '請'하지도 못하고, 그저 박제상이 미사흔을 구출하기 위해 자발적으로 나서주기만을 바라고 있을 뿐이다. 이에 대해 박제상은

> 고구려는 큰 나라이며 왕도 또한 어진 임금이었으니, 그런 까닭으로 제가 한 마디의 말로써 깨닫게 할 수 있었습니다만, 왜인은 말로써는 깨칠 수 없사오니, 마땅히 속이는 꾀로써 왕자를 돌아오게 해야 하겠습니다. 제가 왜국에 가면, 나라를 배반했다는 죄를 내려 그들에게 이 소문을 듣게 해주십시오.

---

24) 이 점에 대해서는 「3. 〈박제상전〉의 서술방법」에서 구체적으로 살필 것이다.

라고 했다. 박제상은 장애물의 본성을 잘 파악하고, 그 장애물을 제거하기 위해 어떠한 수단을 취해야 할 것인지에 대해서도 명백히 인식하고 있다. 즉 고구려왕이 어진 임금임을 미리 파악하고 있었기에 '말'로써 깨칠 수 있었지만, 왜왕은 그렇지 못하니 '꾀'로써 속일 수밖에 없음을 알고 있었던 것이다. 1차, 2차 모두 박제상의 판단에 의해 행한 것이었으니 임무 수행 과정의 이니시어티브는 박제상이 쥐고 있는 셈이다.

앞에서 살펴보았듯이 눌지왕은 박제상에게 복호를 송환하는 역할을 命한 것이 아니라 請한 것이며, 그리고 미사흔을 송환하는 역할을 命한 것이 아니라 자발적으로 나서주기를 호소한 것이다. 이때 박제상은 임금의 말을 명령이라고 말하고 있지만, 사실적으로는 자의적으로 판단하여 그 부탁을 들어준 것이다. 이것은 자의적으로 도움을 준 것이라 할 수 있다.

박제상은 자의적으로 눌지왕에게 도움을 주고자 한 결과 왜국에서 죽임을 당한다. 기왕의 일반적 시각에서는, 죽음에까지 이르는 박제상의 행위를 자발적 도움에 의한 것으로 보지 않고, 왕에 대한 충에 의한 것으로 보았다. 그러나 이제까지 진행된 논의에 의하면, 박제상의 도움(희생)은, "봉사의 교환이라는 테두리 안에서 합의된 희생"25)으로 볼 수 있다. 박제상의 도움을 이렇게 파악할 수 있다면, 눌지왕과 박제상 사이에 '교환된 봉사'의 성격이 어떠한 것이지 살펴보아야 할 것이다.

봉사의 교환과 관련하면, 동맹자에는 세 가지 유형, 즉 상호의존하는 한 패, 채권자, 채무자가 있다.26) 이에 따르면 다음의 세 가지의 경우를 예상할 수 있다. 즉 ① 박제상과 눌지왕이 과업의 완수를 상호이익이 되는 것으로 보아 서로 도움을 제공하거나, ② 박제상이 과거의 도움

---

25) 클로오드 브레몽, 앞의 논문, p.145.
26) 클로오드 브레몽, 같은 논문, 같은 곳, 참조.

에 대한 감사의 표시로 도움을 제공하거나, ③ 박제상이 미래의 보상을
바라고 도움을 제공하는 것이다.

②처럼, 눌지왕이 과거에 박제상에게 도움을 준 적이 있다면, 채무
자인 박제상에게 그처럼 '부탁'하고 '호소'하는 수동적인 입장에 서지는
않았을 것이다. 그리고 ③처럼 단지 미래의 보상을 바라고 도움을 제공
했다고 보기에는, 풀어야 할 문제가 있다. 바로 그의 가계와 삽량주 간
이라는 그의 직책이 갖는 의미 때문이다. 이 점은 干이라는 집단이 갖고
있는 현실정치적인 의미를 고려해야 할 것이다. 눌지왕이 세 명의 지방
간을 통해 박제상을 추천받는 과정에 유의한다면, '왕제 구출'이라는 과
업을 통해 눌지왕과 지방 간 사이, 눌지왕과 박제상 사이 상호간에 이익
이 되는 점을 인식하였을 것이다. 그것에 따라 목숨이 걸려 있는 힘든
일은 마땅히 보상 받아야 할 것이라는 묵계가 있었을 수 있다.

이 시기는 완전히 중앙집권화가 이루어져 충이 이념화되기 이전의
시기이다. 이 시기에는 아직 서로간의 정치적 득실에 따라 세력간의 이
합집산하는 가운데 상하관계가 형성되는 경우가 많았다. 이러한 시기에
는 충이라고 하더라도 인간적 혹은 정치적 신의로부터 비롯하는 의리로
서 상호신뢰에 바탕을 두고 있으며, 이러한 성격의 충은 그것의 실천에
대한 보상이 전제되기에 주고받는 면이 있다. 그러므로 보상의 약속에
대해 확신이 서지 않으면 충도 외형적인 형식만 갖출 가능성이 많다.27)

박제상이 죽음을 맹세하고 왜국으로 간 것은 자신의 희생이 마땅히
보답을 받을 것임을 확신했기 때문일 것이다. 왕제의 구출은 죽음을 각
오한 박제상의 희생에 의해 이루어진 것이기에, 박제상의 희생은 보답
을 받게 된다.

〈박제상전〉 끝에서, "눌지왕은 이 소식(박제상의 죽음)을 듣고 애통해

---

27) 권영호, 앞의 논문, p.92.

하면서 대아찬을 추증하고, 그 가족에게 후한 상을 내리고, 미사흔에게 제상의 둘째딸을 아내로 삼게 하여, 그 은혜를 갚게 했다.”라고 했다. 이 때 ‘報’라고 한 것은 바로 은혜에 대한 보답을 말한다. 박제상은 눌지왕에게 제공한 봉사의 대가로 위에서 말한 몇 가지의 보답을 받은 것이다.

이상의 고찰을 통해서, 〈박제상전〉의 설화적 구성을 살펴보았다. 이를 통해 원래 전래된 ‘박제상 이야기’가 갖고 있는 설화적 의미가 무엇인지 그 윤곽을 짐작할 수 있었다.

3. 〈박제상전〉의 서술방법

여기에서는 〈박제상전〉의 서술방법으로 ‘요약’과 ‘장면’, ‘서술’과 ‘대화’ 등을 살펴보고자 한다.

요약이라는 기법은 여러 가지 정보를 제공하거나 다양한 상황들 사이의 관계를 맺어주는 등의 역할을 할 수 있기에, 역사적 상황이나 가족적 환경 등을 간략히 소개하는 것도 요약이라 할 수 있다.[28] 이러한 점에서 보면, 〈박제상전〉 서두에서 박제상의 가계를 간략히 언급한 대목, 그리고 이어서 눌지왕의 두 아우가 인질로 가게 된 역사적 상황을 간략히 언급한 대목은 요약의 성격에 부합한다. 간략한 서술이지만, 이러한 요약을 통해 박제상의 출자와 세력의 성격 등에 대해 여러 가지 정보를 얻을 수 있고 인질을 둘러싼 상황들 사이의 관계를 짐작할 수 있다.

〈박제상전〉의 서술방법으로서의 요약은 인물간의 대화에서도 나타난

---

28) 롤랑 부르뇌프, 레알 웰레 공저 · 김화영 편역, 『현대소설론』(현대문학사, 1996), p. 110.

다. 눌지왕과 세 명의 干이 나눈 대화를 통해서 이 점을 살펴보자. 이들 사이의 대화를 대화의 유형으로 본다면, 실용적 대화에 해당한다. 실용적 대화는 어떤 상황과 관련해서 정보를 교환하거나 속마음을 토로하는 대화의 방법이다.29) 실용적 대화는 필요에 따라서는 묻고 답하는 형식을 기본으로 하므로, 문장 단위당 길이는 짧은 대신 교환하는 대화의 총량은 많아질 수 있다.30)

눌지왕과 세 명의 干이 나눈 대화는 '왕제 송환'이라는 중대한 문제를 논의하는 자리에서의 대화치고는 교환 회수나 그 총량이 적다. 왕이 한 번 묻고, 세 사람이 한 번 대답한 것으로 되어 있다. 박제상 전승에서는 이런 저런 실질적인 대화를 주고받은 것으로 되어 있을 수 있다. 그런데 입전자는 〈박제상전〉에서 그들 사이의 실제 대화에서 오고 갔을 법한 자세한 내용은 생략하고, 아우들이 인질로 간 내용을 요약한 데 이어, 형제간의 우애라는 문제를 부각시키고자 했다. 이를 통해 실용적인 대화의 면은 약화되는 대신 윤리적인 대화의 성격이 부각되어 있다.

세 명의 干은 "저희들이 듣건대, 삽량주의 간 제상은 강직하고 용감하며 지모가 있다 하오니 전하의 근심을 풀어드릴 것입니다."라고 하여 박제상을 추천하였다. 그러자 왕은 그를 불러서 세 신하의 말을 일러주고 가기를 청했다(告三臣之言而請行)고 한다. 왕이 박제상에게 말한 부분은 간접 인용의 방법으로 서술되었다. 이러한 서술은 왕이 세 명의 간과 은밀히 나누었던 대화의 내용을 요약하여 제시한 것에 해당한다. 생략과 요약에는 간접 인용의 방법이 더 효과적이다.

서술에서는 "세 신하의 말을 일러주고 가기를 청했다"라고 요약하였지만, 실제로 눌지왕은 박제상에게 '왕제 구출'과 관련하여 그의 역할에

---

29) 신태수, 『한국 고소설의 창작방법 연구』(푸른 사상, 2006), p.69.
30) 신태수, 같은 책, p.70.

거는 기대와 거기에 따른 보상이나 대우 등에 대해서 어느 정도 진정성
이 담긴 언급을 했을 가능성은 충분히 있다.

　왕으로서 신하에게 '왕제 송환'이라는 과제를 '명령'한 것이 아니라,
'요청'한 것이다. 무엇을 요청하려면, 거기에 대한 보상이 언급되는 것이
자연스럽다. 이때의 보상은 구체적으로 언급될 수도 있고, 암묵적으로
이해될 수도 있다. 요청하는 자와 요청받은 자 사이에 주고받은 은밀한
대화이기에 서술에서는 명시적으로 나타나 있지 않다.

　이에 대해 박제상은 "제가 비록 어리석고 불초합니다만, 감히 명령을
받들지 않겠습니까?"(臣雖愚不肖, 敢不唯祗承)라고 하였다. 여기에서 박제
상은 '충'이니 '죽음'이니 하는 말은 하고 있지 않다.

　임금은 '왕제 송환'의 역할이 목숨을 걸 정도로 위험함을 인식하지
못하고 있다. 辯士로서 능력을 잘 발휘하면 해결할 수 있을 것으로 인식
하고 있다. 사실이 이러하니 박제상이 '목숨'을 담보한 '충'을 언급한다는
것은 자연스럽지 못하다. 박제상이 말한 것은 신하의 도리로서 '충'을 강
조하는 윤리적 대화라고 보기는 어렵다.

　윤리적 대화의 속성은 우선 교훈을 준다는 점이고, 그 다음 비장감
을 준다는 점이다. 忠에 대한 대화가 비장감을 주려면, 형틀에 매여 죽
을지도 모를 급박한 상황에서도 자신의 목숨을 돌보지 않고 忠을 도모
하여 비장감을 줄 수 있는 여건을 조성하거나 독자가 비장감에 이르도
록 문장이 짜여지는 것이 중요하다.31) 이렇게 볼 때, 임금의 요청에 대
한 박제상의 대답은 윤리적 대화라기보다 자신의 마음을 토로한 실용적
대화에 가깝다.

　이 점은 『삼국유사』「내물왕김제상」조의 다음의 기록과 비교해 보면
더욱 분명해 진다.

---

31) 신태수, 같은 책, pp.67~69.

신이 듣자오니 임금에게 근심이 있으면 신하가 욕을 당하고, 임금이 욕을 당하면 신하는 (그 일을 위해서) 죽는다 하였으니, 만약 일이 어려운가 쉬운가를 따진 뒤에 행한다면 그것은 충성스럽지 못한 것이고, 죽고 사는 것을 헤아린 뒤에 움직인다면 그것은 용맹이 없다 할 것입니다. 신이 비록 불초하오나 왕명을 받들어 행하기를 원합니다.[32]

이 대목은 백관들이 '왕제 송환'의 적임자로서 김제상을 추천하자, 왕이 그를 불러 물은 데(王召問焉)에 대해 김제상이 답한 내용이다. 김제상은 임금에게 신하의 도리를 말하고, 죽을지도 모를 위급한 상황에 처하더라도 죽음을 불사하고 충을 실행하겠다고 하였으니, 그야말로 독자에게 교훈뿐만 아니라 비장감을 줄 수 있는 '윤리적인 발언'이다. 그런데 문제는, 신하의 忠邪를 살펴 권계를 삼고자 한 『삼국사기』의 창작의도[33]에 비추어 볼 때, 〈박제상전〉에 나올 법한 내용이 〈박제상전〉에는 없고, 『삼국유사』 「내물왕김제상」조에 나온다는 것이다. 그것도 왕이 제상을 불러 물어본 것(王召問焉)에 대한 대답치고는 과도하다는 인상을 준다. 이러한 점은 어떻게 이해하여야 할 것인가. 이러한 점은 김부식과 일연의 기술시각의 차이에 기인한 것이라고 본다. 김부식은 되도록이면 역사적 현실감을 유지하고자 이야기의 맥락에 맞게 박제상의 발언을 서술하고자 하였다면, 일연은 독자에게 비장감을 주기 위해 의도적으로 문장을 짜거나 길게 하려고 했을 것이라고 본다.

이번에는 서술방법으로서의 '장면'을 대화를 통해서 살펴보자.

〈박제상전〉의 이어지는 내용은 박제상이 예물을 갖고 고구려에 들어

---

32) "於是, 王召問焉. 提上再拜對曰, 臣聞主憂臣辱, 主辱臣死, 若論難易而後行, 爲之不忠, 圖死生而後動, 謂之無勇, 臣雖不肖, 願受命行矣.", 「奈勿王金提上」, 『삼국유사』 紀異 제1.

33) 「進三國史記表」 참조.

가 고구려왕에게 말한 내용이다. 그 내용은 다음과 같다.

> 신이 듣건대 이웃 나라와 사귀는 도리는 誠信뿐이라고 합니다. 인
> 질을 교환하는 것과 같은 일은 5覇에도 미치지 못하는 것이니 진실로
> 말세의 일입니다. 지금 저희 임금의 사랑하는 아우가 이곳에 있은 지
> 이제 거의 10년이 되어 갑니다. 우리 임금께서는 어려움에 처한 형제
> 를 생각하는 뜻을 오래도록 가슴에 품어 마지않으셨으니, 만약 대왕
> 께서 은혜롭게 돌려보내 주신다면 마치 아홉 마리 소에서 터럭 하나
> 빠진 것과 같아 손해될 바 없겠거니와, 우리 임금께서 대왕께 입는
> 은덕은 이루 헤아릴 수 없을 것입니다. 바라옵건대 왕께서는 그 점을
> 살피소서.34)

작중인물인 박제상의 사고 내용을 구체적으로 제시·서술하였다는
점에서 보면, 이것은 '장면'에 해당된다. 그러면서 서사진행의 속도라는
점에서 볼 때, 최대한으로 정확하게 사건을 재현시키고자 박제상이 한
말을 빼놓지 않고 서술한 이 대목은 '확장'에 해당된다.35)

김부식이 이 대목에서 辯士로서의 박제상의 능력을 비교적 자세하게
서술한 것은 그만큼 다룰만한 가치가 있다고 보았기 때문이다. 변사로
서의 박제상의 능력이 어떻게 서술되어 있는지를 살펴보자.

눌지왕은 왕제 송환이라는 목적을 달성하기 위해서는 고구려왕의 마
음을 움직이는 것이 최선의 방법이라고 보았고, 이것을 수행할 변사로
서 박제상을 특파한 것이다. 박제상도 이 점을 분명히 인식하였을 것이

---

34) "臣聞交隣國之道, 誠信而已. 若交質子則不及五覇, 誠末世之事也. 今寡君之愛弟
   在此, 殆將十年, 寡君以鶺鴒在原之意, 永懷不已, 若大王惠然歸之, 則若九牛之落
   一毛, 無所損也, 而寡君之德大王也, 不可量也. 王其念之.", 〈박제상전〉, 『삼국사기
   』제45권 열전 제5.
35) 서사물에서의 '장면'과 '확장'에 대해서는, 제랄드 프랭스 저·최상규 역, 『서사학이란
   무엇인가』(예림기획, 1999), p.87. 참조.

다. 고구려왕의 마음을 움직이기 위해서는 감정에 호소해야 되겠지만, 외교적인 문제를 감정에만 호소한다고 해서 해결할 수는 없다. 理, 즉 논리를 제대로 세운 뒤에, 거기에 맞춰 적절히 情에 호소하는 방법이 더 효과적일 것이다. 그럼 박제상이 어떠한 방법을 사용하고 있는지를 살펴보자.

위의 인용문은 원래 하나의 언술이고 담화이지만, 이미 문장화되어 있다는 점에서 문장의 관점에서 살펴보는 것도 그 한 방법일 수 있다. 박제상이 왕제의 송환이라는 외교적 목적을 달성하고자 고구려왕에게 말한 내용은 실용성을 대단히 중요시한 고대의 論辯文과도 관련되는 점이 있다.

박제상은 먼저 "이웃 나라와의 외교의 도리는 誠信으로 할 뿐"이라고 하여 외교에 대한 기본입장을 제시한 뒤에, 외교상의 실제적 사안인 인질 문제를 두고 "말세의 일"이라고 그 폐단을 지적하였다. 국가간의 외교적 도리를 말하고 이어서 인질을 교환하는 것이 말세라고 말함으로써 그 시비를 분명히 하고 있다.

박제상은 외교에 대한 기본적인 입장에서 인질이라는 개별 사안에 대한 입장으로, '도리'라는 추상적인 문제에서 '인질'이라는 구체적인 문제로 논의를 전개한 것이다. 그러면서 인질의 문제를 보다 효과적으로 거론하기 위해 역사적 사실을 운용하여 대비적으로 논하고 있다.

즉 그 당시 동아시아에서 차지하는 고구려의 위상을 설명하기 위해 五覇의 역사적 사실을 가져와 잘 형상화하였다. "왕자를 볼모로 삼아 교환하는 것과 같은 것은 五覇가 한 일에도 미치지 못하는 것"이라는 발언이 그것이다. 이는 당시 천하의 중심이라는 세계관을 가진 고구려36)를

---

36) 당시 고구려는 신라, 백제, 동부여, 북부여 등과의 조공관계를 바탕으로 자신들이 천하의 중심이라는 세계관을 갖고 있었다. 이에 대해서는 노태돈, 「5세기 금석문에 보

동아시아의 패자로서 인정하고 추켜세운 것이다. 4세기 중엽부터 5세기 중엽까지 고구려의 전성기에는 고구려의 이러한 天下觀이 반영된 人質外交가 등장하였는데, 그 당시 신라는 고구려에 복속의 의미를 포함한 우호관계의 표시로 두 왕자를 인질로 파송하였던 것이다.37) 그러므로 이미 복속의 관계에 있는 신라의 왕자를 볼모로 잡고 있는 것은 패자로서 할 일이 아니라고 하여, 고구려가 대국적인 아량으로 인질을 돌려주기를 호소한 것이다.

박제상은 "우리 임금께서는 어려움에 처한 형제를 생각하는 뜻38)을 오래도록 가슴에 품어 그치지 않으신다."라고 하여 고구려왕의 인정에 호소하고 있다. 이를 통해 국가간의 인질의 문제, 특히 복속을 의미하는 인질의 문제를 형제간의 우의라는 문제로 의미를 축소, 변화시키고자 하였다.

박제상은 이어서 "만약 대왕께서 은혜로 돌려보내 주신다면 아홉 마리 소에서 한 개의 털이 떨어진 것 같아39) 손해될 것이 없을 것"이라는 적절한 비유를 들고 있다. 이어서 왕제를 돌려보내 준다면, 신라의 왕은 고구려왕의 은덕을 잊지 않을 것임을 확신시키고자 하였다.

박제상의 언변을 들은 고구려왕은 즉각 "좋다(諾)"라고 하여, 왕제를 데리고 가도록 승낙하였다. 대화의 양을 대비해 볼 때, 고구려왕의 반응을 '諾'이라는 한마디로 처리한 것은 엄청난 차이이다. '諾'이라는 한마디

이는 고구려인의 천하관」, 『한국사론』 19, (서울대학교 국사학과, 1988). 참조.
37) 양기석, 「삼국시대 인질의 성격에 대하여」, 『사학지』 15(단국사학회, 1981), pp. 53~64.
38) 원문에 "鶺鴒在原之意"라고 하였는데, 이것은 『詩經』 「小雅」 〈常棣章〉에 나오는 "鶺鴒在原, 兄弟及難"이라는 대목에서 유래한 말이다. 이 말은 형제가 위급하거나 어려운 일을 당해 서로 돕는 것을 비유한다.
39) 이것은 많은 수에서 극소한 일부분이라는 뜻으로 司馬遷의 「報任少卿書」에 나오는 "假令僕伏法受誅, 若九牛亡一毛"라는 글에서 인용하여 변형한 것이다.

로 박제상의 언변이 그만큼 효과적이었음을 강조하였다.

고대의 논변문은 실제적 목적을 달성하기 위해 몇 가지 기교를 사용하였는데, 이상에서 살펴 본 내용을 이러한 예술적 기교40)에 따라 정리하면 다음과 같다.

① 立意 : 이웃 나라와의 외교적 도리는 誠信임을 천명.
② 史類 : 인질외교의 폐해를 지적하기 위해 五覇의 역사사실 원용.
③ 形象 : 언어의 형상성을 중요시하여 고사와 우언을 적절히 인용.
④ 周密 : 서두에서 신의를 천명하고, 끝에서 신의를 확신시킴.

설화는 문헌사료와는 달리 한 번 들으면 쉽게 이해되고 기억되며 다른 사람에게 전달할 수 있다. 그러므로 〈박제상전〉이 구비전승의 설화를 사료로서 크게 받아들였다고 하더라도, 이러한 예술적 기교를 지닌 박제상의 언설이 온전히 설화의 한 대목으로 전해 오기는 어려울 것이다.

"古記의 문자는 거칠고 졸렬하다.(文字蕪拙)"라고 한 김부식은 『삼국사기』 열전에서 문장의 수사나 표현의 묘를 얻기 위해 노력했다.41) 그러므로 박제상이 고구려왕에게 한 위의 언설은 한국 고문의 창도자로 알려진 김부식의 문장관에 의해 다듬어졌다고 보아야 할 것이다.

이어지는 대목을 보자. 박제상이 변사로서의 능력을 발휘하여 복호와 같이 돌아오니, 왕은 기뻐하며 위로하면서 "내가 두 아우를 생각함이 좌우의 두 팔과 같았는데 이제 다만 한 팔만 얻었으니 어찌하면 좋겠는가?"라고 말했다. 눌지왕은 이번에는 왜에 가서 미사흔을 구출해 오도록

---

40) 진필상 지음·심경호 옮김, 『한문문체론』(이회, 1995), pp.164~175.에서는 논변문의 기교로서 立意·破理·史類·形象·周密 등을 들고 있다.
41) 김도련, 「『삼국사기』의 문예적 성과와 사료적 가치」, 『한국고문의 원류와 성격』(태학사, 1998). 참조.

'부탁'하는 것이 아니라, 간접적인 표현으로 박제상이 한 번 더 왕제 구출의 역할을 해주기를 '호소'하고 있는 것이다.

이에 대해 박제상은 다음과 같이 아뢰었다.

> 신이 비록 노둔한 재주이오나 이미 몸을 나라에 바쳤사오니 끝내 임금의 명령을 욕되게 하지는 않겠습니다. 그러나 고구려는 큰 나라이며 왕도 또한 어진 임금이었으니, 그런 까닭으로 제가 한 마디의 말로써 그를 깨우칠 수 있었지만, 왜인은 말로써는 깨우칠 수 없사오니, 마땅히 속이는 꾀로써 왕자를 돌아오게 해야 하겠습니다. 신이 저곳에 가거든, 나라를 배반했다는 죄를 내려 그들에게 이 소문을 듣게 해주십시오.[42]

박제상은 이번에도 임금의 말을 명령으로 받아들이고 있다. 그러나 이번에는 "몸을 나라에 바쳤다."라고 하여 목숨을 건 '충'을 맹세하였다. 이러한 박제상에 대해, 이어지는 대목에서 서술자는 "이에 죽음을 맹세하였다.(乃以死自誓)"라고 서술하고 있다. 〈박제상전〉의 끝부분에 서술되어 있듯이 박제상은 미사흔을 탈출시킨 후 체포되어 木島로 귀양갔다가 얼마 후 화형을 당한 후에 참형을 당한다.

　우리는 이상의 대목에 나타난 입전자의 서술시각을 살필 수 있다. 박제상은 형제간의 정리로 근심하는 임금을 위해 죽음을 맹세하고 그것을 실천한 인물이다. 그것도 임금이 전제왕권의 강력한 힘으로 신하에게 목숨을 걸고 실행하라고 명령한 것이 아니라 '부탁'하고 '호소'한 것에

---

42) 臣雖奴才, 旣以身許國, 終不辱命, 然高句麗大國, 王亦賢君, 是故臣得以一言悟之, 若倭人不可以口舌諭, 當以詐謀, 可使王子歸來, 臣適彼, 則請以背國論, 使彼聞之.", 〈박제상전〉, 『삼국사기』 제45권 열전 제5.

대한 반응으로서 행한 것이다. 이를 통해 눌지왕은 임금의 권위로 신하를 부리고 군림하는 인물이 아니라 신하의 뜻을 존중하는 인물로 그려진다. 박제상은 신하라고 하더라도 일종의 협조자로서 인정해 주는 임금을 위해 목숨을 바친 충신으로 그려진다. 임금은 이러한 신하를 두어서 기쁜 것이며, 신하는 이러한 임금을 위해 기꺼이 목숨을 바칠 수 있어 의미가 있는 것이다. 눌지왕은 박제상이 죽은 소식을 듣고 그를 대아찬에 추증하고, 미사흔에게 제상의 둘째딸을 아내로 삼게 하여 그 은혜를 갚았다고 하였다. 이를 통해 서술자가 궁극적으로 강조하고 싶었던 것은, 임금을 위해 목숨을 바친 박제상 개인의 삶을 통해 임금과 왕실에 대해 신하가 취할 자세는 어떠해야 하며, 군신간의 이상적인 관계는 어떠해야 하는 가를 피력하고자 한 것이 아닐까.

이상의 고찰을 통해서 〈박제상전〉에 나타난 서술기법과 서술시각의 일면을 살펴보았다. 이를 통해 〈박제상전〉은 서술기법으로 요약·장면·서술·대화의 방법을 적절히 구사하고 있음을 알 수 있었다. 그리고 〈박제상전〉이 구비전승의 설화적인 사료를 바탕으로 입전되었지만, 그 속에는 한국 고문의 창도자로 알려진 김부식의 문장관이나 유가적 윤리관이 상당 부분 투영되어 있음을 알 수 있었다.

4. 〈박제상전〉의 역사적 맥락

박제상은 삼국시대의 국제관계를 논의하는 자리마다 거의 빠지지 않고 거론되는 인물이다. 그것은 그 당시 복잡한 국제관계 속에서 볼 때, 그의 활약상이 차지하는 의미가 상당하였기 때문이다.

여기에서는 주로 신라의 국내문제와 관련하여 〈박제상전〉의 역사적 맥락을 살펴보고자 한다. 신라의 국내문제와 관련하여 박제상의 인물을 이해하려는 역사학 쪽 연구로는 김용선,[43] 선석열,[44] 주보돈,[45] 신현웅[46] 등의 연구가 있다.

이러한 연구들에서는 〈박제상전〉을 포함하여, 『삼국사기』 신라본기의 관련 기록, 『삼국유사』의 관련 기록 등을 대상으로 하였다. 이러한 연구 결과는 연구사적으로 일정한 의미를 지니고 있지만, 그 대부분이 사료적 부족에서 오는 제약으로 인해 연구자 나름의 추론을 도출해 낸 것이라는 데에 한계가 있다. 상황이 이러하다면, 역사학적 연구와는 다른 방법, 즉 설화적 논리와 역사적 논리를 아우르는 방법으로 〈박제상전〉을 다루어 그것이 지닌 역사적 맥락을 살펴보는 것도 하나의 방법이 될 것이다.

앞에서 언급한 역사학 쪽 연구에서는 연구 자료로서 〈박제상전〉을 다루되, 그것을 완결된 하나의 텍스트로 다루지 않고, 주로 出自와 職責을 언급한 서두 부분만을 살폈다. 여기에서는 〈박제상전〉 자체를 하나의 완결된 텍스트로 보고, 이것이 내포하고 있는 총체적 의미를 살펴보고자 한다. 그러나 총체적 의미라는 것도 구체적인 개별적 진술에 대한 해석에 의해서 비로소 생겨난다. 그러므로 전체와 부분의 관계를 살펴, 〈박제상전〉이 내포하고 있는 역사적 맥락를 살펴보고자 한다.

〈박제상전〉에서 박제상이 등장하게 된 것은 눌지왕의 근심〔憂〕을 푸는 것과 밀접하게 관련되어 있다. 눌지왕의 근심이란, 왕 스스로 말한

---

43) 김용선, 앞의 논문.

44) 선석열, 「박제상의 가계와 관등 奈麻의 의미」, 『신라국가성립과정연구』(도서출판 혜안, 2001)

45) 주보돈, 「박제상과 5세기 초 신라의 정치 동향」, 『경북사학』 제21집(경북사학회, 1998)

46) 신현웅, 「박제상의 출자와 신분 문제」, 『신라문화』 제27집(동국대학교 신라문화연구소, 2006)

바대로 두 아우가 왜국과 고구려에 볼모로 가 여러 해 동안 돌아오지 않으므로 형제의 정리로서 보고 싶은 생각을 그칠 수 없게 된 것을 말한다.47) 그러므로 문제의 성격은 눌지왕의 개인적 고민을 해결하는 것이라고 볼 수도 있다. 그러나 문제는 그렇게 간단치 않다. 문제의 성격은 "문제가 야기되는 과정과 문제가 해결되는 과정을 결정한다."48)라는 점에 비춰 볼 때, 〈박제상전〉에서 제기된 문제의 성격을 제대로 파악하기 위해서는 문제가 야기되는 과정과 문제가 해결되는 과정을 함께 살펴야 한다.

우선 문제가 야기되는 과정을 살펴보자. 실성왕 원년 임인(402)에 신라가 왜국과 강화했는데, 왜왕이 내물왕의 아들 미사흔을 볼모로 삼기를 청했다. 실성왕은 일찍이 내물왕이 자기를 고구려에 인질로 보낸 것을 한스럽게 여겨 그 아들에게 원한을 풀고자 한 까닭으로 왜왕의 청을 거절하지 않고 보냈다.49) 이러한 사실을 통해, 눌지왕의 동생이 볼모로 가게 된 이면에는 단순히 왜국과의 문제만이 아닌 신라 국내의 정치적인 문제도 상당히 개입되어 있음을 짐작할 수 있다.

볼모는 대립하는 국가 사이에 발생하는 정치적인 이해를 해결하기 위해 상호 안전을 보장하거나 배신에 대비하는 일종의 정치적인 담보물이다.50) 볼모의 파견은 국내의 정치동향과도 긴밀한 관련이 있다. 실성

---

47) "及訥祇王卽位, 思得辯士往迎之, 聞水酒村干伐寶鞍・一利村干仇里酒・利伊村干波老三人, 有賢智, 召問曰, 吾弟二人質於倭麗二國, 多年不還, 兄弟之故, 思念不能自止, 願使生還, 若之何而可. 三人同對曰, 臣等聞歃良州干提上, 剛勇而有謀, 可得以解殿下之憂.", 〈박제상전〉, 『삼국사기』 제45권 열전 제5.

48) 이강옥, 『한국 야담 연구』(돌베개, 2006), p.91.

49) "先是, 實聖王元年壬寅, 與倭國講和, 倭王請以奈勿王之子未斯欣爲質. 王嘗恨奈勿王, 使己質於高句麗, 思有以釋憾於其子, 故不拒而遣之. 又十一年壬子, 高句麗亦欲得未斯欣之兄卜好爲質, 大王又遣之.", 〈박제상전〉, 『삼국사기』 제45권 열전 제5.

50) 볼모에 대해서는 양기석, 앞의 논문, pp.30~43. 참조.

왕이 미사흔을 볼모로 선택하여 파견한 것은 단순히 원한 때문이 아니라 어떠한 정치적인 목적이 있었기 때문이었을 것으로 본다. 이에 대해, 역사학 쪽에서는 국내의 기반이 훨씬 강하였던 나물계의 정치적 세력을 약화시키거나 제거하려는 계획에서 비롯된 것이며,51) 복호를 볼모의 대상으로 선정한 것 역시 실성왕이 나물계 세력을 약화시키려는 계획의 일환이었을 가능성이 높다52)고 보고 있다. 실성왕은 정치적 적대세력을 제거하기 위해 국제적인 관행이 되다시피 한 볼모를 이용한 것이다.

이런 시각으로 본다면, '왕제 송환'이라는 문제는 단순히 눌지왕 개인의 문제에 국한된 것이 아니고, 정치세력간의 집단적인 문제로 발전되어 있음을 알 수 있다.

눌지왕은 개인의 문제이면서 자기 집단의 절실한 문제인 두 아우의 송환문제를 해결하기 위해 辯士를 보내고자 하였다. 눌지왕은 변사의 활약을 통해서도 외교적인 문제를 해결할 수 있다고 본 것이다. 일차적으로 왕의 측근 인사 중에서 변사로서의 능력을 갖춘 자를 물색할 수 있을 것이다. 왕 스스로 판단해 보아 측근 인사 중에서 변사로서의 능력을 갖춘 자가 없다고 보았다면, 왕실의 여러 신하들을 부르거나 지방의 많은 관리들을 소집하여 추천을 받을 수 있을 것이다.53)

눌지왕이 이러한 방법을 택하지 않고, 굳이 세 명의 지방의 干을 불러 의견을 물은 것은 무엇 때문인가. 여기에는 그만한 의미가 있을 것이다. 왕제 송환의 문제는 집단간의 정치적 이해가 얽힌 민감한 문제이기에 조정에 내놓고 공론화하기 어려웠을 것이다. 그러기에 왕은 왕제 송

---

51) 주보돈, 앞의 논문, p.841.
52) 주보돈, 같은 논문, p.843.
53) 『삼국유사』「내물왕김제상」조에는 왕이 여러 신하와 나라 안의 豪俠을 소집하여 적임자를 추천하라고 하자 百官이 제상을 추천한 것으로 되어 있다. 〈박제상전〉과 「내물왕김제상」조의 이러한 차이는 두 기록물이 동일인물에 대한 기록이지만 역사해석상 상당한 차이를 가져다 준다.

환의 문제를 널리 알리지 않고 조용히 해결하고자 했다. 이런 외교적인 문제를 조용히 해결할 수 있는 인물은 辯士로서의 능력도 있어야 하겠지만, 그 당시 국제정세를 제대로 파악하는 안목도 있어야 할 것이다. 또 그런 능력과 안목을 가진 인물이 있다고 하더라도, 그가 과연 문제의 해결을 위해 목숨을 걸고 최선을 다해 줄 인물인가 하는 점도 중요하다.

눌지왕이 세 명의 지방 干을 부른 것은, 그들이 현명하고 지혜가 있음(三人有賢智)을 들었기 때문이기도 했지만, 변사를 干 중에서 구하고자 했기 때문일 수도 있다. 세 명의 干은 이 점을 헤아리고 삽량주의 干 박제상을 천거한 것이라고 본다.

그렇다면 왜 하필이면 박제상이 왕제 송환의 임무를 맡게 된 것인가. 무엇이 그로 하여금 목숨을 걸고 왕제 송환의 임무를 수행할 수 있도록 만들었는가. 박제상이 그렇게 할 수 있게 된 것은 문면에 나타나 있는 대로 "강직하고 용감하며 지모가 있기(剛勇而有謀)" 때문이라는 말만으로는 설명할 수 없다. 박제상의 행동은 그의 인성은 물론 환경이나 가계 등으로부터 전체적으로 파악해야 될 것이다.

이러한 점은 역사적 해석학에서 말하는 '이해'와 관련하여 생각할 수 있다. 역사적 해석학에서는 '이해'를 다음과 같이 보고 있다.

> 이해란 행동하는 인물들의 의도 혹은 좀 더 포괄적으로 말하면 이들의 자기이해, 즉 개개 인물들의 자기이해뿐만 아니라 특정한 시기의 자기이해를 겨냥하는 것이기도 하다.54)

이러한 '이해'의 면에서 생각해 보면, 눌지왕, 세 명의 간, 박제상은 그들 각자 나름대로 5세기라는 특정한 시기를 살고 있는 '자기를 이해'

---

54) 한스 위르겐 괴르츠, 앞의 책, p.214.

하고 있었던 것이다. 이때 특히 박제상의 자기이해가 주목된다.

5세기 신라 사회는 중앙집권적 왕권이 전제화되기 이전의 사회였다. 이러한 사회에서의 왕과 신하의 관계는 왕권이 전제화된 이후의 그것과는 차이가 있다. 이러한 사회에서의 왕에 대한 신하의 입장은 완전히 중앙집권화가 이루어진 중세 이후의 忠의 개념으로서는 온전히 이해되지 않는다.

그러므로 〈박제상전〉을 관념적인 충을 강조한 忠烈談으로 보아서는 그것이 갖는 역사적인 맥락을 온전히 이해할 수 없다. 〈박제상전〉을 충렬담으로 본 것은, 김부식 등이 유가적 윤리관에 입각하여 임금과 신하의 이상적인 군신관계를 피력하려고 한 입전의도에 초점을 맞추어 본 것이다. 그럼에도 불구하고, 〈박제상전〉은 「내물왕김제상」조보다 충렬담의 성격이 약하다. 이러한 점은 〈박제상전〉이 유가적 윤리관에 의해 윤색되었다 하더라도, 그 과정에서 설화의 원형이 완전히 훼손되지 않고 일정 부분 유지되고 있다는 측면에서 이해할 수 있다. 그리고 변사로서의 능력55)을 강조한 것은 동맹자로서의 역할 수행이라는 측면에서 이해할 수 있을 것이다. 그러므로 〈박제상전〉이 갖고 있는 진정한 역사적 맥락을 관념적인 忠이나 辯士로서의 능력으로 설명하기는 어렵다.

〈박제상전〉의 역사적 맥락은 눌지왕과 박제상의 관계를 제대로 파악해야 살필 수 있다. 이들의 관계는, 설화적 구성을 통해서 살핀 바 있듯이, 중세 이후의 군신간에서 볼 수 있는 상하관계보다는 정치적 입장에 따라 수익자와 동맹자의 관계라는 시각에서 보아야 할 것이다.

이들의 관계는 박제상의 가계와 관직 등이 서술되어 있는 〈박제상전〉 서두의 내용을 통해서 실마리를 찾을 수 있다. 그 기록은 다음과 같

---

55) 엄기영 교수는 〈박제상전〉에서 중점적으로 그려진 것은 그의 관념적인 忠이 아니라 辯士로서의 능력이라고 보았다. 엄기영, 앞의 논문(2003), p.304.

다.

> 박제상-혹은 毛末이라고도 한다-은 신라 시조 혁거세의 후손이요,
> 파사이사금의 5세손이다. 할아버지는 갈문왕 阿道요, 아버지는 파진
> 찬 勿品이다. 제상은 벼슬이 歃良州의 干이 되어 있었다.56)

역사학 쪽에서는 사료적 측면에서 이 대목의 명확성이나 신빙성의
여부를 따지고 있지만,57) 그러한 작업과 이 사료가 갖는 '역사적 진
실'58)을 살피는 것은 별개의 문제이다. 여기에서는 이 대목에 의해서
생겨날 수 있는 전체적인 맥락을 살펴보고자 한다.59) 이 대목은 〈박제
상전〉의 사건이 지닌 역사적 진실에 대해 많은 것을 암시하고 있다. 그
러므로 〈박제상전〉이 갖는 역사적 맥락을 이해하기 위해서는, 그의 활
동상만 주목할 것이 아니라 가계와 관직 등이 갖는 의미까지를 포함하
여 살펴보아야 할 것이라고 본다.

먼저 이 대목을 두고 역사학 쪽에서는 어떻게 보고 있는지를 알아보
자. 박제상의 출자에 대해서는 똑같이 위의 사료에 근거하면서도 크게
다른 세 가지 견해로 엇갈려 있다. 첫째는 王京人으로서 지방에 파견되

---

56) "朴提上, (或云毛末) 始祖赫居世之後, 婆娑尼師今五世孫. 祖阿道葛文王, 父勿品
波珍湌. 提上仕爲歃良州干.", 〈박제상전〉, 『삼국사기』 제45권 열전 제5.
57) 김용선 교수는 앞의 논문에서 이 대목에 나타난 세대간의 연대 차이가 너무 크다는
이유로 그 신빙성을 의심하고 있고, 선석렬 교수는 앞의 논문, p.276.에서 그 전승
된 계보는 확실하다고 보고 있다.
58) "역사적 진실은 지금 우리에게 의미하는 것처럼 사실과 사실의 신빙성을 의미하지는
않는다.…역사란 의심할 바 없이 '친숙하고', '전설적인', '사실이라고 여겨지는 것'이
다." 루샤오펑 지음·조미원 외 옮김, 『역사에서 허구로-중국의 서사학』(도서출판
길, 2001), p.66.에서 재인용.
59) 역사적 사실을 맥락 속에 위치지우고 그 맥락 속으로부터 파악할 때에만 비로소 그
사실을 비교적 정확하게 규정하고 서술할 수 있다. 한스 위르겐 괴르츠, 앞의 책,
p.184.

었다고 보는 입장이고,60) 둘째는 왕경인이 아닌 지방 세력으로 보는 입장이고,61) 셋째는 중앙에서 정치적인 이유로 말미암아 徙民되어 지방에 정착한 세력으로 보는 입장이다.62)

현재로서 〈박제상전〉의 역사적 맥락에 대한 논의는, 사료적 한계 속에서 얻어진 것이기는 하지만, 이상의 세 가지 견해를 크게 벗어나 진행하기는 어려울 것이다. 그러므로 여기에서는 앞의 「〈박제상전〉의 설화적 구성」을 통해 살핀 결과를 현존하는 사료와 관련지어 이해하고자 한다.

'설화적 구성'에서 눌지왕과 박제상의 관계를 군신관계이기는 하지만 엄격한 상하관계보다 수익자와 동맹자라는 관계에서 보고자 했다. 이 점에 주목하면, 위의 견해 중에서 첫 번째 견해에 동의하기는 주저된다. 왜냐하면, 박제상이 왕경인으로서 지방에 파견된 관리였다면, 임면 등과 관련하여 볼 때, 아무래도 왕의 통제권 하에 있었을 것이기 때문이다.

그리고 박제상의 世系를 '역사적 진실성'이라는 점에서 이해하고자 하는 본 연구의 입장에서 보면, 사료적 신빙성을 부정하는 두 번째 견해에도 동의하기 어렵다. 박제상은 삽량주 간으로서 현재의 양산지방에 정착한 지방세력이지만, 원래부터 그 지방의 토착세력은 아니었다. 그러므로 박제상은 "왕경 출신자로서 박씨집단에 어떤 계보로 연결된 인물이었으며, 그들 스스로 막연하나마 婆娑尼師今과 혈연적으로 연결된다는 계보 인식을 갖고 있었던"63) 것으로 보는 것이 좀 더 타당한 해석이 될

---

60) 전덕재, 「新羅州郡制의 성립배경연구」, 『한국사론』 22집(서울대, 1990.), p.13.에서는 박제상이 왕경인으로서 교통상의 요지나 전략상의 요충지인 삽량, 즉 오늘날 양산 지방을 통제할 목적으로 파견된 것으로, 강종훈, 「신라 三姓 族團과 上古期 정치체제」 (서울대학교 대학원 박사학위논문, 1997), p.145.에서는 군사지휘관으로서 파견된 것으로 보았다.

61) 김용선, 앞의 논문, p.607.

62) 주보돈, 앞의 논문, p.828.

63) 주보돈, 같은 논문, p.829.

것이다.

이처럼 박제상은 왕경 출신자로서 중앙에서 파견된 관리도 아니고, 그렇다고 처음부터 지방세력이었던 것도 아니었다. 그는 왕경 출신자로서 어떤 정치적인 이유로 지방으로 내려와 지방세력으로 성장한 인물이다. 눌지왕이 왕제 구출을 위한 적임자를 추천받기 위해 세 명의 지방 간을 불렀고, 박제상 또한 삽랑주의 간이었다. 눌지왕은 그들의 정치적·외교적·군사적인 능력을 인정하고서 그들에게 도움을 요청한 것이다. 박제상은 그에 따라 임금에게 도움을 주고 자신들의 세력을 유지해 나갈 수 있었던 것이다. 그러므로 이상의 세 가지 견해 중에서 세 번째의 견해가 보다 설득력이 있는 견해가 될 것이라고 본다.

5. 맺음말

본 연구에서는, 먼저 〈박제상전〉의 설화적 구성과 서술방법을 살핀 다음, 설화논리와 역사논리를 통해 그 역사적 맥락을 살펴보았다. 이상에서 살펴본 내용을 정리하면 다음과 같다.

먼저, 〈박제상전〉의 설화적 구성을 살펴보았다. 〈박제상전〉의 사료는 전승되어 온 설화일 가능성이 크다고 보아, 먼저 그 자체가 갖는 설화성을 살펴보았다. 〈박제상전〉의 설화적 구성은 '악화의 가능성→악화의 과정→발생된 악화'의 과정이 제시된 데 이어, '이뤄야 할 향상→향상의 과정→이루어진 향상'의 순으로 전개되는 설화적 구조로 이루어져 있음을 알 수 있었다. 이러한 분석을 통해, 〈박제상전〉의 사료가 설화일 가능성을 확인할 수 있었다. 〈박제상전〉에서 눌지왕은 수동적인 수익자로, 박제상은 이니시어티브를 쥔 능동적인 행위자로서 한 사람의 동맹자로 나타난다. 눌지왕과 박제상은 '왕제 구출'이라는 과업의 완수를 상호이익이 되는 것으로 보아 서로 도움을 제공하는 상호의존적 입장에서 있다. 그리고 이들 사이에는 희생에 대한 보답한다는 묵계가 있었을 것으로 보았다. 왕제 구출은 죽음을 각오한 박제상의 희생에 의해 이루어진 것이기에, 박제상의 희생은 마땅히 보상을 받아야 했다. 실제로 눌지왕은 박제상의 희생(봉사)에 보답하였다.

다음으로, 〈박제상전〉의 서술방법을 살펴보았다. 〈박제상전〉에서는 요약·장면·서술·대화 등 다양한 서술방법이 적절히 사용되고 있다. 그리고 〈박제상전〉이 설화적인 사료를 바탕으로 입전되었지만, 그 속에는 한국 고문의 창도자로 알려진 김부식의 문장관이나 유가적 윤리관이 상당 부분 투영되어 있음을 알 수 있었다.

끝으로, 〈박제상전〉을 하나의 완결된 텍스트로 보고, 그것의 전체와 부분의 관계를 살펴 역사적 맥락을 살펴보았다. 그 당시 볼모의 파견이나 송환을 둘러싸고 정치세력간의 이해문제가 엉켜 있었다고 보았다. 눌지왕은 정치적 집단간에 이해가 엉킨 '왕제 송환'을 해결하기 위해 지방의 간을 부른 것과 그들을 통해 박제상을 추천받게 된 것에는 다 그만한 역사적 의미가 있다. 〈박제상전〉의 역사적 맥락은 눌지왕과 박제상의 관계를 제대로 파악해야 살필 수 있다. 이들의 관계는 정치적 입장에 따라 수익자와 동맹자의 관계라는 시각으로 보아야 할 것이다. 이렇게 이해할 수 있게 된 것은 〈박제상전〉의 서두에서 언급된 세계와 직책, 세 명의 지방 간의 성격, 그리고 목숨을 건 박제상의 행위와 그에 대한 보상 등을 전체적으로 파악함으로써 가능하였다. 눌지왕은 그들의 정치적·외교적·군사적인 능력을 인정하고서 그들에게 도움을 요청한 것이다. 박제상은 그에 따라 임금에게 도움을 주고 자신들의 세력을 유지해 나갈 수 있었던 것이다.

제 5 장

설총과 〈花王戒〉

1. 머리말

신라 한문학의 실상이나 수준을 올바르게 이해하고자 할 경우, 强首·薛聰·崔致遠 등 육두품 문인들을 논외로 하고는 소기의 성과를 거둘 수 없다. 그러나 그동안 최치원과 그의 문학에 기울여 온 연구의 열의에 비해 강수나 설총에 대해서는 상대적으로 미약했음은 사실이다.

주지하다시피 薛聰(660년경~730년경)은 神文王代를 전후하여 활약한 신라의 석학으로, 이두를 집대성하고, 유교의 경전을 구결로 해석하였으며, 또한 문장에도 뛰어나 新羅十賢 ·新羅三文章의 한 사람으로 칭송되었다.

설총이 남긴 글로서 널리 알려진 것은 『삼국사기』 열전에서 설총을 다루면서 소개한 〈花王戒〉로서 『東文選』 奏議類에는 〈諷王書〉로 표제되어 있다. 이 〈화왕계〉는 擬人化의 수법이 기발하고 구성이 잘 짜여져 있으며, 우화적 형상이 생동한 작품이다. 이처럼 〈화왕계〉는 문학적 표현의 새로운 영역을 개척해 후대에 깊은 영향을 끼쳤으며, 〈花史〉와 같은 작품의 선구적 형태 노릇을 했다는 점에서 커다란 문학사적 의의를 지닌다.[1]

이 작품이 지닌 이러한 문학사적 중요성으로 인해 일찍부터 관심의 대상이 되어 왔으나, 본격적인 연구는 최근에 들어서서 이루어지기 시작했다. 그러나 기왕의 연구는 이미 주목되어 온 바를 재확인하는 데 머물고 있어서 이 작품이 지닌 실상을 온전히 밝히는 데까지는 나아가지 못했다.

이에, 이 글에서는 신문왕대의 시대적·문화적 배경 및 설총의 생애와 관련하여 〈화왕계〉가 갖고 있는 특색과 의미를 현실에 대한 태도를 중심으로 살펴보기로 한다.

이 글은 작가론을 염두에 두고 쓰여진다. 작가론의 방법이란 특정한 방법이 없는 것이 특징이라고 할 정도로 그 방법은 다양할 것이다. 여기에서는 작품을 작가의 생애 혹은 체험과 연관지어 연구하는 일반적 의미의 작가론을 말한다. 작가론의 숙제는 그가 형상화해 놓은 작품에서 그의 자취를 어떻게 발견할 것이며, 또 그와 어떤 방식으로 연결지어 이해할 것인가 하는 것이다. 그래서 작가론은 그 역의 방향으로 진행되기도 한다. 즉 한 작품에서 읽히는 어떤 성향은 작가의 어떤 원인에 기대어서 이루어진 것인가? 그러한 이해를 통해서 작품의 특정한 면모에 대한 이해를 깊게 하고 정확하게 하는 것으로 나아가게 된다.[2]

작가론은 전기적인 자료와 작품의 관련 분석에서 출발하되, 작가의 생애에 일어났던 어떤 중요한 일을 작품에 직접 연결시키는 데 집착할 것이 아니라, 그것의 문학적 형상화에 주목해야 한다. 그러므로 작가론

1) 조동일, 『한국문학통사 1』(지식산업사, 1986), p.224.
2) 김대행, 『시가 시학 연구』(이화여자대학교 출판부, 1991), pp.283~284.

은 작품론과 밀착되어 진행되어야 할 것이며, 그러기 위해서는 작품의
의미를 먼저 밝혀내고 그것을 작가와 관련지어 의미화해야 할 것이다.

2. 〈화왕계〉의 형성배경

2.1. 시대적·문화적 배경

　설총은 文武王(661~681), 神文王(681~692), 孝昭王(692~702), 聖德
王(702~737)의 4대에 걸쳐 산 인물이다. 작품의 형성배경을 살핌에 있
어서, 〈화왕계〉가 신문왕대에 창작되었음을 고려하여 여기에서는 신문
왕대를 중심으로 시대적·문화적 배경을 살펴보기로 한다.
　『삼국사기』의 신문왕 1년~9년 간의 기록3)을 미루어 볼 때, 그 기
간의 사회적 변화에서 우리는 신라가 唐風의 중앙집권제의 律令制를 완
성하였다는 사실을 발견하게 된다.4) 무엇보다도 전제왕권의 확립을 위
하여 과감하게 귀족세력의 숙청을 단행하였으니, 上大等의 지위에 있는
자라도 왕권의 전제화에 방해가 될 때는 가차없이 처단하였다. 또 그 기
간 동안 유교정치이념을 구현하고자 애쓴 점을 볼 수 있다. 삼국을 통일
한 신라는 이처럼 신문왕대에 이르면 전제왕권이 확립되면서 통일국가
로서의 면모를 갖추어 갔다.
　신문왕대에 이르면, 진골귀족의 세력이 일반적으로 약화되는 반면에
육두품의 세력은 상대적으로 부각되게 된다. 육두품은 이전과 마찬가지
로 上大等이나 中侍는 물론이요 각부의 令(長官)에도 임명될 수 없는 제

---

3) 『삼국사기』 권 제8, 신라본기 제8, 신문왕.
4) 신형식, 『통일신라사연구』(삼지원, 1990), p.128.

약이 따랐으나, 이들은 신분의 권위에 집착하는 진골귀족에 대항하여 왕권과 결탁하였다. 이에 따라서 육두품 세력이 점점 사회적으로 두각을 나타내게 되었으니, 특히 학문적 식견에 의해 국왕의 정치적 조언자가 됨으로써 중요한 정치적 구실을 담당하게 된다.5) 이러한 시대의 변화 속에서 육두품들은 신분적 제약보다는 유교의 도덕적인 것을 앞세우고 王權에 다가갔을 것이며, 국왕 역시 그들의 지략과 경륜이 필요했을 것이다.

통일 이후 中代 신라가 되면서 유교가 불교에 대항하는 독립된 사상으로 대두되기 시작한다. 이럴 때 육두품 출신들은 유교와 불교의 양자 중에서 택일해야 할 상황에 놓이게 된다. 强首가 世外敎로서 불교를 배척한 것은 骨品制的 신분질서를 배척한 것으로 해석된다. 설총의 경우에는 이 점이 퍽 모호하게 되어 있으나, 강수와 마찬가지였을 것으로 생각된다.6)

이러한 새로운 경향 하에서 신문왕 2년(682)에 國學이 설립되었다. 그 당시 국학의 설치는 강수와 설총 같은 육두품 출신에 의해 추진되었을 것으로 보이는데, 여기에서는 육두품 자제를 가르치는 실무를 담당했을 것으로 보인다. 이같이 육두품들은 낮은 신분을 학문으로써 보충하여 왕권을 보필하는 동시에 신분적 제약에서 벗어날 수 있기를 기대했던 것 같다.

국학의 3科의 敎授書目을 보면 다음과 같다.

> (가)『論語』·『孝經』·『禮記』·『周易』
> (나)『論語』·『孝經』·『左傳』·『毛詩』

---

5) 이기백, 『한국사신론』 개정판(일조각, 1983), p.93.
6) 이기백, 『신라사상사연구』(일조각, 1991), pp.225~226.

(다) 『論語』·『孝經』·『尙書』·『文選』

이에 의하면 『논어』와 『효경』은 3科의 필수과목이고, 五經과 『문선』이 선택과목으로 더하여 있음을 알 수 있다. 국학의 학생을 상대로 국학에서 배운 학과에 대한 시험제도인 讀書三品科의 시험과목을 보면, 下品에서 上品으로 이르는 순서가 기본적인 것에서 광범위한 지식으로 확대되어 있음을 알 수 있다. 이것은 유교 실천 도덕의 근본인 孝와 일상생활에서의 도덕적인 예의에 관한 관심을 나타낸 것이다.

이러한 유교에 의하면, 신분이나 지위의 여하를 막론하고 심지어 국왕까지도 예외 없이 모든 사람이 절대적인 道德律 밑에 놓이게 된다. 이러한 유교가 眞骨 밑의 신분층인 육두품에 의해 환영되고 수용된 것은 그 시대 상황으로 보아 이치 있는 일이다.[7]

2.2. 설총의 생애

설총은 慶州薛氏로서 字는 聰智라 하며, 그의 시호는 고려 顯宗 때에 弘儒侯로 추증되었다.

설총의 가계에 대해서는 『삼국사기』 열전 〈설총전〉과 『삼국유사』 「元曉不羈」조의 다음과 같은 기록을 통해서 알 수 있다.

> 薛聰의 字는 聰智요, 조부는 談捺奈麻이다. 부친 元曉는 처음에 桑門이 되어 佛書에 널리 통하였다.[8]

---

7) 이기백, 같은 책, p.228.
8) "薛聰, 字聰智, 祖談捺奈麻, 父元曉, 初爲桑門, 掩該佛書.", 〈설총전〉, 『삼국사기』 제46권 열전 제6.

聖師 元曉는 俗姓이 薛氏이다. 祖父는 仍皮公 또는 赤大公이라고도 하는데 지금 赤大淵 옆에 仍皮公의 사당이 있다. 父는 談捺乃末이다.[9]

그리고 설총의 후손에 관해서는 다음과 같은 기록을 통해서 알 수가 있다.

세상에 전해지기를 日本人 眞人이 신라의 사신 薛判官에게 주는 詩序에 "일찍이 元曉居士가 지은 『金剛三昧論』을 보고, 그 사람을 보지 못한 것을 깊이 恨하였는데, 新羅國 사신 薛이 곧 居士의 抱孫임을 듣고 비록 그 祖父를 보지 못했으나 그 孫子를 만난 것을 기뻐하여 이에 시를 지어 준다."라고 하였다 한다. 그 詩는 지금 남아 있으나, 다만 그 子孫의 名과 字를 알지 못한다.[10]

여기에서는 원효의 손자의 이름을 알 수 없다고 하여 薛判官이라고만 하였는데, 다른 기록에는

大曆 春에 大師의 孫 翰林 字 仲業이 滄溟에 사신으로 日本으로 (갔다)[11]

라고 하여 그가 薛仲業임을 전해주고 있다.

이상의 내용으로서 설총 전후의 5대에 걸친 가계를 알 수 있게 된 셈인데, 이를 표로 만들면 다음과 같다.

---

9) "聖師元曉, 俗姓薛氏, 祖仍皮公, 亦云赤大公, 今赤大淵側, 有仍皮公廟, 父談捺乃末.", 「元曉不羈」, 『삼국유사』 권4.
10) "世傳, 日本國眞人, 贈新羅使薛判官詩序云, 嘗覽元曉居士, 所著金剛三昧論, 深恨不見其人, 聞新羅國使薛, 卽是居士之抱孫, 雖不見其祖, 而喜遇其孫, 乃作詩贈之. 其詩至今存焉, 但不知其子孫名字耳.", 〈설총전〉, 『삼국사기』 제46권 열전 제6.
11) 「高仙寺誓幢和尙碑」, 『朝鮮金石總覽 上』, p.42.

仍皮公 － 談捺乃末 － 元曉 － 薛聰 － 薛仲業

이러한 薛氏의 가계는 신라사회에서는 六頭品에 속하고 있었다.

설총은 원효의 아들이다. 원효는 승려로 파계를 하고 瑤石宮에 寡居하던 공주와 관계하여 설총을 낳았다. 그러므로 설총의 母系는 왕족인 진골이었으나, 父系는 薛氏로서 육두품이었다. 그리고 이처럼 부계와 모계의 골품이 다를 경우에, 설총의 골품이 부계의 낮은 쪽을 택하여 육두품이었을 것임은 당시의 가부장적 제도나 골품제의 배타적 성격에 비추어서 짐작할 수 있다.12)

『삼국사기』〈설총전〉에는 "설총은 천성이 明敏하고 나면서부터 道를 깨달았다. 방언으로 九經을 해독하여 후생을 훈도하였으므로, 지금까지 학자들이 宗主로 삼고 있다."13)라고 기록되어 있다.

이처럼 설총이 유학과 문장에서 대단한 위치를 차지했다고 하더라도 아버지 원효가 불교에서 이룩했던 것과 같은 대단한 경지에 이르지는 못했다. 나면서부터 깨달았다고 하는 도리는 세상을 구하는 도리일 수 없고, 문신으로 진출하면서 적절하게 처세하는 데 필요한 지혜 정도의 것이었다.14)

설총은 처음에는 중이 되었다가 환속하여 유학에 정진하였는데, 천성이 聰悟하여 經史에 능통하고 문장에 뛰어나 新羅十賢의 한 사람으로, 또 强首·崔致遠과 함께 新羅三文章으로 칭송되었다. 그러나 아쉽게도 세상에 전해지는 것이 없어 그가 지은 글들이 어떤 것이었는지는 알기 어렵다. 〈설총전〉에서도 "지금도 남쪽 지방에 더러 설총이 지은 碑

---

12) 이기백, 앞의 책, p.224.
13) "薛聰明銳, 生知道待, 以方言讀九經, 訓導後生, 至今學者宗之.", 〈설총전〉, 『삼국사기』 제46권 열전 제6.
14) 조동일, 앞의 책, p.241.

銘이 있으나 글자가 이지러지고 떨어져 읽을 수가 없으니, 끝내 그것이 어떤 것인지를 알 수가 없다."15)라고 기록되어 있다. 그러므로 설총의 글은 〈화왕계〉 한 편만이 남아 있을 뿐이어서 이 작품이 가지는 문학사적 의미는 한층 더하다.

설총은 당시에 지위가 그리 대단하지는 않았던 것 같다. 이러한 점은 〈설총전〉에서 〈화왕계〉의 내용과 이야기가 끝난 다음에, 신문왕이 "마침내 설총을 발탁하여 높은 관직에 임명하였다.(遂擢聰以高秩)"라는 사실에 미루어 짐작할 수 있다. 지위는 그리 대단하지 않았다 하더라도 유학에 능통한 지식인으로서 학식과 실천력을 겸비하고 있었음을 알 수 있다.

승려의 아들인 설총이 유학자가 되었다는 사실은 주목할 만한데, 이것은 설총에게 정신적 고민이 있었을 것임을 말해 주는 것이며, 그 과정에서 불교를 비판하고 유학자가 된 것으로 생각된다.16)

설총은 육두품 출신의 귀족으로서 그의 학문과 경륜은 석학의 경지에 이르렀지만, 골품제도가 가지는 사회적 제약 때문에 최고의 지위에 오를 수 없었던 불행한 인물이었다. 이처럼 육두품 출신으로서 신분의 제약을 벗어나기 위해 종교에 투신하거나, 외국으로 떠나지 않은 지식층의 인사들은 대개가 문장으로 출세하고자 했는데 설총도 그러한 유형의 인물이었다. 그들의 문장수업은 결국 德治에 근본을 둔 유학을 닦는 것이었다. 그들은 자신들이 가진 학문적 경륜이 문장을 짓고 외교문서를 작성하는 데만 필요하기를 원치 않았다. 그러한 데서 나아가 왕으로 하여금 백성에게 德治를 베풀도록 하고 관료조직을 정비하여 특권층의

---

15) "但今南地, 或有聰所製碑銘, 文字缺落不可讀, 竟不知其何如也.", 〈설총전〉, 『삼국사기』 제46권 열전 제6.
16) 이기백, 앞의 책, p.226.

지나친 횡포를 억제하도록 실제적인 구실을 할 수 있기를 바랐을 것이다.17)

　이러한 성격은 그들이 전제군주와 결합할 수 있는 가능성을 제시한 것으로 보인다. 신문왕이 울적함을 풀기 위해 설총에게 高談善譴을 요구하고 있는 것을 보더라도 육두품인 설총이 왕을 가까이 모실 수 있는 위치에 있었음을 알 수 있다. 이는 통일신라 이후 정치 사회적 변혁으로 국왕과 육두품 귀족들이 가까워졌음을 알게 하는 좋은 예가 될 것이다. 근본적으로 골품제도를 비판하는 입장에 서있던 육두품이 골품제도와 일정한 타협 아래 왕권과 결합하여 정치적 진출을 꾀하는 과정에서 그들의 유학이 받아들여진 것으로 생각한다. 그러므로 설총은 강수와 마찬가지로 귀족적이기보다 관료적이었다.

3. 〈화왕계〉의 분석

3.1. 창작동기

　『삼국사기』 열전 〈설총전〉에서 설총을 다루면서 〈화왕계〉를 소개하였는데, 그 앞부분에 창작동기를 살필 수 있는 다음과 같은 기록이 있다.

　神文大王이 한여름에 높고 통창한 집에 거처하였을 때에 설총을 돌아보고 이르기를 "오던 비가 오늘 처음으로 개고 훈훈한 바람도 좀 서늘하니 맛있는 飮食이나 애절한 音曲이 있더라도 高明한 談論과 재미있는 이야기로 울적한 마음을 푸는 것만 같지 못하겠다. 그대는 반드시 이상한 이야기도 들었을 것이니, 나를 위하여 (무엇을) 말하지

---

17) 조동일, 『한국문학사상사시론』(지식산업사, 1978), p.47.

않겠는가."라고 하였다.[18)]

　이상의 기록에 의하면, 〈화왕계〉는 설총이 왕의 청탁을 받고 들려준 이야기로 되어 있다. 신문왕이 어느 여름날 밤에 설총더러 무슨 이야기거리를 들으면서 울적한 마음을 풀고 싶다고 하자, 설총은 재미있는 옛날 이야기를 하듯이 말을 꺼낸 것이다.

　이 〈화왕계〉는 고대설화로는 화자와 청자, 창작동기, 결과까지가 분명하여 고대설화의 특성 및 효용 인식면의 연구를 다각적으로 고찰할 수 있는 좋은 자료라는 지적[19)]이 있었으나, 문제의 제기에 그쳤을 뿐 더 이상의 의미를 부여하지는 못하고 있는 실정이다.

　이제 화자, 청자, 그리고 그들의 관계를 살핌으로써 논의를 시작하자.

　청자인 신문왕이 설총에게 이야기를 청한 것은 자신의 울적한 마음을 풀고자 해서이다. 그런데 문제는 신문왕이 맛있는 음식이나 애절한 음곡으로는 자신의 울적한 마음을 풀 수 없다고 본 것이다. 물질적인 풍요라든가, 술 마시고 즐겁게 사는 생활이라든가, 풍류를 즐기는 생활로는 자신이 가지고 있는 번민이나 절박한 문제를 해결할 수 없다고 본 것이다. 이것은 신문왕이 가지고 있는 가치관이 어떠한 것이었는가를 보여 준다. 신문왕은 자신의 개인적·본능적 욕구를 추구한다 하더라도 정신적 갈등은 여전히 남아 있다는 점을 알고 있다. 그러기에 정신적 안정을 얻기 위해 설총에게 이야기를 청한 것이다. 울적한 마음을 푼다는 것은 일종의 카타르시스이다. 신문왕은 이러한 카타르시스를 위해 고명

---

18) "神文大王, 以仲夏之月, 處高明之室, 顧謂聰曰, 今日宿雨初歇, 薰風微凉, 雖有珍饌哀音, 不如高談善謔以舒伊鬱, 吾子必有異聞, 盍爲我陳之.", 〈설총전〉, 『삼국사기』 제46권 열전 제6.

19) 구수영, 「화왕계고」, 『논문집』 제Ⅳ권 2호(충남대학교 인문과학연구소, 1977), p. 47.

한 담론과 재미있는 이야기가 필요하다고 본 것이다. 이때 고명한 담론은 일종의 교훈성을, 재미있는 이야기는 일종의 오락성을 말한 것에 다름 아니다.

호라쯔(Horaz)는 작가의 의도를 교훈성과 오락성으로 말하여 문학의 대상을 범주적으로 지적해 주고 있다. 이때, 교훈성은 교훈문학과 예술체험이 주는 카타르시스적 정화효과 및 문학이 갖는 중요한 정치적 적실성을 표괄하는 개념이다. 그런가 하면 오락성은 예술의 향유과정에서 현실성을 멀리하는 거리감, 즉 간격을 겨냥하는 개념이다.20)

이러한 점을 생각한다면, 신문왕이 요구한 高談善謔을 한꺼번에 충족시키기란 대단히 어렵다는 것을 알 수 있다. 신문왕은 문학의 교훈성과 오락성, 정치적 적실성과 현실적 거리감 등 도저히 함께 하기 어려운 것을 요구한 것이다.

화자인 설총은 이처럼 지극히 난해한 신문왕의 요청에 직면하여 조금의 망설임도 없이 즉석에서 寓話를 이야기하기 시작한다. 이 대목은 설총이 지닌 학식이 대단함을 보여주는 것이기도 하지만, 당시 우리 문학이 지녔던 일반적 수준의 한 면을 보여주는 것이기도 하다.

우리나라에서 우화는 매우 이른 시기부터 민중들 속에서 창조 보급되어 온 구전설화의 한 형태이다. 이 시기에 와서 우화는 구전우화의 진보적인 사상경향과 의인화·풍자·해학 등의 수법들을 계승하면서 개별적인 문인들에 의하여 창작되기 시작하였다.21) 〈화왕계〉는 이러한 문학적 전통을 바탕으로 하여 이 시기에 새롭게 출현한 창작우화의 대표적인 작품이라고 보겠다.

---

20) 허창훈, 『현대문예학개론』(서울대학교 출판부, 1989), p.65.
21) 정홍교·박종원, 『조선문학개관 Ⅰ』(도서출판 진달래, 1988), p.60.

3.2. 작품의 성격

이제, 〈화왕계〉의 작품적 성격에 대해서 논의해 보자.

이야기가 있고 이야기하는 사람이 있다는 두 가지 특징으로 유별되는 모든 문학작품을 說話[22]라고 한다면, 여기에서는 일단 〈화왕계〉를 설화의 측면에서 살펴보기로 한다. 〈화왕계〉는 설화의 두 가지 유형, 즉 현실에 충실한 경험적(empirical) 설화와 이상에 충실한 허구적(fictional) 설화[23]의 상반된 면을 아우르고 있는 독특한 성격의 작품이다.

실제 작품을 통해 이상의 두 가지 면이 어떻게 나타나고 있는지를 살펴보자.

경험적 설화는 사실의 진실과 사실상의 과거에 충실하는 역사적 요소와, 과거보다는 현재의 관찰에 의존하는 모방적 요소를 지닌다.[24] 〈화왕계〉의 끝부분에서 역사상 실재 인물인 孟軻와 馮唐의 불우한 삶을 거론한 것은 과거에 충실하고자 하는 역사적 요소를 보여주는 것이다. 그리고 〈화왕계〉 전체를 통해 신문왕대의 정치현실을 구체적으로 지적하여 비판하지는 않았지만, 전제군주 하였던 당대의 상황을 고려한다면, 문면에 나타나 있지 않다고 하여 현재의 관찰에 의지하는 모방적 요소가 나타나 있지 않다고 말할 수는 없다.

허구적 설화는 로맨틱한 요소와 교훈적 요소를 지닌다. 허구의 작가는 "시선을 외계로 향하는 것이 아니라, 그들이 원하는 것이나 그들에게 필요하다고 그가 생각하는 것을 줌으로써, 그가 즐겁게 하거나 교화하려고 하는 청중에게 고정시킨다."[25] 이러한 점은 앞에서 살핀 바 있는

---

22) 로버트 쇼울즈·로버트 켈록, 「설화의 전통」, 김병욱 편·최상규 역, 『현대소설의 이론』(대방출판사, 1983), p.20.
23) 같은 글, 같은 책, p.28.
24) 같은 글, 같은 책, 같은 곳.

창작동기와 관련지어 이해할 수 있다. 신문왕이 설총에게 요구한 것은 자신의 울적함을 풀 수 있는 高談善謔이었고, 그것은 문학이 지닌 교훈성과 오락성을 함께 요구한 것에 다름 아니라고 했다. 설총은 평소에 자신의 생각을 신문왕에게 들려줄 필요성을 절감하고 있던 차에, 마침 왕이 원하기도 하여 〈화왕계〉를 창작한 것이다. 이를 통해 왕을 즐겁게 하면서 교화시킬 수 있었으니, 화자의 의도와 청자의 요구가 문학의 오락성과 교훈성을 통해 절묘하게 맞아떨어진 것이 바로 〈화왕계〉인 것이다.

허구의 교훈적 구분을 寓話(fable)라고 할 수 있는데,26) 신문왕이 〈화왕계〉를 다 듣고 나서 "그대의 寓言에 참으로 깊은 뜻이 있도다.(子之寓言, 誠有深志)"라고 했듯이 〈화왕계〉는 교훈적 요소가 더 큰 비중을 차지하는 寓話이다. 그러나 경험적 충동과 허구적 충동을 적절히 타협시키려고 했다는 점에서 설화문학으로서 큰 의미가 있다. 또 소설이 경험적 요소와 허구적 요소가 설화문학에서 재결합한 소산27)이라는 점에서 본다면, 의인설화인 〈화왕계〉는 이러한 점에서도 후대 擬人小說의 선구적 역할을 충실히 수행하고 있는 것이다.

〈화왕계〉는 현전하는 우리 고전 가운데 寓言이라는 말을 사용하고 있는 이른 시기의 작품이다. 우언을 담고 있는 우화를 짓는 목적은 풍자적 효과를 노린 것으로, 특히 대조적인 성격을 통하여 인간사의 모순을 드러내어 이를 풍자하고자 한다.28) 〈화왕계〉는 식물을 소재로 한 것이지만, 邪佞한 자와 正直한 자를 제대로 분별하지 못하는 왕의 아둔함을 풍자한 훌륭한 우언으로서 독창적인 것이다.

---

25) 같은 글, 같은 책, p.29.
26) 같은 글, 같은 책, 같은 곳.
27) 같은 글, 같은 책, p.30.
28) 조수학, 『한국의 托傳과 假傳』(영남대학교 출판부, 1987), p.171.

3.3. 현실에 대한 태도

〈화왕계〉는 교훈적 요소가 큰 비중을 차지하는 寓話이다. 우화 (fable)에 해당하는 소재로서의 스토리를 주제(subject) 차원으로 승화시 키는 방법으로 플롯의 기법과 아울러 性格化의 방법을 검토할 필요가 있다.29)

성격화는 인물들이 나타내는 특징을 통해서 이루어지고, 그러한 특 징은 성격 분석을 위한 도구가 된다. 인물들의 특징은 보편적(일반적) 특 징·신체적 특징·정서적 특징의 항목으로 유형화될 수 있다. 그러나 인물은 그 인물이 살아가는 환경과의 상관적인 맥락 속에서 특징을 드 러내며, 개인적인 특징도 다른 인물과의 대조를 통하여 분명해진다.30) 〈화왕계〉는 등장인물인 장미와 백두옹이 그들이 처한 환경과 어떠한 관 계를 맺고 어떻게 반응하며 살아가는가를 극명한 대조를 통해 보여주고 있다. 이때 환경에 대한 반응은 현실에 대한 태도와 밀접한 관련이 있 다. 그러므로 우화의 주제를 해명하기 위해서는 인물들의 현실에 대한 태도를 밝혀보는 것도 그 한 방법이 될 수 있을 것이다.

현실에 대한 태도는 현실을 어떻게 보는가 하는 문제와 관련이 있 다. 이때 분류기준을 어떻게 정하느냐에 따라 여러 가지 분류가 있을 수 있다.

여기에서는 현실을 당위로 보고 그렇기 때문에 그것에 순응하는 태 도를 형성하는 방향과, 현실을 상황으로 보아 이를 개선하고 극복하려 는 의지를 보이고 있는 개조론적 태도의 방향31)으로 나누어 살펴보고 자 한다.

---

29) 박동규, 『한국소설의 성격연구』(문학세계사, 1981), p.34.
30) 우한용, 『한국현대소설구조연구』(삼지원, 1990), p.389.
31) 김대행, 『시조 유형론』(이화여자대학교 출판부, 1986), p.240.

이러한 두 가지의 태도 중에서 순응하는 태도는 薔薇를 통해서, 개조론적 태도는 白頭翁을 통해서 나타난다.

(1) 현실순응적 태도

먼저, 薔薇의 경우를 보자. 장미는 花王에게 나아가서 다음과 같이 말하고 있다.

> 저는 백설 같은 모래 강변을 밟고 거울같이 맑은 바다를 마주 보며, 봄비에 목욕하여 때를 씻고, 맑은 바람을 쐬며 유유히 사는 자로 이름을 장미라고 합니다. 왕의 훌륭하신 덕망을 듣고 향기로운 침소에서 모시고자 하오니 왕께서는 저를 받아주시겠습니까?[32]

인용문 중에서 장미의 삶을 단적으로 나타내는 어휘는 "自適"이다. '悠悠自適'이란 말이 있듯이, 장미는 세상의 그 무엇에도 구애됨이 없이 마음대로 즐기며 살아 온 것이다. "白雪之沙汀"과 "鏡淸之海面"을 포괄적으로 '江湖'로 파악할 수 있다면, 강호에서의 장미의 삶은 극히 평온하고 흡족한 삶이다. 장미는 주어진 자연의 질서 속에 안주하여 유유자적하며 살아가고 있는 바, 그가 말하는 강호는 세계와 자신이 합일된 조화의 세계이다. 이러한 세계 속에서 살아가는 장미에게는 아무런 번민이나 절박한 문제가 없다. 세계와 자아의 의지는 아무런 모순도 일으키지 않는다.

그러나 이상의 설명만으로는 현실에 대한 장미의 태도를 온전히 파악했다고는 할 수 없다. 우리가 주목해야 할 점은 "왕의 훌륭하신 덕망

---

32) "妾履白雪之沙汀, 對鏡淸之海面, 沐春雨以去垢, 快淸風而自適, 其名曰薔薇, 聞王之令德, 其薦枕於香帷, 王其容我乎.", 〈설총전〉, 『삼국사기』 제46권 열전 제6.

을 듣고 향기로운 침소에서 모시고자 하는" 것의 의미이다. 속세를 벗어
나 마음대로 한가히 세월을 보내던 장미가 임금으로 상징되는 세속적
현실 내지 정치 세계에 관심을 가지게 된 것은 江湖自然에서의 삶을 부
정해서가 아니다. 장미에게 있어서 강호자연은 정치현실의 세계와 단절
되었거나 완전히 별개의 차원에 있지 않으며, 더욱이 서로 용납할 수 없
는 적대관계를 이루지 않는다.33) 장미는 강호자연에서의 삶을 자랑스럽
게 내세우고 있지만, 그의 삶은 정치현실과 완전히 단절되어 있지 않다.
이러한 사실은 그가 임금의 '훌륭하신 덕망'(令德)을 들었다고 말하는 데
서도 알 수 있다. 그는 강호자연에 있으면서도 정치현실에 지속적인 관
심을 가지고 있었던 것이다. 장미가 임금의 令德을 들었다고 말하는 것
은 소극적이나마 임금의 덕을 찬양하는 것이 된다. 이것은 한편으로 세
속적 현실에서의 삶도 긍정·찬양한다는 의미까지를 내포하고 있다. 그
러므로 장미는 강호에서의 삶과 현실에서의 삶을 함께 긍정하고 있는
셈이다.

이러한 세계관을 지닌 장미가 강호에서 나와 정치현실에 보다 적극
적으로 뛰어들게 된 것은 어떻게 설명할 수 있을까? 그것은 그가 지닌
가치관에 연유한다. 자신의 가치판단을 통하여 가치가 인정된 대상에
대한 지향을 가치관이라고 한다면, 여기에서는 장미가 무엇을 가치 있
는 것으로 보았는가 하는 내용의 문제와 그 가치를 어떻게 추구했는가
하는 태도의 문제를 논의해 보자.

장미는 윤리적 덕목의 하나인 忠을 전면에 내세우지는 않았지만, 임
금의 令德을 찬양하고 있는 것으로 보아 이념적인 것에 보다 큰 가치를
부여하고 있는 것으로도 볼 수 있다. 그러나 이것은 온당한 해석이 되지

---

33) 이 점은 孟思誠의 〈江湖四時歌〉에도 공통적으로 나타난다. 김흥규, 「江湖自然과 정
　　치현실」, 이상신 편, 『문학과 역사』(민음사, 1982), p.114.

못한다. 장미는 임금의 만수무강을 기원하거나 국가의 안위를 걱정하는 등의 이념적 가치보다는 개인적 가치에 더 집착하고 있다. 장미는 강호자연에서의 평온한 삶과 임금의 令德에 의한 태평성대의 삶을 말하고 있기는 하지만, 그러한 삶보다는 임금을 향기로운 침소에서 모실 수 있는 향락의 삶을 더 가치 있는 것으로 생각하고 있다. 임금을 침소에서 모실 수 있으려면 임금의 총애를 받아야만 가능한 일일 것이니, 쾌락을 추구하는 이러한 태도는 유교적 덕목을 내세운 고전적이고 모범적인 이념적 가치를 추구하고자 하는 것이 아니라, 개인적이고 본능적인 욕구에 기초한 현실적 삶의 가치를 추구하고자 하는 태도이다.

유유자적한 가운데 물질적 풍요를 누리며 현실적 삶의 가치만을 추구하는 장미는 바로 眞骨貴族들을 말하는 것일 것이다. 이러한 귀족들의 삶의 모습이 어떠했던가는 다음의 글을 통해서 충분히 짐작할 수 있다.

> 통일을 전후하여 일반 민중의 생활은 점점 가난으로 기울어 갔다. 빚을 갚지 못하여 奴婢가 되는 예가 늘어갔다. 사회계층의 분열이 점차로 커져 간 것이다. 특히 귀족의 근거지인 수도 金城(慶州)에는 많은 노비가 있었다. 왕실에는 의식주를 비롯하여 여러 수공예품을 제조하는 각종 관서가 있어서 노비의 신분을 가진 많은 수공업자들이 소속되어 있었다. 또 宰相家에는 노비가 3천 명이나 되었다고 하는데, 귀족들이 상당한 노비를 거느리고 있었음을 짐작케 하는 것이다.[34]

귀족들은 그러한 물질적 풍요만으로는 성이 차지 않아 향기로운 침소에서 임금을 모시고자 할 정도로 왕권과 가까이 하고자 하였다. 이것은 바로 전제왕권이 강화되어 가는 속에서 그들의 특권이 약화되거나 상실되어 감에 대한 불안감에서 나온, 기득권을 수호하고자 하는 심리

---

34) 이기백, 앞의 책(1983), p.98.

의 발로에 다름 아닌 것이다.

신문왕 원년 8월 8일에 蘇判 金欽突, 波珍湌 興元, 大阿湌 眞功 등이 모반하다가 사형을 당하는 사건이 일어나게 된다. 김흠돌은 고구려 정벌에 큰 공을 세운 당대의 명장이며 신문왕의 장인이었다. 또한 金軍官은 兵部令·上大等으로 당시의 최고 실권자였다. 그러나 왕권의 전제화를 위해서는 직위나 귀족세력은 문제가 될 수 없었다. 그러므로 왕의 장인이나 상대등의 직위에 있는 자라도 왕권의 전제화에 방해요소가 될 때에는 가차 없이 제거되는 지경에 이르렀다. 또 이 사건을 계기로 정치적 적대세력을 제거하기 위한 방편으로 連坐制를 이용하기에 이르렀으니 귀족들은 상당한 위기감을 느꼈을 것이고, 이런 정치적 상황에서 왕에게 아첨하는 장미와 같은 무리들이 꽤나 있었을 것이다. 설총은 이런 장미의 태도를 통해서 그 당시 진골귀족들의 꿈이 얼마나 얄팍한 것인가를 신문왕에게 알리고자 했을 것이다.

(2) 현실개조론적 태도

이번에는 白頭翁의 경우를 살펴보자. 백두옹은 花王에게 나아가서 다음과 같이 말하고 있다.

저는 서울 밖 큰길가에 살면서, 아래로는 푸르고 넓은 들판의 경치를 내려다보고, 위로는 드높은 산의 경치를 대하고 있는데, 이름을 白頭翁이라고 합니다. 가만히 생각컨대 좌우의 공급이 비록 넉넉하여 기름진 음식으로 배를 채우고 차와 술로써 정신을 맑게 한다 하더라도 상자에 저장한 것 중에서 마땅히 좋은 약으로는 원기를 도와주고 독한 돌침으로는 병독을 제거해야 합니다. 그러므로 옛말에 비록 명주와 삼베가 있더라도 왕골이나 띠풀도 버리지 않으므로 모든 君子가

부족함에 대비하지 않는 것이 없다고 합니다. 혹시 왕께서도 뜻이 있
으십니까?[35]

  인용문 중에서 우선 주목되는 것은 백두옹이 공간에 대한 인식을 어
떻게 하고 있는가 하는 점이 나타나 있다는 것이다. 공간에 대한 의식에
는 자신의 위치를 어떻게 파악하는가 하는 의식이 반영이 되기 때문에,
이러한 관계의 파악은 결국 삶의 모습이 어떠한 것으로 인식되고 있는
가 하는 문제를 살피는 데 도움을 준다.[36]

  백두옹이 소속된 공간, 즉 자신의 위치와 그 밖의 공간에 대한 의식
을 보면, '서울 밖'에 살고 있다고 하는 데서는 안과 밖의 공간의식이,
그리고 "아래로는 너른 들판의 경치를 내려다보고, 위로는 드높은 산의
경치를 대하고 있다"는 데서는 위와 아래의 공간의식이 나타나 있다.

  문면을 살펴보면, 백두옹은 자신이 속한 '서울 밖'의 공간을 긍정적
인 곳으로 의식하고, 상대적으로 '서울 안'의 공간을 부정적인 곳으로 의
식하고 있음을 알 수 있다. 이러한 인식의 차이는 대체로 정신적 갈등에
서 출발하며, 그 갈등을 해소하고자 하는 과정에서 하나의 정서가 형성
된다. 그렇다면, 백두옹이 '서울 안'의 세계와 일으킨 갈등은 구체적으로
무엇이며, 그 갈등을 해소하기 위해 어떠한 태도를 취하고 있는가 하는
점이 밝혀져야 할 것이다. 갈등은 마땅히 그러해야 할 당위나 그렇게 되
어야 할 현실이 실제로는 그러하지 못하기 때문에 올 수도 있지만, 대체
로 외적 자극에 의해서 내면세계의 지적 · 감정적 평형이 깨질 때 나타

---

35) "僕在京城之外, 居大道之旁, 下臨滄茫之野景, 上倚嵯峨之山色, 其名曰白頭翁, 竊
　　謂左右供給雖足, 膏粱以充腸, 茶酒以淸神, 巾衍儲藏, 須有良藥以補氣, 惡石以蠲
　　毒, 故曰 雖有絲麻, 無棄菅蒯, 凡百君子, 無不代匱, 不識王亦有意乎.", 〈설총전〉,
　　『삼국사기』 제46권 열전 제6.
36) 김대행, 앞의 책(1986), p.201.

난다.37)

　백두옹은 '서울 안'에 사는 사람, 즉 王京人의 삶을 물질적인 풍요가 지나쳐 일종의 퇴폐·향락적인 것으로 파악하고 있다. 그 속에서는 마땅히 그러해야 할 당위인 이념적 가치는 무시되고, 지극히 개인적이고 본능적인 욕구에 기초한 현실적 삶의 가치만이 추구되고 있는 것이다. 또 인재등용의 방법은 공정성을 잃고 지극히 폐쇄적이어서 '명주와 삼베'로 상징되는 聖骨·眞骨의 계급만이 등용되고, '왕골이나 띠풀'로 상징되는 六頭品의 인재는 무시되고 있는 현실에 대해 위화감을 일으키고 있다.

　이처럼 王京人의 삶의 자세에 대해 비판적 태도를 지닌 백두옹은 자신의 삶의 자세에 대해서는 상당한 자부심을 나타내고 있다. '서울 안'의 혼탁한 삶에 대비하여 '野景이나 山色'으로 상징되는 靑山에서의 깨끗한 삶을 강조하고 있다. 이러한 깨끗한 삶의 공간인 靑山 속에서의 삶은 순수하고 아름다우며 고결한 삶인 것이다. 서울 밖 큰길가에 산다고 하면서 위와 아래 등의 공간의식을 통해 자연의 경치를 말하는 데에서 순수하고 고결한 삶에 관한 은근한 자부심을 나타내고 있는 것이다.

　앞에서 백두옹이 '서울 밖'에 살고 있다고 하는 데에서 안과 밖의 공간의식이 나타나 있다고 했다. 이때 공간은 안과 밖으로 하여 완전히 분절되어 있으면서 전혀 대립적인 공간이다. 세상과 격리된 듯한 공간인 靑山에 살고 있던 백두옹이 '서울 안'의 공간에서 일어나고 있는 현실적 상황을 정확히 파악하고 있으며, 나아가 부정적 공간에 발을 들여놓게 된 것은 어떻게 설명할 수 있는가? 그것은 청산에 살되 큰길가에 접해 있는 특수한 공간에 처해 있기 때문이다. 이러한 점에서 본다면, 〈화왕계〉에서 설정된 백두옹이 처한 공간은 작품을 이해한 데 상당히 본질적

---

37) 김대행, 같은 책, p.272.

인 것이다.

時調의 경우에 안에서 밖을 향하는 통로로 窓을 형상화하고 있듯이,[38] 이 작품에서 '큰길', 즉 길은 밖에서 안으로 향하는 통로로 형상화되고 있다. 청산은 세상과 차단되고 격리된 곳으로 인식되기 쉽지만, 길을 통해서 안과 밖이 교섭할 수 있음으로 해서 백두옹이 처한 청산은 폐쇄성으로부터 해방될 수 있는 것이다. 그러므로 차단된 공간에 사는 백두옹이지만 현실적 상황을 파악할 수 있는 것이다. 큰길가에 접해 있음으로 해서 장미와 같은 존재들이 임금의 총애를 받고자 달려가는 모순된 현실을 목격할 수 있었을 것이다.

그런데 이 작품에서 '길'의 상징성은 밖에서 안으로 향하는 통로로서만 의미가 있는 것은 아니다. 그 길은 백두옹이 모순된 현실을 개조하기 위해 서울로 향해 결연히 걸어나가야 한다는 의무의 길이라는 데에 더 큰 의미가 있다. 백두옹이 서울을 향해 나아감은 장미가 강호자연에서 서울로 가는 것과 같은 지리적 이동만을 의미하지는 않는다. 장미의 경우는 강호에서의 삶과 현실에서의 삶을 함께 긍정하는 현실순응적 태도를 보이고 있으니 어디에 있은들 그 의미는 그다지 차이가 없다. 그러나 백두옹의 경우는 현실을 개선하고 극복하려는 개조론적 태도를 보임으로써 지리적 이동은 큰 의미가 있는 것이다. '서울 안'은 의지의 좌절과 실현이 다 가능한 공간이다. 백두옹은 화왕에게 "좋은 약으로는 원기를 도와주고 독한 돌침으로는 병독을 제거해야 합니다."라고 직언한다. 백두옹이 해야 할 의무가 무엇인지, 그가 임금에게 하고자 한 말이 무엇인지 이제 드러난 셈이다.

길은 본래 시간과 공간의 두 개념을 포괄한다. 이러한 時空要素로서의 길은 특히 소설의 의미가 생성되는 장소 역할을 하며 동시에 역사·

---

38) 김대행, 같은 책, p.214.

사회적 의미를 띠게 된다.39) 그러므로 길의 상징성을 '안과 밖의 통로'와 '현실개조의 의무'라는 두 가지로 보고, 그 길이 가지는 역사·사회적 의미를 작가인 설총과 관련지어 논의해 보자.

六頭品인 설총의 입장에서 보면, 진골들이 17관등 중 제5위인 大阿湌부터 제1위인 伊伐湌(角干)에까지 오를 수 있음에 비해 자신들은 제6위인 阿湌에까지밖에 오를 수 없다는 점에서 진정한 안[內]의 사람은 아니다. 그렇지만 四頭品 이하의 하층 신분은 아니며, 奈麻가 될 수 없는 사두품이나 大奈麻까지밖에 오르지 못하는 五頭品과는 달리 阿湌까지는 오를 수 있다는 점에서는 진정한 안[內]의 사람은 아니되 안[內]과 완전히 차단된 밖[外]의 사람도 아닌 것이다. 밖에 있되 안의 문제에 늘 관심하는 통로는 어느 정도 마련된 신분인 것이다. 그러한 신분에 있기에 골품제도에 의한 인재등용의 방법이 공정성을 잃고 지극히 폐쇄적임을 절감하게 된다. 그리하여 '명주와 삼베'로 상징되는 진골·성골의 계급만이 우대되고, '왕골이나 띠풀'로 상징되는 육두품의 인재는 무시되고 있는 현실에 대해 위화감을 일으킨다.

이런 점에서 본다면, "京城 밖에 산다는 백두옹을 우대할 것을 국왕에게 권할 때, 설총의 머리 속에는 王京人에 대한 일종의 반발심이 있었던 게 아닌가 한다."40)라는 지적은 새겨볼 만하다. 王京 사람들은 지방 사람들 위에 지배적 위치에 있었으며, 골품제도는 필경 이를 합법화하기 위한 王京 지배자 공동체의 배타적인 신분제도였을 뿐이다.41) 그들은 학문적 식견을 토대로 자기가 속한 사회의 이러한 구조적 모순을 제시하며 정치에 참여하고자 한 것이다.

---

39) 우한용, 앞의 책, p.498.
40) 이기백, 앞의 책(1991), p.226.
41) 이기백·이기동 공저, 『한국사강좌 1』 고대편(일조각, 1982), p.311.

(3) 두 가지 현실태도 사이의 갈등

〈화왕계〉의 주인공은 어디까지나 花王이며, 장미와 백두옹은 보조인물에 지나지 않는다. 이 작품의 구성에 대해서는 제1단계 시초-제2단계 전개 및 분규-제3단계 절정42)으로 보기도 하고, 시발-진행-결말43)로 보기도 하지만 실제적으로는 차이가 없다. 작품의 話者는 제2단계에서 장미와 백두옹을 상호 대등한 위치에서 대비하고 있는 바, 만일 대비적 구성이 아니고 평면적 구성에 그쳤다면 주제전달의 효과는 반감되었을 것이다. 이런 점에서 본다면, 실제 작품 구성의 주축이 되는 것은 장미와 백두옹이라고 할 수 있다. 그러나 그들의 상호 자기과시는 어디까지나 화왕의 환심을 사고자 하는 데 목적이 있다고 한다면, 현실에 대한 그들의 상반된 태도 표명에 대한 화왕의 반응이 어떠한 것인가 주목할 필요가 있다. 그러므로 이번에는 현실에 대한 화왕의 태도를 살펴보고자 한다.

작품의 해당 대목은 다음과 같다.

어떤 이가 "두 사람이 왔는데 누구를 취하고 누구를 버리시렵니까?"라고 말하니, 화왕은 "장부의 말에도 또한 도리가 있지만, 미인은 얻기 어려우니 장차 어찌할꼬."라고 하였답니다. 이에 장부가 나아가서 "저는 왕께서 총명하여 도리를 알 것이라고 생각하여 왔사오나 이제 보니 그렇지가 않습니다. 무릇 임금이 된 자는 간사하고 아첨하는 이를 가까이 하고, 바르고 정직한 자를 멀리하지 않는 이가 드뭅니다. 이 때문에 孟軻는 불우하게 일생을 마쳤고, 馮唐은 郎官으로 파묻혀 늙었습니다. 예로부터 이와 같았으니 전들 어찌하겠습니까?"라고 하였더니, 화왕은 "내가 잘못했소. 내가 잘못했소."라고 하였답니다.44)

---

42) 권우행, 「〈화왕계〉 소고」, 『최정석박사회갑기념논총』(동간행위원회, 1984), p.15.
43) 구수영, 앞의 논문, p.49.

현실순응적 태도를 지닌 장미는 개인적이고 본능적인 욕망에 충실하여 임금을 향기로운 침소에서 모시고자 하였다. 이에 비해 현실개조론적 태도를 지닌 백두옹은 유교적·이념적 가치에 충실하여 자신을 등용해 줄 것을 청하였다. 양자를 두고 화왕은 선택문제로 고민한다. 이러한 고민은 바로 화왕의 갈등이다. 양자에 의한 외적 자극으로 인해 화왕은 내적으로 갈등을 일으킨 것이다. 한 나라의 임금으로서 도덕적인 왕도의 정치를 펴는 것도 중요하지만, 아름다운 여인과 본능적 욕망을 충족시키는 것도 놓치기 아깝다는 모순 때문에 갈등을 일으킨 것이다. 이것은 외적인 당위와 내적인 욕망이 갈등을 일으킨 것이다.

작품에서 어떤 인물 사이에 갈등이 일으나고 있느냐, 또는 어디에 갈등이 나타나 있느냐 하는 문제에 대한 규명은 바로 작품 주제의 규명과 직결된다. 이 작품에 나타난 갈등은 인물 사이의 갈등이 아니라 화왕이라는 한 인물의 내적 갈등이다. 그러므로 외적인 등장인물들로 말미암아 관계를 맺게 된 화왕의 내적인 갈등의 성격과 그 갈등 해소의 방식에 주목할 필요가 있다.

앞의 인용문에서, 화왕은 "장부의 말에도 또한 도리가 있지만, 미인은 얻기 어려우니 장차 어찌할꼬."라고 했다. 서술 순서에 따른 의미를 보면, 아무래도 미인을 놓치기 싫은 아쉬움이 더 큰 비중을 차지하고 있다. 임금으로서 왕도의 정치를 펴는 것을 최고의 가치로 하고 제일의 순으로 하는 것은 지극히 당연하다. 그럼에도 불구하고 성적인 탐닉이라는 개인적인 욕망에만 연연하는 임금, 거기에다가 "장차 어찌할꼬."라고 하며 고민하는 우유부단하고 나약한 임금. 우리는 여기에서 화왕에 대

---

44) "或曰, 二者之來, 何取何捨, 花王曰, 丈夫之言, 亦有道理, 而佳人難得, 將如之何. 丈夫進而言曰, 吾謂王聰明識理義, 故來焉耳, 今則非也. 凡爲君者, 鮮不親近邪佞, 疎遠正直, 是以孟軻不遇以終身, 馮唐郞潛而皓首. 自古如此, 吾其奈何. 花王曰, 吾過矣, 吾過矣.", 〈설총전〉『삼국사기』제46권, 열전 제6.

한 연민의 정마저 느끼게 된다. 話者는 선택의 문제로 고민하고 갈등하는 화왕의 모습을 보여줌으로써 화왕을 戲化하고 있는 것이다. 여기에서는 화자가 작중인물의 성격을 직접 해설해 주는 직접적 제시가 아닌, 독자가 인물의 성격을 미루어 알 수 있도록 하는 간접적 제시의 방식[45]을 택하고 있다. 독자는 화왕이 생각하고 말하는 바를 통해 그의 성격을 어렵지 않게 추론할 수 있다.

선택의 문제로 갈등하는 화왕에게 백두옹은 왕이 총명하여 도리를 알 것이라고 기대했으나 그렇지 못함에 실망했다고 했다. 이 점에서는 백두옹의 갈등을 읽을 수 있다. 왕이 총명하여 자기를 등용해 줄 것이라는 기대에 대한 실망이 가져다 준 갈등이다. 화왕이 자신의 갈등을 해소하지 못하고 망설이고 있는 것과는 달리, 백두옹은 자신의 갈등을 그 자리에서 해결하고자 한다. 邪佞한 자를 가까이 하고 正直한 자를 멀리하는 임금의 일반적 속성을 말하고 孟軻와 馮唐의 일을 예로 들면서 "예로부터 이러하니 전들 어찌하겠습니까?"라고 하였다. 이것은 어찌할 수 없는 갈등이므로 체념함으로써 갈등을 해소하고자 한 것이다. 그러나 이것은 겉으로 드러난 체념일 뿐 완전한 체념이나 포기는 아니다. "전들 어찌하겠습니까?"라고 말했지만, 백두옹의 갈등은 여전히 해소되지 않은 채 남아 있다. 寓言을 통해 왕을 희화하고, 왕의 인재등용의 모순을 환기시킴으로써 왕의 의식이 전환되기를 기대한다. 그러므로 "전들 어찌하겠습니까?"가 가지는 문맥적 실상은 체념이라고 하기보다는 오히려 왕의 의식을 전환시키고자 하는 보다 은밀하고 세련된 수법이라고 보아야 할 것이다. 이러한 백두옹의 자세를 두고, 임금 된 자가 인재를 알아보지 못함을 원망하면서 화왕을 설득 내지 우격다짐으로 몰아붙인다[46]

---

45) 김천혜, 『소설 구조의 이론』(문학과 지성사, 1990), pp.184~185.
46) 권우행, 앞의 논문, p.27.

는 것은 온당한 해석이 되지 못한다. 백두옹은 화왕의 태도에 실망은 했으되, 원망하거나 비굴함이 없이 당당한 가운데 보다 세련된 수법을 구사하고 있는 것이다.

화왕은 백두옹의 이러한 뜻을 재빨리 깨닫고 의식을 전환시켜 자기가 잘못했다고 그것도 반복하여 말한다. 화왕이 "내가 잘못했소. 내가 잘못했소.(吾過矣, 吾過矣.)"라고 하며 자기의 잘못을 인정한 것은 자기의 과거의 태도를 완전히 청산하고 심기일전한 회개로의 변형이 이루어졌음을 의미한다. 이제 화왕은 이러한 회개로의 변형을 통해 '새로 태어난 화왕'인 것이다.

이 대목은 정직한 신하의 直諫하는 모습을 신문왕에게 알림으로써 신문왕으로 하여금 직간을 받아들일 수 있는 아량이 넓은 임금이 될 것을 의미하는 것으로도 파악될 수 있다. 설총은 직간하는 백두옹을 통해 直諫臣의 모습을, 신하 앞에서도 기꺼이 자신의 잘못을 인정하는 화왕을 통해 이상적인 군주형을 제시함으로써 신라사회에서 새로운 덕치주의를 구현할 것을 신문왕에게 주문하고 있는 것이다.47)

〈화왕계〉에 이어서 실려 있는 다음의 기록은 작품의 의미를 더욱 분명하게 해 준다.

이에 王(신문왕)이 顔色을 바르게 하여 말하기를 "그대의 寓言에 참으로 깊은 뜻이 있도다. 글로 써서 임금된 자의 경계로 삼게 하기 바라노라."라고 하고, 마침내 설총을 발탁하여 높은 관직에 임명하였다.48)

---

47) 권우행, 같은 논문, p.33.
48) "於是, 王愀然作色曰, 子之寓言, 誠有深志, 請書之, 以謂王者之戒, 遂擢聰以高秩.", 〈설총전〉, 『삼국사기』 제46권 열전 제6.

이러한 사실은 신문왕이 설총에게 자신의 번민을 해소해 줄 수 있는 高談善謔을 요구한 것에 대해, 그 요구가 충분히 실현되었음을 의미한다. 정신적 갈등을 해소하고 안정을 얻게 된 신문왕은 크게 기뻐하여 설총을 발탁하여 등용한 것이다. 신문왕은 설총을 만남으로써 삶의 태도를 개혁하게 되고 큰 기쁨을 얻게 된 것이다.

4) 기법과 주제

이제 끝으로 기법과 주제에 대해서 살펴보고자 한다.

일반적으로 王道에 편벽이 있을 경우, 상소문에서는 일신을 돌보지 않고 절실하고 지극한 내용으로 直言을 토로해야 한다. 즉 직간의 강경성이 들어 있어야 한다.[49] 그리하여 독자의 의식을 전환시켜서 말하는 사람의 의도대로 움직여 정치목적에 저항 없이 도달하고자 하는 것이 정치적 메시지의 목적이다. 그러나 전제군주 하에서는 직언하기도 어렵거니와 직언을 한다 하더라도 군왕의 의식을 올바르게 전환시킬 수 있다고 장담할 수는 없는 것이다. 그러므로 寓言의 방법이 사용된다.

> 詩人은 反逆을 충동함이 없이 통치자가 그의 所行을 수정하도록 움직이게 하려는 희망 속에서 백성들의 질곡에서 통치자가 주의를 기울이도록 해야 한다. 이러한 목적을 달성하기 위해서 시인은 공개적으로 공격하기보다는 諷諭와 寓言을 사용해야만 한다. 이러한 것을 諷諫이라고 한다.[50]

---

49) 유협 저·최신호 역주, 『문심조룡』(현암사, 1975), pp.97~100.
50) 유약우 저·이장우 역, 『중국시학』(범학도서, 1976), p.94.

寓言은 자기의 의사를 직설적으로 표현하지 않고 다른 것에 우의하여 상대방으로 하여금 신빙의 度를 높이고, 또 무형의 관념이나 상상을 유형화하여 사람의 五官으로 감지할 수 있도록 구체화시키는 화법을 말한다.51)

이러한 우언을 짓는 목적은 풍자적 효과를 노린 것인데, 특히 대조적인 성격을 통하여 인간사의 모순을 드러내어 풍자하기 위한 것이다.52)

〈화왕계〉의 주제를 규명하기 위해서는 우언의 이러한 성격에 주목해야 할 것이다.

기왕의 論著에서 〈화왕계〉의 주제와 관련된 부분을 옮기면 다음과 같다.

1 구수영 : <화왕계>는 꽃을 가지고 의인화하여 왕을 諷諭한 것으로 주제는 治者의 처신할 바 戒訓 즉 貪色을 경계하고 忠諫에 귀를 기울이는 賢君이 되기를 목적으로 하는 작품이다.53)

2 양광석 : 작자는 白頭翁을 통하여 충직한 신하를 가까이 하고, 현명한 인재를 등용하여 왕도를 확립할 것을 寓意에 의하여 풍자적이며 암시적으로 奏請한다.……곧 왕도의 확립이 이 글의 주제이며, 동시에 작자의 주장으로 백두옹은 작자 자신인 것이다.54)

3 권우행 : <화왕계>는 풍자적 입장에서 寓言의 방법을 취한 문학형태인 것은 말할 것도 없으며, 그러므로 <화왕계>도 풍자문학의 맥락에서 살펴야 할 것이다.……<화왕계>는 신문왕대의 신라 정치사회의 단면을 寓言의 방법으로 풍자한 것으로 결론지을 수

---

51) 조수학, 앞의 책, p.169.
52) 조수학, 같은 책, 같은 곳.
53) 구수영, 앞의 논문, p.49.
54) 양광석, 「설총과 〈화왕계〉」, 『어문논집』 제23집(고려대학교 국어국문학연구회, 1982), p.262.

있다.55)

④ 김광순 : 모란꽃을 왕에, 백두옹을 충신에, 장미를 미인에 비유하
여, 王者(모란)는 忠臣(백두옹)의 말은 듣기 어렵고, 미인(장미, 간
신)의 말은 듣기 쉽다는 이야기로서, 제왕들의 마음가짐을 은연중
에 諷刺한 것으로, 당시 군왕의 인사에 많은 戒가 된 듯하다.56)

살펴본대로 기왕의 논자들은 이 작품이 寓言의 방법을 사용한 풍자
성을 지닌 작품이라는 데에는 견해를 같이 하고 있다. 그러나 풍자의 구
체적인 내용이 무엇이냐에 대해서는 견해를 조금씩 달리하고 있다. 이
러한 것은 寓話의 성격을 제대로 파악하지 못한 데에 기인한다.

우화에서는 작자의 意中人物을 성격이 뚜렷한 사물에다 의탁하여,
독자들이 용이하게 파악할 수 있는 어떤 인간상을 제시하되, 대조적인
성격을 가진 두 동물을 대립적으로 대두시키는 경우가 많다. 이때 우화
류에 등장하는 동물들은 어디까지나 원관념에 대한 보조관념이고 원관
념은 작자가 의도하는 어떤 유형의 인간상이 된다.57) 〈화왕계〉는 식물
을 소재로 하였지만, 우화의 기본적인 성격에서는 벗어나지 않는다.

그렇다면, 장미·백두옹·모란은 각각 어떤 유형의 인간상을 가리키
는가? 앞에서 장미와 백두옹이 화왕에게 자기를 소개하는 대목을 통해
현실에 대한 태도가 완전히 대립적임을 살펴보았다. 그런데 그것에 앞
서 두 인물의 육체적 외모와 동작에 대해서도 다음과 같이 대립적으로
묘사하여 전형적인 인물로 성격화하고 있다.

---

55) 권우행, 앞의 논문, p.4. p.21.
56) 김광순, 『한국의인소설연구』(새문사, 1987), p.93.
57) 조수학, 앞의 책, pp.171~172.

<장미>

○ 佳人
○ 붉은 얼굴에 옥같은 이를 가짐
○ 곱게 단장하고 깨끗한 옷을 입음
○ 아장걸음으로 얌전히 앞으로 나옴

<백두옹>

○ 丈夫
○ 흰 머리
○ 베옷에 가죽띠를 맴
○ 지팡이를 짚고 천천히 걸어나와
  허리를 구불임

현실에 대한 태도와 육체적 외모 및 동작 등에 유의할 경우, 화자가 제시하고자 하는 인간상이 어떠한 것인가를 알 수 있다. 장미의 원관념인 주체는 巧言令色의 성실치 못한 모습으로 개인적 욕구에만 집착하여 지극히 현실적인 가치만을 추구하는 인간상이다. 백두옹의 원관념인 주체는 剛毅木訥의 꾸밈없고 정직한 모습으로 한미하지만 고결한 품성을 지녀 이념적인 가치를 추구하는 인간상이다. 한마디로 말하면, 전자는 간신의 인간상이요 후자는 충신의 인간상이다.

이 작품에 나타난 본질적 갈등은 장미와 백두옹 사이에서 일어나는 갈등이 아니라, 이러한 외적 등장인물들로 말미암아 관계를 맺게 된 화왕의 내적 갈등이다. 화왕은 선악이 너무나 분명한 두 인물을 두고 선택의 문제로 고민하고 갈등한다. 그러므로 이 작품의 주제는 간사하고 아첨하는 자와 바르고 정직한 자를 분별하지 못하는 아둔한 임금이 공리적인 것보다 개인적인 욕망에만 집착하는 것을 풍자하고자 하는 것이다. 이러한 풍자는 곧 정치에 있어서 물질적인 욕망보다는 도덕적인 규범이 필요하다는 것을 말한 것에 다름 아니다.

이러한 점에서 본다면, 작가의 의도를 달성하기 위해 사용된 寓言의 방법이 상당히 효과적임을 알 수 있다. 앞에서 밝힌 바대로 신문왕이 설총에게 요청한 고명한 담론과 재미있는 이야기는 일종의 교훈성과 오락성을 말한 것과 다름없다. 화자인 설총의 의지와 청자인 신문왕의 요구가 잘 맞아 떨어져 의인화 수법을 적절히 구사한 〈화왕계〉가 나온 것이다.

4. 맺음말

본 연구는 설총에 대한 작가론적 입장에서 쓰여졌다. 그러기 위해 작가론에 대한 기왕의 방법론을 반성하면서, 작가의 전기적 체험이 문학적으로 어떻게 형상화되어 있는가에 주목하였다. 먼저 작품의 형성배경을 살피되 전기적 자료와 작품을 기계적으로 관련시키려는 태도에서 벗어나 작품의 의미를 먼저 밝혀내고 그것을 작가와 관련지어 의미화하고자 하였다. 지금까지 논의한 바를 요약하면 다음과 같다.

(1) 신문왕대에 이르면 전제왕권이 확립되면서 진골귀족의 세력이 약화된다. 육두품은 이러한 시대의 변화 속에서 유교의 도덕적인 것을 앞세우고 왕권에 다가갔다. 육두품 출신으로서 골품제도가 가지는 신분적 제약 때문에 높은 지위에 오를 수 없었던 설총은 그의 학문적 식견을 바탕으로 국왕의 정치적 조언자가 됨으로써 중요한 정치적 역할을 담당하게 된 관료적 인물이다.

(2) 신문왕은 물질적·개인적 욕구를 추구한다 하더라도 벗어날 수 없는 정신적 번민이나 갈등을 해소하기 위한 일종의 카타르시스로서 高談善謔을 설총에게 청하였다. 이때 고명한 담론은 일종의 교훈성을, 재미있는 이야기는 일종의 오락성을 말한 것이다. 설총은 이처럼 한꺼번에 충족시키기 어려운 요구에 직면하여 〈화왕계〉라는 우화로써 신문왕의 요구에 훌륭히 값한 것이다.

(3) 〈화왕계〉는 설화의 두 유형, 즉 현실에 충실한 경험적 설화와 이상에 충실한 허구적 설화의 상반된 면을 아우르고 있는 독특한 성격

의 작품이다. 그러면서 경험적 요소와 허구적 요소를 적절히 결합한 설화문학으로서 후대 擬人小說의 선구적 역할을 수행하고 있다. 설총의 의도와 신문왕의 요구가 문학의 오락성과 교훈성을 통해 절묘하게 맞아떨어진 〈화왕계〉에서는 교훈적 요소가 더 큰 비중을 차지한다. 이것은 풍자적 효과를 위해 짓는 寓話의 창작의도와도 부합한다.

(4) 우화인 〈화왕계〉의 의미를 해명하기 위해 인물의 성격화의 방법, 특히 인물들의 현실에 대한 태도를 밝혀보았다.

현실순응적 태도 : 장미는 강호에서의 삶과 세속적인 현실에서의 삶도 긍정·찬양하는, 지극히 개인적이고 본능적인 욕구에 기초한 현실순응적인 태도를 취하고 있다. 설총은 이러한 장미를 통해 물질적 풍요를 누리며 현실적 삶의 가치만을 추구하는 진골귀족의 모습을 보여주고 있다. 그러면서 전제왕권이 강화되면서 진골귀족들의 특권이 약화되어 가는 데 따른 그들의 얄팍한 심리를 비판하고 있다.

현실개조론적 태도 : 백두옹은 王京人의 삶의 자세에 비판적인 태도를 취하면서, 자신의 삶의 자세에 대해서는 상당한 자부심을 지니고 있다. 그리고 '길'은 '안과 밖의 통로'와 '현실개조의 의무'라는 두 가지 상징성을 지니고 있다. 설총은 골품제도에 의한 인재등용의 폐쇄성을 절감하고, 사회의 이러한 구조적 모순을 개조하고자 하는 한편, 이념적 가치에 입각한 덕치주의의 실현을 갈망하고 있다.

두 가지 현실 사이의 갈등 : 이 작품에 나타난 주된 갈등은 화왕이라는 한 인물의 내적 갈등이다. 설총은 장미와 백두옹을 두고 선택의 문제로 고민하고 갈등하는 화왕을 희화하는 한편, 왕의 의식을 전환시키기 위해 보다 은밀하고 세련된 수법을 구사하고 있다. 그리하여 화왕은 회개로의 변형을 통해 새로운 화왕이 된다. 설총은 충신의 직간을 받아들이는 이상적인 군주형을 제시함으로써 신문왕에게 덕치주의를 구현할 것을 주문하고 있는 것이다.

(5) 寓言은 대조적인 성격을 통하여 인간사의 모순을 드러내어 이를 풍자하기 위해 지어지는 것이다. 〈화왕계〉는 장미·백두옹·화왕이라는 독특한 성격을 지닌 인물을 대조적으로 설정하여 우언으로서의 풍자적 효과를 훌륭히 수행하고 있다. 이 작품의 주제는 화왕의 내적 갈등이 가지는 의미를 해명함으로써 밝힐 수 있었다. 이 작품의 주제는 간사하고 아첨하는 자와 바르고 정직한 자를 분별하지 못하는 아둔한 임금이 개인적인 욕망에만 집착하는 것을 풍자하고자 하는 것이다.

찾아보기 - 인명

ㄱ

ㅅ

ㅇ

ㅍ

평강공주 223, 225~227, 229~234, 237~
 240, 242, 267
평강왕 227, 229~232, 237, 238, 242, 267
풍환(馮驩) 193, 194
프롭(V. Propp) 236

ㅎ

하현강 15, 146
한스 위르겐 괴르츠(Hans-Jüregen Goertz)
 318, 338, 340
한신(韓信) 189, 190, 197, 203, 204
항우(項羽) 198, 203
허창훈 355
현종(玄宗) 61, 62, 73~76, 78, 79, 94~
 96, 104, 117, 118
호라쯔(Horaz) 355
호리고메 요조(掘米庸三) 170, 174
홍순창 314
홍우흠 66, 79
화이트(Hayden White) 235, 318
황영무(黃永武) 92, 116
황인덕 247, 271
황패강 17
황형주 315~317
효녀 지은(孝女知恩) 265

찾아보기 - 내용

저자 손정인(孫政仁) sji@dhu.ac.kr

대구 출생
경북고, 영남대학교 국어국문학과 졸업
영남대학교 대학원 국어국문학과 졸업 (문학석사·문학박사)
한민족어문학회 회장 역임
현재 대구한의대학교 한국어문학부 교수

◆저서·편저
『정선 국문학고전』(영남대출판부, 1983, 공편)
『고려중기 한시연구』(문창사, 1998)
『역사산문강해』(문창사, 1999, 편저)
『민족정신의 원류와 전개』(경산대출판부, 1999, 공저)
『사서의 이해』(경산대출판부, 1999, 공저)
『한국시가 넓혀 읽기』(문창사, 2006, 공저)

고려시대 역사문학 연구

초판 인쇄 2009년 8월 12일
초판 발행 2009년 8월 20일

지은이 손정인
펴낸이 이대현
기 획 홍동선
편 집 이태곤·권분옥·이소희·추다영
디자인 이홍주
마케팅 문택주·안현진
관 리 심용창
펴낸곳 도서출판 역락
주 소 서울 서초구 반포4동 577-25 문창빌딩 2층(우137-807)
전 화 02-3409-2060(편집부), 2058(영업부)
팩 스 02-3409-2059
등 록 1999년 4월 19일 제303-2002-000041호
이메일 youkrack@hanmail.net

정 가 24,000원
ISBN 978-89-5556-713-7 93810
*파본은 교환해 드립니다.